KB252901

우리문학과 그 현장

송백헌

국학자료원

책머리에

　여기에 수록된 글들은 1985년 「韓國近代歷史小說研究」(三知院)에 이어, 1989년 평론집 「진실과 허구」(민음사)를 출간한 이후 여러 지면에 발표했던 평론들을 추려서 한 데 묶은 것이다. 총 3부로 나누어 엮은 이 책에서 필자는 제1부는 역사소설 작품에 대한 논의를, 제2부에서는 우리 소설의 현장에 대한 검색을, 제3부에서는 우리 시에 대한 분석을 시도해 보았다.

　가르치는 일과 글쓰는 일을 天職으로 알고 그 동안 나는 열심히 가르치는 한편, 꾸준히 글을 써서 몇 권의 수필집과 傳記物을 간행하는 등 내 나름대로는 최선을 다하면서 살아왔지만, 이 시점에서 지난 세월을 조용히 되새겨 보니 둘 중에 그 어느 하나도 만족스럽게 이룩한 것이 없어 부끄러움이 앞설 뿐이다.

　애초부터 나에게는 남들보다 뛰어난 문학적 감수성과 直觀力이 부족한 데다가 악착스런 끈기마저 없었는지라 나 자신도 커다란 문학적 성과를 기대하지 않았거늘 남들이 나를 볼 때 얼마나 한심하랴 하는 생각이 들기도 한다.

　그러기에 지금까지 내가 발표한 글들은 모두 다시 고쳐 쓰고 싶다는 생각에서 폐기하고 싶은 생각이 간단없이 일기도 하였지만 나를 아끼는 동료교수나 제자들의 간곡한 권유로 결국 글자 하나 가감 없이 그대로 한 권의 책을 엮기로 한 것이다. 그것은 그들이 작품의 내용보다는 내 교직생활을 마무리하는 기념으로 반드시 책을 내어야 한다는 당위성을 앞세운 것이리라.

　하지만 한편으로는 이 책이 한국 문학의 발전에 새로운 座標를 이루고 나아가 우리 문학을 공부하려는 후학들에게는 작은 지침서가 될 수 있으리라 자부해 보기도 한다.

어쨌거나 이왕 책을 내기로 한 바에야 권위 있는 출판사를 선택하여야 하겠다고 생각하던 차에 국학관련자료의 출판에 앞서 가는 國學資料院 정찬용 사장의 호의로 그 결실을 보게 된 것이다. 이는 아마도 나를 고향의 선배로 대접하여 경제적 출혈까지 감내하면서 베푼 성의일 것이 분명하니 그 어찌 고맙지 않으랴?

이 책이 나오기까지 원고의 정리와 편집 그리고 교정에 애쓴 송기섭 박사와 김정숙 조교의 노고 또한 결코 잊을 수 없다.

2001년 2월

魚隱谷一隅 草江書齋에서 저자 씀

차례

제1부

역사적 진실의 현장

한국근대 역사소설 비평의 사적 고찰

I. 서 론

한국근대역사소설에 대한 비평적 논의는 근대역사소설 작품과 그 발표시기를 함께 한다. 80년 가까운 세월에 이 나라에는 수많은 역사물이 창출되었고 그 때마다 작품에 대한 논의가 간단없이 이루어진 것은 사실이다. 그러나 그 절반에 해당하는 세월이 일제 식민지 치하라는 질곡 아래 놓여있었기에 그 질곡의 시기에 발표된 역사소설작품의 성격이나 거기에 대한 비평적 논의는 그 어느 때보다도 독특한 양상을 보여주고 있다.

역사소설이 역사의 단순한 기록이나 재현이 아니고 예술로서 형상된 하나의 문학양식일진대, 그 역사소설은 나름대로의 독자성과 특성을 지니게 되는 것이다. 즉 역사소설이 과거에 대한 향수가 아니고 민족의 성격을 창조하고 한 걸음 나아가 현실개조의 추진력이 되는 민중의식까지 불러일으켜야 된다고 할 때, 역사소설은 여타의 근대소설과는 다른 특성과 기능을 지닌 문학양식으로 차원 높게 다루어야 할 것이다. 그러므로 한국근대역사소설을 다룰 때는 안이한 개연성의 유추로 결론을 맺을 것이 아니라, 그 작품 자체에 대한 실체를 정확히 분석하여 본격적인 논의가 되어야 할 것이다.

이러한 작업을 위해, 필자는 우선 본고에서 개화기 이후 1950년까지 논의되었던 역사소설에 대한 작품 경향과 비평론을 사적으로 고찰하여 그것들이 지니는 주된 흐름을 개괄적으로 파악하려는 것이다. 이같은 일련의 작업은 필자가 상졸한 「한국근대역사소설연구」(삼지원, 1985)의 후속 정리의 일환으로 의도된 것이다. 그러기에 그 사적 전개양상을 보다 명료하게 파악하기 위하여 편의상 보편적 역사논술방법론으로 다음과 같이 나누어 논의하고자 한다.

① 개화기의 역사전기문학
② 1920년대의 역사소설과 그 비평
③ 1930년대의 역사소설과 그 비평
④ 1940~1945년대의 역사소설과 그 비평
⑤ 1946~1950년까지의 역사소설과 그 비평

Ⅱ. 근대역사소설 비평론의 사적 전개양상

1. 개화기의 역사전기문학

엄격한 의미에서 이 시기의 역사전기문학은 서사문학의 한 특수한 형태인 역사소설의 장르 속에 포함시키기 어려운 것들이다. 그러나 민족의 자주독립과 자주자강이라는 민족주의의 대 명제에 뿌리를 내리고 쓰여진 이 당시의 일군의 작품들은 과거의 역사적 사건이나 인물을 통해 현재 역사의 진의를 파헤치고 깨우치려 했다는 점에서 역사소설적 의의가 매우 크다 할 것이다.

역사전기문학은 번역, 번안되거나 창작되어지는데, 그 대부분이 애국계몽운동의 일환으로 나타난다.

번역, 번안전기는 「拿破崙(나포레언)傳」(1895. 11. 7~1896. 1. 26, 한성신보), 숭양산의 「애국부인전」(1907. 10, 광학서포), 박은식의 「서사건국지」(1907. 7, 대한매일신보사), 김병현의「서사건국지」(1907. 11, 박문서관), 신채호의「이태리건국삼걸전」(1907. 10, 광학서관) 등이 대표적인 것이다. 창작전기는 신채호의「을지문덕」(1908. 5. 30, 광학서포),「이순신전」(1908. 5. 2~8. 18, 대한매일신보),「최도통전」(1909. 12. 5~10. 5, 대한매일신보), 우기선 편집의「강감찬전」(1908. 7, 일한인쇄주식회사), 박은식의「연개소문전」(1911, 手稿) 등이 있다.

이들 작품의 주제는 사상을 지나치게 강조한 나머지 역사소설에 대한 집약적이고 논리적인 이해가 등한시된 것이 사실이다. 그럼에도 불구하고 이것들이 역사적 상황의 격동기를 체험한 시기에 쓰여진 작품들이기 때문에 그 나름대로의 진실성과 필연성이 강렬하게 함축되어 있음을 간과해서는 안 된다. 이와 같이 애국계몽운동의 일환으로 쓰여진 역사전기들은 민족사에 대한 자부심을 일깨워 줄 수 있는 인물의 생애에 대하여 기록했고, 특히 주인공의 무용담을 역사적 배경에서 연대기적으로 기술하였다. 이러한 역사전기는 우리 민족에게 귀감이 될 영웅을 우리 역사에서 발견하여 민족에게 제시했던 것으로 판단된다.

이 당시, 역사소설에 대한 본격적인 비평은 없고, 신채호, 박은식, 장지연 등의 역사전기 서문이나 발문의 형식을 통한 작가의식의 표명이 있을 뿐이다. 그렇지만 그 나름대로 하나의 저항적 민족주의의 주장이란 점에서 중요한 의미를 가지는 것이다. 특히, 신채호의 경우, 그의 문학관은 강한 민족주의이고 문학의 사회적 기능을 중시하여 역사의식 내지는 반봉건, 민중혁명의식으로 이어진다. 개화기의 역사, 전기문학에 대한 연구는 1960년대 이후 본격적으로 시도되었다. 특히 민족에 대한 관심이 재정비되었고 나아가서는 활발하게 그 관심을 표현할 수 있는 권리가 주어진 상황 속에서(일종의 시대적 요청이라는 의미도 가미된 상황에서) 개화기의 역사 전기문학은 새로운 조명을 받게된 것이다.

이에 대한 연구업적을 몇 개의 항목으로 대별하면 ① 미비한 자료의 발굴과 정리 ② 과도기로서의 개화기 문학에 대한 가치정립과 그 장르 규명 ③ 시대의식의 반영이라는 점에서 정신사적 맥락의 천착 ④ 개개작품의 미학적 유형적 연구 ⑤ 작가들의 문학관을 검토하는 가운데 추출되는 주체적 의식망의 정체확인 등으로 나누어질 수 있다.

이같은 연구양상은 1970년대를 거치면서 더욱 확대, 심화되어 민족의식의 구현, 식민사관의 극복이란 당면과제를 해결하려는 노력과 부합되어 가일층 진권된 감을 엿볼 수 있다. 1980년대를 들어서면서는 보다 직접적으로 역사학과 접근된 연구성과가 이루어지는 현상을 우리는 보게 된다. 그만큼 연구의 폭이 넓어지고 관심의 방향이 다양해지는 것이라 하겠다. 최근 이러한 연구로서 우리에게 주목되는 것은 강영주의 「한국근대역사소설연구」(서울대 대학원 박사학위논문, 1986)와 김치홍의 「한국근대역사소설의 사적연구」(명지대 대학원 박사학위논문, 1987) 등의 논문이다. 강영주는 그의 논문에서 개화기의 역사 전기문학을 나누어 번역, 번안전기로 「애국부인전」, 「서사건국지」, 「이태리건국삼걸전」을, 창작전기로 「을지문덕」, 「이순신전」, 「최도통전」, 「연개소문전」 등을 고찰하였다. 김치홍은 한국근대역사소설을 논하는 자리에서, 개화기의 역사 전기 문학 중 「서사건국지」와 「을지문덕」을 비교적 밀도있게 분석하여 역사 전기문학의 특징을 밝히고 있다.

2. 1920년대의 역사소설과 그 비평

1920년대는 역사소설의 개념과 미학적 각성이 아직도 확실히 정립되지 않은 상태이지만 역사소설이라는 타이틀을 가지고 본격적으로 작품이 창작된 시기로서 주목된다.

특히, 이광수의 일련의 역사소설들은 1920년대에 이미 그 형태를 정비한 가운데 활발하게 연대물로서 발표된 것이다. 그의 역사소설작품은 「가실」(1923. 2. 12~2. 23, 동아일보), 「허생전」(1923. 12. 12~1924. 3. 21, 동아일보), 「일설춘향전」(1925. 9. 30~1926. 1. 3, 동아일보), 「마의태자」(1926.

5. 10~1927. 1. 9, 동아일보), 「단종애사」(1928. 11. 30~1929. 12. 11, 동아
일보) 등이며 박종화의 「목매이는 여자」도 기억해둘 만하다.

　이에 따라 역사소설에 대한 논의도 단편적이긴 하지만 여러모로 시도
되는 현상을 보인다. 특히 1929년은 1920년대를 통틀어 가장 활기있는 역
사 소설에 대한 논의가 전개되었던 해이다. 그것은 통속소설의 가능성에
대한 우려가 제기되고 작품에 대한 작가 자신의 견해가 고백적으로 피력
되어 작품이해에 도움을 주는 것이 바로 이 해부터의 일이기 때문이다.
1929년에 발표된 「조선근대소설고」에서 김동인이 이전의 소설문학에 대
해 전반적으로 그 형태를 진단해 놓은 것은 역사소설에 대한 것뿐만 아
니라 소설문학 전체를 위해서도 한 시기의 획을 그었다는 의미에서 큰
가치를 가진 성과라 할 것이다.

3. 1930년대의 역사소설과 그 비평

　1930년대는 그야말로 역사소설과 그에 대한 논의의 황금기라 칭해도
과언이 아니다. 1920년대가 본격적 역사소설의 발전단계에 있어 초창기
에 해당한다면, 1930년대는 그 발전과 성장이 급속도로 팽창한 시기이다.
1930년대는 온전히 '역사소설시대'를 이루었다는 염상섭의 말을 빌지 않
더라도 쉽게 1930년대는 역사소설의 황금기임을 알 수 있다.

　실제 작품의 양과 질, 그리고 비평의 다양한 관심과 문제 제기 등은 그
것을 잘 증명해준다.

　작품의 경우, 이광수의 「이순신」(1931. 6. 26~1932. 4. 3, 동아일보), 「이
차돈의 사」(1935. 9. 30~1936. 4. 12, 조선일보), 「공민왕」(1937. 5. 28~6.
10, 조선일보), 김동인의 「젊은 그들」(1930. 9. 2~31. 11. 10, 동아일보), 「
운현궁의 봄」(1933. 4. 26~34. 2. 5, 조선일보), 박종화의 「금삼의 피」
(1936. 3. 20~36. 12. 29, 매일신보), 김기진의 「심야의 태양」(1934. 5. 22,
동아일보), 윤백남의 「대도전」(1930, 매일신보), 「항우」(1933. 4. 1~33. 8.

11, 조선중앙), 「봉화」(1933. 8. 25~1934. 4. 1, 동아일보), 「흑두건」(1934.
6. 10~1934. 7. 11, 동아일보), 「백운유전기」(1935. 4, 조선문단), 현진건의
「웃는 포사」(1930. 9, 신소설), 「무영탑」(38. 7. 20~39. 2. 7, 동아일보), 「흑
치상지」(1939. 10. 25~40. 1. 26, 동아일보), 홍벽초의 「임꺽정」(조선일보,
조광), 이태준의 「황진이」(1936. 6. 2~6. 30, 조선일보), 홍효민의 「인조대
왕」(1936. 2.~12, 월간야담), 박화성의 「백화」(1932. 6. 8~32. 11. 22, 동아
일보) 등을 들 수 있다.

이재선은 1930년대를 역사소설의 증식화시대로 지적했는데, 그것은
앞에서 열거한 작품들만 보더라도 충분히 납득할 수 있는 지적이라 할
것이다. 자연히 역사소설에 대한 비평적 접근 역시 활발한 양상을 띠고
있다. 그것을 크게 5가지로 분류하면 다음과 같다.

① 역사소설과 그것의 통속소설과 문제
② 사실과 그것의 소설적 형상화 문제
③ 역사 인식의 문제—특히 소설속에 투영된 시대적 상황에 대한
    작가의 태도
④ 창작방법론으로서의 역사소설의 특성
⑤ 작품 자체의 형태적 접근

①의 경우는 역사소설이 대부분 신문지상에 연재되었던 사정에서 기
인한다. 신문연재소설이 소설 자체의 순수한 예술성을 지킬 수 있는가
아니면 독자의 취향에 따라 변조되고 곡해될 수밖에 없는가 라는 심각한
갈등을 이 문제는 안고 있는 것이다. 그러나 이 문제는 창작성에 강력한
제동을 걸면서 여러 번 논란의 대상이 되었다. 그 요점은 아무리 소설이
한 작가에 의해 허구적으로 꾸며지는 것이라 해도 그것이 역사소설인 바
에는 반드시 그 배경이 되는 역사적 시대의 여러 가지 특징이나 모습을
정사에 맞추어 정확하게 고증하고 작품 속에 실현시키는 것을 기본으로
삼아야 한다는 것이다.

②의 경우는, 시대성과 관련된 문제로 그것이 안고 있는 또 하나의 내용은 역사소설이 그만큼 일반 대상과 가까워지고 그에 따라 많은 독자를 거느리게 되었다는 문예사회학적 현상을 반영하는 것이다.

③의 경우는, 역사적 사실을 제재로 삼아 소설화할 때, 소설 속에 표현되는 사실과 얼마나 많은 이질감을 드러내는가를 비교, 검토할 때 발생한다. 특히 고전과 역사에 조예가 깊은 학자들에 의해 제기된 이 문제는 당시로서는 상당히 많은 어려움을 짊어진 문제거리였다 하겠다. 역사의 목적이 현재의 조명에 있듯이, 역사소설의 본질적 목적은 현재의 시대적 상황에 대한 과거로서의 재음미 내지는 비판에 있을 것이기 때문에 그렇다.

그러나 논의의 관점은 시대적 한계와 정면 충돌하지 않는 방향에서 타결점을 찾고 있는 듯이 보인다. 누구보다도 현실에 밀착된 역사소설을 썼던 홍명희와 현진건의 경우만 해도 역사 속에서 소외된 대중에 대한 관심을 진지하게 천명하고 있으면서도 현재의 역사성과는 어느 정도 거리를 두고 있음을 발견하게 뇌는 것이다. 일제의 강압에 의한 도피라면 도피랄 수도 있고, 한계라면 한계라고 할 수도 있다. 하지만 당시의 모순된 시대성을 직시하려는 노력을 역사소설을 통해 끊임없이 가지려 했던 점은 인정하지 않을 수 없다 할 것이다.

④의 경우는, 1930년대에 들어서면서 여러모로 시도된 여러 가지 소설 장르상의 실험과 관계가 있다. 농민소설이나 풍자소설, 세태소설 등과 마찬가지로 역사소설 역시 소설문학의 정신적, 사상적 한계를 극복하려는 몸부림의 결과로서 애용되었음을 드러내는 항목인 것이다. 역사소설 자체의 특수성―고전적인 용어사용, 대화의 어투, 과거 시제적 회고성 등에 대한 검토라는 점에서 볼 때, 그것은 창작은 방법에 대한 순수한 미학적 논의로서 받아들여질 수도 있다.

⑤의 경우는 특히 김동인의 「춘원연구」로서 대표될 수 있다. 작품을 자체로서 세세히 분석하는 작업을 통해 그것의 허구성과 모순점을 파헤

쳐 내는 것이다. 여러모로 비평적 안목이 진일보한 면을 과시하고는 있지만, 그러나 한 개인에 대한 인신공격적 편견을 배제하지 못한 점이 큰 단점으로 남는다. 따라서 객관적이고, 과학적인 태도가 아쉬웠다 하겠다. 하지만 작품 하나하나를 섬세하게 분석, 해명한 성실성은 김동인의 혜안과 더불어 비평문학에 있어서 또 하나의 개가를 올린 셈이다.

이상에서 간략하게 몇 가지 문제점을 검토해 보았다. 이를 요약 정리하면 오늘날까지도 역사소설과 관련된 의미들로서 거론되는 중요한 사항들이 이미 1930년대에 거의 지적되고 토론되었다는 사실이다. 학문적 깊이를 따지기에 앞서 이와 같은 문제점을 제기할 수 있었다는 사실은 그만큼 1930년대의 역사소설론이 자체로서 성숙되고 내실에 있어서 탄탄한 기반을 구축했음을 증명하는 것이다.

4. 1940∼1945년대의 역사소설과 그 비평

1940∼1945년대는 1930년대의 연장선상에 서면서도 오히려 쇠퇴기라 할만큼, 역사소설의 침체상을 면치 못하던 시기가 된다. 우리의 모든 문화현상이 그러했듯이 일제 식민지치하의 질곡 아래 우리의 역사소설도 활기를 잃고 말았던 것이다.

그러나 작품에 있어서는 그런대로 활발한 양상을 띠기도 하였다. 이광수의 「세조대왕」(1940, 박문서관), 「원효대사」(1943. 3. 17∼31, 매일신보), 김동인의 「대수양」(1941. 3∼12, 조광), 「백마강」(1941. 7. 9∼42. 1. 31, 매일신보), 박종화의 「다정불심」(1940. 11. 26∼1941. 7. 23, 매일신보), 「전야」(1940. 7∼1941. 10, 조광), 「여명」(1942, 매일신보 출판부), 현진건의 「선화공주」(1941. 4∼9, 춘추), 이태준의 「호동왕자」(1942. 12. 20∼1943. 6. 16, 매일신보), 윤승한의 「김유신」(1944, 명문당) 등을 보면 역사소설의 명맥이 꾸준히 이어짐을 볼 수 있다. 그러나, 이미 역사의 맥락으로부터 현격히 멀어진 시대를 살면서 우리의 역사소설은 삶의 현장을 현장 그대로 인식하지 못하고 전대에 비해 더욱 고립 유리된 감을 느끼게 한다. 특히 주제나 사상, 작가의 창작태도에 있어서 더욱 그렇다. 더욱이 일본어로 역사 소설이 창작되는 형상은 1940년대가 감수한 민족의 아픈 모습과 같다. 역사소설에 대한 비평에 있어서 침체의 도는 한층 심하였다. 양적으로 볼 때, 이미 1930년대와는 비교도 될 수 없을 정도일 뿐만 아니라, 내용 면에 있어서도 그 빈약성을 노정하고 있다. 따라서 작품에 대한 몇 개의 비평, 고증의 문제, 통속소설론과 소설의 현실타개를 위한 대안으로서의 간단한 언급이 고작일 뿐이었다. 과연 우리의 역사소설이 일본인들이 주장하는 이른바 내선일체의 합리성을 표현하는 수단으로 이용되어야 하는가 라는 문제에 부딪히게 되면 더 이상 민족 고유의 정신과 문화를 예술화하고자 하는 역사소설의 존재의미는 거론할 여지가 없게 된다.

5. 1946~1950년까지의 역사소설과 그 논평

8·15해방과 더불어 지금까지 침체되었던 역사소설은 다시 활기를 찾게 된다. 즉 민족의 발전적 재편성이라는 대 명제와 결부되어 역사소설은 그 사명을 발양할 수 있게 된 것이다.

이 시기, 작품의 경우 이광수의 「사랑의 동명왕」(1950. 5, 한성도서), 김동인의 「을지문덕」(1948. 10~1949. 7. 14, 한국일보), 박종화의 「민족」(1945. 11~ , 중앙신문), 「홍경래」(1946~1949, 동아일보), 「논개」(1946. 6~7, 신세대), 홍효민의 「태조대왕」(1949, 대성출판사), 「양귀비」(1949, 삼중당), 「인현왕후와 장희빈」(1949, 삼중당), 채만식의 「허생전」(1946, 협동문고), 「역사」(1942. 2, 학풍), 박태원의 「홍길동전」(1947, 협동문고), 이명선의 「홍경래전」(1947, 협동문고) 등이 대표적인 역사소설이다.

그런데 이 시기에 우리의 주목을 끄는 것은 역사소설에 대한 작가와 비평가들의 태도이다. 특히 박종화의 경우, 역사소설은 단순한 소설작품이 아니라 민족의 긍지를 고양하고 우리의 문학을 재건할 수 있는 문학

장르로서 제기된다. 그것은 억눌렸던 과거, 자기를 자기가 발전시킬 수 없었던 시대의 오점을 극복하고 새로운 역사를 창조할 수 있는 기점에서 역사소설은 그 역사적 존재의미를 회복하고 역사창조라는 소명에 부응하여야 한다는 것이다. 위대했던 역사를 재조명하고 얼마나 많은 유명, 무명의 사람들이 민족과 역사를 지키기 위해 신명을 바쳤는가를 역사소설은 표현해낸다. 그 저변에는 마땅히 민족에 대한 자부심과 역사관과 실팍한 비평적 안목이 깔려있는 것이다.

Ⅲ. 결 론

이상에서 고찰한 바와 같이 한국근대역사소설은 그 발생이 오욕과 질곡으로 점철된 불우한 환경이었지만 그럴수록 그 작품 속에 담겨진 작가의식 내지 역사의식은 더욱 투철했다고 할 수 있다. 따라서 그 작품에 대한 논의 또한 진지했던 것이다.

이광수, 김동인, 박종화, 현진건, 윤백남 등으로 대표되는 한국근대역사소설은 1930년대에 이르러 더욱 두드러지게 나타난다. 이러한 현상은 일제 식민지하라고 하는 시대적 특수한 환경 속에서 역사물로의 도피 내지 민족의식의 고취에 역점을 둔 작가적인 의도와 독자들의 복고적 취향에 영합하려는 심리적인 것으로 풀이될 수도 있지만, 그 결과 한국적 역사소설이라는 특수한 근대문학의 변조를 이룬 것도 사실이다. 그 특수성이란 다소 자조적인 의미도 내포된 것이지만, 동시에 이것은 역사적인 사건이나 역사적인 인물만 등장하면 그것을 역사소설이라는 범주 속에 무조건 포함시키려는 안이한 일반적인 경향을 의미한다. 또한 이 역사소설들은 대부분이 신문지상에 발표된 장편소설이기 때문에 독자들에게 대중소설이라는 통념으로 받아들여지는 결과가 된 것이다.

비록 한국근대역사소설을 대중소설로 통틀어 묶어버릴 수 있다고 하더라도 그것이 우리 소설사에서 차지하는 비중을 결코 경시할 수는 없는 것이다. 특히 1950년 이후 현재에 이르기까지 주목할 만한 역사소설들이 끊임없이 발표되고 있고, 이러한 작품들이 1920, 1930년대의 역사소설의 맥락과 결코 관계없는 것이 아니라고 판단된다.

앞서 지적한 바와 같이, 1950년대까지에는 오늘날처럼 차원 높은 문학적 논의는 기대할 수 없다 할지라도 적어도 역사소설이 안고 있는 기본 과제만은 이미 그 당대의 충분히 광범위하고 진지하게 논의되었다는 사실이 확인된 셈이다.

한국근대역사소설에 대한 논의는 1960년대에 이르러 본격화되었고, 1970년대, 1980년대에 이르는 동안 단편논문, 석, 박사학위논문 등 그 수를 헤아릴 수 없을 정도로 많은 양이 쏟아져 나왔다. 이는 역사소설에 대한 논의가 진작 충분히 있었기에 해방 후 오늘에 이르는 과정에서 역사소설에 대한 보다 새로운 비젼을 제시할 수 있었고, 그에 따라 역사소설의 새로운 지평을 열었다고 봄이 타당할 것이다.

그러나, 한국역사소설에 대한 연구는 이제 시작 단계인 셈이다. 단편소설로서 그 주류를 형성해 온 이 나라의 소설사에서 장편소설은 특수한 소수의 예외를 제외하고는 대부분 본격문학의 권외에 방치되었다는 것이 사실이다. 따라서 냉철히 반성하고, 안이한 자세로서 다루어왔던 역사소설을 좀 더 적극적, 긍정적으로 평가해야할 것이다. 그러면서도 역사소설이 문학작품으로서의 정당한 자격을 획득하고 나아가 그것을 보다 높은 수준의 예술로서 승화, 발전시키기 위해서는 지난 세대의 우리의 역사물에 대한 냉혹한 비판과 반성이 따라야 할 것이다.

근대역사소설의 전개양상
-이광수 소설을 중심으로-

I. 서 론

이광수, 김동인, 박종화, 현진건 등 작가들은 그들의 작품에서 장편 역사물에 대한 관심을 공통적으로 드러낸다. 특히 1930년대에 이르면 이러한 특성은 더욱 분명해지는 바, 이것은 일제 강점기라는 특수한 시대적인 상황하에서 역사물로의 도피 내지 민족의식의 고취에 역점을 둔 작가적인 의도와 독자들의 복고적 취향에 영합하려는 심리적인 요인으로 풀이될 수 있다. 그러나 나아가 이것은 한국적 역사소설이라는 특수한 근대문학의 변조를 이루게 되는 중요한 결과를 초래하게 된다.

한국적 역사소설의 특수성이란 다소 자조적인 의미도 내포된 것이지만, 동시에 이것은 역사적인 사건이나 역사적인 인물만 등장하면 그것을 역사소설이라는 범주 속에 무조건 포함시키려는 안이한 일반적인 경향을 의미하는 것이다. 또한 이 역사소설들은 대부분 신문지상을 통하여 발표된 장편연재소설이라는 특징을 지니고 있다. 그 결과 역사소설은 장편소설이요, 그것은 곧 대중소설이란 통념으로 독자에게 받아들여지게 된 것이다.

단편소설로서 그 주류를 형성하여 온 이 나라의 소설사에서 장편소설은 특수한 소수의 예외를 제외하고는 대부분 본격문학의 영역 밖으로 다루어져 온 사실에 비추어 이와 같은 역사소설이 지금까지 본격문학의 권외에 방치되어 왔다는 사실은 의심의 여지가 없다. 최근들어 역사소설에 대한 본격적인 논의가 활성화되고 있다는 점에서는 고무적인 일이라 할 수 있지만 역사소설을 단순한 대중소설로 평가하려는 경향 또한 배제할 수 없는 현실이다.

비록 한국근대역사소설을 대중소설로 간주하려 한다고 할지라도 그것이 우리 소설사에서 차지하는 비중은 경시할 수 없다. 1950년대 이후 현재에 이르기까지 주목할 만한 많은 역사소설이 발표되었고, 이러한 작품들이 2·30년대의 역사소설의 맥락과 결코 관계가 없는 것이 아니라고 판단될 때, 일단 단재 신채호에서부터 그 연원을 찾을 수 있는 한국 근대역사소설의 전개양상을 정리·구명한다는 것은 매우 중요한 의의를 지닌다고 할 수 있다.

본고에서는 이러한 맥락에서 한국근대소설의 전개양상을 2·30년대 중요 작가인 이광수의 작품 중 널리 알려지지 않은 작품세계를 중심으로 하여 그의 역사의식, 민족의식, 그리고 민중의식과 소설적 기법이 각기 어떤 양상을 보이고 있는가를 간략히 살펴보고, 나아가 그들이 사적으로 어떤 관련성을 갖는가를 고찰하고자 한다. 그럼으로써 한국근대역사소설의 전반적인 특성을 추출하고, 이를 바탕으로 하여 작품들이 지니는 문학사적인 의의 및 한계점도 더불어 고구될 것이다.

Ⅱ. 이광수의 역사소설관

춘원이 역사적인 소재로써 작품을 쓰기 시작한 것은 1923년 12월 1일 동아일보에 「허생전」을 연재하면서부터이다. 이후 그는 계속해서 「일설 춘향전」(1925, 동아일보), 「마의태자」(1926, 동아일보), 「단종애사」(1926, 동아일보), 「이순신」(1931, 동아일보), 「이차돈의 사」(1935, 조선일보), 「공민왕」(1937, 조선일보), 「세조대왕」(1940, 박문서관), 「원효대사」(1942, 매일신보) 등을 집필하였다.

춘원이 초기에 그의 소설적 배경을 형성하였던 情의 문학론과 근대적 성격을 띤 啓蒙文學論은 그의 역사소설에 이르러서는 변모된 성격을 띠고 나타난다. 그러한 춘원의 역사소설관에 대하여는 자술한 논설이 없기 때문에 직접적인 파악이 어려운 실정이다. 다만 몇 가지 글의 편린들로 미루어 볼 때 그의 역사소설관은 춘원문학의 보편적 특성인 민족주의적 계몽의식을 강조한 차원에다 그의 취향의 하나로 볼 수 있는 충군애국적인 관념과 봉건적 생활유습에 대한 풍토적 회고와 감상적 동경[1]을 첨가한 모습으로 일단 이해될 수 있다.

그는 역사소설을 통해서 민족의 역사를 대중에게 전달하고 그 민중에게 역사를 통해서 민중의식을 일깨우고, 민중을 계몽하고자 하는 의도로 역사소설을 창작했다고 할 수 있다. 그는 역사적인 진실성과 그 역사가 갖는 현재적인 의미와는 관계없이 다만 역사적인 위인을 그림으로써 민족주의적 계몽의식을 고취하려 한 공리적인 문학관을 표출하고 있는 것이다. 이것은 이미 1922년에 발표된 「民族改造論」의 내용과 사상적 맥락을 같이 하고 있는 것이다.

그는 조선민족의 쇠퇴원인을 민족성의 결함에 있다고 전제하고 민족의 개조는 도덕개조에서 출발해야 한다고 본다. 그리고 우리 민족의 역사가 결코 부정적이지 않았음을 강조하기도 한다. 그러나 고대사의 긍정적인 해석과는 달리 춘원은 조선왕조사에 대하여는 부정적인 견해를 피력함으로써 비관적인 패배의식을 노출하고 있다.

이것은 「단종애사」에서 「원효대사」에 이르기까지 그의 역사소설에 반영된 사상이 억압된 식민지사회에서 이 민족에게 심어주려는 자구적인 민족주권의 회복을 위한 투쟁의지가 결여된 역사소설로서 스스로 한계성을 지니는 것이라 할 수 있다. 그러나 이러한 비난이 정당한 것이라 할

---

1) 이광수, 「단종애사」, 『이광수전집』(5), 삼중당, 1962, p.220.

지라도, 투쟁의식의 표명이 당시의 상황 아래 현실적으로 불가능했다면, 이러한 윤리의 도덕적 개선이나 풍속개량 등을 바탕으로 한 그의 민족계 몽의식은 그 나름대로 절실한 이유와 타당성을 지니는 것으로 보아야 할 것이다.

Ⅲ. 작품론

1. 「麻衣太子」

한국현대문학에 있어서 최초의 본격 장편역사소설이라 일컬어지는 「마 의태자」는 1926년 5월 10일자로 동아일보에 연재하기 시작한 작품이다. 이 작품은 신라 경문왕 15년에서부터 소설이 시작하여 고려 태조 25년에 이르는 약 60여년에 걸친 긴 이야기를 담고 있다. 역사상 파란만장한 기 간을 소재로 선택한 춘원은 한 국가의 흥망을 국왕의 선악적 행위에 기 저를 둔 치정관계로 파악하고 있다. 주로 오락의 수단이나 상업성의 목 적으로 설정된 이러한 역사적 인물의 치정화는 권선징악적인 평면성으 로 역사를 파악하고자 했던 춘원의 빈곤한 역사의식에 기인한다.

결국 인물들의 권선징악적 도식성에 의한 춘원의 역사소설은 역사의 식의 부재를 뜻한다. 즉 춘원은 역사의 동인을 복합적이며 구조적인 틀 에서 발견하려 하지 않고 역사를 단선적이며 우연적인 것으로 파악하는 데 머물렀던 것이다. 따라서 그는 모든 재난의 원인이 왕가의 치정에 있 다고 파악함으로써 신라말엽의 문란한 풍기가 곧 신라의 멸망을 초래하 고 말았다는 차원에서 작품을 서술하고 있다.

> 왕이 천명을 갈아들이는 동안에 왕후는 적막하고 애타는 회포를
> 오직 왕건을 향하여 말하였다. 왕건밖에 무시로 궐내를 출입함을 허
> 한 남자는 없는 까닭이다. 왕후는 차차 밤에도 왕건을 청하여 들여

하소연을 하게 되고 늦도록 붙들게 되고 마침내는 한 자리에 자는
몸이 되었다.[2]

　궁예의 타락과 함께 묘사되는 왕후 난영의 타락상은 도덕적 타락의 극
단으로 제시되는 진성여왕의 타락상과 동일한 의미의 축을 형성하여 국
가의 몰락으로 연장되고 만다. 이는 위홍이 도덕적으로 타락한 인물로
그려지고 있는 점이나 후백제왕 진훤(견훤)의 몰락상을 묘사하는 점에 있
어서 타락성을 제시하고 있음에서도 여실히 드러난다. 또한 인물들의 치
정양상은 주인공으로 설정된 마의태자 김충과 낙랑공주와 김충의 아버
지인 경순왕과의 삼각관계에서 절정을 이루게 된다.
　요컨대 「마의태자」에서는 강력한 민중의식을 드러낼 수 있는 어떤 치
밀한 세부묘사나 역사해석을 통한 문학적 형상화를 기대하기 어렵다. 역
사의 흐름을 투시할 수 있은 작가의 명징한 의식이 없는 역사소설은 단
순한 야담적 소재를 권선징악적인 통속적 주제로 짜맞추게 되는 오류를
범하게 되는 것이다. 이것은 소설의 목표가 어떤 특정한 시대의 사회현
실을 그 시대의 모든 독특하고 구체적인 분위기를 지닌 그대로 나타내
는[3]것이라 했을 때 요구되는 역사소설 특유의 상상력의 한계로 지적될
수 있을 것이다.
　결국 역사의 흐름을 제대로 파악하지 못하고 개인의 선악적 심성에서
국가의 흥망을 해석하려는 춘원의 작가적 태도는 과거의 역사가 갖는
현재적 의미에 대한 냉철한 인식의 결여에서 기인하는 것이라 할 수 있
다.
　「마의태자」의 구성 역시 많은 문제점을 내포하고 있다. 이 작품이 마
의태자보다는 오히려 궁예에 대한 이야기로 거의 일관되고 있다는 점은
곧 사건이 흥미 본위로 짜여져 있는 데서 비롯되는 구성상의 결점이라

---

2) 이광수, 「마의태자」, 『이광수 전집』(4), 삼중당, 1962, p.51.
3) G. Lukacs, *The Historical Novel*, Boston Beacan Press, 1963, p.150.

할 수 있다. 또한 전체적인 줄거리에도 연결되지 않는 단편적인 사건의
중첩이 드러남으로써 통일성의 결여를 보여주기도 한다.

이처럼 「마의태자」에 있어 전체적인 구성상의 결함은 곧 인물묘사의
상투성과도 깊은 관련이 있다. 춘원에게는 역사적 인물을 설정하는 데
역사적인 복잡한 양상을 연결시킬 만한 충분한 역사의식이 부족하였던
것이다. 그러기에 그의 역사소설에는 흥미본위의 단편적인 야담으로 전
락할 가능성이 충분히 내재해 있었다.

이 작품에서 등장인물들은 성격화를 통한 예술적 형상화보다는 권선
징악적인 도덕성에 지배됨으로써 악인과 선인의 대립적인 묘사로 일관
되어 있다. 이러한 인물설정의 평범성은 결과적으로 작품의 질을 저하시
키는 것이며, 춘원에게 있어서 역사란 개인 사이의 선악적 관계 이상의
동인을 포함하고 있다는 사실과 함께 역사적인 사건을 포용함에는 다만
특수한 소수의 영웅적인 인물만으로는 부족하다는 자각이 미흡했다는
점을 여실히 보여주는 것이라 할 수 있다.

결국 그는 역사소설에서 요구되는 인물의 평면적 의미로서 형상화를
고소설적 평면성으로 대치시킴으로써 인물간의 구체적인 여러 관계에
의한 역사적 주제를 표출시키지 못하고 다만 역사적 사건을 인물들의 애
정관계를 중심으로 짜맞춤으로써 통속적 차원에 머무르게 하였다고 할
수 있다.

또한 역사의 필연성과 보편성에 대한 그의 의식의 결여는 史實에 대한
플롯상의 임의성을 노정시키고 있다. 그렇기 때문에 「마의태자」에 등장
하는 인물들은 춘원에 의해 자주 성격상의 변화를 일으키기도 한다. 궁
예가 영웅적 인물에서 타락한 인물로 설정된 동기가 미약하거나, 궁예의
아내인 난영이 미화의 대상에서 타락한 여인으로 전락하는 점, 왕건이
교활한 인물로 때로는 추악한 인물로 변화를 보이는 점 등에 있어서 설
득력이 부족하다고 할 수 있다. 이러한 인물들의 성격의 자기편의적인
변용은 춘원이 가지는 역사의식의 단순성과 일관성의 결여를 대변하는

것이라 할 것이다. 즉 역사적 사실을 통찰하는 안목의 부족함과 직접적인 관련을 맺는 것이다.

지금까지 춘원의 「마의태자」가 그의 일반 작품과는 달리 논의 대상에서 제외되어 온 이유는 위에서 언급되었던 것처럼 작품 자체가 지니고 있는 예술적 결함과 함께 역사의식의 한계성으로 말미암아 느껴지는 통속소설이라는 선입견과, 그 작품의 당대적 의의를 도외시한 데서 비롯되었다고 할 수 있다. 그러나 역사적인 기록의 번안 내지 실록적 전기류의 작품 몇 편으로 그 명맥을 유지해 온 이 나라 역사소설이 춘원의 「마의태자」에 이르러서 비로소 근대소설로서의 한 좌표로 제시되었다는 점은 춘원의 선각적 업적으로 인정받을 만하다. 그리고 이 작품 속에서 시종여일하는 민족애적 문학의식이 반영된 점 또한 중요하다고 할 수 있다. 이런 점으로 보아 당시의 시대고를 역사적 사실과 결부시켜 병렬적으로 의미를 부각시키고자 했던 그의 작품의도는 현실의 관점에서 볼 때 만족할 만한 성과는 아니라 할 지라도 근대역사소설이 지향해야 할 기법상의 가능성과 함께 그의 민족애가 솔직하고 투명한 문체와 조화를 이루어 한국 근대 장편역사소설의 한 이정표를 설정했다는 점은 가치있는 것으로 받아들여져야 할 것이다.

2. 「李舜臣」

「이순신」은 그 표제가 지칭하는 바와 같이 민족의 수난을 극복하는 정신적 지주로, 임란의 영웅적 인물이었던 이충무공을 "충의의 권화인 무인으로 우리민족의 정형이요 숭앙의 표적"[4]으로 그리려한 춘원의 역사소설이다. 이는 박은식을 비롯한 한말 계몽 운동가의 사학과 연관을 이루며 특히 단재 신채호의 「이순신전」, 「을지문덕」, 「최도통전」과 동일한 맥락을 형성하게 된다.

---

4) 이광수, 「작가의 말」, 『이광수전집』(9), 삼중당, 1962, pp.522~524 참조

그러나 춘원의 후기 역사소설에 투영된 역사의식은 식민지사관에 의한 자기비하적인 모습을 드러내어 진정한 민족주의 역사의식과는 모순된 한계점을 드러낸다. 일제에 의해 허용된 범위 내에서 가능했던 문화주의적 민족주의의 한계는 현실타협적 무저항주의로 귀결됨으로써 민족의식의 굴절은 단순한 도덕적 민족성의 개조를 지향하는 모습으로 변모되었고, 이순신에서도 이러한 모습이 특징적으로 노출되기 시작한다.

「이순신」은 1931년 7월 16일부터 1932년 4월 3일까지 동아일보에 연재된 장편소설이다. 이 작품은 선조 신묘년(1591) 2월부터 시작하여 선조 무술년(1598) 9월 18일 이순신이 순사할 때까지의 사건을 담고 있다. 작가는 이순신이라는 인물을 통해 보편적인 조선인의 전형과 상반된 고상한 품위를 지닌 지도자를 설정하고 있는 것으로 보인다. 그러나 그가 식민지사관적인 성향을 극복하지 못하고, 조선인의 성격을 분파성에 근거를 두어 그 전형으로 인식하고 있는 점은 커다란 오류라고 할 수 있다.

「이순신」의 작품구성은 연대적 史實의 나열에 치중하고 있다. 작품의 전개과정에 있어서 정작 이순신에 관계되는 섯은 극히 부분적이었고, 이순신의 주변상황, 즉 도처에서 전개되는 접전의 실상과 참상, 왕의 몽진, 명나라 구원병의 작태 등 표제와는 직접적인 관련이 희박한 내용들을 잡다하게 나열함으로써 작품의 구조를 약화시키고 있다. 특히 등장인물의 성격묘사에 있어서도 그의 다른 역사물과 마찬가지로 묘사의 일관성을 상실하고 있을 뿐만 아니라 선악의 대립적 인물설정 양상을 드러내는 등 많은 결함을 노정하고 있다.

이러한 점은 한 나라의 군왕을 지나치게 나약하고 우유부단하게 묘사하거나 백성들에게 신의없는 인물로 제시하는 데서 드러난다.

대세를 보기에 어두운 왕은 처음에는 황윤길의 말을 믿어 일본이
내습할 것을 가상하고 해군과 육군을 일으키기를 결심하였으나 다
시 동인들의 말에 기울어져 단연히 수륙군비를 아니하기로 결정하

였다.[5]

그러나 그러다가 갑자기 의외로 강한 의지와 굳센 성격의 인물로 부각되어 나타나는 등 일관성이 결여된 인물로 설정되고 있기도 하다. 대부분의 조정신하들도 겁이 많고 자신의 안일만을 추구하는 시대적 인물들로 묘사되어 있다. 이들은 연일 당쟁만 일삼는 치유불능의 인물들로 그들이 빚는 당쟁의 심각성이 강한 어조로 제시되고 있다. 작가는 여러 신하들 중 유성룡만 긍정적인 인물로 그리고 있을 뿐 이항복이나 정철 같은 이들에 대해서는 한결같이 부정적인 인물로 제시한다.

더욱이 당쟁만 일삼는 인물들은 적군이 가까이 오기만 하면 도망가기를 주장하고 왕과 모든 신하들은 명의 구원만을 최선책으로 삼는가 하면, 용맹스러워야 할 무신들마저 대부분 자기도생에 급급하는 졸장부들로 그려지고 있다. 원래 작가의 의도가 이순신을 영웅화하기 위한 데 있었던 만큼 여타의 인물에 대한 비하가 다소 불가피했다손 치더라도 객관성을 상실한 인물묘사는 결국 작품의 가치를 저하시키는 결과를 초래하고 있다고 할 수 있다.

작가는 이 작품에서 對明人觀을 대체로 부정적 경향으로 제시하고 있다. 서두에서부터 명인을 의심하는 측면을 드러내는가 하면 명인들을 비겁하고 소심한 성품의 소유자들로 비하시키고 있는 것이다. 더욱이 이 작품에 등장하는 대부분의 명나라 군사들은 싸움보다는 향락에, 부녀자의 희롱과 겁탈, 大官들에게마저 서슴없이 폭행을 가하는 잔인한 군사로 그리고 있다. 반면의 작가의 對日人觀은 오히려 긍정적인 면을 나타내고 있다. 작품의 서두에 왜장에게 정중한 예의를 차리는 장면이라든가 용감히 싸우다 죽은 적장과 군사들을 보면서 그 의를 기리는 예우를 해 주는 모습 등이 작품 도처에서 발견된다. 이와 같이 작가의 서술태도는 일제 강점기라는 외부적 상황 외에도 작가의 내적 변화에서 야기된 것이라 할

---

5) 이광수, 「이순신」, 『이광수전집』(12), p.180.

수 있다. 즉 일제말기에 보였던 친일적 작가태도의 단초를 이 작품에서
부터 보이고 있는 것이다.

이 작품은 기법면에서도 여러 가지 한계점이 드러나는데, 그것은 춘원
의 작품 전반적으로 지적되는 공통적 결함으로서 작가의 지나친 침입과
설교조 문체의 남용뿐만 아니라 타당성을 상실한 묘사 방식이라 할 수
있다. 설득력이 없는 과장된 묘사와 감정적 표현의 과잉노출 등은 작품
의 미적 가치를 손상시키고 있을 뿐인 것이다.

춘원이 「이순신」에서 추구하고 있는 창작의도는 역사소설을 통하여
바람직한 민족성격을 창조하고 나아가서 민족의식을 고취하고자 하는
데 있었다고 할 수 있다. 집필시기가 제약이 많이 따랐던 시기이고 여타
의 여러 한계성으로 말미암아 이 작품도 역사소설로서의 한계성을 스스
로 지니고 있음에도 불구하고 이 작품이 갖는 몇가지 성과는 주목해 볼
필요가 있다. 우선 창작시기의 사회상황을 임진난의 상황으로 환치시킴
으로써 강한 주제의식을 우회적인 수법으로 독자에게 전달하는 효과를
노렸다고 할 수 있는 것이다. 또한 강한 민족의식의 표출을 의도했다는
것인데 이것은 물론 춘원의 민족성에 대한 관념이 보다 거시적이어야 할
필요가 있다는 한계를 동시에 수반하는 것이기도 하다. 왜국의 침략행위
에 대한 민중의 분노가 더욱 부각되어야 하며, 일제 식민지사관에 동조
하는 태도의 지양 등은 이 작품에서 심각하게 고려되어야 할 문제점으로
남는 것이다. 춘원이 영웅주의에 입각해서 「이순신」을 집필하려 했다 할
지라도 영웅주의를 형상화하기에는 역사의식이 빈곤하였으며, 역사적
허구화에 이르기에는 역사문학에 대한 자각이 부족했다고 할 수 있는 것
이다.

Ⅳ. 이광수 역사소설의 문학사적 의의

이광수의 역사소설에 일관하고 있는 작가의 주된 사상은 민족주의적

의식으로 집약될 수 있을 것이다. 일제 강점기라는 질곡에 빠져 있는 민중에게 역사소설을 통해 그 나름의 민족주의적 상황을 고취시키려 한 점은 일단 긍정적으로 평가되어야 마땅하다고 할 수 있다. 그러나 춘원은 민족성의 부정적 요소로서 당쟁, 사대주의 등 민족의 도덕적 취약점에 입각해 사실에 대한 비판에만 치중하였을 뿐 일본제국주의 이데올로기에 대한 민족적 자각이나 대결의식은 보여주지 못하고 있다. 따라서 그의 작품에는 민족개조를 달성하지 못한 민족의 비애와 치정, 그로 인한 망국의 한과 권력투쟁으로 말미암은 비극, 이상적 인물들에 대한 동경 등 회고적 감상과 권선징악의 대비만이 지나치게 노출되어 있다. 또한 설교적 육성의 개입, 구성이나 인물의 묘사에 있어서 필연성과 통일성의 결여 등 문학이 지향하는 예술적 기교마저도 손상을 입고 있다고도 할 수 있다.

그러나 이러한 한계점에도 불구하고 춘원은 그가 집필한 역사소설을 통해서 간접적으로나마 과거의 우리 역사를 되새기고, 이것을 통하여 민족이 나아가야 할 바를 유도하는 등 식민지 상황하에서의 민족주의의 방향을 제시하고 있다는 점에서는 어느 정도의 가치를 인정 받을 만한 여지를 갖고 있다고 할 것이다.

요컨대 그의 작품들은 사상적·문학적 미숙성을 지니고 있음에도 불구하고 본격적인 역사소설로서의 좌표를 제시했다는 점에서나 대중과 밀착된 역사소설을 개척함으로써 30년대 이후 신문연재소설에 대한 초석을 마련했다는 긍정적 평가를 받을 수 있을 것이다.

90년대의 역사소설

　인간은 필연적으로 특정한 시간과 공간(시대와 사회)속의 존재이다. 이러한 존재에 대한 탐색은 공간적으로 동일시대, 다양한 계층들의 삶을 살펴보는 방법과 시간적으로 역사속의 한 시대나 인물을 통해 현재 우리들의 인생을 살펴보는 방법이 있다. 80년대 소설의 사회학적 관심이 전자의 방법에 해당한다면 90년대의 대중의 인기를 얻고 있는 실록 역사소설은 후자의 방법에 속한다고 볼 수 있다.

　80년대의 소설은 사회적 배경을 중시했다. 그들은 인간은 필연적으로 사회제도의 제약에서 벗어날 수 없는 사회내적 존재라는 전제를 지니고 소설을 썼다. 소설 속의 주인공은 사회제도의 모순과 갈등을 일으키며, 투쟁하는 인물로 획일화되어 갔다. 사회제도의 우월성을 강조하던 당대 소설의 흐름은 자아탐구나 개인의 노력에 의해 성공을 하는 부류의 인간성 탐구의 작품들은 사회제도의 모순에 의해 억압받는 노동자, 농민계층의 숙명적인 비극성을 완화시키기 위한 부르주아의 시각을 담고 있다거나 현실의 모순을 방조하는 용기없는 것으로 백안시하였다. 그리하여 현대사회 발전과정에서 소외된 개인의 경제적 삶을 윤택하게 하고자 하는 의도로 시작되었던 80년대의 소설은 역설적으로 인간성의 상실을 가져오고 말았다.

　이러한 시대의 연장선상에 90년대의 실록역사소설이 위치하고 있다. 90년대에 실록역사소설이 대두하게 된 것은 작품의 양적 팽창과 독자들의 선호도가 상승작용을 한 결과이다. 작가는 독자들보다 현실에 대한 관심과 상상력을 바탕으로 한 직관이 탁월하기 때문에 실록역사소설에 대한 관심을 독자들보다 앞서 보였다. 대개 두권 이상의 장편으로 된 90년대의 실록역사소설은 사회적 관심이 주류를 이루던 80년대에 구상되었으며, 그동안 고증 등을 위한 자료수집과 창작과정을 겪어 90년대에 나온 것들이다. 반면에 독자들은 현실에 대한 비판을 중심으로 전개된 80년대 소설에 관심을 가지다가 부분적으로 경제적 문제 해결의 성과와 함께 90년대에 접어들어 취향의 변화를 가져와서 실록역사 소설에 관심을 지니게 되었다.

　1990년에 간행된 이은성의 『소설 동의보감』은 실록역사소설로서 대중적 인기를 얻어 소설부문 전국 베스트셀러 1위를 차지하게 되었다. 이후에 나온 공주 용화사의 한 스님이 수십년간 수집해서 제공한 자료를 바탕으로 쓴 이재운의 『소설 토정비결』이 베스트 셀러 1위를 이어받았으며, 1992년 7월에 나온 황인경의 『소설 목민심서』가 베스트 셀러에 이미 올랐고, 조만간 1위를 차지할 것이 거의 확실해졌다. 올해 7월에는 중견작가 이문구의 『매월당 김시습』, 강신재의 『혜경궁 홍씨』, 전주한의 『연산군 이야기』까지 나와 90년대 소설계는 실록역사소설의 전성기를 맞이하고 있다.

　『소설 동의보감』은 의사를 선호하던 당대의 대중적 취향이 약간 가미된 상태에서의 인기상승이라는 요소도 있었으나 사회부조리에 항거하여 모든 역경을 물리치고 부조리를 일소하는 인간적인 모습과 자신의 직업을 천직으로 알고 최선을 다하는 인간의 아름다움에 대한 인기가 주류를 이루었다. 이는 80년대의 작품들이 자신의 권익을 위해 파업을 하는 등으로 권익을 위해 투쟁하는 동안에 노동과 직업에 대한 자부심을 상실했다는 단점을 보강해주는 것이었다. 80년대 문학의 단점에 대한 대안의 제시라는 점에서 90년대의 역사소설의 위상이 확보될 수 있었다.

그러면 90년대의 역사소설은 어떻게 보아야 할 것이며, 그 공과는 어떠한가?

모든 역사는 현재를 위한 역사이다. 역사소설에서 지니고 있는 역사인식도 이러한 범주내에서 이루어지는 것이다. 따라서 역사소설을 읽기 전에 독자는 그 작품이 언제 쓰여졌는가 하는 점을 염두에 두어야 할 것이다. 역사소설은 당대의 시대상을 현재와 비슷했다고 생각되는 과거에서 찾고자 하는 의도가 담겨 있기 때문이다. 다른 하나의 소재를 역사에서 취할 때 그 배경에는 현실에 대한 불만과 그에 대한 비판이 담겨있다는 점이다. 이는 가치관의 혼란기에 있는 당대에 비교적 평가가 끝난 현재와 비슷한 과거를 빌어 그 속에서 현재의 잘못을 객관적으로 지적하고자 하는 의도를 담고 있다.

90년대에 나온 실록역사소설들의 특성은 지식인 계층을 주인공으로 삼은 작품들이 많다는 점이다. 이는 백성들이 현실에 내해 불만을 품고 있던 70년대의 작품들이 홍길동이나 임꺽정 등 의적을 소재로 했던 것과는 구분이 되고 있다. 70년대에 작품들이 부정부패를 척결할 의적의 출현을 기대하는 보상심리의 소산이었다면, 90년대의 작품들은 지식인들의 각성을 촉구하는 심리를 담고 있다. 이들 작품이 선호하는 지식인들은 청렴결백하고, 세상의 권세나 이익을 추구하지 않으며, 정부의 잘못에 대해 비판적 시각을 지니고 있으며, 백성을 사랑하는 마음을 지니고 있다는 공통점을 지니고 있다. 이는 역설적으로 현실에서의 지식인들이 자신의 권세나 이익을 추구하고, 백성들을 의식하지 않는다는 점에 대한 경각심을 일깨우기 위한 취지에서 쓰여졌음을 의미한다. 그리고 독자들도 그러한 인물의 출현을 기대하고 있음을 인기도로서 보여주고 있는 것이다. 그러한 소설들의 인기는 탁월한 현실인식에서 연유한다.

　여보게, 서기. 농부는 임금의 마음을 가지고 있어야 하네. 저 수수
한 그루, 감자 한 포기, 고추 하나가 다 백성이라고 생각하게. 매운
백성도 있고, 신 백성도 있고, 단 백성도 있다네. 모래를 좋아하는
백성도 있고, 진흙을 좋아하는 백성도 있다네. 이렇게 백성이 원하
는 것은 다 다르다네. 그렇지만 이들은 알맞은 땅에 뿌리박게한 뒤
그저 물을 듬뿍 주고 거름만 충분히 주면 저희들끼리 알아서 잘 자
란다네. 내가 생각하기로 임금도 농부의 마음으로 백성의 마음밭을
갈아만 간다면 저절로 태평성대가 이루어질 걸세.(『소설 토정비결』
上, p.77.)

　한때는 선량했던 양민이 산적으로 전락해간 내력을 들으며 약용의
마음은 더없이 착잡했다. 산속에 숨어서 길 가는 양민을 노리는 그의
행위를 어느 누가 당당하게 죄악이라고 말할 수 있을지 의심스러웠
다. 굳이 그 책임을 묻자면 토색질을 일삼는 고을 수령이거나, 아니면
그 수령을 임명한 임금이거나, 그것도 아니면 임금을 올바로 보필하
지 못한 조정대신이라고나 할까.(『소설 목민심서』 1, p.271.)

　역사상 한 시점의 이러한 이야기들을 보면서 독자들은 어쩌면 이렇게
현실과 역사 속의 시대가 똑같을까 하는 생각을 지니게 됨으로써 역사소
설을 단순한 호기심의 대상으로서가 아니라 현실에 대한 불만의 대리충
족을 해줄 수 있는 대상으로 보고 있는 것이다. 역사소설의 인기는 이러
한 현실인식을 바탕으로 하고 있기 때문에 유지될 수 있는 것이다. 현실
에 대한 불만을 담고 있다는 점에서 실록역사소설의 작가와 독자들도 80
년대의 민중문학의 작가와 독자들과 동일선상에 놓을 수 있다.
　90년대의 역사소설은 80년대를 겪으면서 느꼈던 가치관의 혼란기에
대응하여, 가치관의 정립을 위해 노력하고 있다는 점에서 높이 평가받을
수 있다. 그리고 현실을 보는 안목을 역사상의 시점으로까지 옮겨 현실
인식의 깊이를 더해주고, 현실의 문제점을 감정적으로 대응하지 않고 객
관화했다는 장점도 지니고 있다.

그러나 90년대의 역사소설은 몇가지의 단점도 지니고 있다.

첫째는 주인공의 저명인물을 택함으로써 역사적 사실을 중시하고 작가의 상상력의 개입영역을 축소시켰다는 점이다. 이는 독자들이 예측할 수 있는 플롯으로 전개할 수밖에 없다는 단점을 지니고 있다. 또한 현실을 보는 시점을 객관화하기 어렵다는 단점도 지니고 있다. 당대의 한 인물은 나름대로의 인생관과 세계관을 지니고 있다. 그러나 그 자체가 소설이 될 수는 없다. 작가의 인생관과 세계관이 담겨야하는 것이다. 90년대의 역사소설들은 저명한 인물을 주인공으로 택함으로써 그들의 인생관과 세계관에 대한 천착에 한계를 지니고 있다. 이러한 단점이 주인공의 심리묘사나 현실인식 등을 통해 생동감을 부여함으로써 독자들에게는 부각되지 않는다. 그러나 작가들은 그 한계를 인식해야할 것이다.

둘째는 인기에 영합하는 방향으로 나아갈 가능성이 많다는 점이다. 현대인의 체험 보다는 역사상의 소재를 택할 때 더욱 극적인 효과를 거둘 수 있는 소재가 풍부하다. 이는 독자의 인기를 유발하고, 다시 작가들이 독자의 인기에 영합할 가능성이 있다. 1930년대의 역사소설이 그랬고, 시금까지의 역사소설이 주로 그 한계를 극복하지 못했음을 염두에 두어야 할 것이다.

셋째는 작가의 상상력과 역사적 사실의 혼란을 가져올 수 있다는 점이다. 역사소설도 역사를 왜곡시킬 수는 없다. 그러나 기록에 남아있지 않는 부분은 작가의 상상력으로 메울 수 있다는 소설가의 특권이 있다. 그러나 독자들은 이 모두를 사실로 믿을 수 있다는 점을 인식해야 할 것이다. 이는 작가의 문제라기 보다는 독자의 인식의 문제이다.

신채호의 문학

Ⅰ. 신채호의 문학관(文學觀)

1. 시문관(詩文觀)

단재(丹齋) 신채호(申采浩)의 문학은 대아의식(大我意識) 내지는 민족의식, 역사의식 내지는 반제·반봉건의식(反帝·反封建意識) 그리고 민중혁명의식(民衆革命意識)과 이어지며 동시에 그 자체의 독특한 성격을 보여 주기도 한다.

그는 여러 글에서 시나 소설에 대한 자신의 견해를 피력하고 있다. 「천희당시화(天喜堂詩話)」를 보면, 그는 강무(强武)한 국가의 건설을 위하여는 먼저 그 나라의 문약한 국시(國詩)를 개량하여야 함을 주장하고, 이어 시는 곧 국가의 존망여부(存亡與否)와 관계되는 중요한 것으로 파악하고 있다. 또한 그는 시인의 위치에 대하여 상당한 평가를 내리고 있다. 즉 그는 시인을 구국(救國)의 영웅이나 위인과 동등한 영향력을 가진 자로 보았다.

2. 소설관(小說觀)

단재의 사상은 언제나 강한 민족의식에 기초를 두고 있으면서도 초기단계로부터 중기 내지 말기에 이르는 동안 점차 변모 발전되어 갔다.

초기인 1900년대의 단재는 반제·반봉건사상과 함께 우리 나라의 역사, 풍속, 습관, 제도 등의 정신 내지 국민의 혼(魂)을 보존하자는 전통적이고 다소 보수적인 유교주의(儒敎主義)를 지니고 있었다. 이 시기의 문학론은 유교주의적 문학 효용론(效用論)의 범주에 속하는 것으로서 창작분야에서는 주로 구국영웅을 찬양하는 「이순신전(李舜臣傳)」과 같은 전기체소설(傳記體小說)로 나타나며, 그 문장의 표현 역시 고소설(古小說)의 서술체(敍述體)나 개화기 특유의 정치논설체(政治論說體)에 의존하고 있다.

중기에 해당되는 시기인 1910년대는 단재에게 있어서 하나의 과도기였다고 할 수 있다. 이 기간에 단재가 저술한 「꿈하늘(夢天)」(1916년)에서는 1900년대의 전통존중과 같은 주체적(主體的) 민족사관(民族史觀)의 고수와 1920년대의 폭력혁명론에 이어지는 "「아(我)」와 「비아(非我)」의 투쟁"이 강조되어 나타나고 있으며, 식민지 현실의 부자유를 극복하여 비유적인 구조, 그리고 환상적인 문체로서 특이한 소설공간(小說空間)을 구축하고 있다.

말기인 1920년대에 이르면 단재의 사상은 폭력저 민중혁명론 내지 무정부주의(無政府主義)로 발전한다. 그는 문학적 논설들에서 현실을 바로 묘사하고 그 구제에 작용할 수 있는 문학을 강조하며, 또 「용(龍)과 용(龍)의 대격전(大激戰)」에서는 민중혁명에 의한 독립쟁취(獨立爭取)를 주장하고 있는 것이다. 그러나 단재 신채호에게 있어서 변치않는 것은 강한 민족주의이고, 문학의 사회적 기능을 중시하는 문학관이었다.

II. 작품론(作品論)

1. 전기류 작품(傳記類 作品)

1) 외국 작품의 역술(譯述)과 그 소개

개화기 소설(開化期 小說)이 출현하기 전후, 당대의 지식인들은 일반

적으로 그들이 이상(理想)하는 바의 인간상을 주로 전기적인 형태로써
나타내려는 경향이 현저했다.

단재의 「이태리건국삼걸전(伊太利建國三傑傳)」도 이러한 의도하에 양
계초(梁啓超)의 원저(原著) 「이태리건국삼걸전」을 1907년에 역술하여 광
학서포(廣學書鋪)에서 간행한 것이다. 이 책은 비록 역술한 것이기는 하
지만 국민적 애국심과 자주독립사상을 고취하기 위한 그의 정열, 그리고
역사적 현실에 대한 새로운 인식과 분발을 촉구한 최초의 성과라는 점에
서 중요한 의미가 있다.

이 작품은 외국의 지배를 받고 있던 이탈리아가 통일된 근대적 민족국
가로 형성되는 과정에서 맛치니, 카브르, 가리발디 등 삼걸(三傑)의 건국
활동을 서술하고 있다. 그 구성을 보면, 장지연(張志淵)의 교열(校閱) 서
문(序文)과 수편(首篇 : 緖論), 종편(終篇 : 結論) 외에 모두 26절(節)에 나누
어 본문을 전개시키고 있다.

2) 열전류 작품(列傳類 作品)

위에서 살펴본 바와 같이 단재의 전기문학은 먼저 외국 작품의 역술로
써 출발했다. 그런데 이것이 다음에 오는 그의 창작적 전기류 작품과 결
코 무관하지 않다는 점이 매우 중요하다.

실제로 그는 「이태리건국삼걸전」을 역술한 이후에 을지문덕(乙支文
德)의 영웅적 생애를 그린 「을지문덕」, 이순신의 성웅적(聖雄的) 일생을
서사한 「이순신전」, 그리고 최영(崔瑩) 장군의 영웅적 일대기를 서술하
고 있는 「최도통전」 등을 저술하였다. 물론 이 창작적 전기류 작품이 반
드시 서구적 영웅전의 역술된 작품과 동궤에 속하는 수법을 답습하는
것이 아니고, 우리의 과거 이른바 열전 내지 고소설에 있어서 전기류 작
품의 수법을 혼합 병용하고 있지만 어쨌든 그가 그의 민족주의 사관을
구체적인 문예형식으로 표현하고자 하는 의식을 갖게 되는 것을 쉽게

알 수 있다.

「을지문덕」은 1908년 5월 30일에 저술 간행된 고구려(高句麗)의 명장(名將) 을지문덕의 영웅적 행적을 서사적으로 기술한 전기문학이다. 이 작품의 원제목은 「대동(大東) 사천재(四千載) 제일위인(第一偉人) 을지문덕(乙支文德)」이며, 광학서포에서 출간하였다.

이 작품의 전체적인 체제를 살펴 보면 우선 맨 첫머리에는 변영만(卞榮晚)의 서(序)와 이기찬(李基燦)의 서(序), 그리고 안창호(安昌浩)의 서(敍)가 차례로 첨가되어 있다. 그리고 그 다음에는 범례(凡例)와 목록(目錄)이 기록되어 있다. 여기에 이어서 이 작품은 서론과 결론 외에 본론의 내용을 모두 15장(章)으로 나누어서 을지문덕이 살았던 시대적 배경과 아울러 그의 영웅적인 활약상을 그리고 있다.

그런데 이렇다 할 근대소설(近代小說)의 구조를 확보하지 못한 이 「을지문덕」은 민족의 독립을 쟁취하는 의지를 고취하려는 정사적(正史的) 역사편찬이라는 한계점과 문체의 생경함과 그 당시의 한 흐름이기는 하되 과장적이고 현학적인 기술방법의 도입으로 역사의 사실성(事實性)을 지나치게 윤색한 점, 그리고 한자어의 난삽성(難澁性)으로 그 대중적인 보급에 많은 제약을 받는 약점을 스스로 지니고 있다.

하지만 그 인물설정에 있어 구체적 영웅상의 전형화(典型化)로써 구세적(救世的) 현실의지(現實意志)를 구현하려 한 점에서 이 「을지문덕」은 실록적(實錄的) 역사소설의 이정표가 된 작품이라고 할 수 있다.

「이순신전」은 임진왜란(壬辰倭亂)때의 구국영웅인 충무공(忠武公) 이순신에 대한 전기이다. 「수군(水軍) 제일위인(第一偉人)」이라고 관두(冠頭)한 이 「이순신전」은 1908년 5월 2일에서 부터 그 해 8월 18일에 걸쳐 대한매일신보(大韓每日申報)에 연재되었던 작품이다.

이 작품은 민족의 성웅인 충무공 이순신 장군의 일생에 걸친 구국적인 활동상을 전기체로 서술하고 있다. 이 작품 역시 그의 다른 전기류 작품들의 구성형식과 마찬가지로 서론, 본론, 결론의 논설형식으로 되어 있으며, 총 19장에 이르는 회장체(回章體)로 구성되어 있다. 이러한 구성방식에 따라 이 작품은 구국적 영웅인 이순신의 생애를 순차적으로 기술해 놓고 있다.

「최도통전(崔都統傳)」은 고려말(高麗末) 북벌론(北伐論)의 대영웅인 최영 장군에 대한 전기이다. 이 작품은 「이순신전」과 마찬가지로 대한매일신보에 발표되었는데, 그 연재 기간은 1909년 12월 5일부터 1910년 5월 27일까지였다. 그리고 이 작품은 그 제명(題名)에 「위인유적(偉人遺蹟) 동국거걸(東國巨傑)」이라 관명(冠名)하고 있다.

이 「최도통전」은 모두 8장으로 나뉘어 아동국(我東國) 절대거걸(絶對巨傑) 최영 장군의 영웅상을 그려 내고 있다. 이 작품 역시 「을지문덕」이나 「이순신전」의 체제와 마찬가지로 논설형식을 취하고 있으나 결론이 빠져 있다는 점이 특이하다 할 수 있다.

2) 몽환류 작품(蒙幻類 作品)

초기 전기류 작품에 이어 중기 이후에 발표된 단재의 작품으로 우리의 관심을 끄는 것은 「꿈하늘」(1916)과 「용과 용의 대격전」(1924년?)이다.

「꿈하늘」은 모두 6장으로 구성되어 있는 작품인데, 3장의 내용은 그 대부분이 누락되어 있을 뿐만 아니라 6장 이후의 부분은 탈락되어 있는 미완성의 작품면모를 보여 주고 있다. 게다가 이 작품은 의도된 구성이 없이 다만 수상형식(隨想形式)으로 이루어져 있으며, 또한 실제적인 사건을 기술한 것이 아니기 때문에 작품의 전체적인 서술 내용은 다분히 환상적이며 상징적인 분위기를 자아낸다.

이 작품의 줄거리는 작자인 단재의 자전적 인물인 주인공 '한놈'이 환상적인 꿈의 세계, 곧 한국 역사 전체를 을지문덕 장군의 도움으로 두루 살펴 보는 것으로 되어 있다.

이 작품은 초기 작품에서 지적되는 실증적 한계성을 상상성(想像性)의 확충으로 커버 했다는 점과 초기 작품보다 쉬운 구어체 문장을 구사한 점, 그리고 방법으로서 운문적(韻文的) 요소를 작품속에서 가미한 신화적 소설을 창작했다는 점에서 초기 전기류의 작품들보다 일보 전진한 모습을 보여주고 있다고 하겠다.

「용과 용의 대격전」은 무정부주의가 승화된 격조 있는 혁명적 사상소설(思想小說)로서 민중시대가 구현된 뒤에 오는 이상적인 미래세계를 엿보게 하는 작품이다.

이 작품은 모두 10개의 단편적인 소제(小題)가 붙은 내용에 의해 구성된 단편소설로서 연대 미상의 작품이다.

이 소설의 줄거리는 천상국(天上國)과 지상국(地上國)의 대결에 있어서 민중적 자아를 대변하는 지상의 용인 '드레곤'이 천상의 용인 '미리'를 장쾌하게 격퇴시킴으로써, 상제(上帝)는 쥐구멍만을 찾는 쥐새끼가 되었다는 것으로 되어 있다.

Ⅲ. 신채호 작품의 문학사적 의의(文學史的 意義)

이상에서 단재 신채호의 초기 단계로부터 중기 내지 말기에 이르는 문학의 변모 발전양상을 크게 전기류 작품과 몽환류 작품으로 구분하여 「이태리건국삼걸전」, 「을지문덕」, 「이순신전」, 「최도통전」, 「용과 용의 대격전」 등의 작품을 중심으로 검토하였다. 다음에서는 결론삼아 이들 작품들이 지니고 있는 역사소설적 의의를 규명해 보고자 한다.

물론 이상에서 살펴 본 단재의 초기 전기류 작품들은 엄격한 의미에 있어서는 본격적인 역사소설로 다루기에는 미흡한 점이 많은 것이 사실이다. 왜냐하면, 이 작품들이 소설적 구성의 미숙성, 서술내용의 실증주의적 경향, 그리고 문체의 생경함 등의 한계점을 지니고 있기 때문이다.

그러나 이런 점에도 불구하고 우리는 이 작품들이 근대적 역사소설의 이행과정(移行過程)에서 지니고 있는 의미를 결코 과소 평가할 수는 없다.

그것은 첫째 작가의 강렬한 주체의식에 있다. 그의 투철한 역사의식과 민족의식에 바탕을 둔 애국계몽사상은 독자로 하여금 소설적 감동을 불러 일으키기에 충분하였다고 본다.

둘째로 이들 단재의 전기류 작품들이 주인공의 영웅상을 형상화하는 데 성공했다는 점을 지적할 수 있다. 구국의 영웅상을 이만큼 선명하고 강렬하게 부각시키고 있는 작품도 드물 것이다.

셋째는 그의 장려(壯麗)한 문체를 들 수 있다. 그 웅쾌(雄快)하고 장려한 문체는 작가의 주체의식을 선명하게 표출하는 소설로 다루기에 족한 것이라고 하겠다.

그리고 특히 「을지문덕」, 「이순신전」과 같은 작품은 낙양(洛陽)의 지가(紙價)를 올릴 만큼 널리 애독되었고, 마침내는 일제의 금서조치(禁書措置)를 받게 되었다는 점이라든지, 처음에 이 작품들이 대한매일신보 등에 연재되었던 점 등은 대중적 독자를 염두에 둔 소설로서의 창작 동기가 작용하였던 것으로 지적할 수 있다.

한편 중기 이후에 발표된 단재의 몽환류 소설작품들은 작가가 그의 민족사관을 구상화(具象化)하려는 의지에 있어서는 조금도 변함이 없지만, 여기서는 단지 영웅의 전기적 사실(事實)에 직접적으로 의존하지 않고 작중 주인공의 환상적 우화적(寓話的) 모험을 역사적 영웅이나 용과 같은 상상적 동물에 의탁하여 표현함으로써 한걸음 더 상상적인 문학적 양식에 접근하고 있다. 그와 같은 사실은 곧 초기 작품에서 지적되는 실증적 한계성을 상상력의 확충으로 극복했다는 것이 되며, 그것이 표현 방법으로서 운문적 요소를 작품속에 가미한 신화적 양식의 소설을 창작하려는 작자의 발전된 노력이라고 볼 수 있다.

따라서 우리는 단재 신채호의 역사류 작품을 정제된 근대 문학작품으로 인정하기는 어려울지 모르나, 한국 근대문학사에 있어 역사소설의 시도적(試圖的)인 업적으로 평가할 수 있다고 본다.

김동인의 「젊은 그들」

I. 서 론

　김동인이 남긴 많은 양의 단편소설과 장편소설들 중 특정 작품에 걸친 의미를 탐색한다는 것은 결코 쉬운 일이 아니다. 더구나 다양한 경향으로 점철된 김동인의 작품은 그의 성격이 그대로 투영되어 복잡한 양상을 지니고 있어 작품세계의 성장과 변모 과정을 추적하기가 용이치 않다.

　김동인에 대한 기존의 연구는 접근방법에 따라 다섯 영역으로 대별할 수 있다. 첫째는 한국문학에서 리얼리즘 사조가 지닌 중요성을 바탕으로 하여 그 전개과정 중에 김동인이 차지하는 중요성을 강조하는 작품에 대한 문예사조적 측면에서의 진단이며, 둘째는 작품 내적인 고찰을 통한 작품의 주제 및 구조에 대한 고찰, 셋째, 그의 일본 유학의 체험과 작가 자신이 일본문학의 영향을 받았음을 시인한 것을 바탕으로 이루어진 비교문학적인 고찰, 넷째, 김동인의 문학사적 위치를 정립하기 위한 문학사적 고찰, 다섯째, 문학탐구의 기본적인 전제라 할 수 있는 역사 전기적 고찰로 집약될 수 있다.

　김동인이 가지는 문학사적 중요성 때문에 이처럼 다양한 평가가 이루어져 왔지만, 작품론에 있어서는 단편에 치중해 온 경향이 없지 않다. 그리고 그러한 이유는 동인의 문학사적 공적이나 시대사조와의 관련 등이,

20년대 이후 문학사의 전반적 특성이기도 하지만, 단편소설에서 두드러지게 나타난다는 데 있다. 그렇지만 한 작가의 탐구가 단편소설에 대한 탐구에만 치중한다면 그의 문학세계에 대한 올바른 평가를 내릴 수 없을 것이다.

따라서 문학사적으로 중요한 위치를 점하고 있는 김동인의 문학세계를 올바르게 평가하기 위한 기초로서 그의 장편소설에 투영된 작품세계의 전모를 알아보는 작업이 필요하다고 하겠다. 김동인 자신이 18편의 장편소설을 썼다는 점 또한 그의 작품세계에서 장편이 차지하고 있는 비중을 소홀히 할 수 없음을 보여주고 있다.

여기서는 그의 장편소설 18편 중 최초의 역사소설 「젊은 그들」을 중심으로 작중인물이 어떤 형태로 형상화 되었는가를 살피고 소설적 구성의 특성을 분석함으로써 작품이 담고 있는 주제 의식이 어떻게 표출되고 있는가를 파악해 내려 한다. 이 작업의 목적은 김동인이 가지는 역사소설에 대한 관점과 실제 작품과의 거리를 조명하려는 것이며 나아가 역사소설의 발전 단계에서 본 김동인 역사소설의 위상을 파악하려는 것이다. 그렇기 때문에 본 연구는 김동인 역사소설의 한계와 가능점을 동시에 고찰해 보는 자리가 될 것이다.

II. 강자 지향의 영웅적 인물

김동인 소설의 대부분은 강자지향의 영웅화에 치중하고 있다. 대원군의 경우 그의 제자인 재영을 통하여 다음과 같이 영웅적인 외양이 묘사되고 있다.

> 깨어 있을 때는 오히려 얼굴 전면을 덮고 있던 피로와 불만이 지금은 없어지고 지금 그의 얼굴에 감싸고 나타나고 덮이어 있는 것은 무서운 패기와 그 패기를 도울만한 의지였었다. 귀인답게 깊고 굵게

새겨져 있는 주름이며 그 주름살 아래서 뜨는 눈과 입은 과거에 그
가 가졌던 권력을 능히 행사한 의지를 증명하는 듯하였다. 거기는
왕자(王者)로서의 위엄이 있었다.[1]

이 같은 대원군의 외양묘사를 보면 그가 얼마나 주인공을 영웅화시키
고 있는 지를 쉽게 짐작할 수 있다. 이어서 대원군 집권 당시의 정책은
모두 조선의 백성을 위한 것이었다고 설명되고 있다. 대원군이 행한 시
책 중에서 서원의 철폐는 기존 유생층의 반발이 유독 심하였으나 대원군
은 "공자의 발바닥이나 긁어 줄 녀석들에게 무슨 일이 생기리? 내버려두
면 저절로 쓰러질 것" 이라고 호언함으로써 영웅호걸로서의 기풍을 보여
준다. 이처럼 대원군의 외양묘사에서부터 작가의 직접적인 서술을 통해
대원군의 인간됨이 영웅화되고 미화되어 있다.

이러한 주인공의 영웅화는 작품에 나타나는 임오군란을 전후하여 절
정에 달한다. 대원군의 권력욕은 나라와 백성에 대한 사랑에서 기인한다
고 진술되고 있는데, 임오군란을 앞두고 뒤뜰을 이리저리 거닐던 태공은
밤하늘을 우러러보면서 심경을 토로한다. "유유한 창천은 굽어살피소서.
밥을 않고 살림의 근거를 잃은 백성에게…… 기울어져 가는 이 나라와
이 사직, 여기 또한 무슨 변동이 생기지 않으면 어떻게 바로 바로 세우리
까?" 또 김동인은 임오군란으로 인한 대원군의 재집권도 민심의 바램에
의한 것이지 그의 사사로운 정치욕 때문이 아니라고 하면서 그것을 민비
정권에 불만을 품은 백성의 대화로써 드러내고 있다.

『운현대감? 그렇지! 그렇지만…… 아아 어서 무슨 변이든 생겨
주어야지.』
『생기면 당신은 어떡할 테요』
『부족하나마 식칼이라도 들고 나서서 좀 돕지. 어차피 망할 세상

---

1) 김동인, 「젊은 그들」, 『김동인전집』(5), p.45.

엔 한치 벌레에도 오푼의 혼 있다는데……』2)

　이처럼 난국을 헤쳐나갈 수 있는 인물은 대원군 밖에 없다는 사실이 백성들의 대화를 통해 드러날 수 있도록 표현하고 있는 것이다.

　또 대원군은 메시아 콤플렉스를 지닌 평면적인 인물로 표현되고 있다. 이 작품에서 가장 많은 활동을 하고 있는 인물은 안재영이지만 주제의식을 담고 있는 인물은 대원군이다. 작가는 대원군을 통해 역사의식을 표출하고 있다. 이 작품의 주인공이라 할 수 있는 안재영은 중요한 것은 전근대적인 국가관을 가진 영웅이지만 민비 등에 대한 적개심 때문에 대원군에 충성할 뿐이다. 그의 의식은 국가와 민족을 위한 애국심으로까지는 승화되지는 못했다는 한계를 지니고 있다.

　이 작품에 등장한 인물은 흥선대원군과 민영환, 그리고 이활민을 비롯한 그의 제자 재영 등 20여 명과 기생 연연이이다. 활민숙생 20여 명 중 이인숙과 명진섭을 제외한 사람들은 일부가 소재의 연결고리로서만 작용할 뿐으로 성격화가 이루어지고 있지 않다. 그리고 이 중 대원군과 민영환을 제외한 모든 인물이 가공의 인물이라는 특성을 지니고 있다. 김동인 스스로 「젊은 그들」은 역사소설이 아니라고 밝히고 있다는 점에 견주어 생각할 때, 이들 인물설정의 특성이 이해될 수 있다. 이러한 특성은 사실에 근거를 하여야 한다는 그의 역사소설관에 어긋나는 것이다. 이런 점에서 그는 이 작품을 역사소설이 아니라고 선언했던 것이다. 그러나 역사소설은 역사를 초월한 허구성을 통하여 보다 진실성을 지닌 집단의 역사성을 포착할 수 있다. 따라서 역사소설이 정사를 바탕으로 하지 않고 허구성을 사용했다는 것은 적어도 여기에서는 단점이라기 보다는 장점이라 할 수 있다.

　작중인물의 또 다른 특색은 수직적 인간관계의 틀에서 보여주듯이 프

---

2) 김동인, 「젊은 그들」, 『김동인전집』(6), p.213.

로타고니스트(Protagonist)는 있으나 안타고니스트(Antagonist)가 추상적으로 묘사되어 있다는 점이다. 이는 작가가 끝내 중도적인 인물의 설정을 의도적으로 회피하고 있음을 말해주는 것인데, 이는 객관성의 상실로 이어져 이 작품에 나타난 인물 설정의 한계의 원인이 된다.

한편 상류층 인물들을 설정하고 이들에게 탁월한 능력을 부여한 것은 일종의 영웅주의의 표출로 당대의 사회를 지배하는 힘을 영웅적 인물에게서 찾고 있었던 김동인의 역사의식을 단적으로 말해주는 것이다. 역사의 주체세력을 탁월한 소수로 보는 것은 숙명론에 의거한 역사관이거나, 당시대에 대한 합리화일 수도 있다. 이 작품에서는 숙명론적 경향으로 흐르고 말았다. 결국 이러한 인물들은 역사소설에서 요구되는 진정한 의미에서의 역사적 진실성에는 도달하지 못한 것으로 보인다. 주인공을 포함한 대부분의 인물이 위대한 역사상의 인물도 아니고 구체적이고 전형적인 당대의 대중들과도 거리가 멀기 때문이다.

또 인물들에 대한 상세한 성격묘사는, 이광수의 장편소설이 세부묘사에 관심을 두지 않아 진실성을 잃어버렸다고 그가 지적한 바의 그 단점을 보완하기 위한 것이었다. 그러나 김동인은 작중인물을 미시적 관점에서 중시했을 뿐 거시적인 관점에서 현실의 문제를 해결할만한 성격을 창조하는 데는 실패했다고 할 수 있다.

안재영은 그의 활동에 비해 현실에 대한 인식은 미흡한 인물로 전근대적인 국가관을 지닌 영웅이라 할 수 있다. 이인숙(이인화)은 전통적인 윤리관에 충실한 인물이고, 연연이는 안재영(명진섭)을 영웅화하기 위한 부수적 인물로서의 성격을 강하게 지니고 있다.

이들 인물들은 또 수직적인 관계를 지니고 있다는 특성을 가지고 있다. 그 수직의 정점에 대원군이 위치하고, 그 밑에는 이활민이 있으며, 그 아래로 의지할 곳 없는 인물로 그를 거두고 가르친 제자 안재영이 있다. 안재영(명진섭)의 밑으로 돌아가신 부모님이 정혼해 준 이인숙이 있으며, 이인숙의 밑에는 연연이가 있다. 그리고 연연이는 그의 몸종 삼월이를 거느리고 있는 것이다. 이 수직적인 관계에서 벗어난 인물들은 모두 부수적 인물로서의 역할을 수행하고 있다. 이처럼 수직적 관계를 지닌 인물의 설정은 역사소설의 특성인 민중의 삶을 포착하는 데 다양성을 획득할 수 없다는 한계성을 지니고 있다.

인물의 형상화에서 또 하나의 다른 특성은 인물들이 감추는 것이 많다는 점이다. 이인숙은 정혼자가 명진섭이라는 사실을 숨기고, 안재영은 자신의 이름에서부터 이인숙의 정혼자라는 사실과 일월산인으로 변장하여 민심을 소란케 하는 것, 그리고 자신이 살았다는 사실도 가능한 오랫동안 숨겨두고자 한다. 이인화는 자신이 여자라는 사실을 숨기는 것에서 시작하여 이름과 정혼한 사람의 죽음을 애도하기 위해 베로 만든 띠를 허리에 남몰래 두르고 다니는 등의 많은 사실들을 감추고 있다. 이처럼 감추는 것이 많은 인물들은 이 작품 전체에서 끊임없는 갈등을 일으키는 요소로 작용하고 있다.

이는 작가가 호기심을 유발하기 위한 하나의 장치로서 인물의 성격을 설정했음을 보여준다. 그렇기 때문에 민비 등의 개화파들의 논리나 타당성은 전혀 나타나 있지 않으며, 작가는 의도적으로 민비파이던 명인호를 통해 명진섭과의 대화 속에서 민비파의 정책적 타당성을 토로할 수 있었음에도 불구하고 그의 아버지를 죽인 원수라는 감정적인 처리를 하고 만다.

이는 작가가 중도적인 인물의 설정을 의도적으로 회피한 결과인데, 이는 객관성의 상실로 이어진다. 안재영이 이인화를 꼭두각시처럼 희롱하다가 자기를 따라 죽게 하는 부속물로 취급하는 것이나 기생 연연이가 자기의 씨를 받아 기르게 하는 것은 일종의 영웅주의의 표출로 당대의 사회를 지배하는 힘을 한 천재적인 개인에게서 찾고 있는 김동인의 역사의식을 단적으로 말해준다.

「젊은 그들」에 등장하는 주인공들은 모두 양반집 자제로 영웅소설의 필수요소인 '고귀한 혈통'을 지니고 태어났다는 요건을 갖추고 있다.[3) 안재영이라는 가명을 쓰고 있는 명진섭은 명참판의 아들로 고귀한 가문을 지니고 태어났고 이인화의 아버지 이묵재도 명참판과 친했다는 것으로 미루어 보아 정변에 휘말릴 정도의 고귀한 양반 가문임을 알 수 있다. 마찬가지로 20여 명의 활민숙생 모두 고귀한 혈통을 지닌 인물이다.

또「젊은 그들」의 주인공은 모두 '비범한 능력'을 지닌 인물로 설정되어 있다. 안재영은 활민숙의 사찰로서 김동인이 즐겨 다루는 영웅적 인물이다.

> 육십보 밖에서 칼을 던져서 한 치의 어그러짐이 없이 목적물을 맞추느니 만치 무술에 능하고 쾌활하고도 침착하며, 또한 가무에도 능하며 태공에게 극진한 사랑을 받아서 그의 직전인 난초도 또한 볼 만한, 말하자면 온갖 방면에 당시의 공자로서 가져야 할 자격을 필요 이상으로 가지고 있는 젊은이였다.[4]

거의 모든 고대소설이 그러하듯이「젊은 그들」은 '위기의 반복과 우연한 구출자'를 사건 전개의 모디프로 한다. 이 작품에 등장하는 주인공들 모두 정변으로 부모를 잃고 고아가 되는 것이 첫 번째 위기이며, 다음의 위기는 대원군의 편에 서서 그의 재집권을 위해 동분서주하다가 민겸호 일당으로 인해 겪는 위기이다.

정리해보면, 김동인은 인물을 설정함에 있어서 흥선 대원군을 정점으로 한 영웅적인 인물들의 수직관계를 그리고 있다. 이러한 유형적 인물 구성은 당대의 역사적 사실들에 민감하게 반응함으로써 역사적 사실을 주체화하거나 생동감을 부여하는 것을 불가능하게 만든다. 그러나 동시에 당대 위정척사의 선봉이었던 대원군을 그의 친구인 이활민의 제자인 주인공 안재영의 두 단계 위에 놓은 인물구성은 흥선 대원군의 위정척사 사상에 대한 합리화와 절대성을 부여하는 역할을 수행하고 있다.

---

3) 신영희,『김동인의 역사소설연구』, 국민대, 1993, p.24에 이하 예시 설명.
4) 김동인,「젊은 그들」,『김동인전집』(5), p.19.

그들은 전통적인 군주에 대한 충성을 지니고 있으며, 도덕적인 측면에서 남존여비의 사상을 담는 등 봉건적인 생각을 지니고 있다. 김동인은 그의 역사 소설관에서 보듯이 허구성을 통한 역사적 사실의 재해석을 추구하는 강한 역사의식을 지니고 있음에도 불구하고 인물의 설정에서 보수적인 인물을 창조했다는 점에서 진보적인 역사관보다는 보수적인 역사관을 지니고 있다고 할 수 있다.

보수적인 역사관이라는 의미는 민족주의적인 색채와 무관하지 않는 것인데 대원군이 열강들 사이에서 쇄국을 통해 힘을 기르는 것만이 조선이 살길이라고 믿음으로 인해 강한 민족의 주체적인 사상이 드러나게 된다. 봉건주의적인 색채를 띠는 이러한 사상적 토대 이면에는 그의 민족주의적인 면이 내포되어 있는 것이다. 따라서 이 소설에는 동인이 가지고 있는 나름대로의 민족주의 의식이 투영되어 있음을 파악할 수 있다.

안재영은 자신의 이름조차 밝히지 않는 초인적 영웅으로서의 인내력을 보인다. 그리고 고대 영웅소설의 주인공과 같이 위기에서는 구출자를 만난다. 이인화는 약혼자인 안재영이 총살당했다는 소식을 듣고 복수를 하기 위해 민겸호의 집에 들어갔다가 붙잡혀 위기에 처하지만 안재영과 의형제인 명인호에 의해 구출되고, 복부에 총상을 입고 사경을 헤매던 안재영 역시 명의 김시현에게 발견되어 기사회생된다. 주인공이 위기에 처하자 우연히 구출자가 나타나는 것은 전형적인 고대 영웅소설의 구조이다. 그러나 주인공들은 구출자에게 새로운 지식을 전수 받지는 않기에 김동인의 역사소설은 고대소설에서 근대소설로 진일보한 형태임은 분명하다. 고대 소설적 요소가 돌출되는 원인은 인물의 영웅화로 파생된 결과라 여겨진다.

Ⅲ. 이중적 구성의 한계와 효용

이 작품은 정치적 사건을 중심으로 하나의 플롯이 형성되고 명진섭과 그의 여인의 관계를 다룬 애정문제가 또 다른 하나의 플롯을 형성하고 있다. 이 두 문제는 필연성은 없으나 병렬식으로 진행되면서 애정문제를 다룬 플롯이 정치적 사건의 플롯이 지닌 희비를 극대화하는 역할을 하고 있다. 그러나 작품 내적으로 후자에 지나친 비중을 두어 통속 소설화한 애정소설이라는 평가의 소지가 남아 있을 만큼 애정의 문제에 깊은 천착을 하고 있어 흥미성이 지나치게 강조되었다는 단점을 지니고 있다. 이는 이 작품을 쓸 때 김동인이 원고료 수입에 생활을 의존하고 있었다는 것과도 관련이 있을 것 같다.

김동인은 이 작품에 대해 통속소설이라고 불렀을 뿐만 아니라 '일본의 시대물'과 같은 것이라고 술회했다. 이는 일본 무사의 원수 갚기 식으로 꾸며졌다[5]는 구성상의 특성 때문에 내려진 평가이다.

플롯상의 특성으로 지적할 수 있는 것은 복선의 과도한 사용이다. 이 소설에서는 복선을 위해 점장이나 기인, 천도도인 등이 나타나 빈번한 예언을 하는데, 이런 복선의 남용은 전체적으로 우연성이 플롯의 주류를 이루게 한다.

긍정적인 측면에서 본다면 애정문제를 중심으로 한 플롯은 작중인물에 생동감과 주체성을 부여한다는 긍정적 요소로 작용할 수 있다. 그러나 전반적으로 인숙과 연연이 암탉이 울면 집안이 망한다는 보수적인 도덕관 속에 자리잡고 있기 때문에 정치문제와의 공통기반을 지니지 못해서 상보적인 효과를 거두지 못했다는 한계를 지니고 있다.

이 결과 이 작품의 주제는 전자를 중심으로 한 대원군의 위정척사의 타당성 옹호라는 것과 후자를 중심으로 한 애정물이라는 평가가 있을 수 있다. 이 중 후자는 이 작품이 통속 소설이라는 평가를 수반한다.

그러나 그러한 역사적 사실의 체험이 세계 도처에서 이루어지고 있다는 인식과 결합한다면, 역사라는 것은 실제 존재하는 것이며, 끊임없는

---

5) 김윤식, 「역사소설과 작가의 의식투영」, 『문학사상』, 1993, 7월호, p.331.

변화과정에 있다는 것이라는 점, 그리고 결국 이 역사는 모든 개인의 삶에 영향을 미친다는 점을 강렬하게 느낄 수 없다는 점에서 한계를 지니고 있다.

이 작품의 주된 생각은 대원군의 쇄국정책에 대하여 기존의 역사적 평가와는 달리 긍정적으로 평가한 데 있다고 할 수 있다. 그러나, 부수적인 플롯으로서의 안재영과 이인화, 연연이라는 두 여성을 둘러싼 일련의 사건 구성은 주제의식을 강화하는 역할보다는 흥미를 유발시키는 요소로서의 역할을 수행하고 있다는 점에서 전체적인 통일성을 상실하고 있다.

또한, 안재영은 그가 추구하던 두 가지의 목표, 즉 정치적인 목표와 애정, 두 문제 중 전자를 잃고 그래서 죽는다. 대원군과 이활민의 정치적 견해에 비판 없이 추종하던 안재영은 정치적 실패를 비관하여 자살하게 되는데, 정치적 문제보다는 애정의 문제에 집착해 대원군을 죽이러 왔던 자객을 감금에서 풀어나게 한 이인화의 입장에서 볼 때 대원군의 권력상실은 그다지 중요하지 않다.

이 소설은 전체적으로 다양한 사건들이 필연성을 지니고 하나의 전체성에 융합되지 못하고 독자의 흥미를 자극하기 위한 부분적인 효과에 치중하여 서로의 효과를 상쇄하고 있는 것이 단점으로 지적될 수 있다. 그럼에도 불구하고 한시대의 순수한 외연, 연대기적인 서술과 병렬만이 소설의 본질이라고 믿던 고대의 미학을 초월하여 당대를 추체험 할 수 있도록 생동감을 지니게 했다는 점에서 긍정적인 면을 지니고 있다.

추체험을 위해서는 사회적 영역간의 구체적인 상호작용을 가장 포괄적인 방법으로 묘사해야 한다. 극적인 요소의 도입, 사건의 집중, 대화의 중요성 등은 역사적 현실이 실제 그랬던 것처럼 인간적으로 진실되게 그리고 나아가서 후대의 독자들이 추체험 할 수 있도록 형상화하려는 내적 열망과 밀접하게 연결되어 있다고 할 수 있다.

부분적인 구성의 치밀함과 전체적인 구성의 미흡은 이 작품이 연재소설로 갖는 흥미를 염두에 두고 쓰여졌음을 보여준다. 이 또한 통속소설을 비판하고 순문예 소설을 쓸 것을 주장하던 김동인의 역사소설관과 실제 작품 사이의 괴리를 보여주는 요소라 할 수 있다.

작가의 직접적 개입에 의한 배경 설정은 임오군란에 대한 필연성을 부여하려는 의도 때문인 것으로 여겨진다. 그러나 추상화된 배경적 요소의 출현은 역사적 사건의 실감을 줄였으며 작품의 극적 제시에 의한 상황 전개를 빈약하게 하므로 역사적 사건의 전개도 인과 관계에 의한 필연성이나 인간 의지에 의해서가 아니라 설화적 표현에 따른 작중인물의 암시에 의해 진행된다. 즉, 도인이 나타나 난리를 예언하고 사건의 변혁을 예고하는 식이다. 대원군이 재영에게 말하는 대목이다.

> "명년에는 정녕코 병란(兵亂)이 있다."
> "저 백기가 상서롭지 못해. 병란이나, 흉년이나, 염병이나, 화재나
> ……"
>
> "병년 임오년―병란, 무슨 변동이 생겨. 정녕코 생겨. 그렇지 생겨
> 아지. 생기지 않으면 백성들이 어떻게 살겠느냐?"
>
> "백기경천이면 필유천화라고 했더니라. 병란이 아니면 흉년, 흉년
> 이 아니면 염병, 무슨 일이든 생기지."[6]

이러한 태공의 예언은 정월에 천도도인의 출현에 의해 구체화된다. 천도도인은 '난리는 분명히 날 게고 나면 세상은 뒤집힐 게지만 뒤집혔던 세상은 며칠을 못 가겠다' 라고 한다. 작품에서 천도도인의 출현은 사건의 진행과는 아무런 관계없이 대원군의 예언을 정당화시키는 장치이다. 따라서 역사적 사건도 사건의 암시적인 예언을 통해 진행된다.

잘 닦아 놓은 방바닥 위에 골패쪽들은 상쾌한 소리를 내며 헤어

---

6) 김동인, 「젊은 그들」, 『김동인전집』(5), p.74~75.

졌다. ······ 중략······ 그러던 것이 몇 해 만에 금년 정월 초하룻날
'준육'으로 패는 떨어진 것이었었다.
"금년에는 무슨 일이든 있다."7)

  김동인은 이러한 역사적 암시에 의한 사건 구성을 통해 역사적 사건의
필연성을 부여하려고 애쓰고 있다. '재영이 총에 맞아 부상을 입고 사경
을 헤맬 때 김시현이라는 名醫가 그 장소로 지나가게 만들고 이때 무슨
일로 김시현이 상경하였고, 볼일을 다 본 뒤에 그는 자기의 고향으로 내
려가는 길이었다' 라고 설명한다. 근대소설답게 우연을 기피하는 뜻에서
적당한 일거리를 만들 수도 있었겠지만 '마침 무슨 일로'라는 우연성을
완전히 벗어나지는 못한다.
  이 작품의 또 다른 구성상의 특성은 에피소드식 구성을 도입했다는 점
이다. 이 작품에 나오는 사건들은 허구적 사실들을 시대적 배경 속에 적
당히 나열할 뿐이다. 이는 성격의 변화나 사건의 진전과는 아무런 관련
을 지니고 있지 않다. 임오군란의 동기부여에서 활민숙생들이 직접적으
로 한 일은 없다는 점 등이 이러한 에피소드식 구성법을 시사해 주고 있
다. 소요 중에 활민숙생들의 활동은 사건을 유발하고, 진전시킨다기보다
는 이미 일어난 사건들에 극적인 효과와 생동감을 부여하는 역할을 수행
하고 있으나 사건들의 내적 필연성에 기여하지는 못하는 것이다.
  이 작품의 단점으로 지적될 수 있는 역사적 배경의 미흡과 허구성의
강화라는 특성은 과도한 역사적 고증으로 이어지는 「젊은 그들」의 단점
을 보강하기 위한 반성의 결과이다. 그 점에서 이 작품은 김동인의 역사
소설을 고찰하기 위한 과정에서 필히 검토되어야 할 가치를 지니고 있다.
  김동인이 이 작품에서 그간의 예술성을 탈피하여 인물과 배경의 설정,
플롯 등에서 일종의 대중성을 추구한 것은 작가의 경제적 궁핍과 아울러
당대 주류를 이루었던 프롤레타리아 문학의 영향을 받은 것이라 할 수

―――――――――
7) 김동인, 「젊은 그들」, 『김동인전집』(5), p.217.

있다.

Ⅳ. 주제의식의 확대

역사소설은 역사적 사건과 인물을 담아내고 있다. 이는 단순히 배경과 인물에 대한 소재에 따른 분류의 의미 이상으로 당대의 역사적 특성을 표출하기에 적합한 인물의 설정을 통해 당대를 대변할 수 있어야 한다는 점과 당대의 역사에 대한 작가의 의식이 담겨 있어야 함을 시사해 준다. 등장인물은 역사적 사명을 완수하기 위해 등장하며, 어떻게 해야 그 시대에 그런 인물이 바로 그러한 문제를 해결하기 위해 나타나는지를 보여 준다.

김동인은 역사를 소수의 엘리트계층에 의해서 움직이는 것으로 파악하고 있었다. 그리고 이러한 역사의식이 「젊은 그들」에 반영된다. 역사소설은 그의 추상적인 이상을 표출하는 도구로 인식되었으며, 결과적으로 구체적인 현실의식을 잃고 통속화를 강하게 드러내고 있다.

이 작품의 시대적 배경은 1873년 대원군의 집정이 끝나는 곳에서부터 임오군란을 통해 대원군이 집정할 때, 즉 1882년까지이다. 이 기간 동안은 민비가 집정했던 시기로 김옥균이 홍문관 교리가 되고 일본의 해군이 운양호로 강화도를 공격했으며, 최익현이 병자척왜소를 올렸다. 부산이 개항되었으며, 수신사 김기수 일행이 수신사로 일본을 방문하였다. 1881년에는 정부기구를 개편하고 별기군을 창설했으며 유생들의 위정척사 상소가 전국적으로 확대되었다. 국제적으로는 러시아에 브나로드 운동이 고조에 달했으며, 일본에 정한론이 대두하고, 프랑스가 베트남을 공격하여 보호령으로 하는 등 제국주의가 널리 확산되고 있었다.

대원군이 집정할 당시 대외적 위기가 가장 강하게 일고 있었다. 이러한 와중에 국가기강의 문란과 지배층의 부패는 한심할 지경이었다. 대대의 국왕은 안동 김씨로부터 왕비를 맞아들였으며 왕실의 외척들은 자신의 세력을 펴기 위해 무능한 왕을 왕위에 앉혔다. 당시 왕가의 어른이던 효명세자의 비인 풍양 조씨는 안동 김씨의 책동을 막기 위해 이하응의 둘째 아들 명복을 맞아들여 왕위에 앉게 했으니 이이가 바로 고종이다. 12세의 고종이 왕이 됨으로써 조씨가 수렴정치를 펴다가 1865년부터 이하응은 흥선 대원군이 되어 섭정을 하게 되었다. 그러나 안동 김씨 대신 여흥 민씨의 세도가 등장하게 되었다.

대원군은 국가기강을 확립하기 위하여 안동 김씨의 세도를 누르는 한편, 사색의 철폐와 지방차별 철회 등 대담한 조치를 취하였다. 그리고 "진실로 백성에게 해가 있다면 공자가 되살아오더라도 나는 이를 용서할 수 없다. 하물며 서원은 우리나라 선유들의 제사를 모신 곳인데 도적 떼들의 소굴이 될 수야 있겠는가"라고 말하여, 서원을 철폐했다. 백성을 침해하는 자가 있으면 그 몸을 벌하고 재산을 몰수했으니 호족들은 숨을 죽이고 감히 나쁜 짓을 함부로 하지 않게 되었고 백성들은 용기를 얻고, 칭송하는 소리가 자자했다.

그러나 대원군은 국왕의 권위를 높이기 위해 경복궁을 중수하는 대역사를 벌였으며, 그 재원을 염출하기 위하여, 원납전과 서울의 도성문을 출입하는 문세 등 세금을 부과하고, 재정이 궁핍해지자 당백전을 유통시켜 물가상승을 가져오는 등 경제적 혼란을 유발했다.

대원군에게는 일관된 정치신념이 있었는데 그것은 중앙집권적인 군주제를 다시 강화하여 국내체제를 정비하고, 이씨 왕조의 대내적, 대외적 위기를 극복해가자는 것이었다.

당시 쇄국정책은 국민들의 소박한 반침략적 애국사상과 굳게 결합하여 당시의 시대정신이 되었고, 이는 크나큰 사상적 원동력을 지니게 되었다. 이러한 위정척사 운동은 자주적 개국, 개화에 반대하는 보수적 성격의 것이었지만 근대조선의 역사적 조건 속에서 자본주의 열강의 침략에 반대하는 강력하고도 반 침략적인 성격과 함께 몰주체적인 서양화를 저지한 긍정적인 성격도 지니고 있었다.

대원군은 보수적 성격의 소유자이다. 그는 재영이와 민비에 대해 이야기하면서 민비정권의 실정이나 자신의 정치적 소신을 밝히기 전에 여자가 정권을 좌우한다는 사실에 대해 비판을 하고 있다.

> "선생, 암탉이 울면ᅳ"
> "집안이 망한답니다"
> "그래 집안이 망해. 확실히 망해 . 암탉이 울면ᅳ 울면"
> …… 중략 ……
> "여편네란 아이나 기르고 가사나 돌보고 할 게지, 다른 생각을 먹어서는 못씁니다."[8]

이 작품에서 안타고니스트는 구체적인 타당성을 지닌 것으로 묘사 되지 못하고 있다. 반면에 유교적 대가족제도의 시아버지 입장이 왕가 내부의 극적 대결 구도 속에서 표현되고 있다. 김동인은 여기에서 보듯이 그들의 갈등의 근원을 국가 문제보다 전근대적 가족제도에 두고 있다. 이는 우월한 한 개인의 운명이 국가의 운명과 직결되어 있다고 보는 전근대적인 문학전통과 맥락이 닿아 있다. 즉 김동인의 관점에서 중요한 인물의 운명은 국가의 안위와 직결된 것이었다.

보수적인 역사관은 민족주의적인 색채와 무관하지 않다. 대원군은 열강들 사이에서 쇄국을 통해 힘을 기르는 것만이 조선의 살길이라고 믿으면서 강한 민족의 주체적 사상을 드러낸다. 봉건주의적인 색채를 띠는 사상적 토대 이면에는 그의 민족주의적인 면이 내포되어 있는 것이다. 이 소설에는 동인이 가지고 있는 민족주의 의식이 투영되어 있음을 파악할 수 있다.

태공의 정치와 왕비의 정치 사이에는 많은 차이가 있었다. 태공의 정치는 그것이 좋건 그르건 모두가 조선과 백성을 위한 것이다. 그렇지만

---

8) 김동인, 「젊은 그들」, 『김동인전집』(4), p.28.

왕비의 정치에는 나라와 백성이 안중에 없었다. 첫째는 자기네의 부귀와 영화를 누리는 것, 둘째는 태공의 정치와 세력을 꺾는 것―이것이 왕비의 정치의 전부였다. 그들은 자신들의 목적을 위하여 그 수단 방법을 꺼리는 바가 없었다.

대원군은 보수적 성격의 소유자이며, 일종의 메시아 콤플렉스를 지니고 있다. 또한 성격의 변화가 없는 평면적인 인물이다. 이광수의 장편소설이 세부묘사에 관심을 두지 않아 진실성을 잃어버린 단점을 보완하기 위해 「젊은 그들」은 대원군의 성격을 상세히 묘사하였지만, 미시적인 관점에서 중시했을 뿐 거시적인 관점에서 현실의 문제를 해결할 만한 성격을 창조하는 데는 실패했다고 할 수 있다.

소설은 민비와의 권력다툼에서 밀린 대원군이 운현궁에서 대궐로 들어온 것을 임오군란의 원인으로 설정하고 있다. 그러면서도 김동인은 역사적 사건인 임오군란에 대한 직접적인 언급은 피하고 천도도인이라는 인물을 내세워 임오군란을 예시하고 있다.

하나의 역사적인 사건이 발생하기까지는 그렇게 되지 않을 수 없는 필연적인 원인이 있었을 것이다. 그러나 김동인은 역사적 배경과 사회적 실상에 대한 객관적인 이해가 없이 예언자나 골패, 백기설 따위를 등장시켜 그것을 예시할 뿐이다. 壬午 六月 九日에 과연 천도도인의 예언대로 임오군란이 일어나 세상이 뒤바뀌었지만 세상이 뒤바뀔 수밖에 없었던 필연적 원인 제공이 없고 단지 천도도인의 예언에 의해 사건이 진행되는 것이다. 소설 구성상으로 본다면 역사적 사건에 대한 설명이 미흡하거나 최소한 자체내의 완결성을 확보하는 수준에 못 미치고 있는 것이다. 이는 인물의 설정에서 허구적인 인물들을 사용하고, 배경에서 야담류의 유언비어를 복선으로 많이 사용하며, 사건들 자체가 허구성을 지닌 것들이 대부분이었기 때문에 빚어진 결과라 할 수 있다. 그러나 이러한 부정적인 요소는 후에 역사소설의 창작에 영향을 미쳐 오히려 역설적으로 과도한 역사적 배경설명의 경향을 지니게 한다. 따라서 역사적 배경의 미흡과 허구성의 강화라는 특성을 지닌 이 작품은 과도한 역사적 고증으로 이어지는 그의 반성의 계기를 제공했다는 점에서 중요성을 지니고 있다.

춘원이 「단종 애사」를 소설화한 데 대해 김동인은 「대수양」을 작품화했고 춘원의 「마의태자」에 대하여 김동인은 「견훤」으로, 「사랑의 동명왕」에는 「서라벌」로, 「공민왕」에는 「왕부의 낙조」로 대응하여 두 작가는 각각 서로의 견해와 해석을 달리하고 있다. 춘원이 정사와 야사의 사실에 충실한 계몽주의에 바탕을 두고 민족에게 문학의 이득을 주려고 한 데 반해 김동인은 역사의 재해석에 따른 문학의 형상화를 통해 인생을 재해석하려 했다. 이는 단순한 역사의 재구(再構)가 아니라 역사적 사실을 통하여 인생을 새롭게 제시할 수 있는 가능의 세계로 끌고 가되 그것을 문학적으로 형상화시키는 것을 뜻한다.

「춘원연구」에 보면 다음과 같은 평가가 있다.

> 대사건이 일개 왕족의 야심의 산물이라고도 간단히 처리하기 전에 '그런 사변이 생길 필연적 원인'이 있을 것을 재고하여 보아서 史實에 대한 소설로서의 진실성을 더 굳게 고정시킬 필요도 있고 정치 세력에 대한 투쟁보다도 정치 이데올로기의 특징을 살펴볼 필요가 있다 본다.
> 새로운 소설의 수법이라는 것은 알지도 못하는 옛날 남효온 같은 사람도 역사를 소설화하여 보려 노력한 흔적이 너무도 뚜렷한데 어찌 이 작자는 단지 남시의 노력을 그대로 재부연하고 자기의 전개를 전혀 할 생각을 않았는지 史話 의 기록자라는 서기 役에서 '史實의 再生'이라는 소설가 역으로 躍上할 노력을 기권하는데 이 「단종애사」의 치명상이 있는 것이다.9)

김동인의 역사 소설에 대한 견해를 말해주는 대목이다. 독창적이고 주

---

9) 김동인, 「춘원연구」, 『김동인전집』(16), p.123.

관을 가진 역사소설관이다. 위와 같이 자신의 역사소설관을 피력하면서
이광수의 역사소설을 사실에 충실한 '역사의 再構'라고 비판한다.

　김동인이 이 작품을 통하여 국권 상실기부터 문명이기들을 보고 보다
강한 나라를 만들기 위해서는 문명을 받아들여야 한다는 의식을 바탕으
로 널리 확산된 서구문화에 대한 동경을 탈피하여 주체성을 주장했던 점
과 역사소설에서 정사에 집착하여 작가의식이 부족했던 이광수의 역사
소설의 한계를 극복했다는 점에서 의의를 지니고 있다.

V. 결 론

　「젊은 그들」은 나름대로 김동인이 단편소설 중심의 창작에서 벗어나
장편중심의 창작으로 넘어가던 과도기의 작품으로서의 작가론적 중요성
과 기존의 역사소설의 한계를 극복할 수 있는 방향을 보여주고 있다는
점에서 문학사적으로 의의를 지니고 있다고 볼 수 있다.

　인물면에서 고대소설적 강자 지향의 영웅형을 중심으로 상류층 인물
들을 설정하고 이들에게 탁월한 능력을 부여한 것은 일종의 영웅주의의
표출로 당대의 사회를 지배하는 힘을 한 전체적인 개인에게서 찾고 있었
던 김동인의 역사의식을 단적으로 말해주는 것이다. 이러한 인물들은 역
사소설에서 요구되는 진정한 의미에서의 역사적 진실성에는 도달하지
못한 것으로 보인다.

　구성면에서는 정치적 사건을 중심으로 한 하나의 플롯과 여인의 관계
를 다룬 애정문제가 또 다른 하나의 플롯을 형성하고 있다. 전체적으로
다양한 플롯들이 필연성을 지니고 하나의 전체성에 융합되지 못하고 독
자의 흥미를 자극하기 위한 부분적인 효과에 치중하여 서로의 효과를 상
쇄하고 있는 것은 단점으로 지적될 수 있다. 그럼에도 불구하고 한시대
의 순수한 외연, 연대기적인 서술과 병렬만이 소설의 본질이라고 믿던
고대의 미학을 초월하여 당대를 추체험할 수 있도록 생동감을 지니게 했

다는 점에서는 효용성을 인정할 수 있다.

주제의식면에서는 역사적 배경의 미흡과 허구성의 강화라는 특성을 지닌 이 작품은 과도한 역사적 고증으로 이어지는 그의 반성의 계기를 제공했다는 점에서 중요성을 지니고 있다. 또 서구문화에 대한 동경에서 탈피하여 주체성을 주장했던 점과 역사소설에서 정사에 집착하여 작가의식이 부족했던 이광수의 역사소설의 한계를 극복했다는 점에서 의의를 지닌다고 볼 수 있다.

이상과 같은 점에 비추어 볼 때, 「젊은 그들」은 인물 설정 및 성격화 과정, 플롯과 주제의식의 괴리, 배경사용의 생동감 미흡 등의 단점은 지니고 있으나 거시적인 안목에서 본다면 주체성을 주장했다는 것과 역사소설에서 정사에 집착하여 역사의식이 부족했던 과거 역사소설의 한계를 극복했다는 데에서 의의를 지니고 있는 작품이다.

참고문헌

김동인, 『김동인전집』, 조선일보사, 1988.
강영주, 『한국근대역사소설연구』, 창작과 비평사, 1991,
김윤식, 『한국현대소설사연구』, 을유문화사, 1985.
송백헌, 『한국근대역사소설연구』, 삼지원, 1985.
윤명구, 김동인연구, 서울대, 1985
배병선, 김동인의 젊은그들 연구, 충남대, 1993.
신영희, 김동인의 역사소설 연구, 국민대, 1993.

박종화의 「민족」

I. 서 론

박종화는 한국근대문학 초창기 이래 춘원·동인과 더불어 시·소설·평론·수필 등 여러 장르에 걸쳐 창작활동을 보여준 작가의 한 사람이었다. 이처럼 다방면에 걸친 활동 중에 그가 가장 오랜 기간 동안 주력한 것은 무엇보다도 소설쪽이었다. 이 중에서도 박종화는 특히 그의 처녀 역사소설이라 할 수 있는 「목매이는 女子」를 창작함으로써 근대 역사소설사상 중요한 디딤돌을 마련한 작가로 우리에게 기억되고 있다.[1] 이어, 1932년 「금채의 피」를 『매일신보』에 연재하면서 본격 역사소설 창작에 주력함으로써, 그는 근 60여 년 이상을 역사소설 창작활동을 통하여 신문학기 이후 가장 많은 작품을 남긴 작가로, 그리고 어쩌면 가장 잘 알려진 역사소설 작가로서 자신의 문학사적 위치를 자연스럽게 접할 수 있었다. 그러나 그의 중요성에 비해 이 방면에 있어서의 그에 대한 이해와 평가 노력은 미흡한 편이다. 기존의 연구는 대체로 작품의 소개와 소박한 해설의 수준을 넘어서지 못하고 있는 것으로 보인다.[2] 이는 아직 박종화

---

1) 박계홍, 「한국역사소설사」, 『어문연구학회』, 1963.
2) 김종출, 「역사소설, 대중소설로서의 가능성」, 『신동아』, 1967, p.12.
  박용구, 「월탄 박종화연구」, 『현대문학』, p.166~169(1968. 10~1969. 1)
  윤병로, 『한국현대소설의 탐구』, 범우사, 1980.

의 작품에 대한 연구가 예술로서의 그것을 이야기하는 수준에 이르지 못
하고 단순한 체험의 영역에 속한 문제로서의 소재 문제를 다루는 정도에
머물렀다는 것으로 볼 수 있다.

이처럼 기존의 단순논의를 보다 심화된 연구로 이끌기 위해서는 대상
전체에 대한 포괄적인 접근보다 개별 작품에 대한 단계적 고찰 과정을
통하여 효과적으로 달성될 수 있다고 여겨지는 바, 이 점에 유의하여 본
고에서는 우선 비교적 안정된 수준을 유지하고 있다고 볼 수 있는 「민족
」을 중심으로 그의 역사소설이 갖는 작품적 성과를 이해·평가해 보고자
한다.

문학작품을 소재 중심의 논의에서 한 걸음 더 나아가 예술성 자체에
대해 평가하고자 할 때 가장 중요한 척도는 기교상의 문제로 귀착된다.
그리고 소설의 경우 이러한 기교를 중시하는 구조주의적 접근에서 가장
큰 성과를 거둔 것은 곧 시점에 관한 연구이다. 본고에서는 시점의 측면
에서 표현기교를 고찰해 보고 이로써 작품적 성과와 작가적 역량의 바른
이해를 도모해 보기로 한다.

역사소설이 역사나 소설이라는, 객관적 사실과 허구적 상상력 사이의
조화라는 필연적인 아이러니[3] 관계에 놓여 있다면, 박종화야말로 이러한
모순관계로 인한 작가적 고민을 가장 심각하게 감수해야 할 작가라 할
수 있을 것이다. 근대의 역사소설이 야담류로 전락하던 당대에 그가 역
사소설 창작에 있어 정사에 충실하고자 노력했으며, 이것이 곧 그의 역
사소설이 갖는 부정적 요소의 하나임은 주지의 사실이다. 그러나 이러한
자세의 견지가 어차피 역사소설의 발전과정에 있어 반드시 문제시되고,
발전적으로 극복되어야만 할 문제이며, 기교 역시 근본적으로 작가의 역
사관을 토대로 하는 것이라는 점에서, 이런 사실까지를 포함하여 본고에

조연현, 『한국현대문학사』, 성문각, 1969.
　　　김우종, 『한국현대소설사』, 선명출판사, 1973.
　3) 루카치(반성완 역), 『소설의 이론』, 심설당, 1985. p.108.

서와 같은 관점에서 이 문제가 다루어지는 것도 유익할 것으로 본다.

Ⅱ. 본 론

1. 화자가 내용을 보는 태도

소설은 이야기꾼이 청자에게 이야기를 들려주는 설화의 전달 방법을 기초로 하고 있다. 이 때 화자는 논평을 가하기도 하면서 담화체로 이야기를 진행시킨다. 이에 대한 극단적인 반대 양상으로 작가 자신은 아무것도 말하지 않고, 객관적으로 있는 사실을 있는 그대로 보여 주는 모방적 입장에서 이야기를 전개시키는 방법도 있다. 이러한 양상은 한국근대소설 초기에는 전자가, 후기에는 후자의 기법이 많이 사용되고 있다. 후자의 기법은 상황에 대한 판단을 독자에게 유보하여 객관성을 견지함으로써 정직성을 보여 주어 독자들에게 신뢰감을 줄 수 있는 장점을 지니고 있다.

이러한 관점에서 「민족」을 보면, 서두에서부터 작가 자신의 심경을 직접적으로 노출시킨 표현 양상을 보여주고 있다.

> 임진왜란에 왜병의 충화로 참담하게 폐허가 되어 버렸던 경복궁
> 대궐은 이백 일흔 여섯 해만에 다시 화려장엄한 자태를 진산, 백악
> 아래 나게 되었다.4)

여기에서 표현된 「참담하게, 화려장엄한」은 이야기 속의 배경이 작가의 의식에 투영된 후에 표출된 것이다. 이는 곳곳에서 장면을 묘사할 때 나타나는 것으로 담화의 양상을 띠고 있어 독자들에게 이야기의 신빙성에 회의를 가져올 수 있게 하는 그의 기법상의 단점이라 할 수 있다. 이

---

4) 박종화, 「전야·민족」, 『역사소설전집』(5), 을유문화사, 1960, p.213.

러한 그의 주관적 태도는 부분적인 배경묘사에만 그치지 않고 인물의 묘
사에까지 파급된다.

민비는 대원군의 방문을 받고, 그를 극진히 대접한다. 그러나 민비는
대원군이 돌아갈 때 "조선을 망칠 사람은 대원위야!"라고 크고 찬 목소리
로 곤령합 대청 위에서 말한다. 이는 평소에 사려 깊은 행동을 하며 자기
의 뜻을 펼 시기를 엿보던 민비에게는 어울리지 않는 행동이다. 이는 작
가가 배경 묘사에서 사용했던 담화 양상의 주관성이 묘사의 양상을 띤
대화에 영향을 미쳐서 이루어진 것으로, 성격창조의 일관성을 적당한 계
기도 없이 상실시키는 역할을 한다. 이는 더 나아가 플롯의 필연성에 영
향을 미쳐, 작가가 작품 전개에 필연성을 추구했다기보다는 의도적으로
사건의 진행에 개입한 것처럼 보이게 한다.

박종화는 표현 양상에서 이처럼 주관성을 띤 반면, 역사적 사건과 그
진행에서는 관련된 근거를 확실히 밝히고, 그에 대한 작가의 평가를 덧
붙이는 객관적인 입장을 견지한다.

민비의 첫아들이 죽자, 화자는 그 사실에 대해

> 정원일기(政院日記)에는 대변불통(大便不通)중으로 졸서를 했다
> 고 기록되고, 항간의 풍설과 야사(野史), 순종일기(純宗日記)에는 대
> 원군이 산삼탕을 먹여서 죽였다고 전한다. 그러나 필자는 야사보다
> 정사를 믿고 이 문제의 해석과 판단은 독자에게 맡겨 버린다.5)

라고 설명하고 있다. 소설의 화자는 전지전능한 입장에서 사건의 진행
을 서술할 수 있는 작품 밖의 화자와 작품 내에서 활동하면서 보고, 들은
것만 묘사할 수 있는 작중화자로 구분할 수 있다. 그러나 이 부분에서 작
가는 화자를 통해 직접 사건을 묘사하는 것이 아니라 작가가 직접 나타
나서 사건을 묘사한다. 일처럼 필자가 직접 나타나는 것은 이 외의 곳에

---

5) 앞의 책, p.238.

서도 종종 나타난다.

　이는 소설이 직접적으로 진실을 서술하는가, 혹은 담화의 창조적 특성을 중요시하는가 하는 척도를 따지는 기준6)에 비추어 볼 때, 직접적 진술의 축에 해당하는 보고(report)의 축에 작가가 이야기의 전면에 등장함으로써, 소설은 화자를 통해 이야기한다는 관습을 깨서 사건의 진실성을 더욱 강조한다. 이는 박종화의 "역사에 있어서 그 시대의 생활과 풍속이 매우 절실하기 때문에 고증이 필요하다"7)는 역사소설관을 보여 주는 것이면서, 바로 "전형적인 정사적 역사소설"8)이라는 그의 역사소설의 특성을 잘 나타내는 표현기법이기도 하다.

　화자가 작품의 내용을 객관적인 입장에서 보려는 이러한 태도는 박종화의 역사소설이 전체적으로 史實에 충실한 경향을 띠게 했다.

　부분적으로는 상상력을 발휘하면서 전체적으로 史實에 충실한 것은 박종화의 "역사소설은 소설이 될 뿐이지 결단코 史學의 지위에 서지 않는다. …… 역사소설가는 언제까지든지 예술의 부문에 한 선도 넘어서는 안될 자유분방하게 공상을 읽을 수 있는 예술인이어야 한다."9)는 역사소설관에서 나온 것이다. 그러나 그의 역사소설관에 의한 바람직한 창작방법은 그의 창작방법에 나타났던 것과는 반대로 세부묘사에서는 객관성을 유지하는 묘사의 기법을 쓰고, 인물의 성격창조와 플롯에는 작가의 상상력을 발휘하는 것이 바람직하다. 이러한 시점의 혼동은 결과적으로 그의 역사소설관과 실제의 작품 사이에 괴리가 생기게 했으며, 결국 평자들은 그의 작품에 대해 正史에 충실하나 상상력이 부족하다는 평가를 내리게 되었다.10)

---

6) Susan Snaider Lancer, *The Narrative Act*, Princeton. Univ. Press, 1981, p.163.
7) 박종화, 「역사소설과 고증」, 『靑苔集』, 영창서관, 1942, p.267.
8) 조연현, 앞의 책, p.403.
9) 박종화, 「역사소설과 고증」, 앞의 책, p.267.
10) 졸저, 『한국근대역사소설연구』, 삼지원, 1985, p.188.

2. 화자가 피화자를 보는 태도

화자가 자기의 생각을 상대방에게 전달할 때 피화자(narratee)에게 무의식적으로 사건에 대해 이야기할 수도 있고, 뚜렷한 의식을 지니고 이야기할 수도 있다. 의식적인 화자는 작품 내에서 피화자에게 어떤 태도를 지니게 된다. 그것은 자기가 이야기하는 것에 대해 자신감을 갖거나, 회의를 갖거나, 혹은 피화자의 반응에 신념을 갖거나, 걱정을 하기도 한다. 혹은 예의를 갖추어서 이야기할 수도 있고 친밀감을 앞세워 어떠한 격식을 초월해서 이야기할 수도 있다.11)

> 조선민족은 하나요 둘이 아니다.……
> 남만결설지성 떠도는 외국사람 틈에 고향친구를 만나 방아타령이나 아리랑타령 한 곡조를 들어 보라.
> 이것이 조국애요, 민족애다.……조선민족은 운명을 같이 할 약속을 갖는다.……민족을 떠나서는 내가 없고, 나를 떠나서는 민족이 없다.……삼천리 강산을 뒤흔들어 놓은 3·1운동의 기억이 새로웁구나!

이처럼 서설로서 군말을 붙이며 이 작품은 시작되고 있다. 「前夜」등 그의 다른 역사소설이 서설이 없이 진행되었던 것으로 보아 이 서설은 형식적인 것이 아니라 작가의 의식이 깊이 투영된 결과임을 알 수 있다.

여기에서 작가는 이 말을 독자에게 하고 있는 것이며, 동시에 작가가 직접 화자로 등장하고 있기도 한 작품 속에서도 가상의 피화자에게 하는 말이다. 여기에다 피화자는 한국인이다. 남녀노소 귀천의 차이 없이 한국인이면 누구나 같다는 것을 염두에 둔 이 말들은 작품 속의 피화자를 한국 민족으로 설정한 것으로, 동시에 친밀감을 표시하고 있기도 하다. 이러한 친밀감을 바탕으로 작가는 우리 민족의 단점과 역사상의 수치를 과

---

11) S. S. Lancer, 앞의 책, pp.177~180 참조.

감하게 파헤치고, 그를 비판하기에 앞서서 애국심과 주인의식을 갖자는 태도를 표명한다. 그리고 후기의 성격을 띠고 있는 작품의 종결부분에서 필자는

> 드디어 다음 해 경술합방, 하늘이 무너지고 땅이 뼈개지는 만고에 없는 국치와 굴욕을 당하게 되자, 유명·무명의 비분강개한 열사와 순사의 반향은 손을 들어 이루 다 셀 수 없고, 한방 뒤 십년만에 일어난 삼일만세 민족 대소생 운동과 다음 십년 뒤에 일어난 광주학생 사건은 진실로 민족의 정의를 위한 투쟁이요, 백만 자루 칼과 총을 가진 것보다 더 강하고 억센 우리 민족의 백수항쟁인 것이다.……민족은 영원히 멸하지 않는다.12)

라고 주장하여 서두부분의 주장을 보다 구체적으로 표명하고 있다.

이상의 필자의 말들을 종합하면 그가 피화자(이 작품에서는 독자)를 대하는 태도가 잘 나타나 있다. 즉 화자는 이 민족정신의 함양이라는 뚜렷한 의식을 지니고 있으며, 우리 민족은 영원히 살아 남는다는 자신감도 지니고 있으며, 독자들도 모두 필자와 같은 생각을 지니고 있을 것이라는 확신을 지니고 있다. 이들 요소는 작가의 작품진행에서 격식보다는 친밀감을 앞세우도록 하는데 영향을 미친다.

피브바르츠키는 이러한 작가의 태도에 공감하는 0度의 피화자13)(The drgree Zero narratee) 의 요소에 대해

① 화자와 똑같은 문화·문명을 가진 사람이며,
② 그/그녀와 일체감을 지니고, 어떤 특수한 사회적·심리적·개
　인적 특성이 없어야 하며,

---

12) 박종화, 앞의 책, p.429.
13) 여기에서는 일반적인 소설에서 요구하는 0度의 피화자의 요소(즉 앞의 이야기를 기억할 수 있어야 한다)는 본고가 역사소설이라는 점에서 논의로 하였다. 그는 0度 피화자의 조건을 18가지로 분류했으나 여기서는 「民族」에 적합하다고 생각되는 요소만을 추출하여 적용해 보았다. S. S. Lancer, pp.180~181 참조.

③ 시간적・공간적으로 그들의 입장에서 통찰하고 있어야 한다는
점 등을 들고 있다.

이러한 점에서 보아, 이 작품은 당대와 시간적인 거리감은 있으나, 피화자들이 1940년대 해방이 되지 못했기 때문에 여전히 대원군과 민비의 실정의 영향을 받고 있었다는 점을 염두에 둘 때, 비교적 0度의 피화자가 될 가능성을 충분히 내포하고 있다.

작가가 피화자를 0度의 독자로 설정하여 친밀성을 가지고, 일제하에 한국어를 사용하는 민족들에게 한국어로 민족의 과오에 대해 이야기할 때 어떠한 거부감보다는 공감이 더욱 강하게 나타날 수 있다.

「民族」은 초반에는 대원군의 실정이, 중반에는 민비의 실정이 묘사되고 있어 작품의 대부분이 「民族」을 부정적으로 묘사하고 있다. 또한, 작품의 1/3정도는 동학난에 대해 기술하고 있으나, 이것도 넓은 견지에서 볼 때, 청・일 의 군대가 국내에 들어 올 수 있는 계기를 만들어 준 것이라는 점에서 부정적인 요소로 작용하고 있어 결국 이들 모든 내용은 민족의 단점만을 지적하고, 그로 인해서 무너져가는 한국의 정세를 묘사한 것일 뿐이다. 그럼에도 이것을 민족의 자괴감에 빠지거나, 매국적인 민족적 열등감의 자극 쪽으로 기울지 않게 한 것은 작가가 0度의 피화자를 설정하고 독자를 대할 때, 우리 민족은 영원히 살아 남는다는 신념을 강하게 표출한 데에서 비롯된 것이다.

이러한 전체 맥락을 이해할 때 비로소 「民族」의 주제가 우리 민족의 역사를 통해서 국민에게 민족의식을 고취시키고자 한 데 있었다는 사실이 제대로 파악될 수 있다.

3. 화자가 작중인물을 보는 태도

「民族」에 등장하는 많은 인물 가운데 윤리적으로 다루어진 인물로 대

원군, 민비, 전봉준을 들 수 있다.

화자는 그 중 한 인물인 대원군에 대해서 '하늘을 흔들어 도리질치고 삼천리 강산을 손 뒤집듯 주머니 속에 넣어 버렸던 만고 영웅', '십년 세도를 뿌리깊게 박았던 치밀하고 주밀한 운현궁 일당'과 같은 표현에서 보듯 부정적인 시각으로 보고 있다. 「民族」은 「前夜」·「여명」과 시기적으로 연결되어 3부작의 성격이 강하나 「民族」에서 대원군의 성격은 하나의 안타고니스트로서 경복궁 건설 등으로 백성들을 괴롭히는 역할을 맡음으로써 이전의 작품에서 보여 주었던 백성을 위하는 성격과는 다르게 나타난다.

민비는 춘추를 읽고 정치하는 법을 배우고, 왕의 위치와 백성 다스리는 방법, 외교하는 방법 등을 배웠다. 그러나 백성에 대해서는 관심이 적고 외교와 대원군의 세력 축출, 외척들의 중용 등에 주된 관심을 기울인다. 그 결과 미신을 좋아해서 판수와 무당과 중들을 가까이 하고, 쌀과 피륙, 돈 등 국가 재정을 고갈시켰다. 이러한 부정적인 시선은 외교면을 통해서도 드러나는데, 개방정책과 관련하여 국가의 위신을 손상시키면서 개방을 한 것이 '좀 부끄러운'14)것이라는 주석을 달고 있음이 그것이다.

이에 비해 전녹두에 대한 화자의 견해는 약간 긍정적이다. '동학이란 유·불·선 삼도를 통일하여 가진 것'15)이라는 설명을 논평없이 기술한 것이나, 왕보다 근엄한 자태와 통솔력에 대한 서술 등에서 화자의 긍정적인 이러한 자세가 돋보인다. 이 작품에서 가장 많은 비중을 전봉준에게 둔 것도 화자의 이러한 긍정적인 자세와 연관된다. 이처럼 전봉준이 부각된 이면에는 작가가 「前夜」·「여명」 등에서 국가변화의 주체세력을 위정자로 본 데 비해 「民族」에서는 그것을 민중으로 본 데서 연유한 것이다.

---

14) 박종화, 앞의 책, p.268.
15) 앞의 책, p.313.

　　봉건제도를 깨트려버리자면 대규모의 혁명투쟁인 반란이 필요하
고 반란을 일으키자면 민중 속으로 파고 들어가서 민중의 심리를 파
악해 붙잡지 않으면 아니된다.
　　그들은 민중을 떠나서 혁명을 성공할 수 없는 것을 아는 때문이
다.16)

　그럼에도 불구하고 객관적으로 볼 때 이들의 활동이 외세개입의 원인
을 제공하게 된다.

　이상에서 살펴 본 인물들에 대한 화자의 태도는 첫째, 부정적이라는
점이다. 그러나 이는 단지 부정을 위한 부정이 아니라, 그럼에도 불구하
고 그들이 우리의 조국을 움직였다는 의식을 담아 독자에게 연민의 정을
유발시키고 있다는 사실이 중요하다.

　이들 인물이 보이는 또 다른 특징은 우리 고소설에서 흔히 볼 수가 있
는 영웅적인 성격을 아직 탈피하지 못하고 있다는 점이다. 이러한 점은
아직 正史의 테두리에서 완전히 벗어나지 못했기 때문이라는 그의 역사
소설적 한계점을 드러내 주는 것이기도 하지만, 다른 면에서 그가 의도
한 민족 정신의 고취가 구체적으로 작품화하지 못하고, 추상적·관념적
상태에 머물렀음을 말해 주는 것이다. 그렇기 때문에 작품을 통해서는
우리 민족이 헤어날 수 없는 고난 속에 빠져 있다고 말하면서도 작품의
서설과 말미에서는 그렇지만 민족은 영원하므로 무슨 일이 있더라도 조
국을 위해 모든 것을 바쳐야 한다고 말하고 있어, 오히려 비본질적인 측
면을 통해 작가의식이 겨우 검출되는 모순성을 보이고 있다. 한 편의 작
품은 작가의 작품 밖의 언급이 없더라도 그 자체로 완결성을 지녀야 한
다. 이런 점에서 볼 때 「民族」은 화자의 작품 인물에 대한 긍정적 시각에
있어 초점이 명확하지 못해 주제에 혼란을 가져왔다고 볼 수 있다.

---

16) 박종화, 앞의 책, p.315.

Ⅲ. 결 론

  본고에서는 근대 초기 역사소설의 기본적인 과제라 할 수 있는 야담화
를 탈피하고 正史에 충실했던 「民族」의 기법을 고찰해 보았다.

  박종화의 「民族」은 서술방법상 대상에 작가의 의식을 투영한 담화체
의 양식을 사용했다. 이는 객관성보다는 주관성이 가미되어 독자에게 판
단의 여지를 주지않고 감정에 호소함으로써 독자에게 신빙성을 주는데
미흡하다는 단점을 지니고 있다. 박종화의 이러한 주관적 서술태도는 작
가가 드러나지 않는 묘사 양식인 대화에도 투영되어, 인물의 성격에 있
어 일관성을 잃고 구성면에서 필연성을 소홀히 하는 단점으로까지 확산
되었다. 반면에 史實에는 지나치리만큼 엄정한 객관성을 지니고 있다. 결
국 작가는 이 작품에서 부분적으로는 주관성을, 전체적으로는 객관성을
유지하고 있는데 이는 오히려 부분에서 객관성을, 전체적으로는 작가의
식이 개입된 주관성을 통해 비로소 역사 소설이 예술로 승화될 수 있다
는 점에서 볼 때 치명적인 단점이 된다.

  「民族」은 0度의 피화자를 가상하여 작품을 시작하고 끝을 맺음으로써
독자가 작품 속에서 민족의 열등의식을 느낄 수 있는 소지를 완화하여
애착감과 연민의식을 느끼게 하고, 나아가 그것은 민족을 위한 일에 참
여하는 민족의 의식으로까지 승화시켰다. 그러나 이러한 피화자의 설정
은 「序說」의 형식을 빌지 않고 작품 내에서 완결성을 지닐 수 있었으면
보다 바람직했을 것이다.

  「民族」의 화자는 작중인물에 대해 부정적인 입장을 취함으로써 주제
를 명확하게 제시하지 못했다. 그리고 인물의 창조가 정사를 중심으로
이루어졌기 때문에 영웅적 성격을 탈피하지 못했다. 이는 「民族」의 주제
인 민족정신의 고취가 역사의식이 투여된 구체성을 띠지 못하고 추상
적·관념적으로 흘렀음을 의미한다.

　본고에서 시점의 측면에서 「民族」을 고찰한 결과 박종화 역사소설의 전반적인 특성으로 보아 별 무리가 없을 것으로 본다. 그리고 이 점을 김동인, 이광수 등 동시대 소설가들의 역사소설과 비교할 때 중요한 변별적 요소가 될 수 있으리라 생각한다. 이런 점에서 본고는 앞으로 시점에 대한 분석의 틀이 다른 작품과 작가들의 작품을 통해 객관적 판단 준거가 되도록 하고 보다 상세하게 이루어지도록 해야 한다는 과제를 남겨두고 있다.

박종화의 「여명(黎明)」

I. 서론

본고는 월탄(月灘) 박종화(朴鍾和)의 역사소설 3부작 중에 하나인 「여명」에 등장하는 인물들의 성격을 분석코자 하는데 그 목적이 있다.

대부분의 박종화 역사소설들이 신문연재를 마친 뒤에 그것이 다시 단행본으로 출판되었던 것이 통례이었음에 비하여 「전야(前夜)」(1942)와 「여명(黎明)」(1944) 그리고 「민족(民族)」(1946) 등 3부작으로 통칭되는 이 작품들은 신문에의 연재를 거치지 않고 단행본으로 직접 상재한 것이다. 그것은 아마도 박종화가 이 작품들을 집필할 당시가 일제 말기 전쟁 중이라 일제의 국어말살정책이 극에 달했으므로 발표할 지면을 확보하지 못했음이 중요한 이유 중의 하나일 것이다.

이 세 작품들의 역사적 배경은 19세기 전반기에서부터 후반기에 이르는 한말 풍운의 소용돌이가 극에 달한 시기를 배경으로 하고 있다. 그 중 「전야」가 그 표제대로 흥선대원군(興宣大院君)의 집권 이전을 그린 것이라면 이 「여명」은 대원군이 집권하면서 벌어지는 근대화 과정의 복잡한 양상을, 그리고 「민족」은 대원군의 쇄국정치가 시작되는 시기부터 청일전쟁을 중심으로 하여 빚어지는 대원군과 민비(閔妃)와의 암투를 그린 것이다.

따라서 필자가 본고에서 이 3부작 중 2부에 해당하는 「여명」을 분석의 대상으로 삼은 것은 이 작품이 일제 말기, 즉 조국이 광복되기 직전에 씌어졌다는 점에 주목했기 때문이다. 그것은 곧 세도정치를 청산하고 새로운 정치를 꿈꾸며 대원군이 권력의 정면에 등장하기 시작하는 이 「여명」에 담긴 사건을 일제가 멸망하면서 한국이 해방(여명)을 맞이하게 될 것이라는 예감에서 집필하지 않았나 하는 점에서다. 이에 따라 필자는 월탄이 이 작품을 집필하기 위한 제재 선택은 매우 시의 적절했다고 본다.

따라서 지금껏 본격적으로 논의가 별로 이루어지지 않았던 작품「여명」속에 등장하는 인물들의 성격 유형은 어떠하며 그들 인물들이 엮어나가는 행위가 리얼리티를 획득하고 있는가? 그리고 이 작품은 어떠한 기법으로 짜여졌으며 그 구성에 따르는 장·단점은 무엇인가? 등에 초점을 맞추었다. 이 작품의 분석 대상이 된 작품은 1944년에 간행된 초판본『여명』(매일신보출판부)이다.

Ⅱ. 작중 인물의 유형

일반적으로 역사소설은 현재와 유사성을 지닌 사건들을 중요하게 본다. 따라서 그 사건을 어떠한 시각에서 바라보는가 하는 문제는 주제와 직결되는 중요한 요소인 것이다. 이 때 역사소설에서 사건을 바라보는 작가의 시각 즉 작가의식(作家意識)은 그 사건을 체험하거나 바라보는 주인공을 통해서 이루어진다. 그러기에 역사소설에서는 작가의식을 표출함에 있어 먼저 적합한 인물의 선정이 필수적인 것이다. 이 점이 인물의 성격을 형상화하기 위해 사건을 부여하는 현대소설과는 다른 면일 것이다. 그러한 역할을 수행하기에 적합한 인물은 역사소설의 경우 사건에 어느 정도 거리감을 지니고 있어 객관적으로 사건을 바라볼 수 있는 중도적 인물(中道的 人物)이어야 한다. 또한 그 주인공은 단순히 역사의 시간과 공간 속에서 존재시키는 것만이 중요한 것이 아니라 일어나는 사건을 겪으면서 우리에게 생동감 있게 다가올 수 있어야 한다. 그러기 위해서는 정사적 인물(正史的 人物)로서 누구나 역사를 통해 짐작할 수 있는 플롯을 지닌 유명 인물이거나 역사적 사건과는 무관한 인물이라기 보다는 유명 인물의 주변에서 자초지종(自初至終)을 알면서 그 사건을 객관적으로 평가할 수 있는 인물이 적합하다. 이때 단순히 전개되는 사건에만 봉사하는 주인공은 삶 자체이지 인간은 아니다. 사건은 "그 거대함과 중요함으로 인하여 인간의 개성을 덮고 있으며, 사건은 그것의 본래적인 흥미로움과 다양성 및 복잡성으로 말미암아 주인공으로부터 우리의 주의를 멀어지게 한다"[1] 이러한 역사 소설의 인물 설정은 어려운 문제이며 작품의 성패와도 직결되는 문제라고도 할 수 있는 것이다.

박종화는 낭만주의를 그의 문학적 기조(文學的 基調)로 하고 작품을 쓴 작가이다. 그와 같은 경향이 20년대 초기에서 시작된 것이지만, 그의 역사소설에서도 시종 이러한 낭만주의적 경향으로 일관하고 있다.[2]

이 「여명」에서 보여지는 인물들도 역시 전반적으로 낭만주의적 성격을 지니고 있으므로 자연히 리얼리티가 결여되어 현실적 인간의 모습이 소홀히 다루어져 있다. 월탄은 이 작품에서 수구적(守舊的) 인물로 대표되는 '흥선대원군'과 개화적 인물로 대표되는 '초운'을 각각 설정하고 있다. 그 대원군의 주변에는 외세를 배척하며 고루한 대국정책을 고집하는 대원군에게 동조하는 '계섬월'이 있고 초운의 주변에는 서양인 신부와 천주교를 신봉하는 한국인 순교자들이 있다. 하지만 이 두 유형의 모두에게는 애국심이 있다는 공통점이 발견된다. 그러한 조국애가 있기 때문에 초운이 서양인 신부와의 사이에 국익과 관련된 문제를 다룰 때는 심한 갈등을 일으키기도 한다.

이에 따라 본고에서는 작중인물들을 외세를 배격하는 인물 유형과 개화를 추구하는 인물 유형 등으로 나누어 고찰하고 그 큰 테두리 안에서

---

1) 게오르그 루카치(이영옥 옮김), 『역사소설론』, 거름, 1997, p.13.
2) 김우종, 『한국현대소설사』, 성문각, 1982, p.17.

서로의 개성을 지니고 있는 각 개인들의 성격을 고찰하고자 한다.

1. 수구적 인물의 유형

이 작품의 프로타고니스트는 흥선대원군이다. 그는 야심이 강한 인물이면서 그를 추종하는 기생 '계섬월'의 사상을 개화에서 보수로 바꾸어 놓은 신념이 강한 인물이기도 하다. 왕실의 근친으로 당시 안동김문(安東金門)의 세도 하에 행여나 오해라도 받을까 하여 한량처럼 행동하며 기생집을 드나드는 파락호(擺落戶)의 생활로 위장하는 변신술도 함께 지니고 있는 인물인 것이다.

그러나 어느날 대비(大妃)가 그를 불러 포부를 물었을 때 그는 거침없이 즉석에서 첫째, 안동김씨의 세도를 누르고 둘째, 민폐를 막기 위해 양반계급을 철폐시키고 셋째, 사색당파를 없애고 서원을 허물어 버리겠다는 세 가지를 거침없이 털어 놓는다.

사실 이 같은 뜻을 펴기 위하여 때를 기다리며 안동김씨 일가의 견제를 받지 않으려고 의도적으로 '정수동'과 함께 상놈 노릇을 한다면서 송석원에서 한량처럼 행동하기도 했던 것이다. 그는 또한 인정미가 있는 성격의 소유자이기도 하다. 그는 애첩 계섬월에게 담뱃불까지 붙여주기도 하는 극진한 사랑과 인정미를 보이는가 하면 대원군이 된 뒤에는 그녀를 잊지 않고 궁안에 들이기도 했다. 뿐만 아니라 "사십평생 나를 알아준 사람은 정수동과 김병학과 이호준과 그리고 너뿐이다"라고 하여 그들에 대하여 의리 있는 뜨거운 정을 표하기도 하는 것이다. 하지만 인정과 일 두 가지 문제가 상충할 때에는 그는 반드시 일을 우선적으로 생각해서 그 일들을 차근히 처리했다. 이 같은 사실은 계섬월과의 대화에서도 극명하게 드러난다. 어느 날 '흥선'에게 바쳤으니 버리지 말고 백년을 돌보아 달라며 뜻깊은 부탁을 노래에 실어 표현했다. 이에 '흥선'은 "말은 가려 울고 임을 자고 아니 놓네"라는 시조로 화답했던 것이다. 그것은 곧 사나이 앞에 할 일은 태산같은데 너 같은 아녀자에게만 평생을 매달려 있을 수가 없다는 의미인 것이다. 이처럼 그는 인정보다는 일을 우선으로 생각하고 행동하는 권력자로서의 전형적인 성격을 지니고 있는 것이다.

어느 날 사랑하는 게섬월이 십자가를 몸에 지닌 것을 보고 서슴지 않고 "금법을 범하고 있는 너와는 상종할 수 없다"하며 그녀의 집을 나서려 했던 것이다. 이는 "나는 너를 사랑하되 만일 신념이 다르다면 모든 인정은 소용이 없다"는 그의 의사표시였던 것이다.

이러한 성격묘사는 결국 월탄이 대원군을 냉혹한 위정자로 성격화 시키려는데 목적이 있었던 것이다. 그의 이런 면은 다른 사람과의 관계에서도 잘 나타났다. 대원군은 남승지의 아버지 나판서와는 막연한 사이이었음에도 어느 날 남승지가 견백서를 가져오자 그 뒤부터는 남승지에게 냉대하며 결국 후에 남승지를 친국하며 무릎이 으스러지도록 주리를 틀도록 명령하기도 했다.

이처럼 인정보나 일을 더 중시하는 그의 성격은 저돌석인 추진력을 수반했다. 구한말 선비들을 숭상하고 그들 선비들이 정권을 숭상하고 그들 선비들이 정권을 휘두르던 시대의 정계에 나설 수 없는 왕실의 근친이라는 신분임에도 서원의 철폐를 다짐하고 정권을 잡은 뒤 이를 실행으로 옮기며 천주인들을 박해하고 당대의 강국 미국과 프랑스의 군함에 맞서 정면 승부를 거는 것 등은 모두 이러한 성격에 수반되는 강한 추진력이 그에게 있었기 때문이다.

그리고 월탄은 이 작품에서 대원군을 국내 정치는 물론, 국제 정세의 흐름까지 파악하고 있는 현실인식을 지닌 인물로 묘사하고 있다. 본래 대원군도 천주교에 대하여 긍정적인 의식을 가지고 있었다. 왜냐하면 그가 "도덕질을 하지말고, 사람을 죽이지 말고, 남의 재물을 탐하지 말라"는 천주교의 교의를 익히 알고 있었기 때문이다. 그럼에도 불구하고 그가 천주교를 탄압했던 것은 당시의 국제정세로 보아 만약 외국인을 받아들이면 언젠가 후환이 될 것이라고 생각하였기 때문이다. 대원군에게는 외국인들은 "공공연하게 군사를 몰아 청국의 국토를 빼앗고 인도 사람을 쳐죽이고 정신을 마비시키는 마약을 팔아서 청국 백성의 재물을 빼었"[3] 던 나쁜 사람들로만 인식되었을 뿐이었다. "그들은 먼저 선교사와 신부를 보내고, 다음에는 통상을 요구하고 다음에는 경제를 문란시키고 다음에는 국토를 삼켰다. 이 때 서구의 정부들은 선교사를 통해 풍속과 문화를 알고 민심을 측정하고 지리를 연구하고 국세(國勢)를 염탐하여 후에 이것을 획득하고 영토를 침략하는 재료로 삼는다. 그렇기 때문에 국토를 지키기 위해서는 천주교를 탄압해야 한다"고 대원군은 생각하고 있었던 것이다. 또한 근대적인 의식도 어느 정도 지니고 있었다.

조대비(趙大妃)에게 조선의 폐해를 말하는 다음의 대목으로 보아 그가 그동안 안동김문으로부터 당해 왔던 권력외척 인물로서의 소외의식이 얼마나 컸던가를 알수 있다.

조선은 양반이외의 상사람을 사람으로 치지 안했습니다. 개국공신의 후예는 병신과 천치라도 대대로 벼슬을 주고—만 권 서적을 다 읽어서 제세안민하는 포부를 가졌다하되 가문과 지벌이 없다하여 마침내 초토에 묻혀 이름없는 풀과 같이 섞어버리고 말게됩니다.[4]

이러한 성격에서 그가 안동김문에게 당했던 수모를 자연스럽게 근대의식으로 승화시키는 일면을 보여주고 있다.

월탄은 흥선의 성격을 대화나 외모로 보다는 대비의 눈을 통해 간접묘사하는 수법을 사용하고 있다. 그러기에 대비는 "일찌기 그런 모습을 대해 보신 적이 없었다. 진실로 사나이다웠다. 영웅다웠다. 지금이라도 곧 흥선에게 이 나라 정사를 맡기고 싶었다"고 생각하는 것이다. 이 같은

---

3) 박종화, 『여명』, 매일신보출판부, 1977, p.131.
4) 위의 책, p.58.

조대비의 평가는 곧 작가 월탄의 평가이며 시대를 앞서가는 근대의식을 지닌 대원군이라는 인물에 대한 축약이라고 말할 수 있는 것이다.

작가 월탄은 대원군을 추종하는 계섬월을 연약한 여자이며 여필종부라는 전통적인 관념을 지닌 평범한 사고방식의 소유자로 그려놓았다. 어느 날 초운이 그녀에게 천주교를 믿을 것을 권유하자 그녀는 "내가 천주학을 믿으면 운현대감이 박차버릴 것"이라면서 그녀의 청을 거부한다. 사실 계섬월은 초운에게 자기 아버지의 병을 기도로 고쳐주도록 부탁하는 것으로 보아 천주교를 믿지 않는 것은 아니었지만 그러나 그녀는 그것으로 인하여 사랑을 잃을까봐 다시 기도를 중단시키려고 초운의 집에 사람을 보낸다. 그녀는 이미 아버지의 집으로 기도하려 떠난 초운을 만나지 못하고 치료한 뒤에 만나 병을 고쳐 준 천주교에 호의를 갖게 된다.

계섬월은 대원군에게 순정을 바치는 인물이다. 그러기에 대원군이 그녀의 집에 찾자 그녀는 극진히 그를 대접한다. 월탄은 그녀의 마음을 그가 지닌 특유의 성격화 기법인 타인의 시점을 통해 권위 있게 성격화를 부여하는 기법으로 간접적으로 나음과 같이 묘사하고 있다.

> 계섬월의 마음은 십년의 하루 같았다. 아무리 사람을 알아볼 줄 아는 계집이라 하나 여염집 여자도 아니고 기생 자호를 붙인 기생으로 장작 한 바리 안대주는 맨주먹만 갖고 자기를 이대도록 관대한다는 것은 양가집 여자라도 쫓지 못할 일이었다.[5]

그리고 '흥선'을 위해서 잣불도 놓아준다. 또한 그녀는 아버지에 대한 효도와 대원군에 대한 사랑 중에서 대원군에 대한 사랑을 먼저 택하는 낭만성을 지닌 인물이기도 한 것이다. 이는 천주교를 택하라는 초운의 말에 대답하는 다음 그녀의 말에서 극명하게 드러나 있다.

---

5) 위의 책, p.66.

        "니는 지금 운현대감을 배신할 수는 없소 죽어서 천당을 못가구
     지옥으로 떨어진다 손치드라두, 그리구 우리 아버지의 병환을 못고
     친대두, 안할 말루 불효자식이 된대두 운현대감과 떨어질 수는 없
     소!"6)

   그녀는 흥선과 천주교도들 사이에서 이들의 관계가 극단적임을 이해
하고 완충의 역할을 수행할 수 있는 인물이기도 하다. 그녀의 이러한 성
격을 그들의 갈등 사이에서 시비를 판단하는 판결자로서의 역할을 수행
하고 있다는 데서 알 수 있다. 그녀는 천주교도들을 위해서 노력하나 결
국 해줄 수 있는 일은 아무 것도 없었다. 그리고 흥선을 위해서 천주교도
들에게 해를 끼치지도 않는다. 두 작품에서는 게섬월이라는 인물이 없더
라도 동일한 플롯과 결과를 가져올 수밖에 없는 것이다. 왜냐하면 그녀
는 월탄이 자신의 생각을 대변하기 위하여 양쪽의 정보를 다 접할 수 있
도록 창조한 인물이기 때문이다. 그러기에 그녀는 자신에게 주어지는 정
보를 긍정적으로 받아들이고 주변의 인물들에게도 포용력을 발휘하는
인물이기도 한 것이다.

2. 개화적 인물의 유형

   여기에 속하는 인물들은 초운 등의 서민 계층과 남종삼으로 대표된 양
반계층, 그리고 서양인 신부 등으로 다시 세분할 수 있다. 비록 이들은
묶여져 있지만 이 작품에 과거의 일을 회고하는 이야기의 성격보다는 조
국 광복 무렵의 시대적 성격과 유사한 시기를 택했다는 관점에서 본다면
여기서 종교라는 문제는 단지 상징성을 지닌 것으로 해석될 수 있을 뿐
이다. 이처럼 이들은 모두 개화를 추구하는 인물들임에는 틀림이 없지만,
그러나 그들은 각기 개화를 보는 시각을 달리하고 있으며 그들 나름의

---

   6) 위의 책, p.119.

관점을 지니고 있다는 점이 주목된다.

월탄은 이 작품에서 초운을 안타고니스트로 설정했다. 이 초운은 이 작품에 등장하는 유일한 원형적 인물이기도 하다. "프로타고니스트는 그가 없으면 이야기의 줄거리가 기능을 정지하는 인물"[7]이라는 점에서 본다면 그녀는 결국 안타고니스트로 분류될 수밖에 없는 인물인 것이다.

여기서 작가는 초운을 장악원의 기생으로 설정하고 있다. 본래 그녀는 송석원의 기생이었으나 지난날 홍선을 비웃은 죄로 그곳에서 쫓겨나 장악원에 있었던 것이다. 5년 만에 처음 나타난 그녀는 어느 사이에 전형적인 기생으로 변모되어 있었다. "기생년 주제에 어떻게 양반, 상눔을 가리오"라는 말투와 대원군이 세력을 잡기 전에 남들이 그에게 망신을 줄 때 큰 소리로 웃은 죄를 용서받기 위하여 대원군 앞에서 눈물을 흘리며 용서를 비는 행위 등에서 그러한 면모를 발견할 수 있는 것이다. 그러면서도 한편으로는 홍선을 통해 본 초운의 모습은 양가집의 규수처럼 묘사되고 있다.

> "초연히 서 있는 기생 초운의 태도는 기생이라기 보다 조촐한 품격을 가진한 사람 유한정정한 부인의 태도였다. 일부러하는 가작이 아니었다. 제절로 몸에서 우러나는 동작이었다. 홍선은 일찍이 초운의 얼굴에서 이러한 범치 못할 기상을 대해 본 일이 없었다.—다섯 해만에 딴 사람이 되고 말았다. 홍선은 자기의 눈을 의심할 지경이었다."[8]

이에 초운의 과거의 잘못을 용서한 홍선은 초운을 데리고 답교 놀이를 간다. 그러나 답교를 가서 서양인 신부가 군중들로부터 돌팔매질을 당하는 광경을 목격한 초운은 홍선과 잡은 손을 놓고 도망쳐 신부의 안부를

---

7) 노우먼 프리드먼, 「플롯의 제형식」, 최상규 역 (김병욱 편), 『현대소설론』, 대방출판사, 1984, p.173.
8) 박종화, 앞의 책, p.131.

알기 위해 그의 거처로 달려간다.

이처럼 초운은 흥선에게 용서를 빌다가도 앞뒤 가리지 않고 그의 곁을 떠나는 일관성이 없는 행동을 자행하는 인물이기도 한다. 여기서도 작가는 초운의 성격화에 대화나 행동, 인물묘사의 기법을 사용하기보다는 작중인물의 눈을 통해 서술하는 기법을 주로 사용하고 있다. 여기서 그녀의 행동이나 말 등은 성격화와는 전혀 무관한 것이다. 이는 작가가 작품의 성패 여부보다는 인물의 성격묘사에 관심을 두고 그러한 기법을 사용하였음을 보여주는 예인 것이다. 따라서 이 작품에서 인물의 성격이 일관성을 잃은 것은 인물의 성격을 사건의 전개에 종속시켰기 때문에 일어난 현상으로도 풀이할 수 있다.

초운은 천주교의 신자로 부각되는 인물이지만 그것은 공교롭게도 흥선의 집 유모인 그녀의 먼 친척 박마르테의 모교로 입교하게 된 것이었다. 그녀가 천주교를 믿게 된 이유는 신통하게 병이 낫는 성모 마리아의 영검과 그 교우들이 자기를 대하는 태도에 감복했기 때문이었다. 또한 영세를 받은 뒤에 다른 사람들과 대하는 대우가 평등하고 죽은 뒤에 똑같이 천당에 갈 수 있다는 점 때문이었다. 이처럼 그녀는 평등이라는 의식 속에 막연하게나마 시민의식 즉 근대의식을 싹 틔운 인물이었다.

초운은 남승지를 사모하고 있기에 천주교의 박해가 시작되면서 남승지에 대한 수배령이 내리자 그의 집을 찾아가는 도중에 남승지를 만나자 남승지에게 강원도에 피란해 같이 지낼 것을 간청하고 순교할 뜻을 밝힌다. 그녀가 게섬월을 만났을 때 게섬월은 그녀에게 "지금 천주교도들이 아라사를 막기 위해 영·불을 끌어들이려는 계획을 자신들의 포교 활동을 합법화하는 기회로 삼으려는 계획에서 나온 것이지만 결국 그것은 조선땅을 뺏으려는 외국인을 도와주는 일에 지나지 않는다"고 설명해 주었다. 이때 초운은 그 모든 것을 수긍하게 된다. 이 대화를 통해서 민족의식을 자각한 초운은 남승지의 무덤으로 찾아가 그 모든 것을 이야기한 뒤에 그의 무덤 곁에서 자결을 한다. 이는 순교가 아니라 사랑하는 사람이 없는 세상을 살아갈 의욕이 사라졌음과 더 나아가 저승에서나마 사랑은 맺어보자는 갸륵한 사랑의 표출이라고도 풀이할 수 있다. 이처럼 초운은 처음에는 근대 의식의 화신으로, 뒤에는 민족정신의 이해자로 변모해간 원형적 인물인 것이다.

따라서 월탄은 이러한 인물의 형상화를 통해 조국 해방 무렵 우리나라 주위에 버티고 있던 강대국 미국과 소련 등을 염두에 두고 우리 조국의 독립은 그들에 의해서가 아니라 우리 자신, 우리 역사의 문제임을 시사하고 있는 것이다.

한편 월탄은 남종삼을 양반계층의 출신으로 신분의 평등을 주장하는 인물로 그려 놓았다. 따라서 그의 근대화에 대한 욕구는 매우 적극적이었던 바, 그것은 투철한 근대의식을 바탕으로 하고 있기 때문이었다. 초운이 군중에게 쫓기는 신부를 보고 두려움에 떨고 있을 때 남승지는 자신이 어전의 지적에서 여명을 받드는 신분임을 이용하여 포졸을 움직여 신부를 군중으로부터 격리시켜 무사히 도피할 수 있도록 도와준다.

그 무렵 나라가 아라사(러시아)의 강제교역 요구에 휩싸여 있을 때 천주교도들이 영·불의 힘을 빌어 그들을 물리치도록 하고 그 대신 천주교를 합법화해 줄 것을 요구하는 건백서(建白書)를 작성하고 그것을 대원군에게 전하려 할 때 그가 솔선하여 그 역할을 맡기도 한다.

전술한 바와 같이 그가 천주교인으로 지목 당해 수배령이 내려짐에 따라 초운이 강원도로 함께 도피하자며 오히려 순교할 결심을 한다. 이러한 결심의 이면에는 "네가 종교를 위해 진력한 것은 좋다만 네 목숨은 벌써 위태하게 되었다. 그러나 만일의 경우를 당하게 되더라도 종교를 욕되게 하는 언동은 하지 마라"는 아버지 남판서의 당부가 있었기 때문이었다. 이것으로 보아 남판서의 성격 또한 남종삼의 성격과 같은 유형에 속한다고 할 수 있다. 남승지가 이처럼 죽음을 택한 또 다른 이유는 남판서의 당부 외에 "아직도 남승지의 머리엔 양반으로의 세평이 무서웠다."에서 보여지는 것처럼 전통적인 유교적 가치관, 즉 양반으로서의 체통을 지니고 있었기 때문이었다.

남종삼이 붙잡혀 감옥에 갇히고 곤장을 맞아 장독이 나서 촌보도 움직이지 못할 때 대원군은 배교를 한다면 용서해 주겠다고 회유를 한다. 그러나 그는 그것을 거부하고 죽음을 택한다. 진리를 위해 목숨을 아끼지 않는 성격을 지닌 남종삼의 이 같은 주장은 대원군이 친국을 할 때에 목숨을 걸고 자신의 소신을 밝히는 데서 잘 나타나 있다. "너희 천주교인들은 부모 죽은 뒤에 일절 제사를 지내니 않으니, 이게 무부무군이 아니고 무엇이냐"하는 대원군의 질책에 남승지는 다음과 같이 대답한다.

> 제사를 궐하여 아니 지냄은 부모에게 정성이 없는 바 아니오이다.
> 천주교인은 음식은 차리지 않으오니나 마음으로 부모의 구끼신 날
> 은 결단코 잊지는 않나이다. 이것이 곧 살아서 부모에게 효도를 올
> 리고 죽은 후에 마음으로 부모를 잊지 않는 증거이오다.9)

이러한 남승지를 보고 영의정은 사문난적이라 비판을 한다. 이에 대해서도 그는 맹자가 증자의 효를 예로 들면서 어버이를 받드는 것은 물질적인 것보다는 마음을 편히 해 드리는 것이 중요하다고 답변을 한다. 따라서 그는 제사를 지내고 안 지내는 문제보다는 부모를 생각하는 마음이 중요함을 강조한다. 이로 보아 그는 서양의 사상을 받아들이되 그러나 우리의 전통인 유교적 사상도 무시하지는 않는다는 일면도 있음을 알 수 있다.

그러나 한편으로는 남승지에게는 현실 인식이 미흡한 문제점을 지니고 있음도 발견할 수 있다. 아라사가 조선에 문호를 개방하라고 요구했을 때, 그는 프랑스 신부와 함께 영국과 프랑스의 힘을 빌어 러시아를 견제하는 것이 옳다고 생각하여 대원군에게 건백서를 올렸다. 이는 그렇게 함으로써 영국과 프랑스가 우리 나라에 대하여 영향력을 미치면 천주교

---

9) 위의 책, p.344.

의 포교가 합법화될 것이라는 인식에서 나온 행동이었다. 그러나 그러한 결과가 이루어진 뒤에 제국주의가 풍미하던 당시의 국제적 상황을 고려해 본다면 우리 나라가 어떠한 처지에 놓이게 되었을 것이라는 점을 고려하지 않았던 그의 현실인식 미흡이라는 단점이 드러난다.

이 작품에서 월탄은 또 다른 보조인물로 배교로 배신한 이선을 등장시켰다. 이선은 조교인 베르누가 기거하는 한봉주집의 하인으로서 관군의 계략에 말려들어 천주교 탄압의 앞잡이가 된 인물인 것이다. 그 계략에 넘어가는 과정은 다음과 같다.

목로집에서 관군의 끄나풀인 짐방이 이선의 발등을 밟고, 국을 쏟으며 넘어지자, 그는 오히려 이선이 자기를 밟았다고 시비를 걸면서 그를 때린다. 이때 역시 뒤에 고나군으로 판명되는 지갯군이 이선의 편을 들어 짐방이를 혼내준다. 이때부터 이선은 지갯군에게 호감을 갖게 된다. 이 일련의 사건들은 자연스럽게 연결되어 일어나지만 그것이 계략이었음은 후에 드러난다. 계략적으로 접근해온 지갯군과 친해진 이선은 그와 터놓고 이야기하는 사이가 된다. 그 뒤 어느 날 밤에 찾아온 지갯군과 술을 마시고 어두운 길을 걷다가 그는 포졸에게 잡혀간다. 잡혀간 그는 매 한 번 톡톡히 맞지 않고 묻는대로 술술 불었던 것이다. 이선의 이 자백은 곧 대원군에게 보고되고 이 정보를 바탕으로 대원군은 급기야 천주교도 체포령을 내린다.

이러한 일련의 과정에서 이선의 배교 행위가 천주교에 얼마나 큰 해를 끼쳤는가를 우리는 쉽사리 이해할 수 있다. 그 뒤 이선은 관군과 함께 천주교의 체포에 나서 남승지를 발견하고 관군으로 하여금 체포토록 하는데 공을 세우기도 한다. 사실 이때 남승지를 보고 못 본 척하고 지나갈 수도 있었다. 하지만 그가 그렇게 하지 않았던 것은 천주교를 두둔할 필요가 없다고 생각했기 때문이었다.

이처럼 자신의 이익을 위하여 배교와 배신을 일삼는 인물에는 남승지의 친척들도 있다. 그들은 죄가 자기들에게 미칠까봐 남승지를 몰아 넣는 연면상소까지 서슴없이 행하고 말았다. 따라서 이 작품에서 천주교인들은 교우 이외의 호응은 얻지 못하고 있다.

결국 이 작품에서 작가는 이선을 예수를 팔아먹은 유다처럼 그려놓았지만, 그가 아니어도 대원군의 천주교 탄압은 있었을 것이며 남승지도 잡혔을 것이다. 이렇게 해석해 본다면 이선의 성격은 배신자라기 보다는 사명감의 부족에서 온 방관자적 특성을 지닌 인물로 봄이 더 온당할 것이다.

이밖에도 이 「여명」에는 서양인 선교사들이 여럿 등장한다. 철종 7년에 상해에서 거룻배를 타고 베르누 주교와 신부 프리틱, 페티니콜리스 등이 함께 몰래 입국했다. 로마 교황청에서는 천주교 신부가 파견되기 전인 신유년에 목사가 있었다는 소식을 듣고, "태국에 주재하고 있는 우리 선교사가 들어가서 전교를 하기 전에 조정대관이 신자가 되고 정당싸움까지 났다고 하니 세계에 그 짝을 볼 수 없는 일 노릇이도다. 귀하는 유망한 선교사가 되시오"라는 지령까지 보낸 일이 있는 조선땅은 매우 관심이 깊은 곳이었다. 이러한 조선땅에 포교하러 온 선교사들은 목숨을 걸 정도로 신앙심이 모두 깊었다.

하지만 그들도 자신이 선교사이기 이전에 제국주의 시대를 살아가는 강대국의 국민이라는 의식을 버릴 수는 없었다. 그들은 아라사가 우리나라에 교역을 강요하자 자기들 본국의 힘을 빌 것을 대원군에게 요청하는 것이었다.

그런데 그들의 요구가 묵살되고 그들에게 탄압까지 가해지자 그 와중에서 구사일생으로 살아남은 프랑스 신부 리델이 청나라로 도망쳐 그들의 함대 사령관에게 그 사실을 알린다. 이에 프랑스의 정부는 다음과 같은 글을 조선의 조정에 보냈다.

불행한 동포에게 해를 더한 그 날은 조선왕조 최후의 날이다. 바
꾸어 말하면 조선국왕 자신이 그 멸망을 스스로 선언한 것이라 나는

믿는다.[10]

그리고 리델은 조선에서 죽은 신부들의 원수를 갚고 남은 두 신부의
목숨을 구하기 위해 군함 세 척의 향도가 되어 다시 조선에 들어온다. 1
차 침입은 성과 없이 물러났으나 2차 침입에서 그들은 강화도를 점령하
고 많은 금은보화와 서적 칠팔천권을 약탈하였다. 신부 리델은 여기서
천주교도들을 통해 얻은 정보나 자신이 이전에 알고 있던 역할을 다한다.
이처럼 그는 양국 간에 분쟁이 일어나자 신부로서의 역할보다는 강대국
국민으로서의 역할을 우선했던 것이다.

신부들의 이러한 행위는 계섬월이 초운에게 하는 천주교 비판에서 극
명하게 드러난다. 그리고 이는 이러한 성직자들의 후에 초운이 천주교에
회의를 느끼고 남승지를 따라 자결하는 동기가 되기도 하였던 것이다.

3. 작중인물의 특성

이 작품에 등장하는 프로타고니스트와 안타고니스트는 집권자와 양반,
기생 등 다양한 신분을 포괄하고 있으나 이들은 모두 강한 시민의식과
애국심을 공통으로 지니고 있다. 그리고 다같이 천주교는 결코 나쁜 종
교가 아니라는 점도 인식하고 있다.

그러면서 그들이 서로 간에 갈등을 일으키는 이유는 다만 애국하는 방
법상의 견해 차에서 발생되는 사건 때문인 것이다. 대원군은 당시에 세
계를 풍미하던 제국주의의 실체를 익히 이해하고 있었고 여타의 인물들
은 서구의 종교로 표상되는 문물에 대해 각기 주관적인 동경심을 지니고
있었다는 점에서 차이가 있을 뿐이다.

그들이 이러한 공통점을 지니고 있다는 것은 반대로 갈등의 필연성을
악화시키는 결과를 초래할 수 있다고도 풀이된다.

---

10) 위의 책, p.327.

이 작품에서 작가가 사용하고 있는 기법은 주로 다른 인물들의 관찰에 의한 기법과 작가의 전능적 시점을 통해 작가 자신의 견해를 표출하는 그러한 것이었다. 즉 성격화의 주된 기법인 습관이나 외양묘사, 대화, 심리묘사 등은 거의 사용하지 않았던 것이다. "한 번 자기의 생각을 옳다고 결정한 뒤엔 아무리 행하기 어려운 일이라 해도 천만가지 장애를 다 물리치고 백절불굴 끝끝내는 그 목적을 뚫고 나가는 게 대원위 흥선의 강하고 굳센 성격이었다"라는 식의 성격화를 그는 주로 사용하였던 것이다. 또한 설화의 화자에 의한 성격화 기법과 같은 간접묘사를 주로 사용하였다. 이 같은 기법은 결국 작품에서 인물의 리얼리티를 전적으로 떨어뜨리는 단점을 스스로 지닐 수밖에 없는 것이다.

이 작품에서 인물 성격의 중요한 특징은 등장인물들이 낭만주의적 경향을 띠고 있다는 점이다. 게섬월이 기생에서 운현궁 작은 마마가 되어 들어가고 나서도 기생들은 지체가 높아진 게섬월과 옛정을 그대로 지니고 있다는 이유로 마음대로 만나고, 그들의 관계는 여전히 언니, 동생의 관계를 유지하고 있다. 그리고 남승지가 고문을 받을 때 남승지는 볼기가 찢어지고 다리 살이 떨어져도 아프다는 말 한마디 없이 자신의 심경을 담담히 피력한다. 그리고 참혹한 입술 형벌이 내려져 뼈가 부러져도 그는 마음의 갈등을 일으키지 않고 천주교에 대한 신앙심을 더욱 강화시킨다. 이처럼 인간적인 고통을 피해자 당사자의 처지에서가 아니라 제3자의 처지에서 다룸으로써 심적 갈등을 극소화한 것도 일종의 낭만적 인물의 창조라는 결과를 초래하게 했다. 그리하여 결국 이 작품은 현실적 가능성의 세계를 초월한 낭만주의적 성격을 보여주고 만 셈이다. 따라서 그들은 현실적 가능성의 세계를 초월하여 가능성의 세계로 마음껏 비약하여 마음껏 미화된 인물이었다.[11] 장편소설의 인물은 대개 원형적 인물들이다. 그것은 사건이 많아지고 배경이 변화하므로 그에 따라 주인공의

---

11) 김주종, 앞의 책, p.179.

대응양상에 변화를 보이는 것이 자연스럽기 때문이다. 그렇지만 이 「여명」에서는 인물의 성격이 평면성을 지니고 있다. 이것이 이 작품의 인물들의 특성이면서 월탄 자신이 그리는 인물의 특색이기도 하다. 이는 월탄 자신이 역사적 인물에 대한 고정관념을 지니고 그 선입견을 고정된 틀로 하여 인물을 창조했기 때문인 것이다.

III. 작품 구성의 특징

소설에서 구성은 인과관계에 의한 사건의 전개이며, 주제를 표현하는 기법이고, 소설미를 형상화해 주며, 논리적 지적 활동을 보다 리얼리티가 있게 보여주는 기능을 한다. 또한 플롯은 행동의 의미 있는 처리라고 말할 때, 이 행동은 단순한 사건으로서의 행동이 아니라 인간관계로서의 행동을 의미한다. 여기에서 인과관계에 따른 필연성의 획득이 구성의 기본요소로서 자리잡게 된다. 플롯은 다시 성격을 창조하는 기술과 스토리를 이어가는 기술, 상태를 만들어 가는 기술로 세분해서 고찰할 수 있다.

구성은 또한 인물의 성격과 밀접하게 관련되어 있다. 이는 주인공의 상황이 그 성격이나 사상에 의해 한정되고 영향을 받아 변화한다는 것이다.[12] 하나의 인물이 그럴 듯하게 행동하지 않고, 작가의 의도에 따라 행동을 하게 될 때 플롯은 진행될 수 있지만, 작품 전체의 필연성을 상실하여 구성상의 리얼리티를 상실하게 된다. 따라서 작품에서는 어떠한 상황과 인물의 성격이 정해지면 플롯에서는 작가의 의도가 개입될 소지가 적어지게 된다. 그렇기 때문에 작가가 소설에서 필연성을 추구하다 보면 작가의 의도와 다른 구성을 지닐 수도 있다. 그러나 역사소설에서는 상황이 달라진다. 이미 역사적 사건들은 일어났으며, 역사소설은 그 사실들을 바탕으로 새로운 해석은 할 수 있지만, 구성을 바꿀 수는 없기 때문이

---

12) R.S. 크레인, 「플롯의 개념」, 최상규 옮김(김병욱 편), 『현대 소설의 이론』, 대방출판사, 1984, p.167.

다. 따라서 역사소설은 인물 창조에서부터 플롯의 성패가 좌우된다고 할
수 있다.

이 「여명」은 모두 4장으로 구성된 장편 역사소설이다. 총 460여 쪽에
이르는 작품의 분량 중 1장은 164쪽, 2장은 60쪽, 3장은 144쪽, 4장은 95
쪽으로 배열되어 있어 작가가 이 작품을 기·승·전·결의 4단 구성법으
로 엮어 나갔음을 알 수 있다. 이같은 기법은 소설의 일반적인 구성양식
인 5단 구성법보다 단순하며 세련미 또한 덜한 면이 있다. 그리고 그 각
부분의 중요도가 작가가 배당해 놓은 소설 속의 분량과 비례한다고 본다
면, 위에 배당된 분량으로 보아 이 작품은 주제와 관련된 후반부가 약하
다고 할 수 있다.

1. 필연성의 결여

작품 「여명」에 등장하는 인물들은 이미 언급한 바와 같이 현실적 가능
성을 넘어선 낭만주의적 성격을 지니고 있었기 때문에 구성상의 필연성
결여라는 결과를 가져올 수밖에 없었다.

남승지가 사형을 당하려 금군들에게 끌려갈 때 초운은 다음과 같은 행
동을 취한다.

사람들을 헤치고 대담하게 앞으로 나섰다. 들것 메인 금군을 박차
버리고 남승지를 구해내려 했다. 초운의 떨리는 손에는 한 개 새파
란 장도칼이 들려졌다. 들것은 가고 초운은 모으로 걸었다. 초운은
열에 띠어 눈이 새빨갛게 충혈이 됐다. 초운의 눈은 앞잡이 선 금군
의 멱통을 노렸다. 그러나 키가 워낙 컸다 …… 다시 뒤채 메인 금군
을 노렸다 …… 키가 적기는 하나 역시 초운의 키보다는 여러치가
틀렸다. 초운은 다시 앞에 가는 금군의 정강이를 노렸다.[13]

---

13) 박종화, 앞의 책, p.360~361.

여기서 보다시피 초운은 자신이 사랑하는 남승지를 구하고자 군중 속에서 대담하게 빠져 나와 남승지를 메고 가는 금군 중의 하나를 살해하고자 하는 데서 그녀의 남승지에 대한 사랑이 얼마나 깊은가 하는 점이 잘 나타나 있다. 하지만 우리는 이 대목에서 냉정히 고찰컨대, 연약한 여인의 몸으로 군중 속에서 사형언도를 받은 사람을 과감히 구할 수 있을까 하는 의문과 함께 그것을 실행하기 위한 구체적인 방법으로 장도칼을 들고 금군의 목을 노리다가 키가 닿지 않을 것 같아 정강이를 노리는 초운의 행위로 목적이 실현될 것인가 하는 의문이 강하게 제기된다. 왜냐하면 초운의 그 같은 행위로 자신의 목적을 달성하리라 믿는 사람은 아마도 없을 것이기 때문이다. 비록 이것이 그녀의 남승지에 대한 사랑이 처절하도록 헌신적임을 보여주기 위한 작가의 계산된 의도로 그려졌다 치더라도 그것을 읽는 독자들은 오히려 해학적으로만 느껴질 뿐이다. 이는 초운의 행동과 심리 묘사에 리얼리티가 결여된 데서 빚어진 필연적인 결과인 것이다.

이 작품에서는 스토리를 진개해 나가는 과정에서도 불완전한 면이 드러난다.

흥선군이던 이하응(李昰應)이 기생집을 드나들며 한량처럼 행동할 때 조대비는 그를 불러 그의 아들 명복이의 안부를 물은 뒤에 올부터는 『춘추(春秋)』를 읽히라고 말함으로써 장차 명복을 왕으로 삼을 것을 완곡하게 표현하고 있다. 그리고 난 다음에 그에게 만약 그가 정치를 맡으면 무엇을 할 것인가를 묻고 그의 대답에 만족해한다. 이미 조대비는 명복이 왕이 되면 그가 정권을 잡을 것임을 익히 알고 있었던 것이다. 그러나 소문으로 듣던 "오입쟁이 건달 노름꾼"에게 자세한 것을 알아보지도 않고 일단 정사를 맡기겠다고 말을 한 다음에 그의 사람됨을 알아보겠다고 말한 것이다. 이는 곧 사건전개의 미숙함을 드러내 주는 한 예라 할 수 있다.

2. 정사적 소설에의 집념

역사소설에서 구성은 역사의 진행을 따라야 하기 때문에 이에 따른 제약을 많이 받게 된다. 또한 독자들이 사는 시대와는 다른 역사 속의 생활 풍속과 사고방식을 재현하기 위해 고증을 해야 할 경우도 있다. 그러나 이러한 고증은 사건의 진행이나 독자의 이해가 필요한 경우에만 국한되어야 한다.

월탄은 야담류의 역사소설을 탈피하여 정사(正史)에 입각한 작품을 썼다는 세평을 얻고 있었다. 그러기에 그는 철저한 역사적 사실과 정확한 고증을 바탕으로 한 정사적 역사소설을 쓰려고 부단히 노력한 작가였다. 이는 실록의 전재(轉載)로 나타나기도 한다.

> 천주학의 소리가 조선기록에 제일 처음 나타나기는 영조 삼십사
> 년 때의 일이니 역시 실록을 옮기어 보면 '이해에 해서(海西)와 관동
> (關東)지방에 천주교가 크게 일어나, 제사를 폐해버리는 자까지 있
> 었다. 왕은 도신(道臣)에게 명하여 이것을 엄금케하다.[14]

이처럼 월탄은 실록을 그대로 옮기면서 그 사실을 독자들에게 알려주기까지 한다. 따라서 이같은 사실은 사실(史實)에 충실하겠다는 긍정적인 요소로 평가될 수 있다. 하지만, 이러한 고증은 작품의 주제를 형상화하는데 도움을 줄 수 있어야 한다. 왜냐하면 정확한 고증은 역사소설이 갖추어야 할 요소이기는 하나 그에 충실하고자 하는 것이 역사소설의 올바른 지향점이 될 수 없다.

이러한 점에서 볼 때, 월탄의 역사소설에서 보이는 고증의 치밀함은 그의 장점이자 동시에 단점이 될 수도 있는 것이다. 왜냐하면 사건의 진행과 무관한 정보의 제공은 작품의 구성상 단점으로 지적될 수 있기 때

---

14) 위의 책, p.96.

문이다.

이 작품에서는 이처럼 쓸모 없는 사실의 제공으로 구성을 흐트려 뜨리는 부분이 자주 나온다. 작품의 진행과는 관계없이 작가 자신의 역사에 대한 현학적인 모습을 보여주는 부분은 다음에 제시하는 것 외에도 도처에 나온다.

> 남승지의 무덤이 애고개 무주공산에 있는 것을, 남상철이의 고모가 상철리 장성하기 전에 사위되는 김성준을 시켜서 천주교 측과 합력하여 고총들을 여러개 파헤친 뒤에 남승지의 지석을 발견하고 유해를 찾아서 서울 명동 천주교당 지하실에 안치하니, 이것들은 모두다 여러십년 뒤의 일이었다.[15]

이 같은 사실은 작품의 구성상 치밀함이 부족함을 단적으로 보여주는 예인 것이다.

또 정사에 대한 이해가 부족하거나 작품의도에 따라 과장된 부분도 나타나고 있다. 조대비가 흥선군을 만났을 때 주대비는 흥선군에게 "왜 벼슬을 하지 않우?"하고 묻는다. 이는 왕의 근친은 예로부터 관직에 등용치 않음으로써 도전의 가능성을 배제하여 왕권을 강화했던 당대의 관례로 보아 질문의 여지가 없었던 말이었다. 이에 대해 '흥선'은 "현직을 가지옵고 싶은 마음은 간절하옵니다마는 장김 등살에 종친명색에게 벼슬자리가 돌아올 수 있으옵니까"라고 대답하며 이어 "요새 같애서는 목숨조차 보존할 길이 없소옵니다. 종친들의 목숨은 추풍락엽이올시다. 전하. 하로바삐 불쌍한 종친들을 구해주옵소서"라고 말하고 있다. 이때 뒷부분은 작자의 창작의도에 따라 과장되어 리얼리티를 잃고 있다. 왕권의 실추는 인정이 되지만 왕족들의 생명을 위협하는 지경까지는 가지 않는다는 것은 불문가지(不問可知)의 일이기 때문이다.

월탄의 작품이 야담류의 사실(史實)을 피한 것으로 공인되고 있으나

---

15) 위의 책, p.150.

이 「여명」에서는 그러한 인식과 배치되는 야담류의 사실이 채택되어 사건의 진행에 중요한 역할을 수행하고 있다.

> 괴상한 일이었다. 옥돌에는 도참(圖讖)이 새겨져 있었다. (계해년 끝과 갑자년 초에, 새 임금이 비록 등극했으나, 국사가 또 끊어질테니, 가이 두렵지 아니하랴. 경복궁 대궐을 다시 지어서, 보좌를 옮기는 날은, 성자신손이 계계승승하여 , 나라복조가 다시 길어지고, 인민이 부성하리라.)
> 전면을 새긴 뒤에 옥돌 후면에는 동방노인비결(東方老人秘訣)이라 새기고 옆에는 다시 "이 글을 보고도 고하지 않는 자는 동국의 역적이다."라 새겨져 있었다.16)

대원군의 경복궁 중건은 매우 큰 역사적 사건이었다. 그럼에도 불구하고 그 중건 동기에 대한 설명을 야사적 도참설에다 두었다는 사실은 작품 구성의 필연성을 크게 해치고 있는 것이다.

3. 구성상의 문제

이 작품은 초운 등 천주교인들의 운명을 나타내는 플롯과 한낱 한량으로 행세하던 대원군이 정권을 잡고 그가 평소에 품었던 포부를 펼치는 플롯이 결합된 복합적인 플롯의 양상을 보여주고 있다. 그런데 이 작품에서 플롯의 전개는 주인공들의 의지나 인식에 의해서 좌우되는 것이 아니라, 외적 상황에 의존하므로 운명적 플롯의 형태를 지니고 있다. 그것은 초운이 대원군이 펼치는 정책의 영향을 받고, 대원군은 외세의 영향을 받아 그것에 대응한다는 점에서 이들은 모두 수동성을 지니고 있기 때문이다.

대원군의 운명은 진행의 플롯을 따르고 있다. 이 경우 중요한 것은 다음에 무슨 일이 일어날 것인가 하는 독자의 호기심을 끄는데 중점이 두

---

16) 위의 책, pp.203~204.

어진다. 따라서 "주인공의 성격이나 사고는 다만 줄거리를 진행시키기 위한 필요성을 만족시키는 수준에서 최소한으로만 서술되어 있기 마련이다."[17]

　대원군은 정사에서 중요한 인물이었기에 그의 성격은 독자들이 익히 알고 있다. 그런데 작가는 이 성격에 대한 일반적인 독자의 견해를 수정시킬 만한 새로운 지식이나 의도도 보여주지 못하고 있다. 이는 그의 사상에 대해서도 마찬가지인 바이지만 곧 박종화 소설의 한 특성이기도 하다. 역사소설의 창조에서 역사적 사실에 충실하다는 것이 이러한 구성을 지니게 하는 필연성을 수반하기 때문이다. 작가 의식이 이렇게 확정되었을 때 작품을 구성하는 데에는 결국 행동을 중시하는 진행적 플롯을 따를 수밖에 없었던 것이다. 대원군이 초운이를 만나 그녀의 지난날 과실을 용서할 것인가 하는 문제와 초운이 대원군의 용서를 받은 뒤에 왜 다시 대원군의 곁을 떠났는가의 문제, 대원군은 자신의 뺨을 때린 적이 있는 김병기를 어떻게 처리할 것인가? 조대비는 왜 혹은 어떻게 흥선의 아들을 왕으로 택했는가 등의 새로운 물음이 계속되며 작가는 독자의 이같은 호기심을 자주하는 데에 중점을 두고 있다. 그의 성격과 사상의 변화가 뒷받침되지 않은 이러한 구성상의 특성은 그의 작품이 낭만주의적 성격을 띠게 하는데 일조하고 있다.

　　"저리 치어라. 요사스럽다."
　　흥선은 계섬월이 걸어준 목거리를 부쩍 잡아다렸다. 실같은 은줄이 끊어지며 하얀 은고리는 깨알같이 발바닥에 흩어졌다. 십자 패가 뚝 떨어졌다. "천주학은 나라에서 금하는 금법이야.…이따위 물건은 아궁이에 넣어서 태워버려라.…… 중략 …… "남의 자식이 되어서 아비 어미를 모른대서야 말이 되느냐. 네 아버지 병을 고치기 위해서 천주학을 믿는다는 것을 내가 막는다면 이것은 천륜을 막는 것이 되니까 나는 너를 말리지는 않는다. 그러나 나는 금법을 범하고 있

───────────────

17) R. S. 크레인, 앞의 책, p.177.

는 너와 상종할 수 없다.” 말을 마치고 흥선은 벌떡 일어나 문갑 우
에 있는 망건집을 집어들었다.[18]

여기서 흥선은 자신의 고집을 강하게 나타내고 있다. 이는 작가가 대
원군으로 하여금 천주교에 대해 투철한 배타의식을 보여주게 함으로써
그가 설정한 인물에다 낭만주의적 요소를 가미시키고 있다. 이러한 이면
에는 그가 오랫동안 대중성이 중시되는 신문소설을 집필했다는 외적 요
인도 함께 작용한 것으로 보여진다. 즉 독자들로서는 의아하게 느낄 수
밖에 없는 필연성이 부족한 부분들은 박종화가 발표하는 지면(紙面)이
지니는 특수성과 함께 낭만주의에 경도되었던 그의 문학적 편력이 복합
적으로 작용한 결과로 보아야 할 것이다.

이와 반면에 초운의 플롯은 비극적인 것이다. 비극적 플롯은 주인공이
자신의 생각을 바꾸거나 바꾸려는 의지를 지니지 않을 때 이루어진다.
그러한 인물이 자신의 행동이나 과오 때문에 불운을 겪고 그것을 뒤늦게
발견할 때 이러한 플롯은 비극적인 플롯이 되고 만다.

초운은 천주교 신자이다. 그녀는 흥선의 미움을 산 뒤 5년간의 불이익
을 당하면서 기다리다가 같은 기생인 계섬월의 도움으로 보다 나은 생활
을 할 수 있는 기반이 되는 대원군의 용서를 얻어낸다. 그러나 그녀는 군
중들이 서양인 선교사에게 돌팔매질을 하는 것을 보자 대원군의 총애보
다는 자신의 신념대로 행동한다. 그녀는 잡고 있던 대원군의 손을 놓고
아무도 모르게 군중에게 쫓긴 양인 선교사의 안위(安危)가 걱정이 되어
그의 거처인 홍봉주의 집으로 간다. 이처럼 초운은 자신의 생각을 바꾸
려 하지 않음으로써 비극적 상황을 스스로 만들어 간다.

초운은 평양기생과 생강장수의 이야기를 생각하며, 자신의 운명에 대
해 보다 심각하게 생각하기도 한다. 그녀는 그 이야기 속에서 자신의 인
생을 새로 설계하며 기생들이 밟아야 할 상·중·하의 인생길을 돌이켜

18) 박종화, 앞의 책, pp.84~86.

본다.

> 감사 병사의 부실이 되어 아들 딸을 낳는 것이 상길이 되고, 평양 기생이 생강장사 삿갓을 씌우듯 못난 놈의 돈을 뺏어서 늙은 뒤에 구복이나 채어가는 게 중길이 되고, 이도 저도 다 안되면 허는 수 없이 들판에 쓰러져 까막까치밥이 되는 게 그중에 핫길이 된다.[19]

그러나 초운은 스스로 상길을 거부한다. 그리고 중길도 사람이 할 일이 아니라 하여 포기하고 핫길 인생을 살기로 작정하고 있었다. 이 점도 역시 그녀 스스로가 마음을 바꾸지 않음으로써 비극적 인생을 겪게 되는 요인이 되는 것이다. 뒤에 계섬월의 설명을 듣고 초운은 비로소 자신의 생각이 잘못되었음을 깨닫게 된다.

> 설혹 리델자신이 조선사람을 쏘아 죽이지는 않았다 해도, 수사제독 로제의 앞잡이가 됐으니 리델의 손으로 조선사람을 쏘아 죽인 거나 다름없는 노릇이있다. 결국 리델은 천주교노의 가면을 쓴 탐포한 서양사람의 한 사람이었다![20]

이로써 초운은 남승지를 잃는 현실적인 파멸에 이어 자신의 잘못을 인정함으로써 신념을 잃어 내적 파멸까지 일으키게 되는 완전한 비극적인 구성의 틀에 매이는 결과가 된 것이다.

이 작품은 정권을 잡고 있는 대원군과 국가 시책의 피해자인 초운의 인생을 통해 당대의 현실을 묘사하고 있다. 이들 주인공이 성공하는 대원군 중심의 행동의 플롯과 초운의 비극적 플롯을 아울러 사용하는 복합적인 구성을 병행함으로써 개화에 대한 양측의 입장과 그들의 운명을 대조시켜 주제를 부각시키는 효과를 거두고 있는데, 이는 이 작품의 장점

---

19) 위의 책, p.136.
20) 위의 책, p.442.

이라 할 수 있다.[21]

그러나 이 작품은 사건의 전개가 주제를 중심으로 집중되어 있는 것이 아니라 역사적 사건의 전개에 구속되어 있음이 하나의 단점으로 남는다.

Ⅳ. 결 론

이상에서 필자는 박종화의 역사소설 중 3부작의 하나로 세평을 얻고 있는 「여명」에 등장하는 인물들의 성격과 구성의 특성을 통하여 그 작품의 성격을 규명하였다. 그 결과 이 작품은 다음과 같은 장단점을 발견할 수 있었다.

첫째, 그는 일제 식민지 시대에 역사소설을 집필한 작가였기에 그의 작품은 문학성보다는 계몽성이 앞서는 소설로 거의 일관되어 있었다. 그것은 당시의 실정으로 보아 그가 민족의식을 고취하는 주제를 강하게 표출할 수 없는 제약으로 인한 부득이한 사정 때문에 그러한 대중성을 지닌 문학으로 전락할 수밖에 없었던 것이다. 그러면서도 한편 그의 취향이 대중지향적 계몽성에 있었음도 간과해서는 안될 것이다.

둘째, 이 작품에 등장하는 인물들은 모두 낭만적인 성격을 지니고 있다. 이는 작품상 리얼리티를 약화시키는 단점을 스스로 지니고 있지만, 그러나 평민으로부터 최상류층의 인물에 이르기까지 다양한 계층의 인물들을 망라함으로써 사건을 객관적으로 보도록 노력한 흔적을 엿볼 수도 있는 것이다. 따라서 이는 월탄 소설의 주류를 이루고 있는 왕조사(王朝史) 중심의 주요 역사적 인물을 탈피하여 중도적 인물(中道的 人物)을 등장시킨 것과 같은 효과를 거두는 장점을 지닌다.

셋째, 구성의 필연성이 결여된 단점이 있다. 이는 역사가 실제 있었던 점을 믿고 그 사실에 상상력을 가미하려는 가정하에서 일어나는 결과이

---

21) 홍성암, 「역사소설의 양식 고찰」, 『한국학문집』 제11집, 1987, p.291.

다. 그리고 이 필연성의 결여는 작중인물의 낭만성과는 직결되어 있다.

그러나 정사를 중시하던 그가 야사를 삽입시켜 사건전개의 중요한 모티프로 사용했다는 점은 그의 여타 작품들과는 구별되는 특이성을 지닌다.

따라서 지금까지 박종화의 역사소설에 대한 평가가 대체적으로 부정적이었음에도 불구하고 이 「여명」에서 보는 바와 같이 그에게도 나름의 강한 역사의식과 문학성이 있었음을 알 수 있다.

참고문헌

1. 논문

김성종, 「한국근대역사소설연구」, 계명대대학원, 1985.
문철주, 「한국근대역사소설연구」, 경남대대학원, 1983.
한영환, 「한국근대역사소설의 연구」, 성신여대 연구논문집 2, 1969.
홍성암, 「역사소설의 양식고찰」, 『한국학논집』 제11집, 한양대 한국학연구소, 1987.

2. 저서

김우종, 『한국현대소설사』, 성문각, 1982.
송백헌, 『한국근대역사소설연구』, 삼지원, 1985.
이재선, 『한국현대소설사』, 홍성사, 1979.
최상규 역(김병욱 편), 『현대소설의 이론』, 대방출판사, 1984.
게오르그 루카치, 이영주 역, 『역사소설론』, 거름신서, 1987.
볼프강 카이저, 김윤섭 역, 『언어예술작품론』, 대방출판사, 1982.

윤백남의 역사소설

I. 서 론

白南 尹敎重은 개화기 시대에 남보다 앞선 문화의식에 눈뜬 선각자로서 소설창작, 연극과 희곡창작, 언론계, 영화 등 다양한 분야에서 자기표현의 가능성을 끊임없이 시도한 작가이다. 특히 그는 1930年代의 韓國文壇에 많은 歷史物을 발표하여 당대의 독자들로부터 人氣를 얻었다. 그럼에도 불구하고 尹白南의 歷史小說은 본격적으로 연구된 바가 드물며, 그의 文學的 업적도 文學史에서 거의 논외 상태에 이르고 있다.

지금까지 그의 역사소설에 대한 언급이나 논의는 洪曉民[1]과 金夏容[2], 尹柄魯[3], 박종홍[4] 등의 글이 있다. 이들의 논급은 작품에 대한 일반적인 평이나 작가의 생애를 단편적으로 소개했거나, 박종홍의 글에서는 尹白南 歷史小說의 通俗性을 다루고 있는 정도이다. 그외 문학사에서 단편적으로 어급하고 있을 뿐이다.[5]

---

1) 洪曉民, 「黑頭巾과 白南의 藝術」, 『삼천리』, 1934. 9.
2) 金夏容, 「白南文學의 眞髓」, 『韓國長篇文學大系』(4), 省音社, 1970.
3) 尹柄魯, 「尹白南論—新文化의 파이오니어」, 『현대작가론』, 宣明文化社, 1974.
4) 박종홍, 「尹白南의 歷史小說攷」, 『한국근대소설논고』, 중문출판사, 1990.
5) 李在銑, 『韓國現代小說史』, 弘盛社, 1979.
　　金宇鍾, 『韓國現代小說史』, 成文閣, 1978.
　　趙演鉉, 『韓國現代文學史』, 成文閣, 1980.

이와 같이 그의 歷史小說이 기존의 연구에서 소외된 이유를 몇가지 찾아볼 수 있다. 첫째, 그가 文學에만 전념하지 않고 연극, 영화, 방송 등 文化의 各 分野에 活動을 확산함에 따라 그에게는 專門性이 희박하다는 점. 둘째, 그가 文學보다는 그 이외의 分野에서 오히려 선구자적 업적을 남겼기 때문에 상대적으로 그의 작품에 대한 가치가 소홀히 다루어졌다는 점. 셋째, 그의 작품이 대중들에게 대단한 인기가 있는 통속소설이었다는 부정적인 통념이 評者들에게 작용했다는 점 등이 그것이다. 그러나 尹白南은 30年代 歷史小說에서 제외할 수 없는 중요한 작가임에 틀임없다.

윤백남이 문학 이외의 다른 분야에서 오히려 더욱 선구적 업적을 남겼다 하더라도 초창기의 역사소설계에서 이광수의 유력한 경쟁자로 나설 정도로 이 분야에서도 상당한 역량과 업적을 가지고 있다. 또한 엄밀한 의미에서 역사소설은 누구의 작품이든 통속적인 면을 지니고 있을 뿐만 아니라 通俗性이 곧바로 저급성을 의미하는 것은 아니다. 小說文學에서 대중성과 예술성은 공존할 수 있는 속성이다. 따라서 위에서 언급했던 세 가지 요인이 윤백남 문학의 긍정적인 평가를 저해하는 要素로 작용해서는 안되겠다는 점에서 그의 歷史小說에 대한 再評價의 필요성이 제기되는 것이다.

이에 本稿에서는 그의 文學的 特性이 잘 드러나는 「大盜傳」(1930〜1931)과 「黑頭巾」(1934), 「野花」(1934)를 중심으로 하여 1930年代 역사소설의 文學的 特性과 史的 意味를 考究하고자 한다. 이러한 작업을 위해 먼저 그의 생애를 정리하고[6] 그가 견지하고 있는 小說觀을 살핀 다음 作品分析에 있어서는 傳記.歷史的 批評方法으로 접근하고자 한다.

조동일, 『한국문학통사 5』, 지식산업사, 1988.
6) 지금까지 윤백남의 생애에 대한 견해는 구구하여 통일된 의견이 아직 제시되지 못하고 있는 실정이다.

Ⅱ. 傳記와 小說觀

1. 傳記的 考察

尹白南은 1888년 忠南 公州가 고향인 尹始炳과 趙玉 사이에서 三男一女중 次男으로 忠南 論山에서 태어났다. 그는 어려서 서당에 다니면서 漢文과 國史를 修學하고 11세에 이르러 日本人이 많이 다니는 京城學堂에 입학했다. 항상 성적이 뛰어났으며, 특히 語學에 남다른 재능을 지녀 수재로 꼽혔던 그는, 재학중인 15세에 결혼을 하고, 이듬해 學堂을 졸업하자 부모의 승락도 없이 학당의 日本人 학장으로부터 소개장을 받아 일본으로 유학길을 떠났다. 渡日後 학장의 친지가 소개하는 縣立 盤城中學 3학년에 편입하였으나, 그해 말경 종형이 東京 철도학교에 유학옴에 따라 東京으로 와서 早稻田大學 政治科에 입학하였다.

하지만 韓日合邦을 目前에 둔 日本政府는 유학생 감독관을 파견하여 그가 만일 政治學을 계속 고집한다면 본국으로 송환하겠다고 협박해 왔다. 이에 윤백남은 부득이 東京高等商業學校로 적을 옮기게 되었다. 그 이후부터 그는 문학, 예술 분야로 관심을 돌려 日本의 近代文學을 섭렵하는 한편 演劇에도 심취하였다.

그는 졸업하자 곧 귀국하여 朝鮮殖産銀行의 前身인 手形組合에 副理事로 취임했다. 이는 당시 한국 청년으로서는 금융기관 최고의 자리에 앉은 것이었다. 그러나 그 해에 日帝强占이 이루어지고, 수형조합에도 정치적 영향이 미치게 되자 그는 그 직장을 그만둘 수밖에 없었다. 그 후 그는 每日申報 기자 생활을 하게 되어, 이때부터 '眉峯'이란 筆名으로 「含淚虛譃」이라는 제목의 小品들을 이따금씩 발표했다.

얼마 후에 그는 京城學堂 동창이며, 일본에서 연극수업을 받았던 趙一齊와 함께 圓覺社를 인수하고 극단 '文秀星'(1912)을 조직하는 등 귀국 전부터 뜻을 두었던 연국활동을 시작했다. 조일제와 함께 그는 계속해서 여러 편의 작품을 공연하였으나 경영란에 봉착하여, 1914년에 '문수성'을 해산하고, 李基世와 함께 다시 '藝星座'를 조직(1916)했다.

그 후, 윤백남은 言論에 뜻을 두고 다시 매일신보에 복직했다가, 1920년 동아일보가 창간되자 그곳으로 자리를 옮겼다. 1923년 총독부 체신국에서는 윤백남에게 저축장려홍보용 영화제작을 위촉하여, 그는 각본 「月下의 盟誓」를 쓰고, 직접 감독까지 하였는데, 이것이 계기가 되어 그는 '朝鮮키네마주식회사'에 감독으로 초빙되었고, 조선키네마의 사임 직후 한국인 최초로 '윤백남 프로덕션'이란 영화사를 설립하여 「沈淸傳」과 「開拓者」를 제작하였다. 결국 그는 영화사업에는 실패했지만, 초창기 한국 연극·영화사에서 선구적인 업적을 남겼다.

영화사업 실패 후 그는 오로지 創作에만 전념하였다. 그리하여 「大盜傳」 등의 장편 역사소설을 신문에 연재하였다. 1933년 4월에는 京城放送局 初代 第二放送課長으로 취임하여 崔南善을 자주 청하여 우리 나라의 山水와 歷史에 대한 방송을 하게 하는 등 民族精神 함양에 힘을 쓰기도 했다. 그러나 곧 이 직책을 사임하고, 1937년 5월 만조 奉天으로 이주하여 作文 집필과 영화촬영으로 일관한다. 이 무렵 그는 독립운동가들과 교신을 하다가 2개월간 옥고를 치르기도 했다.

광복이 되자 귀국하여, 海公 申翼熙의 청으로 국회의장 비서실장에 잠시 취임했으나 수개월후 그 직책을 사임하고, 1951년 3월에 海軍 중령으로 입대하여 戰史를 편찬하다가 건강이 좋지 않아 제대하였고, 그 후 1953년 서라벌예대 초대 학장으로 취임하였다. 1954년에는 초대 예술원 회원에 初選되기도 했다. 그는 이후에도 여러 신문과 잡지에 작품을 연재하다가 심장병으로 중단한 채, 1954년 9월 29일 66세의 나이로 他界하였다.

2. 小說觀

尹白南은 항상 대중을 염두에 두고 소설을 집필했다. 따라서 그의 歷

史小說은 통속성과 긴밀한 관계를 맺고 있다. 통속성은 역사소설을 통해서 가장 효과적으로 구현될 수 있는 성질의 것이다.

1920年代 초반부터 그의 예술행위는 민중 혹은 대중을 위한 것이었다. 그가 大衆小說을 긍정적으로 받아들이고, 大衆小說로 지향한 것은 현대인의 생활방식이 개인적 삶에서 집단적인 삶으로 옮겨가는 경향이 있으므로, 우리 문학도 '문학을 위한 문학'이 아닌 '대중을 위한 문학'으로 전환할 필요성을 느꼈기 때문이다.[7] 이러한 측면에서 볼 때, 윤백남의 대중에 대한 고려가 大衆 그 자체를 위한 오락성에 있는 것이 아니라, 현대의 흐름에 부응하여 순수문예 작품에 기초를 두고 대중을 염두에 두는 정도의 차원에 있었음을 알 수 있다.

이상에서 보듯이 그의 대중에 대한 중시는 프로문학에서 문학의 대중화 운동을 벌인 후, 대중화의 논의가 순수문학 전공자들에게 보편적으로 논의되던 당대의 영향을 받은 것으로, 처음부터 대중의 기호에 맞추어 판매 수익을 염두에 두고 출판하는 통속소설과는 차원이 다른 것이다. 따라서 윤백남의 대중역사소설관은 개별적인 특성이라기 보다노 역사소설의 전반적인 특성이라 할 수 있으며, 독자확보에 급급한 저급의 소설이 아닌 국민 대중의 의식을 효과적으로 고양시키는 데 그 초점이 모아지고 있음을 알 수 있다.

Ⅲ. 歷史的 眞實과 그 意味의 확대

1. 民衆意識의 出現

윤백남의 역사소설은 근대적인 인간 평등과 자유의 사상을 구현하는 民衆意識을 기저로 삼고 있다.

그의 첫번째 장편 역사소설인 「大盜傳」은 고려 공민왕 때를 배경으로

---

7) 전영태, 「대중문학논고」, 『현대문학연구회』 제32집, 1980, p.69.

원나라의 내정간섭과 공민왕 배척운동, 홍건적의 출현, 신동의 정치참여 등이 소상하게 묘사되어 있는 허구화된 역사소설이다. 역사소설에 있어서 지나치게 史實과 달리 허구화되면 작품이 리얼리티를 잃게 되고, 野談으로 전락할 수도 있다. 그렇다 하더라도 1930年代 한국의 역사소설 대부분이 正史에 얽매어 상상력을 발휘하지 못했음을 염두에 둔다면, 「大盜傳」에서의 야담적 성격을 긍정적으로 평가할 수도 있다.

그러나 이 작품이 뚜렷한 역사의식 없이 역사의 야담화에 치중했다는 점과, 과거의 역사적 사건과 현재 상황 사이의 유사성(元나라의 영향을 많이 받던 고려말과 일본 통치하의 대한제국)이 지닌 특성을 잘 살리지 못한 점은 분명 부정적인 요소이다. 그럼에도 불구하고, 이 작품은 민중의식의 표출을 위한 목적에서 야담화되었다는 점에서 긍정적인 측면을 아울러 갖고 있다. 이 작품에서 윤백남은 民衆의 편에서 활약하는 '武龍'과 왕을 포함한 귀족계급을 대립시켜 무룡의 승리로 이끌어감으로써 역사의 진정한 주체가 민중이라는 것을 인식했던 것이다. 또한 「海鳥曲」(1931)에서도 주인공 '海龍'은 모순된 사회제도에 대한 원한으로 민중에 기반을 두고 행동하는 인물이다. 이런 점은 당대의 역사소설가들이 역사의 주체를 지식인이나 정치인 등 상류층으로 보았던 것에 비해 높이 평가받을 수 있는 요인이다.

이와 같이 평범한 신분의 인물을 주인공으로 삼아 서민의 지도자적 인물로 구현시키고 있다는 점은 하나의 民衆意識의 表出이라고 할 수 있다. 이들 작품에 있어서 그들 집단의 응집력은 義理와 知己로부터 출발하며, 그들을 따르는 대다수의 인물들은 그들 집단을 공동적인 운명체로 여겨 강한 결속력을 보여준다. 이런 면모는 1930年代 일제강점기에 처해 있던 당대의 문제가 個人的 차원이 아닌 사회의 구조적 모순의 차원에서 다뤄지며, 사회개혁을 위한 그들의 조직적 계획적인 집단저항이 다뤄진 작가의식의 표출이라고 할 수 있다.

2. 社會의 構造的 矛盾 批判

윤백남의 역사소설이 통속소설로 일관했다 하더라도 그의 작품에는 사회의 구조적 모순을 비판하고 개혁해야 한다는 作家意識이 깊숙히 내재되어 있다.

「黑頭巾」(1934)은 임란이후 광해군의 세자 책봉을 둘러싸고 당쟁이 계속되는 宣祖 末부터 仁祖反正을 일으키는 조선 중기의 소용돌이를 역사적 배경으로 삼고 있다. 그런데 作家 윤백남은 이 작품을 당대 봉건사회가 내포하고 있는 身分制度의 矛盾과 그로 인해 생긴 반역아들의 活動을 통해 정치적 배경과 사회변동에 초점을 맞추려는 의도를 보이고 있다. 이러한 작가의 의도는 작품의 전편에서 身分制度의 모순에 대한 告發, 嫡庶差別에 대한 批判, 政治的 혼란에 대한 批判 등으로 나타난다.

그러나 엄밀한 의미에서 볼 때, 이 작품은 집단의 지도자로서 서민의 구체적 역량을 보여주지 못하고 있으며, 이 작품이 쓰여진 시대의 상황에 대한 비판이나 침략과 탄압에 저항하는 민족혼의 상징적 표현도 찾아보기 어렵다. 이 작품이 일제 침략의 상황에 대한 비판적 알레고리를 갖추지 못하고 있는 점은 두 가지 면에서 살펴 볼 수 있다. 그 이유의 하나는 치열한 작가의식의 결여이며, 또 하나의 이유는 日帝의 검열제도 때문으로 생각된다. 이런 까닭에 이 작품이 서민의 힘을 그들로부터 그들의 생각과 느낌으로서 구체적이고 조직적으로 결집시키지 못하고, 인조반정이라는 왕조 내부의 자리 바꿈에 있어 보조적 역할을 하는 데 그친다.

이 작품에서 '흑두건' 집단은 아래로부터 자발적으로 형성된 것이 아니라 신분은 양반이 아니지만 의식과 교양 수준은 양반과 일체감을 이루는 양반 서자에 의해 주도된 단체라는 점에서 근본적인 한계점을 가지고 있다.

3. 理念的 對立의 大衆化

윤백남의 「野花」(1934년에 희곡대본으로 무대에서 공연되기도 하였음)
는 수양대군이 단종을 제거하고 왕위를 찬탈하려는 음모 속에서 김종서
장군이 살해되는 正史에 입각해 있으나, 단종의 처지를 동정한 李光洙의
「단종애사」나, 수양대군을 영웅화한 金東仁의 「수양대군」과는 달리, 두
집단의 어느 한편에 치우치는 편향성이 나타나지 않는다. 즉 이 작품은
수양대군 측과 김종서 측의 역사적인 첨예한 대립을 중심에 놓지 않고,
野花와 최산이라는 허구적 보조인물의 사랑과 그들의 활동을 통해 주제
를 드러내고 있다.

따라서 수양대군측과 김종서측 두 세력 사이의 갈등과 의지의 투쟁 등
은 절실성있게 역사적 관점으로 그려지지 않는다. 즉 이 작품은 정사를
바탕으로 하면서도 허구적 인물을 주인공으로 등장시킴으로써, 야담적
특성을 지니게 된다.

歷史의 野談化 性格을 지닌 이 소설은 윤백남이 순수 역사소설로 창작
하고자 하는 노력보다는 대중지향적 경향에 더 많은 관심을 기울였음을
드러낸다. 따라서 「야화」는 대중 지향성으로 인해 과거의 역사적 사건과
당대 상황 사이에 유사성은 있으나, 그 특성을 잘 살리지 못하고 있다.

그러나 이런 한계에도 불구하고, 이 작품은 1930년대 日帝强占의 時代
狀況에서 역사의식의 환기라는 의도를 담고 있다. 즉 1930년대 나라를
빼앗긴 우리 民族의 비극적 상황을 북방지향이라는 최산이와 야화의 광
활한 포부와 대치시킴으로써 현실에 작용할 수 있는 작가의식을 드러내
고 있다. 그러나 이 작품은 과거회상의 위치에서 역사적 사실을 대중화
함에 따라 우리의 가슴에 파고 들어 민족의 모순과 그 극복의 방법을 냉
철히 제기하지 못한 한계점을 지닌다.

Ⅳ. 文學史的 意義

1930年代 尹白南의 歷史小說은 통속적이고 대중지향적이라는 이유로 그동안 정당한 평가를 받지 못했다. 그러나 한국 근대 역사소설은 통속성 혹은 대중성과 긴밀한 관계를 맺고 있을 뿐만 아니라, 필수적으로 이들을 지배적 요소로 요구했다. 따라서 통속성을 저급한 예술성으로 인식하는 기존의 인식과 통념은 이제 재검토되어야 할 것이다.

한국 근대 역사소설은 다른 어느 나라의 문학의 경우와 달리 특수한 요인을 내포하고 있다. 국권상실이라는 民族的 일대 전환기에서 當代 선각자들에 의해 씌여진 近代 歷史小說은 계몽적 성격을 보여주고 국권회복을 갈망하는 民族主義 思想에서 전개되었다. 윤백남 역시 이러한 까닭으로 우리 문학이 대중을 위한 문학으로 전화해야 한다는 작가의식을 가졌으며, 이를 역사소설 창작으로 실천했던 것이다.

윤백남의 역사소설은 비록 야담화되었으나, 당대의 이광수, 박종화, 김동인 등의 역사소설과 달리 正史를 바탕으로 하되, 그에 얽매이지 않는 상상력으로 새로운 역사소설의 座標를 제시했다. 역사소설이 역사의 단순한 기록이나 재현이 아니라 예술로서 형상된 하나의 文學樣式이라 한다면, 이런 점에서 윤백남의 역사소설은 그 나름대로의 독자성과 특성을 지닌다고 할 수 있다.

또한 윤백남의 역사소설에서 주목해야 할 것은 인물설정에 있어서 당대 다른 역사 소설가 작품과 달리 주인공을 하층민 또는 소외계층으로 내세웠다는 점이다. 그리하여 하층계급에서 나온 역사와 대중생활의 입장에서 나온 역사를 표현할 수 있게 되었기 때문에 인물창조에 성공했다고 할 수 있다. 또한, 윤백남은 역사소설을 통하여 대중적 흥미만 추구한 것이 아니라, 시대의식과 역사관을 투영시켰다.

요컨대 1930년대에는 장편 역사물이 상당량 창작되었는데, 이러한 현상은 일제식민지라는 시대적인 특수한 환경 속에서 역사물로의 도피 내지 민족의식의 고취에 역점을 둔 작가적 의도와 독자들의 복고적 취향에 영합하려하는 심리적인 것으로 풀이될 수 있다. 그러나 그 결과 한국 역사소설이라는 특수한 근대문학의 변조를 이룬 것도 사실이다. 이런 문맥에서 판단할 때, 윤백남의 역사소설은 이광수, 김동인, 박종화, 현진건 등의 작품과 마찬가지로 한국 근대소설사에서 중요한 위치에 놓이게 된다. 따라서 그간 역사소설사의 권외로 방치되어온 윤백남의 역사소설은 이제 정당한 평가와 함께 韓國近代小說史에서 새롭게 자리매김 되어야 할 것이다.

V. 결 론

지금까지, 윤백남의 1930년대 역사소설을 중심으로 그 특성과 문학사적 의의를 살펴 보았다. 한마디로 말해서, 1930年代 윤백남의 역사소설들은 大衆을 위한 문학으로 전환되어야 한다는 작가의식의 실천으로 창작되었다고 할 수 있다. 그의 역사소설들은 당대 여타의 작가 작품과 달리 正史를 바탕으로 하되 歷史的 상상력으로 새로운 역사소설의 좌표를 제시했다. 또한 人物設定에 있어서도 다른 작가의 역사소설과 달리 主人公을 하층민 또는 소외계층으로 내세워 대중생활의 입장에서 표출되는 역사를 문학화하고 있다.

따라서, 윤백남의 역사소설은 이광수, 김동인, 박종화, 현진건 등의 역사소설과 함께 한국 근대소설사에 한 맥락을 이루고 있다. 이같은 이유로 윤백남의 역사소설은 이제 정당한 평가와 함께 한국 근대소설사에서 새롭게 인식되어야 할 것이다.

참고문헌

金宇鍾, 『韓國現代小說史』, 成文閣, 1980.

金夏容, 「白南文學의 眞髓」, 『韓國長篇文學大系』(4), 省音社, 1970.

柳敏榮, 「20년대초의 新劇運動」, 한양대 논문집(1972), p.42.

柳光烈, 「韓國의 記者像」, 『記者協會報』, 제50·51호, 1968. 10, 11월.

박종홍, 『한국근대소설논고』, 중문출판사, 1990.

宋百憲, 『韓國近代歷史小說研究』, 三英社, 1985.

______, 『진실과 허구』, 民音社, 1989.

安鍾和, 『新劇史 이야기』, 進文社, 1955.

尹白南, 『大盜傳』, 東光出版社, 1983.

______, 『黑頭巾』, 『韓國歷史小說全集』, 제4권, 을유문화사, 1960.

______, 『野花』, 原紀社, 1955.

______, 「朝鮮新劇運動의 沿革」, 『新生』, 1929. 2.

______, 「演劇과 社會」, 『東亞日報』, 1920. 5. 4~5. 16.

______, 「新聞小說의 그 意義와 技巧」, 『朝鮮日報』, 1933. 5. 14.

______, 「大衆小說에 대한 私見」, 『三千里』, 1936. 2.

尹柄魯, 「尹白南論－新文化의 파이오니어」, 『現代作家論』, 宣明文化社, 1974.

李在銑, 『韓國現代小說史』, 弘盛社, 1979.

전영태, 「大衆小說論의 問題點」, 『現代文學』, 1978. 5.

丁來東, 「三大新聞長篇小說論評」, 『開闢』, 1935. 3.

______, 「대중문학논고」, 『現代文學研究』 제32집, 서울대, 1980.

趙演鉉, 『韓國現代文學史』, 成文閣, 1980.

조동일, 『한국문학통사 5』, 지식산업사, 1988.

洪曉民, 「歷史小說의 史的 考察」, 『現代文學』, 1955. 1.

______, 「黑頭巾과 白南의 藝術」, 『三千里』, 1934. 9.

Lukacs, G., *The Historical Novel*, Trans Honnah & Stanly Mitchell, Beacon Press, 1963.

이태준의 역사소설

Ⅰ. 서 론

이태준은 1930년대 대표적인 소설가였음은 주지의 사실이다. 그러나 그에 대한 평가는 극단으로 흐르고 있다. 즉 사상적 측면에서는 부정적인 평가를 받고 있으나, 기교적인 측면에서는 탁월하다는 평가를 받고 있다는 점이 그것이다.

부정적 평가로 방준원의 「이태준론」[1]을 들 수 있다. 이 글에서는 이태준이 혼란스럽던 광복 당시에 마치 "수절하던 志士然"했으나 그의 이런 자세는 합당치 못하다면서 친일 행적을 문제삼았다. 그러나 이태준의 문학은 패배의 문학이었지만 서정성이 있으므로 독자의 심금을 뒤흔드는 요소가 된다면서 작품에 대해서는 긍정적인 평가를 내리고 있다. 그러나 원래 정치적 신념이 없으면서 이데올로기의 작가로 변신한 것도 역시 부정적으로 평가하고 있다. 김우종은 『한국현대소설사』[2]에서 상허가 지나치게 회의주의적이고, 감상주의적이고, 패배주의적인 점을 비판했다. 그리고 이태준이 역사의식이 결여되어 있고, 사상성도 빈곤함을 지적하며 그의 순수문학의 한계성에 대해 비판했다.

---

1) 방준원, 「이태준론」, 『백민』 5호, 1946년 10월호, pp.26~28.
2) 김우종, 『한국현대소설사』, 성문각, 1978, p.197.

긍정적인 평가는 최재서의 「단편소설 작가로서의 이태준」[3]에서 비롯되었다. 이태준이 다루는 인물들은 낙향한 유림, 불행한 기녀들, 처지가 어려운 소학교 교사, 망향의 농님, 어리석은 신문배달부, 생에 희망을 잃은 노인 등인데 성격 묘사가 뛰어나 예술적 기량이 돋보인다고 평가했다. 또한 김환태는 「순수시비」[4]에서 이태준이나 박태원, 정지용 등에서는 인간정신에 대한 심각한 탐구는 적지만 표현에는 관심을 기울여 성과를 거두고 있다면서 작가의 예술적 기량이 뛰어나다고 평가하고 있다. 백철은 「신문학사조사」에서 이태준이 '구인회'의 중심 작가로서 김동인과 현진건의 뒤를 잇는 뚜렷한 공적을 남긴 것으로 긍정적인 평가를 하였다. 나아가 백철은 이태준의 문학을 애수의 문학이라고 평가하고 있다.

이상에서 살펴본 바 이태준은 사상과 인생의 깊이보다는 기교적인 측면에서 긍정적인 평가를 받고 있음을 알 수 있다. 그러나 이들 평가가 인상비평의 영역에서 이루어졌다는 점에서 좀더 치밀한 작품의 분석이 요구되고 있다.

이에 본고에서는 이태준의 전기적 사실조차 제대로 이루어지고 있지 못하다는 점에서 전기적 사실을 고찰한 후 이태준 문학의 객관적 자리매김을 위한 일환으로 이태준의 역사소설 「황진이」와 「왕자호동」을 통해 이태준 문학의 특성을 고찰해 보고자 한다. 그리고 이러한 연구는 역사의 부재와 사상의 빈곤을 이태준 소설의 특성으로 지적하는 견해에 대한 검증이 될 수 있을 것이다.

II. 전기적 고찰

월북작가 이태준은 양적·질적인 면에서 당대의 어느 누구에게도 뒤지지 않을 만큼 활발하게 창작활동을 했으나 광복 후의 이데올로기 지향

---

3) 최재서, 『문학과 지성』, 인문사, 1938, p.175.
4) 김환태, 「순수시비」, 『문장』, 1939년 11월호, p.137.

적인 행동과 그것이 남한의 정통성을 부정하는 것이었다는 점에서 오랫
동안 논의가 금지된 작가였다. 그리고 심한 경우 그의 문학적 공과가 전
면으로 부정되기도 하였다. 때문에 그에 대한 전기적 고찰도 제대로 이
루어지지 못하고 있었다. 그러나 냉전체제의 종식과 공산주의 체제의 연
쇄적 붕괴, 정부의 적극적인 북방정책 추진 등으로 월북작가에 대한 관
심이 고조되었다. 이러한 국내의 상황의 변화와 더불어 1988년 7월 19일
월·납북 작가들 및 재북작가들의 작품에 대한 출판, 판매금지를 해제한
다는 발표에 따라 이태준의 소설에 대한 연구도 활발해 진행되고 있다.
그러나 한동안 잊혀졌던 작가였기 때문에 기본적인 작가의 전기적 사실
마저 혼란된 양상을 보여주고 있다. 따라서 작가의 생애에 대한 정리가
필요하다. 그래야만 그의 문학의 전모와 상호연관성이 극명하게 드러날
수 있기 때문이다.

　이태준의 출생을 1904년 1월 7일[5], 1904년 10월[6], 1904년 11월 7일[7] 등
으로 나타나 있으나 휘문고등보통학교 학적부에는 1904년 11월 4일로 되
어있다. 태어난 곳은 강원도 철원군 무장면 상명리[8]이다. 그의 아버지는
월원공립보통학교 교관과 덕원 감리서 주사를 역임한 당시 지식인이었
다. 그는 나라를 개혁하는 일련의 모임에 참석했다가 실패하여 이태준이
다섯 살 되던 해인 1909년에 가족과 함께 블라디보스톡으로 망명했다가
그해 음력 8월에 35세로 객사했다.

　귀국길에 오른 어머니는 배 위에서 유복녀를 낳고, 함경북도 배기미에
내려 인근 송청거리에 정착했다. 이태준이 여덟 살 되던 해에 어머니마
저 돌아가시자 고향인 철원의 용담에 있는 친척집에 맡겨졌다. 11살 때
안협에 있는 오촌 댁에 입양했으나 심한 괄시에 견디지 못해 다시 용담

---

5) 문덕수, 『세계문예대사전』, 성문각, 1975.
6) 김우종, 『한국현대소설사』, 성문각, 1980.
7) 『문장』, 1940. 1.
8) 대부분의 기록에 진명리로 나와 있다. 민충환, 『이태준연구』, 깊은샘, 1988, p.23.

의 다른 오촌 댁에서 살았다. 이후 사립 봉명학교를 졸업하고 원산의 한 물산객주집에서 일하다가 1920년 배재학당에 합격했으나 입학금이 없어 등록을 하지 못했다.

1921년 휘문고등보통학교에 입학하여 책장사 등으로 월사금을 냈기 때문에 등록 전후 결석이 잦았지만 성적은 매우 우수했다. 1924년 20세에 휘문에서 학예부장을 맡았으며, 가람이 뽑은 기행문이나 감상문 등이 당선되어 문학적 자질을 보여 주기 시작했다. 그러나 이 해 동맹휴교사건이 일어나 졸업을 한 학기 앞두고 퇴학을 당하여 일본으로 갔다. 다음해 이태준은 『조선문단』 7월호에 「五夢女」을 응모하여 입선을 하였다. 1926년 상지대에 입학했으나 고학생활의 어려움 때문에 중퇴 후 귀국했다. 「고향」에는 귀국 후 취직을 하지 못하고 있던 시기의 어려움이 잘 나타나 있다.

1929년 개벽사에 입사하여 잡지편집 등에 관여하다가 26세 때인 1930년에 결혼했다. 이때의 사정이 「결혼」, 「장마」, 「토끼이야기」에 투영되어 있다. 1932년 이화여전에서 작문과목을 맡아 강의를 하면서 구인회의 일원으로 활동하기 시작했다. 그리고 당시 카프계열의 문인들에 반대했다.

1937년 첫 단편집 『달밤』을 출간하고, 3년 후에 『까마귀』를 출간했다. 1939년부터 1941년까지 『문장』을 주관하였다. 1942년에는 '조선예술상'을 수상했으나 1943년에는 문필활동을 중단하고 철원에 칩거했다.

1945년 8월 16일 상경한 이태준은 임화, 김남천 등과 문학건설본부를 만들어 활동하다가 1946년에는 '조선문학가동맹'의 부의장(의장 홍명희)을 맡았다. 해방 후부터 좌익문학운동에 깊이 관여했던 상허는 1946년 2월 15일 '민주주의민족전선' 결성대회의 의장단의 일원으로 홍명희와 함께 월북했다.

북한에 있던 1946년 8월부터 11월까지 공산주의 종주국인 소련을 방문하고 1947년 『소련기행』을 출간했다. 1948년 10월에는 장편 「농토」, 1952년 전쟁의식 고취와 반미를 주장하는 「고향길」을 발간했다. 북한에서의

문단활동도 활발하여 민청직속 청년예술단 부단장, 국립출판사 문학예
술부장, 문화선전성 기관지 부주필 등을 역임했다.

그러나 1956년 1월 13일 평양시당 산하 문화출판부 내 열성회의에서
김일성의 직계인 안막, 한설야 일파에게 숙청되고 말았다.

Ⅲ. 이태준의 역사소설

문학과 역사는 다같이 인간의 행위를 서술하고 그 본질을 다룬다는 공
통점을 지니고 있다. 그러나 역사는 인간의 사회적 삶, 즉 집단적 삶을
있는 그대로 서술해야 하며, 가능한 한 객관적이고, 보편적인 법칙을 추
구해 나간다. 반면에 문학은 있을 수 있는 사실을 바탕으로 인간과 사물
의 본질을 포착하기 위해 허구적인 방법을 사용하며, 표현과 구성을 자
유롭게 할 수 있다.

역사와 문학에 대한 언급은 이미 아리스토텔레스에서부터 시작되어
18세기 말과 19세기 초부터 학문적인 입장에서 논의되었으며, 미국에서
는 수십 년 전부터 이에 대한 연구가 활발히 진행되고 있다.[9] 역사서술은
과거에 일어났던 사실을 대상으로 삼는다. 그러므로 이 대상은 사실적이
며, 특별히 개별적인 인물이나 사건을 대상으로 삼았을 때에도 반드시
정신적, 물질적, 현실적 구조관계를 지니고 있다. 따라서 역사는 집단구
조를 가지고 있다.

반면에 문학은 있었던 혹은 일어날 수 있는 것을 대상으로 하며, 개인
이 중심을 이루고 있다. 따라서 그 대상은 허구적이며, 역사서술의 대상
과는 다른 개인적 구조를 지니고 있다. 또한 문학에서는 인간 그 자체의
본질과 인간에게 중요한 가치를 해명하고자 한다.

역사는 객관성을 추구하는데 비해 문학은 주관성을 지니고 있다. 문학

---

9) 이상신, 『문학과 역사』, 민음사, 1981, p17 참조

자는 진정한 삶으로부터 받은 자신의 인상을 삶을 이해하는 목적으로 만족하지는 않을 것이다. 오히려 인간본성의 발견, 사회질서 등을 하나의 가치 있는 연관 관계 속에 결합시키려 노력해야 하며, 이를 통해 개인적 가치관을 세계관의 형태로 발전시킬 수 있을 것이다. 이러한 부분에서 문학적 인식은 역사적 인식을 바탕으로 보다 형이상학적 진리를 추구하는 것이라 할 수 있다.

이러한 토대 위에 역사소설을 통한 정신적, 물리적 현실 관계 속에 개인의 인간 본성의 문제를 다루는 것은 효과적이다. 이태준은, 작가는 외도라고 평했으나, 이러한 역사소설을 통해 그의 작품세계의 특징을 효과적으로 파악할 수 있게 하였다.

1. 황진이

1) 신분차별에 대한 반발

이태준은 역사 소설을 연재하면서 서투른 오입쟁이라고 자처하였다. 이는 자신이 본격적인 역사소설가가 아님을 의미하는 발언으로 볼 수도 있으나 역사 그 자체보다는 인물의 성격을 나타내는 데 주안점을 두고 있음을 시사해주고 있다. 콜링우드가 역사를 과거 사건의 상상적 재건이라고 했을 때의 의미는 이태준의 역사소설에서도 찾아볼 수 있다. 즉 알려진 인물이나 기록에 자세한 사실들을 찾기 어려웠던 인물을 통하여 자신의 이야기를 형상화하였기 때문이다.

> 누구나 다 아는 황진이, 누구나 다 좋아하는 황진이, 그러니까 낸체하고 붓을 들 용기가 나지 않았다. 더구나 문헌에 나타난 사적을 모아 보니 이름난 푼수로는 기록이 너무 영성함에랴. 이덕동의 송도기이에 드러난 것이 소상한 편이라 하나 그것도 몇 줄 되지 않을 뿐만 아니라 진이를 친히 보고 적은 것도 아니오.[10]

이처럼 자료의 빈곤은 작가의 의도에 따라 상상력을 활용할 여지를 보다 풍부하게 해줄 수 있다. 따라서 작가는 황진이를 통해 일관된 세계관을 보여주고 있다. 이 작품에서 작가가 의도하는 주제는 신분상의 차별에 대한 저항이다. 이 작품에서 황진이는 신분상의 콤플렉스에 의해 플롯을 이끌어 나간다.

황진이는 庶女이다. 아버지 황진사는 양반이나 어머니 현금은 양반이 아닌데다가 정실부인도 아니다. 이것이 혼사에 결정적으로 장애물이 되자 황진이는 낙망을 한다.

> 아니 양반의 맘은 어떤 거며 상인의 마음은 어떤 거란 말인가? 양반의 건 선하고 상인의 건 포악하단 말인가? 그럼 악인은 상인이나 서자손에게만 있고 양반이나 적자손에게는 없단 말인가? 상인이나 서자손에게는 어진 사람이 하나도 없단 말인가?[11]

이러한 원천적인 질문은 사회계층의 모순에 대한 항거이다. 개인의 힘에 의해 뛰어넘을 수 없는 벽을 느끼고 마는 것이다. 이 때 인물의 반응은 체념과 굴복으로 나아가기 쉽다. 그러나 황진이는 이에 대해 분연히 항거한다.

> 일체중생이 개유불성이 아니냐? 나면서부터 선악심이 따로 박혀질 리 없다. 서자녀를 천히 녀김은 남은 시앗이 되기를 즐기지 말라는 데 일리 있다 하거니와 오륙이 멀정한 자식들을 그 부모나 선조들이 비천하게 살았다고 해서 대대손손 똑같은 운명에 쓰러 넣으려는 건 권병을 잡은 놈들의 횡포다! 이목구비가 똑같은 사람에게 인력으로 귀천의 문명을 붙여버리는 것이 횡포가 아니고 무어냐? 아니 천리에 반역이 아니고 무어냐? 양반? 응! 이놈들 별놈들이냐. 얼

---

10) 이태준,『문학전집』전11권, 서음출판사, p.349.
11) 위의 책, p.229.

마나 도저한가 어디보자!12)

여인의 신분으로 절규에 가까운 결심을 하는 데서 황진이의 개성이 드러난다. 그리고 이내 기생의 길을 걷게 된다. 그녀는 타고난 재주를 바탕으로 남성들의 마음을 서늘하게 하였다. 그녀는 노래와 춤과 시로 이름 있는 선비들과 벼슬아치들을 때로는 농락하고 때로는 그들과 맞대결했다. 그러나 그녀의 마음속에는 항시 복수의 마음이 끊이지 않았다.

아직 계집으로 어리고 숫된 명월의 마음속엔 양반들에 대한 앙심이 박힌 채로 있었다. 참판이란 말에 더구나 성이 김가라는 말에 처음부터 명월의 귀는 무심했을 리 없다. ─그러나 명월이는 명월이대로 주의가 있는지라 이내 이 김찬판이 자기를 절름바리양반이라 하여 퇴하여 버린 그 시애비 될뻔한 김찬판과 동일인인 것을 알아내었고 어떻게 해서나 자기가 당한 몇갑절의 무안을 주리라 별르게 되었다.13)

그러하였기 때문에 그녀의 기녀로서의 자세는 독특한 것이었다. 정절에 대한 그녀의 생각은 결코 즐기려는 것이 아니었다. 송류수와의 만남에서 보여준 자세를 보면 이러한 모습이 잘 나타나 있다.

명월은 소름이 오싹하였다. 일생을 처녀대로 무슨 정절을 세워 지키려는 바는 아니다. ─구태여 질겁을 해 감추려는 정조는 아니다. 그러나 또한 무엇을 얻기 위해 구구히 화장에 전락된 몸도 아니다. 돈을 얻기 위해서나 권도에 의지하기 위해서 내놓은 몸은 결코 아니다.14) 마음에 없는 잠자리 시중까지 드려야 하는 것이 기생의 본분이라면 그렇다고 기생을 고만두겠다는 뜻이올시다.15)

───────────

12) 위의 책, 같은 쪽.
13) 위의 책, p.264.
14) 위의 책, p.265.
15) 위의 책, p.270.

말하자면 기생신분이지만 자신의 뚜렷한 주관을 잃지 않으려는 황진이의 모습은 그녀의 품격을 유지시키는 장점이기도 하다. 그리고 이는 이태준의 작가로서의 입장을 대변해 주기도 한다. 식민지 시대에 어용문학만이 요구되는 일제 말기에 절필을 하고 고향인 철원에 칩거하는 것은 황진이의 이러한 기개와 상통하는 작가의 문학관을 바탕으로 한 것이었다.

> 그러나 복색이 단조하다고 첫눈에 내려다 본 것은 자기의 속단임을 성산월이도 이내 깨달았다. 두 번째 바라볼 때부터는 명월이가 흰 저고리와 옥색 치마에 옥가락지 하나밖에 낀 것이 없되, 그 청초한 담장에 도리어 자기들의 현란한 성장을 잡초같이 짓밟는 듯한 위압을 느끼기 시작했다.[16]

이러한 자세는 곧 그녀가 기녀의 생활에 안주하는 것으로 만족하지 않을 것임을 복선으로 제시했다. 소설의 마지막 부분에 이르면 서화담과 지족선사와의 만남을 통해 그녀의 지향점이 드러난다. 그녀의 신분상의 차별을 극복하려는 최종 지향점에 종교의 숭엄함이 있는 것이다.

> 보리수 밑에 앉은 석가의 화상처럼 초연히 무릎을 다시리고 손놓은 모양, 조금만 숙어도 이마가 다을만치 벽과 바투 앉아 있되 그의 감은 듯 뜬 듯한 속눈썹 새이에서는 벽은커녕 산을 뚫고 구름을 뚫고 억천대계를 다 쏘아 보는 초인의 안광이 번뜩이는 것 같다.[17]

작가가 이처럼 구한말에 유행하던 신분의 문제를 주조로 이 작품을 이끌어간 것은 이유가 있을 것이다. 모든 역사소설은 창작 연대가 중요성을 지닌다. 현재와 가장 유사성이 있다고 생각하는 과거 사건을 바탕으

---

16) 위의 책, p.257.
17) 위의 책, p.284.

로 창작을 하기 때문이다. 30년대에 반상에 대한 갈등은 지배민족과 피지배민족이라는 또 다른 신분을 형성하였고, 이태준은 이에 대해 반발하기 위해 그에 적합한 황진이를 소재로 택했던 것이다. 그리고 황진이가 시인이었다는 점에서 작가와 공감대를 형성하기도 쉬웠을 것이다. 이 이면에는 주사를 역임한 당시 지식인이었던 아버지가 나라를 개혁하는 일련의 모임에 참석했다가 실패하여 이태준이 다섯 살 되던 해인 1909년에 가족과 함께 블라디보스톡으로 망명했다가 그해 음력 8월 35세로 객사했다는 사실도 무시할 수 없을 것이다. 그는 이러한 신분적인 차이에 무심할 수가 없었던 것이다.

2) 휴머니즘적 인간관의 표출

휴머니즘은 인간의 가치, 인간의 창조력을 전면적으로 긍정하고 그것을 보다 풍부한 것으로 하기 위해 이것을 부당하게 위협하고 압박하고, 왜곡하는 모든 비인간적이고 반인간적인 것에 싸우는 태도를 의미한다.[18] 황진이는 철저하게 양반사회에 반감을 지니고 있지만 한 편으로는 따뜻한 인간미를 담고 있다. 그녀를 짝사랑하던 청년의 상여가 그녀의 집 앞에서 멈추어 섰을 때 보여준 황진이가 지닌 휴머니즘의 대표적인 예가 될 수 있을 것이다.

> 진이는 콧날이 찌르르해졌다. 자기를 사모하다 치맛자락 한 번 스쳐보지 못하고 목숨이 끊어지도록 그리워만 한 사나이, 뼈가 짜릿하게 감사한 생각이 올려솟는다. 자기를 절름바리 양반이니 서녀니 하고 타박하는 사람들에다 이 너머 황송하여 제 목숨이 끊어질지언정 말 한마디 내여보지 못하고 짝사랑을 품은 채 청춘을 땅 속에 묻는

---

18) 務台理作, 『현대의 휴머니즘』, 풀빛, 1983, p.41. 휴머니즘이란 말은 중세의 기독교와 교권에 대한 저항과 인간해방의 요구가 담겨 있었다. 자연의 발견, 인간의 가치평가, 인간의욕의 확대, 영리의 긍정, 연애예찬, 기계의 발명 등이 이에 속한다.

겸손한 사나이를 대이면 얼마나 자기가 끔찍이 알아주어야 할 사람
이냐?19)

그리고 자신의 적삼을 벗어 죽은 젊은이의 관을 덮어 주도록 하였다.
당대에 그러한 행동은 큰 용기를 필요로 한 것이었다. 적삼 속에는 처녀
로서의 명예가 담겨 있기 때문이다. 이 사건은 이어 그녀가 기녀로서의
삶을 영위하게 되는 한 단서가 된다. 기녀가 된 것은 물론 철폐를 주장하
는 저항임과 동시에 여성 해방의 의미를 지니는 것이기도 하다.

> "날더러 온전한 양반이 아니라고! 인전 날더러 온전한 처녀도 아
> 니랄테지! 흥―구구한 도덕이나 그따위 고열한 제도에 묶여 살 나도
> 아니다.!"
> 하로 아침은 약그릇을 갖다 놓은 어머니의 손을 이끌었다. 진이는
> 양치부터 하고 얼른 눅어지지 않는 입술을 바르르 떨다가
> "나 기생이 되겠어요." 하였다.20)

이것은, 그녀가 기생이 된 것이 통상적인 경제적 목적을 벗어나 현실
세계로 뛰어나가고자 하는 적극성을 담고 있음을 보여준다. 이러한 점들
은 인간에 대한 제도의 비인간적인 억압과 그에 대한 저항을 담고 있다
는 점에서 휴머니즘이라고 할 수 있다. 동시에 이태준의 작품세계의 지
향점과 그 원인에 대해 시사해주기도 한다. 식민지 시대의 지식인 계층
을 대변하는 이태준이 작가로서 할 수 있는 것은 휴머니즘의 탐구였기
때문이다.

3) 남녀간 자유로운 사랑의 구가(謳歌)

소설 「황진이」가 보여주는 세계가 한 인물의 삶의 변화과정을 보여주

---

19) 앞의 책, p.238.
20) 위의 책, p.244.

었다면 기녀로서의 주인공이 가지는 의미는 다소 축소될 수 있다. 그러나 그녀가 기녀로서 출발하게 된 동기 때문에 신분상의 갈등을 그린 작품으로 볼 수 있을 것이다. 이 작품의 전편을 흐르는 황진이의 남성편력은 크게 두 가지로 나누어 볼 수 있다. 하나는 사랑을 통한 진정한 만남이고, 다른 하나는 복수의 대상으로서의 만남이다.

　여성신분으로서 한계가 확연한 시대를 살아가는 여성으로서 적극적으로 사랑을 구가하는 인생을 영위했다는 것은 개성있는 삶이었다고 할 수 있다. 그리고 기녀이면서 진정한 사랑을 추구했다는 점도 또한 특이한 사실이다.

　　　"첫째 내가 사랑할 수 있는 사나이"
　　하고 명월은 오래 생각할 것도 없이 대답한다. 차라리 나이는 자기보다 한두 살 어릴지라도 아직 소년다운 애티있는 사람, 인물이 틔이고 재기가 떨치고 아직 사랑의 한 끝을 어머니 품에 박은 채 비로소 이성에 눈뜨려는 순정의 사나이가 한 번 사귀어 보고싶다. 저쪽의 사랑을 자기가 받기 위해서가 아니라 이쪽에서 저쪽을 울리기도 하고 달래기도 할 수 있는 사랑의 포로를 한 번 가져보고 싶은 것이다.[21]

　한편 김지학과의 사랑은 부자지간의 사랑으로 비화될 지경에 이르렀는데 황진이의 태도는 이중적이다. 한편에서는 그들을 농락하고 있지만 다른 한편으로는 향락의 대상으로 접근하고 있다는 점이 그것이다.

　　　반은 향락으로 반은 그들 부자에 대한 농락으로, 진정은 두지 않고 허탄히 지내버린 일이지만 아직 부르튼 정열에 어루만짐을 받을 손이 없으니 절로 김지학이 아쉽기도 하다.[22]

---

21) 위의 책, p.272.
22) 위의 책, p.288.

아버지로부터 받은 흰 말을 아들이 타고 돌아간다는 부분에 이르러서
는 부자에 대한 농락 쪽에 비중이 두어지고 있기는 하지만, 위 부분에서
는 황진이의 숨김없는 일면을 보여주고 있다. 이러한 사건들은 결국 훗
날 이사종과의 만남에 필연성을 부여한다. 황진이는 이사종이 오는 날을
기다려 술을 한 병 들고 천수언으로 나아간다. 그리고 이사종과 함께 살
것을 기약했다.

> 정은 낡기를 잘 하여 하로만 지내도 구정이라 벌서 명월과 이사
> 종 사이에는 품고는 못할 말이 없게 되었다.
> 　명월이 편에서 먼저 청하기를,
> "내게 삼년간 용게는 있으니 내 집서 삼년만 살아주겠소?" 하니
> "그 말 듣던 중 반가운 소리요."23)

이사종과의 만남은 서울과 개성에서 각 삼 년 씩을 동거한 뒤 진정한
사랑을 확인하고 막을 내린다.

> 멀리 임진강 나루까지 따라온 이사종과 몇 잔 술로써 작별하고
> 오래간만에 혼자 나그네가 되어 나룻배에 오르니, 지나간 일들이 모
> 다 그림자 없는 한자리의 꿈이었다. 생각하면 지나간 일만이 꿈이
> 아니라 이제 몇 날을 더 살아가던지 역시 꿈같은 인생일 뿐이다.24)

살아온 인생의 허무함을 느끼는 일은 그것이 무의미한 일임을 알려주
는 것이 아니라 앞으로의 삶에 대한 전망의 부재로 볼 수 있다. 그만큼
두 사람의 사랑이 진지했던 것이며, 앞으로 누군가의 사랑을 간절히 요
청하고 있는 것인데, 이는 지족선사에 대한 도전으로 나타난다. 이미 서
화담이 입멸하였기에 그 대체물로서 지족선사가 등장하게 되는 것이다.

---

23) 위의 책, p.337.
24) 위의 책, p.338~339.

이러한 전개는 소설의 격조를 높여주고 있다. 그리고 소설의 개연성으로 보아 남녀간의 사랑의 구가라는 바탕이 있기 때문에 만남의 의미를 명확하게 해주는 것이다. 또한 이 작품이 식민지 시대를 사는 작가들의 상황을 기녀에 비유한 것이라면, 이태준의 순수문학의 기저에 깔려 있는 저항성을 찾아 볼 수 있는 근거를 마련해준다.

2. 「왕자호동」

1) 조국애와 현실인식

이 소설은 고구려 대무신왕의 아들로서 설화의 주인공인 왕자 호동을 주인공으로 사건을 전개시킨다. 평범한 구성을 지니고 있기 때문에 단순한 이야기거리나 호동의 무예담 혹은 연애담으로 읽힐 수 있다. 그러나 이 작품에는 작가의 역사의식이 담겨 있다는 점에서 문학적 의미를 지니고 있다.

슈펭글러는 역사를 문화의 변천으로 보았다. 각 문화는 그 나름대로의 독특한 특색을 지니고 있으며, 가장 미세한 작용을 하고, 모두에게 동일한 연속단계를 거쳐서 한정된 발전과정을 겪는 것으로 보았다.[25] 이러한 사고방식의 연장선상에 이태준의 왕자 호동이 있다. 그는 결국 순환과정은 계절의 순환처럼 되풀이되며, 모든 단계는 각 순환과정에서 되풀이된다고 보았다. 한의 지배를 받던 낙랑이 고구려에 의해서 벗어날 수 있다는 희망을 떠올렸던 것이다. 그러한 사실은 왕자 호동의 영웅담에 의해 강조되고 있는 것이다. 이 소설의 저변에 깔려있는 의도는 무엇보다도 한의 지배에 놓인 낙랑의 대다수의 사람들이 조국 고구려를 잊지 않고 언젠가는 한의 지배를 벗어날 수 있다는 강한 신념을 지니고 있었기 때문에 가능했던 것이다.

---

25) R. G.콜링우드, 앞의 책, p.117~118.

이 소설이 일관되게 왕자 호동의 초점에 맞추어 스토리를 전개하면서
강조한 것은 조국에 대한 사랑이었다. 그것은 어릴 때부터 대무신왕으로
부터 훈육받은 것이었다.

왕은 칼과 함께 아들을 안아올렸다.

"너는 내 아들이라기 보다 고구려의 아들이어야 한다! 힘세거라.
용감하거라. 칼 앞에 떳떳하거라. 하늘은 사나이와 함께 칼을 내셨
느니라!26)

그리고 어머니의 변고(그것은 물론 왕비의 음모에 의한 시해였지만)에
대해서도 굳건한 의지를 다지게 된다.

그만두자! 그만두자! 나는 그런 어미의 아들이 아니라 대무신왕의
아들이다! 내 아직 미거하나 고구려의 사직을 받들 칼에 다련난 어
머니의 피나 무치고 싶진 않은 거다!

그가 좀 성장했을 때 아버지와의 대화에서 낙랑이 한나라의 속국이 된
것에 대하여 강한 저항의식을 지니게 된다. 즉 언젠가는 조국을 다시 찾
아야 한다는 강한 의식을 지니게 된 것이다.

"호동아?"
"네"
"고구려의 운명은 남쪽에 달려 있다. 악랑토벌을 방해하는 자면
한 아니라 어떤 강적이라도 제재할만한 강적이 되어야 한다. 어서
커라! 어서 커서 이 애비를 도와라."
호동은 감격에 넘쳐 눈물이 글썽한 눈으로 다시금 훈풍이 불어오
는 남쪽을 보았다.27)

---

26) 『전집』 14권, p.17.
27) 위의 책, p.75~76.

대무신왕 10년 부여와 싸움이 있은 지 6년만에 낙랑은 한나라의 침입을 받게 된다. 그리고 호동은 남문누살이 되어서 위나암성을 지킨다. 한의 군사가 당도하지만 그들은 좀처럼 공격을 하지 않는다. 성안에 물이 귀할 것이기 때문에 지공으로 나간 것이다. 점차로 산성의 산우물은 말라가고 호동의 군사는 위기에 빠지고 만다. 이를 타개하기 위해 호동은 소읍별을 한나라 군사로 위장하여 그들의 동정을 살핀다. 그리고 소읍별의 기지와 활약으로 한나라 군사들은 퇴각한다.

뒤이어 호동이 군사 네명과 함께 예맥과 옥저의 인심과 낙랑의 신기와 군정을 살피기 위해 압록강을 건넌다. 이는 물론 낙랑 토벌을 위한 전초전이다. 가는 곳마다 고구려의 위용을 떨치다가 고구려, 낙랑, 옥저의 경계 즈음 검산 일대에서 사슴을 쫓다가 낙랑태수 최리를 만난다.

최리는 한이 고구려와의 싸움에서 물러난 사실을 알고 있었으므로 고구려와 화해할 목적으로 호동을 그의 외동딸의 배필로 삼으려 하였다.

"내 딸과 어떠켔느냐?"
"네?"
신하는 제 귀를 의심하는 듯 눈이 똥그래진다.
"내 구지 본국에 모반키 위해서가 아니다. 본국의 육십만 대군으로도 고구려를 휘지 못했으니 낙랑이 기댈 데가 어디냐? 이러다 고구려의 배만 불리기 보다 차라리 고구려에 화청하여 부덕은 하나 내 손으로 악랑을 부지해 나가는 것만 수가 아니겠느냐?"28)

호동도 역시 최리의 딸의 미모와 태도에 연정을 느끼게 된다. 하지만 소설에서는 그가 사랑에 앞서 조국을 사랑하는 모습을 보여주고 있다. 이것이 바로 이 소설이 지니고 있는 현실인식이다. 표면적으로 비정상적인 사랑의 관계를 설정해 놓고 그 사랑의 이야기를 이끌어 가면서 한편으로는 고구려와 낙랑의 적대관계를 고구려의 입장에서 투철하게 검증

---

28) 위의 책, p.171.

하는 태도로 볼 때 그러하다. 이것은 그대로 당대의 식민지 현실을 반영하는 것이다.

> '계집이란 맹랑한 것이로고나! 최리란 자는 저이 딸에게 뿐만 아니라 온 악랑사람과 한인들에게 고구려를 저러틋 나쁘게만 말을 지어 들렸을 것이다. 고구려의 일월가튼 광채를 한 점 흑운이 되여 세상을 가리는 최리 따위는 하로 더 있으면 하로 그만치 천하를 흐리는 자다.' …… 중략 ……
> '그러케 갈 것이면 무엇하러 나왔든가. 제 아비가 시켜 마지 못해 나왔든 게지! 제가 고구려를 욕하고 제가 내게 깔끔하나 어디 뒷날 두고 보자! 네 아비를 묵거 성하지맹을 밧는 날, 너 보다도 몇 배 곻은 게집을 아내를 삼고, 너는 다려다 몸종을 부릴테다!'
> 호동은 공주가 갓다 노혼 과반은 거들떠 보지도 아니하고 퇴반을 시키었다.[29]

이처럼 호동의 애국심이 투철하여 최리의 계책은 실패하고 말았다. 결국 호동은 낙랑공주를 이용히여 낙랑공주의 도움으로 낙랑을 함락시키고 말았다. 이러한 소설의 결말 부분은 호동의 애국심을 극대화시켜 주었다. 한편 이 작품은 도처에서 작가의 주관적인 감정이 정제되지 못한 채 드러나는 것을 보여준다. 예를 들면 구다의 성주로 무예가 뛰어난 소읍별이 사흘간 주야로 달려 한의 침략을 알리려 호동에게 갔을 때 "그분은 왕자시었다. 우리고구려의 자랑인 호동왕자시었다. 듯던 바와 같이 참말 훌륭히 나시었다." 라고 표현을 한 부분과 호동의 검술을 '잡은 칼은 하나이나 쓸 때 보면 그의 전후좌우 온통 칼의 둘레가 되어 적이 때로 달려들어야 어느 한 구석에 칼끝을 드밀 틈을 주지 않는다. 앞으로 나아갈 때에는 적을 맞서는 법이 없다.'는 표현 등이 그러하다. 이러한 표현은 곳곳에서 보인다. 그러나 이같은 표현이 이처럼 작품의 질을 떨어뜨리는

---

29) 위의 책, p.186~187.

결과로 이어지는 것은 작가의 현실인식의 강도에 비례하는 것으로서 그의 현실에 대한 강한 반발이 이런 표현을 이끌어 낸 것 같다. 바로 이점이 작가가 일제 말기(1942. 12. 22~1942. 6. 16)에 역사 소설을 쓰게 한 동인이 되었던 것이다. 루카치는 역사소설의 이런 특성에 대해 "역사적 주제가 동시대적 주제 보다는 작가의 견해나 기질 및 성향에 대한 더 강한 저항, 하나의 결정적인 입장을 강요하는 저항을 나타낸다."[30]고 말하고 있다.

일제 말기에 한국문학은 주제를 상실한 암흑기의 문학이었다. 따라서 역사적 소재를 통하여 호동이라는 인물을 영웅적 인물로 극대화함으로써 영웅의 출현을 기대하고 있었다는 측면에서 이러한 부분을 보아야 할 것이다. 이는 일제 말기인 1943년부터 창작을 중단하고 철원에서 칩거하는 원인을 추측할 수 있게 해주며, 구체적으로는 일제의 악랄한 검열제도에 대한 저항을 하고 있음을 시사해준다.

2) 진실한 사랑의 선택과 의미

이태준의 장편, 「왕자 호동」을 이끄는 또 하나의 주조는 진실된 사랑이다. 이 연재 소설이 가지는 묘미가 사랑이야기에 함축되어 있다. 왕자 호동은 여자에 대하여 심한 컴플렉스를 가지고 성장했다. 그것은 바로 왕비의 음모로 어머니가 죽음을 당하게 되는 사건이다. 왕비는 대왕이 부여와의 전쟁으로 출정한 틈을 타 호동의 생모인 둘째 왕비를 살해하고 오히려 그녀가 강차와 짜고 시녀까지 죽이고 같이 달아났다고 소문을 퍼뜨렸다. 이 사실을 안 호동은 탄식한다.

'다러나다니! 어머니께서 다러나다니! 무에 부족하였는가? 부족한 게 있기로서니! 여자란 그런 것인가? 여자는 그러케 간특한 건가?

---

30) 게오르그 루카치, 『역사소설론』, 거름, 1987, p.349.

여자란……'[31]

그런데 소읍별이란 여인과의 조우가 그의 마음을 움직이는 계기가 된다. 소읍별은 성주의 소장군의 딸이었다. 소장군은 아들이 없는 데다가 딸도 하나인지라 아들을 낳아 나라에 바치지 못하는 것을 한탄하던 끝에 무예를 가르쳤다. 그리고 그녀가 무사의 복장으로 남장을 한 후 한나라의 침공을 알리기 위해 호동을 만나게 된다. 그녀는 호동을 사랑하지만 호동은 그녀를 남자로 알고 인간관계를 유지하였다. 각별하기는 하지만 그것은 이성에 대한 사랑이 아니었다.

> 호동도 읍별이 좋았다. 점점 좋아졌다. 우러러 받드는 자는 득실 거리었으나 어머니도 일찍 없이 이런 밤 저녁이면 마음 속은 외롭던 호동이었다. 호동은 처음으로 읍별에게 동무의 정을 느끼는 것이었다.[32]

문론 읍별과의 대화에서도 여자에 대한 콤플렉스는 비꺼지 않고 있었다. 다만 자신의 곁을 떠나지 않고 끝까지 조국을 위해 충성을 다하는 그녀의 태도에 깊은 신뢰를 보내고 있기는 했다. 그러나 이것은 읍별이 남장을 하고 있었고, 읍별이 한군으로 위장하고 있다가 한군의 퇴각과 더불어 호동을 만날 수 없었기 때문에 연심을 불러 일으키는 대상은 아니었다. 하지만 훗날 호동이 낙랑 태수와 만나고 돌아와 읍별을 만났을 때 그녀가 여자임을 알고 호동의 마음에 변화가 일었다. 한의 퇴각에 끼친 공로로 그녀의 아버지는 고추대가의 벼슬을 하여 읍별은 왕실과 통혼을 할 수 있는 절로부의 신분이 되어 있었다.

읍별은 인전 자기 사랑에 자신이 있었다. 전날 왕자에게 부하로서

---

31) 『전집』, p.54.
32) 위의 책, p.94.

가장 귀염을 받았고, 이제 문지가 높아진 것, 제 용모가 여자로서 누구에게 뒤지지 않을 것, 대무인의 아내로서 내조할 만한 무도의 소양을 지닌 것, 이런 것으로 튼튼히 자기 사랑에 자신을 가지고 왕자의 귀국을 기다리게 되었다.[33]

호동도 읍별과 밤 늦도록 함께 지내면서 연정을 느낀다.

> 눈이 부디치면 마음이 설레는 것은 읍별이 만도 아니었다. 호동도 그 어름처럼 서늘한 읍별의 맑은 눈에서 불을 느끼군 하였다. 듯던 이야기를 이저버리구 자꾸 다시 뭇곤 하였다. 왕검성이 멀어갈수록 악랑공주의 생각이 간절했으나 한 번 소읍별을 대하자 악랑공주의 생각은 누르고도 견딜 것 같았다.[34]

한편 호동은 낙랑 태수 최리를 만나고 최리의 음모로 낙랑공주를 만나게 되는데 최리의 계략과는 달리 호동과 낙랑공주가 사랑에 빠지고 말았다.

> '미인이구나'
> 호동은 여자만 보면 어머니의 일이 연상되어 버릇처럼 불쾌부터 하였으나 이 의녀에게만은 불쾌하지만은 않았다. 신비스러운 꽃을 절벽에서 보는 것처럼 신비스러운 새를 나뭇가지에 보는 것처럼 꺽고 싶은 웅키고 싶은 충동이 가슴에 설레인다 호동은 구지 두리번거리며 딴 의녀들 딴 시녀들을 살펴 보았다. 모다 이 의녀 만치 잘생기지 못하였다.[35]

하지만 이들의 사랑은 서로 적국이라는 점에서 한계를 지니고 있었다. 이들의 사랑은 심적 갈등의 요인이 된다.

---

33) 위의 책, p.229.
34) 위의 책, p.233~234.
35) 위의 책, p.178.

공주의 한 번 동정에 어린 눈은 호동을 볼수록 마음이 어지러웠다.

'왜 나라와 나라끼린 죽이고 살리고 해야 되는가? 저런 훌륭한 왕자를 악랑이 가두어 죽인다면, 하늘이 용서하실 것인가?'[36]

이들의 사랑은 이러한 갈등을 넘어선 사랑으로 승화된다.

악랑공주는 고구려 왕자에게 남김없이 바치었다. 이제는 악랑만이 자기 나라가 아니요, 고구려 역시 자기 나라라 믿었다. 공주는 호동에게 자신을 감추는 것이 없을 뿐만 아니라 나라 악랑을 감초는 것도 없어지고 말았다.[37]

호동을 둘러싼 이야기는 삶의 진솔함을 그대로 드러내고 있다. 적국의 공주와의 사랑에서 의연함을 잃지 않는 호동의 태도도 돋보인다. 그러나 이러한 사랑도 애국심 앞에서 변질되고 만다. 이러한 갈등은 호동이 읍별을 통해 보내는 편지에서 잘 나디나 있다.

악랑공주여 그대는 악랑의 신기 자명고와 자명각을 찢어버려라. 그러하면 내 그대를 안해로 맞을 것이요. 그리 못하면 나도 할 수 없노라.[38]

편지를 전해받은 낙랑공주는 번민을 하게 된다. 자신을 이용하려는 왕자에 대한 회의 끝에 호동을 선택한다. 그리고 이를 안 아버지의 칼에 죽고 만다. 공주의 이런 행위는 고구려가 낙랑을 이기는 데 결정적인 공헌을 하였다.

이 작품에서 지순한 두 사람의 사랑이야기는 불순한 사랑의 책략에 이

---

36) 위의 책, p.193.
37) 위의 책, p.221,
38) 위의 책, p.246.

용될 수 있음을 경고한 것은 아닐 것이다. 호동은 성대히 낙랑공주의 장례를 치루어 주었고, 누명을 쓰고 죽은 호동의 무덤을 찾아 못다한 정분을 나누는 읍별의 태도에 나타난 사랑의 진정한 힘을 그리려 했던 것이다. 사랑이 전쟁의 승리에 개입했지만 그것은 부수적인 결과였던 것이다.

이태준이 역사 소설을 통해 드러내려 한 것은 투철한 현실인식과 휴머니즘적 인간관, 그리고 자유로운 사랑의 구가가 될 것이다. 이는 과거를 현재 그리고 미래에까지 영향을 미치는 실체로서 인식하고 있는 이태준의 역사의식이 반영되어 있는 것이다. 이 점에서 그의 역사소설은 식민지 시대 후기에 민족의식의 고취를 위해 민족주의 계열에서 역사 소설을 창작하던 것과 맥락을 같이하고 있음을 보여준다.

Ⅳ. 결 론

상허가 한국문학사상 중요한 작가의 한 사람임은 주지의 사실이다. 식민지라는 불확실한 시대에 삶의 아름다움을 찾고자 했으며, 민족의 자존과 역사 소설을 통한 문화적 동질감을 확인하며 그 밑에 흐르는 의연하고 기개있는 우리의 창조정신에까지 도달한 업적은 높이 평가될 수 있다. 상허는 한국현대문학사에서 독보적인 위치에 도달했으나 해방전후의 남북분단의 이데올로기 때문에 많은 문인들이 겪었던 것처럼 내면적인 방황과 현실대응문제에 적응하지 못해 남북한에서 기피인물이 되어버렸던 것이다.

본고에서는 그동안 거론이 되어오지 않던 작가였기 때문에 전기적인 고찰도 제대로 확립되어 있지 않은 점을 염두에 두어 장황하게 전기적 고찰을 병행했다. 1930년대의 작가들이 사소설적 경향을 지니고 있다는 전반적인 특성을 상허의 전기와 작품들을 통해서도 확인할 수 있었다. 이러한 전기적 고찰이 더욱 심화될 때 그의 작품에 대한 새로운 지평이 열릴 수도 있으리라고 생각한다.

　이태준이 역사 소설을 통해 드러내려 한 것은 투철한 현실인식과 휴머니즘적 인간관 그리고 자유로운 사랑의 구가가 될 것이다.

　「황진이」는 식민지하에서 작가의 처지를 대변하기 위해 쓴 작품이었다. 그리고 기생으로서의 신분은 식민지하의 작가를 풍자적으로 드러내고 있다는 점에서 중요성을 지니고 있다. 작가가 구한말에 유행하던 신분의 문제를 주조로 이 작품을 이끌어간 것은 이유가 있을 것이다. 모든 역사소설은 창작 연대가 중요성을 지닌다. 현재와 가장 유사성이 있다고 생각하는 과거 사건을 바탕으로 창작을 하기 때문이다. 30년대에 반상에 대한 갈등은 지배민족과 피지배민족이라는 또 다른 신분을 형성하였고, 이태준은 이에 대해 반발하기 위하여 그에 적합한 황진이를 소재로 택했던 것이다. 기생신분이지만 자신의 뚜렷한 주관을 잃지 않으려는 황진이의 모습은 그녀의 품격을 유지시키는 장점이기도 하다. 그리고 이는 이태준의 작가로서의 처지를 대변해 주기도 한다. 식민지 시대에 어용문학만이 요구되는 일제 말기에 절필을 하고 고향인 철원에 칩거한 것은 황진이의 이러한 기개와 상통하는 작가의 문학관을 바탕으로 한 것이었다. 순수한 남녀간의 사랑의 구가에 대응하는 일련의 작품으로는 서정성을 지닌 일련의 순수문학 계열의 작품들을 의미한다고 볼 수 있다. 근본적으로 이태준 소설의 지향점은 순수문학이었던 것이다.

　「왕자호동」은 한의 지배를 받던 낙랑이 고구려에 의해서 다시 복원되었던 것처럼 강대국의 속박을 받고 있는 당대의 현실은 결국 언젠가는 벗어날 수 있다는 희망을 떠올리기 위해 쓰여진 작품이다. 이를 위해 영웅의 출현이 기대된다. 그러한 사실은 작가로서 완숙한 경지에 도달한 이태준이 지나치게 영웅시함으로써 작품의 질을 떨어뜨린 왕자호동의 영웅담에 의해 강조되고 있다. 이 소설의 저변에 깔려 있는 의도는 무엇보다도 한의 지배에 놓인 낙랑의 대다수의 사람들이 조국 고구려를 잊지 않고 언젠가는 한의 지배를 벗어날 수 있다는 강한 신념을 지니고 있었음을 강조하는 것이다. 이는 제작 당시의 식민지 상황에 대한 반발을 내포하고 있는 것이다.

이태준의 역사 소설에는 과거를 현재 그리고 미래에까지 영향을 미치는 실제로서 인식하고 있는 이태준의 역사의식이 반영되어 있는 것이다. 이 점에서 그의 역사소설은 식민지 시대 후기에 민족의식의 고취를 위해 민족주의 계열에서 역사 소설을 창작하던 것과 맥락을 같이하고 있음을 보여준다.

순수문학의 작가로 알려진 상허는 일제 말기의 절필, 그리고 월북을 함으로써 순수문학 작가들과는 다르게 행동을 했다. 본고에서 역사 소설을 통해 살펴본 바 그의 민족주의적 성향은 이러한 행동을 이해할 수 있는 근거를 마련해주고 있다.

이무영의 역사소설

여기 李無影의 三部作 農民歷史小說이라 함은 1950년대에 발표된 「農民」, 「農軍」, 그리고 「老農」의 세 작품을 일컫는 것이다. 주지하다시피 30년대부터 이무영은 줄기차게 농촌의 현실문제를 작품의 주요제재로 택하여 농민소설의 형상화에 주력하여 온 작가이다. 그와 같은 사실은 그가 이 나라의 그 어느 작가보다도 농촌에 대한 깊은 관심과 애정을 기울여 온 작가라는 사실을 입증하는 것이 되기도 하지만, 한편으로는 50년대에 이르러서도 농민을 둘러싸고 있는 상황이 그다지 호전되지 않았음을 말하는 것이기도 하다. 실제로 「農民」과 「農軍」, 그리고 「老農」의 3부작은 지배계급에 수탈당해 오기만 한 농민의 삶을 식민지화해 가는 역사적 상황을 배경으로 하여 형상화한 것이기에, 어느 정도 농민문학의 본질, 즉 계급투쟁적 현실인식과 식민지적 현실인식 사이의 긴장과 이를 이어주는 매개적 인물의 역할 여부 검증에 들어맞는다고 볼 수 있다. 따라서 우리는 편의상 이 '농민역사소설'을 이루고 있는 중심축을 (1)수탈과 피착취의 대립적 계급구조 (2)식민지화해가는, 배경으로서의 역사, 그리고 (3)'장쇠―미연―일양'의 구도로 포착되는 삼각관계로서의 인물구조 등 세 개로 상정하여 그 성패 여부를 검증할 수 있게 된다. 물론 세

편의 소설이 약간씩의 시대적 편차를 지니고 있음이 인정되어야 하며,
또한 절대 반공이라는 극단적인 이데올로기 하에서 창작되었다는 현실
적인 면들이 고려되어야 하겠지만, 어차피 농민문학의 본질을 한국적 현
실에 입각한 이론을 준거로 하여 작품을 살펴나갈 수밖에 없을 것이다.
다만 여기서 미완에 그친 것으로 여겨지는 「農軍」은 구체적인 논의의 대
상에서 제외하기로 한다. 위의 3부작이라는 점으로서의 역사를 배경으로
한다기보다는 선으로서의 역사를 배경으로 하고 있으므로 「農民」과 「老
農」 두 편만을 통해서도 충분히 그 전모를 파악할 수 있다고 생각되기
때문이다.

Ⅰ. 수탈과 피착취의 대립적 계급 구조

　李無影의 「農民」을 비롯한 일련의 '농민역사소설'을 이루고 있는 가장
굳건한 중심축은, 바로 지배계급에 의해 행해지는 수탈과 피지배 계급이
당하는 착취의 이원적 대립구조이다. 여기에서는 물론 수탈을 일삼는 지
배계급에 '김승지'라는 지주가 자리하고 있고, 일방적으로 수탈을 당하
는 피지배 계급에 '장쇠'를 비롯한 소작인들이 놓여 있다는 도식적인 구
조를 손쉽게 지적할 수도 있겠지만, 더욱 우리의 관심을 그는 것은 이 착
취―피착취 관계의 대상이 오직 소작이라는 경제적인 것에만 그치지 않
는다는 사실이다. 지배계급에 의한 피지배 계급의 착취는 김승지에게 몸
을 더럽힌 뒤 스스로 목숨을 끊는 '금순'(장쇠의 처)의 죽음으로 상징되듯
이, 생존의 모든 국면에 걸쳐서 자행되고 있다. 결국 착취계급의 수탈이
라는 것이 피착취 계급에게 경제적 빈곤이라는 물질적인 억압만을 가져
오는 것이 아니라, 인간답게 살아갈 수 있는 최소한의 권리마저도 박탈
해 가는 양면적인 것임을 이 소설들은 보여 주고 있는 것이다.

　　오직 두더쥐처럼 땅만 파먹고 살아온 농군들한테는 딸자식이나

아내쯤 몸을 한번 더럽히는 것보다도 땅을 떼이는 것이 더 무서웠던 것이다. 선비가 못될 바에는 농사를 짓는 것이 사람 노릇을 하는 것으로 믿어 오는 그들은 땅을 떼인다는 것은 그대로 목숨을 자르는 것이나 진배없이 생각해 온다.
　김승지는 이러한 농군들의 약점을 잡아서 턱 아래 진상이 시뻐도 땅을 내어세우고 고이 기른 딸자식의 몸을 더럽혔어도 벙어리 냉가슴 앓듯하기만 했지 큰소리고 원망 한 마디 못하는 농군들이었다.[1]

이는 '김승지'에게 직접적으로 대립되는 '장쇠'들의 삶에서만이 아니라, '김승지'에게 빌붙어 비굴한 생존을 영위하는 인물들(하수인 '돌이', 뚜쟁이 '인동할멈', 승지의 첩 '진주집', 청지기 등등)의, 심지어는 '김승지' 자신의 파괴된 인간상에서도 확인될 수 있다. 작가의 의도가 어떠했던지 간에 이것은 경제라는 하부구조가 인간성이라는 상부구조를 결정할 수도 있다는 인식 하에 쓰여진 엥겔스의 『영국 노동자 계급의 상태』류에 그 발상이 이어지고 있다고 평가할 수 있다.

그러나 이러한 양면성을 가지는 착취와 피착취의 대립 관계는 이 소설들에서 더 이상의 구체적인 진전을 보여주지 못한다. 농민이 우리 역사상 지속적인 피착취 계급이었고, 그들의 계급적 자각에 의한 생존권 확보가 그대로 근대화에 이어지는 것이라면, 이 착취—피착취, 혹은 지배—피지배의 대립구조는 마땅히 피지배계급의 집단적 각성이라는 다음 단계로 이어져야 할 것이다. 하지만 이 소설에서 이들의 집단적 자각은 구체화되지 못하고, 오직 '장쇠'만의 영웅적 자각이 돋보일 뿐이다. 동학농민 전쟁에서 3·1민중봉기라는 근대사의 격랑을 겪어온 이들 농민들이 여전히 가진자에 대한 본능적인 증오라는 차원만을 헤매고 있는, 아직 깨이지 않은 상태로 이 소설들에서는 살아가고 있는 것은 아니다. 다만 이 소설이 근 30여 년의 시간을 통하여 전개되어 나가는 만큼, 그러한 시간적 길이에 상응하는 최소한의 각성이 농민들의 삶속에서 우러나와야

---

1) 李無影, 「老農」, 『李無影代表作全集』, 新丘文化社, 1974, p.136.

할 것이란 당연한 요구를 하고 있는 것이다. 이러한 각성이 이 소설들에
미비되어 있는 것이 커다란 결함이며, 또한 그 이유는 다기한 것으로 보
인다. 먼저 「農民」을 비롯한 「農軍」, 「老農」의 소설들은 착취계급을 절
대의 악으로, 피착취계급을 절대의 선으로 보는 도식주의를 한치도 벗어
나지 못하고 있다. 이것은 결국 절대악과 절대선의 이원적 대립구조인
고대소설을 답습한 형국이 되며, 따라서 더 이상의 인물적, 주제적, 의식
적 발전을 불가능케 하며, 그리하여 발전 없는 동일한 대립 구조의 반복
이라는 정체 상태에 이 소설들을 떨어뜨리고 마는 것이다.

> 「농민」 제1권이나 제2권이나 장쇠가 미륵동에 들어왔다는 소문
> 으로부터 시작이 되어 있다. 즉 1권에서도 장쇠가 미륵동에 들어온
> 데에서 시작이 되어서 장쇠가 다시 무지개처럼 미륵동에서 사라진
> 데서 제1권이 끝나고 제2권도 역시 그렇다.[2]
> 「장쇠가 없다! 누가 장쇠를 못봤느냐!」
> 대답이 없다. 슬프도록 고요했다.
> 「그래 없단 말이냐, 응? 장쇠를 본 사람이 없어?」
> 일양이는 목이 메어 고함을 치나 군중 속에서는 단 한 마디 대답
> 이 없다.[3]

지극히 상징적이게도 고대소설적인 화자의 너울을 쓰고 작자 자신이
「老農」의 첫머리에 이 소설들의 반복구조를 실토해 놓은 것이나, 3부작
중 마지막 작품인 이 「老農」의 결미 역시 3·1민중봉기의 와중에서 장쇠
의 자취가 보이지 않는다는 여운을 남기며 끝나는 것이, 고대소설적인
반복성을 잘 드러내 준다. 아마도 제4부, 제5부로 이 소설들이 이어졌다
면, 장쇠가 소작쟁의를 주도하러 다시 나타나거나, 해방을 맞아 백발을
날리며 미륵동으로 다시 들어오는 것으로 발단을 삼았을 것이다. 이러한

---

2) 같은 책, p.136.
3) 같은 책, p.286.

도식적 반복 구조에서 농민의 발전적인 자각이 생겨날 여지는 매우 좁을 것이다. 까닭에 이 소설들이 농민 문학으로서 응당 지녔어야 할 일정한 역사적 시각을 우리에게 제시해 주지 못하는 것이다.

그럼에도 불구하고 이러한 반복구조가 3부작으로까지 이어질 수 있었던 이유는 무엇인가? 여기에 우리는 두 개의 대답을 앞서서 준비해 놓았거니와, 그것은 (1) 세편의 소설이 각기 다른 역사적 사건, 즉 동학농민전쟁, 의병항쟁, 3·1민중봉기를 배경으로 삼아서 새롭게 변신할 수 있었다는 점과 (2) 대중의 흥미를 적절히 만족시킬 수 있는, '미연'을 가운데에 둔 '장쇠'와 '밀양'의 삼각 관계를 지속시켜 나갈 수 있었다는 점이 될 것이다.

Ⅱ. 배경으로서의 역사

「農民」이 1950년에 「農軍」이 1953년에, 그리고 「老農」이 1954년에 각각 발표되었거니와, 「農民」이 동학농민혁명(1894), 「農軍」이 국권상실기(1910년무렵), 「老農」이 3·1민중봉기(1919년)를 각기 시대적 배경으로 하고 있으므로, 작품의 창작연대 만큼이나 작품자체의 배경 역시 시간적 순서를 따르고 있는 셈이 된다. 게다가 이러한 시대적 배경이라는 것이 우리 근대사의 격동기에 해당되기 때문에 자못 그 중대성이 지대한 것이라 할 수 있다. 그러기에 「老農」을 비롯한 일련의 소설들을 '농민역사소설'이라 잠정적으로 불러 본 것이며, 그 중심축의 하나로 '배경으로서의 역사'를 생각해 본 것이기도 하다. 그렇다는 것은 결국 이 「農民」 계열의 소설들을 역사소설의 한 지류로 파악해 볼 수 있다는 것이기도 하다.

그러면 역사소설이란 무엇인가? 金允植 교수에 의하면 우리의 근대역사소설은 대략 다음과 같은 네 가지의 형식으로 구분될 수 있다 한다.[4]

---

4) 金允植, 『韓國近代小說史硏究』, 乙酉文化社, 1986, pp.412~432 참고.

근대소설이 갖고자 하는 민족주의적 이념을 역사적 소재를 빌어 형상화한 (1) 이념형, (1)과 그 방법론적인 軌는 같이 하지만 계층의식을 형상화해 나가는 (2) 의식형, 이념형도 의식형도 아닌, 단지 역사를 작자 자신의 취향에 맞게 개성화해가는 (3) 중간형, 그리고 역사를 진기한 이야기라든가 허황된 이야기로 보아 엽기적으로 다루거나 심심풀이로 다루는 (4) 야담형이 그것이다. (1)에 玄鎭建, 朴鍾和, 李光洙의 역사소설들이, (2)에 碧初의 「林巨正」(「朝鮮日報」 1937. 12. 12 ∼1939. 3. 11)이 (3)에 「젊은그들」(「東亞日報」, 1930. 1. 16 ∼1931. 7. 13)이 각각 대응될 수 있다고 하거니와, 이 가운데에서 가장 우리의 관심을 크게 끄는 것은 (2) 碧初流의 의식형이 될 것이다. 金允植 교수 자신이 루카치의 『역사소설론』에 기대어 이러한 구분을 시도하고 있는 만큼, (2)가 근대의 前史로서의 역사소설이 지녀야 할 본질에 가장 근사한 것이라는 발상이 깔려 있기 때문이다. (2) 의식형은 결코 (1) 이념형이나 (3) 중간형처럼 상층의 지배계급을 주인공으로 삼지 않으면서도, 또한 (4) 야담형처럼 통속성에 떨어지지 않으면서도 근대사의 주체로 떠오르는 민중의 삶과 의식을 가장 폭넓게 형상화해 나갈 수 있는 열려진 역사소설로 보인다.

「農民」계열의 이 '농민역사소설' 역시 외견상 (2) 의식형의 역사소설로 분류될 수 있을 것 같다. 일정한 역사적 인물을 주인공으로 내세우지 않고, 피지배 계급의 대표적인 전형적인 농민 '장쇠'를 통하여 동학농민혁명에서 3·1 민중봉기까지에 걸쳐지는 민중의 삶을 그려나가기 때문이다. 더욱이 앞서 지적되었듯이 이 소설들의 또 다른 중심축이 착취와 피착취의 계급적 대립구조이기에 의식형 역사소설을 명시적으로 지향하고 있는 것으로 보이기도 한다. 결국 '배경으로서의 역사'라는 것이 특출한 역사적 인물을 전면에 내세우지 않고서도, 그 시대의 역사적 정신을 반영하고 형상화해 나갈 수 있다는 의미이기도 하기에 (2) 의식형에 닿아 있는 셈이 되는 것이다.

그러나 이 '배경으로서의 역사'라는 것은 위와 같이 영웅을 중심으로

한 역사 파악에서는 벗어나 있기는 하지만, 반대급부적으로 '배경'이라
는 한정사를 지니고 있기 때문에 역사적 사건이나 그 이념을 구체화하는
데 미흡함을 노정할 수도 있을 것이다. 「農民」을 비롯한 일련의 소설들
은 그러므로 동학농민혁명이나 의병항쟁, 그리고 3·1민중 봉기의 정신
을 소설 속에서 구체적으로 형상화하지 못하고 단지 '풍문화'하는 데 그
치고 마는 한계를 여실히 보여주게 된다.

　마침 전라도에서 동학난리가 일어 여기 충청도에서도 민심이 소란할
때다. 이 고장에서 하룻길밖에 안되는 괴산(槐山)에서는 벌써 원님의 모
가지가 짤리고 관가에 불을 질러 양반이란 양반은 모조리 잡아다가 목을
벨 놈은 목을 베고 볼기를 칠 놈은 볼기를 쳐서 내어보냈다는 소문이 떠
돌고 있을 무렵이기도 하다.5)

　　　……그리고 또 「우리도 언제까지나 이러고만 있을 게 아니고 한
　　번 일어나 봐야 할 게 아니냐」는 둥, 「그러면 이것이 온 세계 만방에
　　알려지게 될 게고 그렇게만 되면 자유우방도 그때는 가만 있지 않을
　　것」이라는 둥……6)

　「農民」의 발단이 '동학난리'의 풍문과 더불어 시작되고 있으며, 「老農
」이 3·1 민중봉기 거사계획에 의하여 절정에 이르고 있음을 인용된 글
들에서 확인 할 수 있는데 이는 그만큼 이 소설들이 역사와 밀접한 관련
을 맺고 있다는 사실을 증거하고 있는 꼴이라 할 수 있다. 그러나 이러한
'역사'가 더 이상 구체적으로 형상화되지 못하고 뒷전으로 밀려나거나,
소설의 진행과는 직접적으로 무관한 작가의 피상적인 '역사 강좌'에 그
치고 마는 한계를 또한 이 소설들은 지니고 있다. 동학 농민혁명이 '안으
로는 봉건적 지배 계급과 밖으로는 외국 침략 세력이라는 두 적에 함께

---

5) 李無影, 「農民」, 『李無影代表作全集1』, p.14.
6) 李無影, 「老農」, 『이무영대표작전집』 1, p.263.

대항하여 싸운 전쟁7)이라는 사실을 우리는 「農民」을 통하여 구체적으로 실감할 수 없고, 「老農」을 통하여서도 3·1 민중봉기가 '대외적으로는 항일 운동이요, 대내적으로는 국민주권정부 수립운동, 즉 공화주의 운동8)이었음은 더 더욱 인식하기 어려운 것이다.

그렇다면 이것은 이 소설들이 인물구성이나 계급적 대립구조 면에서는 일견 (2) 의식형 역사소설을 지향하고 있는 듯 싶지만 기실 그 의식형 역사소설이 궁극적으로 형상화하여야 할 근대의 前史로서의 역사적 필연성에는 매우 미달하고 있다는 의미가 된다. 단지 우리 근대사의 역사적 사건들을 소설적 흥미를 위하여 하나의 배경으로 활용하고 있다는 데에 지나지 않는 것이다. 이러한 지경에 이 소설들이 빠지게 된 것은 작가가 확고한 역사 의식을 정립한 연후에 그것을 작품속에 문학적으로 투영시키지 못하고, 어설프게 농민의 삶을 '배경으로서의 역사'에 접맥시키려 했기 때문에 비롯되었을 것이다.

갑오년이라면 서력으로 일천 팔백 구십 사년, 즉 지금으로부터 오십 오년 전으로 우리 나라가 동학 난리로 발칵 뒤집히던 해다.
그러면 이 동학 난리는 어떻게 일어난 난리인가?
시초는 전라도에서부터다.9)

이 동학당이 고부에서 막 오색 깃발을 날리기 시작했을 무렵인 갑오년 정월 그믐께. 때아닌 진눈깨비가 부슬부슬 내리는 어느날 저녁 새이경때 경상도에서 충청도로 접어드는 문경 새재(鳥嶺)를 넘어오는 세 사나이가 있었다.10)

이처럼 '동학난리'에 대하여 수준미달의 설교식 역사서술을 중반부에

---

7) 姜萬吉, 『韓國近代史』, 創作과 批評社, 1984, p.222.
8) 姜萬吉, 『韓國現代史』, 創作과 批評社, 1984, p.246.
9) 李無影, 「農民」, 『李無影代表作全集』 1, p.73.
10) 같은 책, p.78.

서 가하고 있으며 그런 다음에 새삼스럽게 장쇠를 등장시키는 「農民」의 구성을 볼 때, 우리는 이 소설들이 '역사 따로, 소설 따로' 식이라는 느낌을 지우기 어렵게 된다. 사실 이렇게까지 되면 이 소설들을 '역사소설'의 한 갈래로 보는 것이 무의미하거나 아예 불가능해지기도 한 형편이어서 잔뜩 기대로 부풀었던 우리들은 여지없이 맥이 탁 풀리고 말 터인데 이 것은 물론 루카치적인 역사소설관을 원용했을 때에만 그러할 것이다. 어차피 역사도 한 흥미거리로 볼 수 있는 바라면 李無影의 '農民歷史小說'도 자기 나름대로의 입지는 지니고 있는 것이리라. 이 소설들이 지니고 있는 흥미거리가 비단 '배경으로서의 역사'만은 아니기에 이것은 더욱 그러하다.

Ⅲ. 三角關係로서의 人物類型

이 「農民」 계열의 소설들을 지탱하고 있는 또 다른 중심축은 인물이다. 곧 영웅형의 농민 '장쇠', 거친 운명과 싸워나가는 여인 '미연,' 그리고 고뇌에 잠겨 있는 아웃사이더적인 성격의 '일양'이 중심이 되어 이 소설들을 이끌어 나가고 있는 것이다. 그런데 이 3인의 관계가 말 그대로 '미연'을 가운데에 한 '장쇠'와 '일양'의 3각관계라는 구도로 포착될 수 있다는 것이 이 소설들의 재미이자 한계라고 말할 수 있다. 결국 이러한 관계가 그 시대에 걸맞는 전형적인 인물을 창출해 내지 못하고, 그들이 애초에 지니고 있던 개성마저도 흐리게 하는 결과를 빚게 되기 때문이다. 여기에서는 이들의 인물유형을 점검해 봄으로써 「農民」 계열 소설들이 안고 있는 토대의 취약함으로 다시 한번 밝힐 수 있게 된다.

1. 英雄으로서의 農民 - '장쇠'

이 소설들에서 가장 중심적인 역할을 하는 인물, 다시 말해서 주인공이 바로 '장쇠'이다, 그는 이름에서 연상되듯이 힘이 장사이며, 또한 확고한 의지의 소유자이다. 그리하여 자신의 처인 '금순'이 김승지에게 몸을 더럽힌 후 목숨을 끊자, 후환을 염려한 김승지의 탄압을 피하여 돌연 마을을 탈출, 동학당에 가담하는 '영웅적'인 행위를 하게 되는 것이다. 그 뒤 그는 동학당의 밀명을 받고 고향인 '미륵동'에서 다시 돌아와 농민봉기를 주도하거나, 국권침탈을 당해 의병투쟁을 벌이거나, 아니면 또 다시 3·1 민중봉기의 거사를 주도하거나 하는 영웅적인 행위를 계속하게 된다. 결국 우리 근대사의 격동기를 온 몸으로 담보해 나가고 있는 인물인 셈인데, 아무리 소설 속에서 작가가 창조해 낸 허구적인 인물이라고 하더라도 일개 농민인 그가 위와 같은 일들을 도맡아 하기에는 힘겹지 않을까 하는 의구심을 우리는 떨구기가 어렵다. 이것은 몇 가지 점에서 장쇠의 소설적 형상화가 부실하기에 그러하다.

먼저 그는 이 소설들을 통하여 지나치게 영웅화되어 있다.

> 딱!
> 돌이가 치는 방망이에서는 곧 쇳소리가 난다.
> 그러나 장쇠는 눈도 깜박 않고 있다.
> 딱!
> 두번째다. 그래도 장쇠는 바위처럼 말이 없다.[11]

자신의 처 '금순'을 욕보여 목을 매게 만든 김승지를 해치려 했다는 모함에 걸려들어, 私刑(lynch)을 당하고 있는 절통한 순간에도 장쇠는 영웅으로서의 품위를 잃지 않고 있다. 이 장면이 비교적 이 소설들의 발단에 해당되고 있음을 감안한다면, 그는 결국 애초부터 영웅으로서 이 소설들에 등장하고 있는 셈이 되는 것이다.

그렇다면 영웅이란 무엇인가? 소설 속의 인물들에게 영향을 미친다는

---

11) 같은 책, p.40.

세 요소, 즉 운명, 성격, 사고[12]를 가지고 그를 재 본다면, 너무도 인격면에서 완벽하기 때문에 사고나 성격 면의 변화를 가져올 가능성은 매우 엷은 반면에, 그 자신의 본질과는 직결되지 않는 운명에 의하여 변화될 수밖에 없는 것이 영웅일 것이다. '장쇠' 역시 이 구도에 들어맞는 모습을 보여준다. 그는 애초부터 완벽한 사고, 완벽한 성격, 다시 말하면 완벽한 능력을 가진 인물로 형상화되어 있다. 하여 이 소설들에서 그를 변화시키는 것은 오직 운명일 뿐이다. 자기 처 '금순'의 억울한 죽음으로 인하여 '장쇠'가 고향인 미륵동을 등질 수밖에 없다는 것은 결국 사고의 탓도, 성격의 탓도 아니고, 오직 운명의 탓일 터이다. 이는 마치 '장쇠'가 운명에 의하여 파멸하는 저 '외디푸스 대왕'이나, 반대로 운명을 헤쳐나가는 '주몽'과 같은 반열에 자리하고 있는 형국이다.

운명에 의하여 움직이는 영웅이 과연 근대사의 격동기를 살아 나가는 농민에게서 가능할 수 있을 것인가라는 의문이 그러므로 여기서 빛을 발할 수 있을 것이다. 그러한 시대에는 사고의 변화를 보여주는 현실적인 인물이 절실하기 때문이다. 그러나 '장쇠'는 도전한 영웅이기 때문에 역사의 일대 전변을 맞이하여서도 뚜렷한 사고의 성장을 보여주지 못하고, 자신의 영웅적 능력 계층의식에 눈을 뜨게 되는가 하는, 일견 지극히 중대할 수도 있는 대목이 이 소설들에서는 결락된 채, 다시 미륵동으로 돌아와 농민 봉기를 주도하게 된다는 단계로 줄거리가 이어지는 것을 통하여 우리가 익히 확인할 수 있을 것이다.

요컨대 장쇠는 근대라는 현실을 반영하고 재현하기에는 적합하지 않은 인물로 이 소설에서 형상화되어 있는 셈이라 할 수 있다. 이것은 그가 이 소설에서 필수적이라고 할 수 있는 사고의 발전을 보여주지 못하는

---

12) 여기서 운명, 성격, 사고란, 아리스토텔레스가 『시학』에서 제시한 모방의 대상인 플롯, 성격, 사고를 N.프리이드먼이 원용하여 주인공을 중심으로 플롯 분류의 기준으로 삼은 것이다. N.프리이드먼, 「플롯의 제형식」, 『현대소설의 이론』, 김병욱 편, 최상규 역, 대방출판사, 1983 참고

영웅형의 인물로 미화되어 있다는 의미이기도 하다. 그는 오히려 3·1 민중봉기의 거사를 앞에 놓고 자신의 가족을 염려하여 한동안 망설이는, 영웅으로서는 퇴보된 모습을 보여주기도 하는데, 이는 궁극적으로 그가 사고의 발전, 즉 현실적 자각을 기대하기 어려운 인물이며, 따라서 동학 농민혁명을 비롯한 일련의 역사적 사건들을 뚜렷한 역사의식을 가지고 대처해 나갈 능력을 담지하지 못한 인물임을 밝혀 주는 한 증거일 것이다. 다만 장쇠의 이러한 영웅으로서의 면모가 한 여인의 지속적인 연정을 불러 일으키기에, 소설적 흥미를 제공해 주고 있다 하겠다.

2. 운명적 여인상 – '미연'

이 소설들에서 낭만적으로 형상화되어 있는 '미연'은 바로 김승지의 막내딸이다. 그러므로 '장쇠'들과는 대척되는 처지에 놓여 있는 인물이라고 할 수 있다. 그러나 아버지 '김승지'의 부당한 처사를 항시 비판적인 시각으로 바라보며, 피착취 계급인 농민들의 삶을 이해하려고 노력하는 모습을 그녀는 보여준다. 이것은 그녀가 「農民」의 발단부에서 '김승지'에 의해 억울한 죽음의 위기에 처해 있는 '장쇠'를 구하기 위해 갑작스럽게 등장하게 된다는 데에서 확인될 수 있겠는데, 우리는 이것이 거의 운명적임을 느끼게 된다.

> 두번째 호령에 돌이가 엉금엉금 기어 올라와서 김승지의 손에서 칼을 받아 들고서 장쇠앞에 섰을 때다.
> "돌아!"
> 하는 소리와 함께 사랑방에서 한 처녀가 구르듯 뛰어나왔던 것이다.
> 이 처녀가 김승지의 딸이라는 것쯤은 거기 모인 사람들은 다 아는 터다.[13]

양반, 혹은 지배층의 일원인 그녀가 첫눈에 일개 농군인 '장쇠'의 기품에 이끌려 그를 구하기 위하여 나타나게 되는 것은, 비록 그녀의 정의로운 시각탓이기는 하지만, 현실적으로 매우 드물거나 불가능한 일일 것이다. 그럼에도 앞으로 '미연'이 '장쇠'를 부단히 흠모할 수밖에 없다는 것은 하나의 운명일 것이다. 이것은 결국 '장쇠'를 영웅화하기 위한 방책에서 빚어진 것으로, 상대적으로 '미연'의 성격화에 차질을 빚어 오게 된다. 그녀는 소설의 전반부에서는 상당히 의식이 깨어 있는 인물로 형상화되기도 하다가, 중반부에서는 장쇠를 남성으로 그리워하는, 그리고 '일양'의 연서를 받고 가슴을 설레이기도 하는 전형적인 여성으로 형상화되기도 하다가, 소설의 후반부에서는 3 · 1 민중봉기의 거사를 '장쇠'에게 사주하기도 하는 도무지 종잡을 수 없는 인물이 되어버리는 것이다.

> 무서운 소리와 함께 고요하던 소의 물이 뒤집히었다. 때 아닌 벽력에 잉어떼는 곤두박질을 했으리라.
> 지금까지 그 아름답던 신작로가 그윽한 숲속, 위대한 행복과 신비에의 길이 아니라는 것을 미연이가 깨달은 것은 숨이 막히기 시작한 순간부터였다. 미연이가 뛰어든 물속에는 아버지도 어머니도 없었다. 일양이도 거기에는 없었다. 뭇새가 우짖던 수양버들도 없었고, 그 아름답던 숲과 비둘기장처럼 곱던 집도 없었다. 오직 숨이 답답할 뿐이었다. 입도 막혔다. 분간할 필요도 없었거니와 경황도 없었다. 우선 살고 보아야 했다. 꽉 막힌 숨을 터야만 했다. 발을 내리고 깊숙이 들어 앉았던 미연이다. 헤엄을 칠 리가 만무였다. 팔을 젓고 다리짓을 하나 그 자리에서만 미연이는 맴을 돌 뿐이다. 가도가도 물이었다. 가도가도 암흑이었다.
> 이제 미연이한테는 이 질식의 고통이 그치는 순간만이 행복일 것이다. 숨이 끊어지는 순간만이.[14]

13) 이무영, 「농민」, 『이무영대표작전집』 1, p.41.
14) 이무영, 「농민」, 『이무영대표작전집』 1, p.255.

이무영의 소설에서는 드물 정도의 장문을 통하여 '미연'의 자살을 그려 나가고 있는 윗글은 '미연'이 하나의 운명적 여인상임을 우리에게 밝혀 주고 있는 셈이 된다. 결국 죽음을 택할 수밖에 없다는 것은 그녀가 운명에 따라서 움직이는 인물이라는 의미가 되기 때문이다. 물론 작가는 '장쇠'와 '일양'으로 하여금 '미연'을 구출하도록 하는 상투적인 배려를 잊지도 않고 있지만, 이것은 한낱 사족일 뿐이다. 고대소설에서의 환생구조에 지나지 않고, 그렇다는 것은 '미연'이 고대소설에서 흔히 발견되는 운명에 시달리는 여인의 유형에 불과하다는 것이 된다. 이는 궁극적으로 '장쇠'라는 영웅화된 주인공을 끝끝내 지향할 수밖에 없도록 '미연'이 이 소설들에서 운명지워졌음에서 연유한다. '장쇠' 없는 '미연'은 존재할 수 없는 것이다. 이것은 '장쇠'와 '미연'의 관계가 뚜렷한 주제 의식하에 맺어져 있는 것이 아니라, 소설적인 흥미를 위하여 마련되어 있기 때문이다. 이러한 흥미 위주의 요소는 '일양'이라는 또 다른 인물을 이 소설들로 이끌어 들이는 역할을 하고 있다.

3. 아웃사이더적 매개 인물—'일양'

미륵동의 '김승지'와 '견원'의 사이에 있는 또 다른 양반으로 '탑골'의 '박의관'이 있다. 이 '박의관'의 셋째 아들이 바로 '일양'이다. 그러므로 그도 결국 '미연'과 마찬가지로 양반, 혹은 지배계급에 속해 있는 인물인 셈인데, 자기 자신의 처지와 현실에 대하여 부단히 회의하는 인물로 이 소설들에서는 그려지고 있다. 그러나 그가 현실에 순응하지 못하는 것은 뚜렷한 의식적 각성에 의한 것이 아니라, 거의 생래적인 것처럼 보인다. '일양'이 현실에 대하여 불만은 품게 되는 것이 조혼의 아내에 대한 혐오와, 그리하여 반대급부적으로 생겨난 '미연'에의 사랑이 불가능함에서 비롯되기 때문이다.

이것은 작가가 '미연'을 사이에 한 '일양'과 '장쇠'와의 삼각관계라는 소설적 흥미를 제공해 주기 위해 마련한 하나의 포석이라는 느낌이 짙기는 하지만, 결과적으로 '일양'을, 애초부터 영웅으로 완성되어 있는 '장쇠'와는 달리, 현실적인 문제로 인하여 자기 나름대로의 고뇌를 가질 수 있는 비속한 인물, 다시 말해서 세계와의 조화될 수 없는 대립을 벌이는 근대 소설적인 주인공으로 「농민」 계열의 소설들에서 출발시키는 계기가 된다. 그리하여 그의 의식적 성장이 '장쇠'와 '미연'에 의하여서만 주도된다는 다소 석연치 않은 점들이 산재해 있기는 하지만, 그를 현실과 맞부닥치면서 부단히 사고와 행동 양면의 발전을 기할 수 있는 실제로 살아 있는 긍정적인 인물로 만들어 주는 것이다.

> ······ 동학란 난리 때는 옳고 그르고보다도 감정이 앞섰던 때라 사리를 따지어 생각해 볼 마음의 여유도 없었거니와 그만한 철도 나지 못한 때였다.
> 의병 때는 양심의 가책을 받기는 했었다. 그러나 양반의 집에서 세상을 모르고 자라난 일양이었다. 병정이란 상놈이 하는 노릇이 아니라 했었다······
> 그러나 오늘의 일양이는 달랐다. 물론 그때보다도 나라의 소중함도 알았고 나라 없는 백성의 슬픔도 뼈에 사무치게 듣고 보고 했었다······15)

이 소설들의 또 다른 중심축인 동학농민혁명, 의병항쟁, 3·1민중봉기 등의 역사적 사건을 겪을 때마다 '일양'의 뚜렷한 성장을 보여준다. 근대사의 격랑기를 헤쳐나가는 양반층의 일원으로서 그가 이와 같은 진전을 가져올 수 있다는 것은, 다소 그 소설적 형상화가 미흡한 감은 있지만, 놀라우면서도 충분히 가능할 수 있는 일일 것 같다. '일양'이라는 일 개체의 성장이 한민족이라는 전체의 성장에 그대로 부합될 수 있겠기 때문이다.

---

15) 같은 책, p.269.

게다가 그의 의식적 성장이 가지는 또 다른 강점은 이것이 양반이라는 높은 지위로부터 농민, 혹은 민중의 삶으로 접근하는 현실화의 과정인 것이다. 이와 같이 현실에 대한 개인적인 불만으로부터 출발한 '일양'이 역사와 민족에 대한 개안을 이루게 되는 것으로 이 소설들에서 그려져 나가고 있으므로, 애당초 이 소설들이 지향했어야 할 일정한 방향성을 그가 홀로이 구현하고 있는 셈이 된다. 세 명의 중심인물 가운데에서 그래도 근대역사소설이 추구하여야 할 가능한 인물 유형에 '일양'만이 근접해 있는 형국이다. 그러므로 우리는 그의 이러한 발전적 가능성을 '아웃사이더적 매개인물'이라 함축시켜 불러 볼 수 있는 것이다.

> 그것은 무서운 모욕이었다. 지금의 일양이한테는 애국심보다도, 왜놈들한테서 받는 압제보다도 이 사랑하는 사람(미연－인용자)에게서 받는 모욕이 더 무서웠다. 독립만세를 부르다가 왜놈 헌병한테 잡히어 군도로 전신에 난도질을 당하는 것보다도 사랑하는 사람에게서 받는 모욕이 더 아플 것만 같았다.16)

그러나 '일양'의 이러한 가능성은, 우리가 3·1민중봉기의 거사를 앞에 놓고 지나치리만큼 '미연'을 떠올리는 '일양'의 모습을 발견할 수 있으므로, 말 그대로 가능성에 그치고 있는 듯 싶다. 작가는 끝끝내 그를 자유로이 사고하고 행동할 수 있는, 그리하여 더욱 절실히 근대성을 체현할 수 있는 인물로 내버려 두지 않고 고대소설적인 전형을 발휘하여 '미연'의 손아귀에 틀어 쥐이게 만들고 있기 때문이다. '장쇠'없는 '미연'을 상상할 수 없듯이, '미연'없는 '일양'을 우리는 상상할 수 없다. 그리고 이것은 물론 李無影이 우리에게 기꺼이 제공하려한 남녀의 삼각관계라는 흥미거리에서 그 뿌리를 찾을 수 있을 것이다. 그것을 우리는 이 소설들의 중심축 중 하나로 앞에서 상정한 바 있다.

---

16) 같은 책, p.270.

Ⅳ. 결 론

이제껏 李無影의 농민소설 제3기에 해당하는 50년대의 「農民」과 「老農」을 '농민역사소설'로 규정하여, 이것들이 '농민역사소설'로서 가져야 할 기준에 미달되는 점들을 지니고 있음을 살펴 보았다. 여기에서 우리는 그 기준을 편의상 (1)계급투쟁적 현실인식에 근거한 수탈과 피착취의 대립적 계급구조 (2)식민지적 현실인식에 근거한 식민지화해 가는, 배경으로서의 역사, 그리고 (1)과 (2)를 이어줄수 있는 한 가능성으로서의 (3)매개적 인물의 역할 여부 등으로 상정했거니와, 「農民」 계열의 소설들은 이 세가지 모두에 크게 미치지 못함이 드러났다.

먼저 (1)수탈과 피착취의 대립적 계급구조는 절대악과 절대선이라는 고대소설적인 도식주의를 탈피하지 못하여 결국 이 소설들의 주체이어야 할 농민들이 집단적인 자각에까지 이르는 것을 형상화하는 데에 실패하고 있다. (2)도 식민지적 현실을 밝혀 드러내 줄 수 있는 동학농민전쟁, 의병투쟁, 3·1민중봉기라는 역사적인 사건들을 배경으로 취하고 있으면서도, 단지 3부작의 반복구조라는 단조함을 무마하기 위해 '풍문화'시키고 있으므로 성공적이랄 수는 없었다. 더욱이 (3)매개적 인물은 남녀간의 삼각관계라는 흥미성에 치중하여 일개 농민인 '장쇠'를 지나치게 영웅화 하는가 하면, '미연'을 '장쇠'에 종속되는 운명적 여인으로 격하시키기도 하고, 또한 매개적 가능성을 가진 '일양'마저도 '미연'에 이끌려 다니게만 함으로써 전반적으로 미흡함을 노정하고 있다.

이와 같이 李無影의 「農民」 계열의 소설들이 지니고 있는 문제점들은 궁극적으로 그의 미숙한 소설기법과 더불어 투철하지 못한 현실인식 태도나 취약한 역사의식 탓으로 돌려져야 할 것이다. 그러나 그가 역사상 전형적으로 피착취 계층인 농민을 바로 그 역사와 결합시키려는 선구적인 시도를 했음에도 불구하고, 그러한 시도로 그치고 말게 한 시대적 한

계에도 일부 잘못은 있을 것이다. 지금와서 어렴풋이 깨닫건대 그것은
아마도 '분단 이데올로기'라는 괴물이었을 것이다.

제2부

허구의 현장

이광수의 「꿈」

- 調信說話와의 差別相을 통하여 -

I

우리는 文學作品中에서 한 편의 說話나 事實이 作家의 상상에 의하여 虛構化되어 소설로 變貌 發展된 예를 적지않게 발견할 수 있다. 이는 우리 古典時代에 이미 根源說話를 母胎로 한 작품이 수없이 나타남을 볼 때 이러한 敍事文學의 傳統은 또한 그 淵源이 深遠함을 알 수 있다. 開化期에 占典의 改作小說인 李海朝의 '獄中花」, 「江上蓮」, 「燕의 脚」, 「兎의 肝」 등도 이 敍事傳統과 결코 무관하지 않으며 이같은 說話의 小說化 作業은 近代小說에 이르러서도 꾸준히 지속되는 양상을 보이고 있어 이 分野에 대한 學界의 관심 또한 고조되고 있는 실정이다.

주지하다시피 春園의 「꿈」은 「三國遺事」 소재의 調信說話(卷三, 塔像, 第四, 洛山寺, 二大聖, 觀音, 正趣, 調信條)를 小說的으로 형상화시킨 作品으로 兩者 共히 夢遊 모티브를 內部額字로 結構한 꿈의 文學이다. 이처럼 꿈을 文學的 素材로 삼고 있는 경우는 東西古今을 막론하고 허다하다.[1] 특히 우리 古典文學에 있어서는 說話 小說은 물론이거니와 歌辭, 時調 등의 詩歌類作品에 일찍부터 꿈이 素材로 受容되고 있다.

---

1) 이러한 점에서 꿈이 문학적 상징을 처음으로 자라나게 한 토양이라고 한 융(Jung)의 견해는 주목할 필요가 있다.

꿈이 일찍부터 文學作品에 受容될 수 있었던 것은 꿈을 단순한 生理的 現象으로서가 아니라 神秘한 屬性을 지닌 것으로 인식하는 데서 기인하는 것으로 보인다. 「莊子」 齊物論의 胡蝶夢이나 佛敎의 覺夢一如觀念 등은 꿈에 대한 東洋的 思考樣相을 如實히 보여주고 있는 예이며, 고대 희랍인들이 出征時 解夢家를 대동하였다는 사실 역시 그러한 점을 立證해주는 바라 하겠다.

春園의 「꿈」은 太守의 딸 달례(月禮)를 연모하던 僧 調信이 夢中의 假體驗을 통해 현세적 욕망을 실현하게 되는 一場春夢을 그린 작품으로 「三國遺事」의 說話內容을 小說的으로 再構成한 것이다. 그러나, 「꿈」은 調信說話의 原內容을 착실하게 모방 내지 차용하는 受容次元에서 作品化된 것이 아니라 그것을 발전적으로 변모시켜 小說的으로 형상화해 냄으로써 獨自的 面貌를 지니게 되었다는 점에서 그 文學的 價値를 인정받을 만하다고 하겠다.

사실 說話와 小說은 人物, 構成 등의 基本性格上에 차이가 있기 때문에 說話를 母本으로 하여 小說이 구성될 경우 兩者의 作品實相은 거리를 드러낼 수밖에 없는 것이다. 따라서 이러한 變異樣相에 대한 구체적인 검토는 한편의 說話가 作家의 文學的 想像力에 의해 小說作品으로 變貌, 受容되는 양상을 밝혀내기 위한 실질적인 작업이 될 것이며 이를 통해 說話와 그것을 바탕으로 再構成된 小說이 지니고 있는 각각의 獨自的 價値를 구명하는 작업이 될 것이다.

II

꿈의 文學에서는 일반적으로 꿈이라는 素材를 이용하여 하나의 가상세계를 설정해 놓고, 그 세계안에서 이루어지는 假體驗을 통해 覺夢後에 夢遊者가 心理的 變化를 경험하게 되는 敍事內容을 그려낸다. 따라서 꿈의 문학은 몽유모티브를 內部額字로 樣式化 한 「現實世界-꿈의 世界-

現實世界」라는 基本的인 敍事의 틀을 형성하게 된다. 「꿈」과 調信說話
는 共히 주인공 調信이 자신의 현세적 욕망을 통해 실현하는 一場春夢,
南柯一夢을 그리고 있는 꿈의 문학이다. 따라서 이들 작품의 서사구조
역시 몽유모티브를 내부액자로 하고 있는 夢遊構造의 樣相을 보여주고
있다.

이처럼 「꿈」과 調信說話는 공통적으로 몽유구조에 의해 작품이 구성
되고 있기 때문에 그 기본적인 서사의 틀에 있어서는 두 작품 사이에 큰
차이가 없지만, 그들의 몽유구조가 완전히 동일한 것은 물론 아니다. 양
작품의 구조에서 드러나고 있는 이러한 차이점은 특히 몽유모티브에 後
行하는 현실 세계에서 찾아 볼 수 있다.

사실 꿈의 문학에서는 몽유모티브가 그 작품구조의 근간을 이루게 되
기 때문에 그것에 선행하여 夢遊를 誘發시킨 現世的 慾望을 서사하는 현
실세계를 필요로 하게 되고 그리고 夢中의 假體驗을 계기로 하여 그 욕
망이 부질없음을 깨닫게 되는 현실세계를 후행하게 한다. 따라서 꿈의
문학이 취하고 있는 서사구조는 몽유모티브의 전후에 자리집게 되는 것
이다. 그런데 이같은 몽유구조에 있어서 전후의 현실세계는 시간적 순차
에 따라 연결되는 同質의 世界가 아니라 내용적으로 크게 변화된 異質의
세계일 수밖에 없다. 왜냐하면 그것은 前半部 現實世界의 욕구, 욕망이
後半部 現實世界에서는 완전히 소멸되어 그 집착에서 벗어나는 심리적
변화를 거쳤기 때문이다.

前後 現實世界의 이러한 變化는 꿈이 지닌 補償機能의 차원에서 이해
가 가능하다. 一般的으로 꿈은 夢遊者에게 긍정적인 영향을 미쳐 그로
하여금 現實肯定的 樂天, 樂觀의 態度를 지니게 하기도 하며 반대로 否
定的인 영향을 미쳐 虛無, 逃避, 壓世, 諦念, 無常의 現實否定的 態度를
지니게 하기도 한다. 따라서 꿈의 影響으로 夢遊者의 現實認識에 대한
觀點이 변화되기 이전과 이후의 현실세계는 전혀 다른 세계가 되는 것이
다.

調信說話에 보여지는 후반부의 현실세계는 調信이 覺醒하여 탐욕을 버리고 佛道에 專念하는 一連의 사건으로 구성되어 있다. 이러한 調信의 심리적 변화에 내재된 사상적 바탕은 물론 佛敎的 無常觀에 있다. 융 (jung)의 지적대로 꿈의 상징은 대부분이 의식의 억제를 넘어선 마음의 표출이라고 할 수 있는데, 夢遊者인 僧 調信도 꿈을 통해 자신의 간절한 속세적 욕구를 체험하게 된다. 그러나 그것은 현세적 욕망의 무상함을 깨닫게 되는 하나의 계기에 불과할 뿐이며 사실상 작품의 근본의도는 無常에 대한 자각을 통해 宗敎的 哲理에 도달케 하는 데 있는 것이다. 그러므로 調信說話의 後半部 現實世界는 佛敎的 主題意識이 具體化되는 주요부분으로 서사의 비중도 무거울 수밖에 없는 것이다. 실제적으로 調信說話는 이 부분을 상당히 장황하게 기술해 놓고 있다. 覺夢한 調信은 하루만에 수염과 머리가 백발이 되었고 삶에 염증을 느껴 참회하며 佛道에 더욱 정진하게 된다. 그리고 夢中에서 餓死한 長子를 묻었던 곳에서 石彌勒을 찾아 奉安하고 사재를 털어 淨土寺를 창건하게 된다.

그러나 이 部分은 調信說話가 지니고 있는 설화적 속성을 그대로 보여준다. 돌미륵을 파내어 가까운 절에 봉안했다는 전설적 모티브나, 사재를 털어 淨土寺를 짓는 寺刹緣起 모티브의 개입은 이 작품의 기본성격이 緣起傳說임을 보여주는 예이다. 더구나 40여년 동안의 꿈을 꾸고 난 調信이 갑자기 백발이 되고 장자를 묻었던 곳에서 돌미륵이 나왔다는 佛敎的 覺夢如一觀에 기초한 서사문맥은 이 작품의 근본성격을 비현실적으로 만들고 있음이 사실이다.

그러나 「꿈」의 後半部 現實世界는

> 선잠을 깬 눈앞에는 낙산사 관음상이 빙그레 웃으시고 고개를 돌리니 용선노장이 턱춤을 추이면서 웃고 있었다.

라고 기술되고 있을 뿐, 調信說話에서와 같은 非現實性·說話性은 전혀 찾아볼 수 없다. 이러한 점은 調信說話의 夢遊構造를 소설적으로 수용하기 위해 「꿈」은 설화의 전설적, 연기적 모티브를 의도적으로 제외시켜 사실성을 중시하였음을 보여주는 바라 하겠다.

「꿈」에서 볼 수 있는 이러한 사실적 재구성수법은 내부액자인 몽유담을 현실세계와 연결해주고 있는 入夢과 覺夢의 처리에서도 찾아볼 수 있다. 융은 꿈을 ① 장소, 시간, 등장인물의 제시 ②설명(exposition) 혹은 문제의 진술 ③ 꿈의 중심인 구성(peripety) 그리고 ④ 꿈의 결과인 해결(lisis)이라는 패턴에 의해 진행되는 하나의 완전체로 파악하고 있다. 이러한 完全體로서의 꿈의 세계가 의식세계와 구분되는 변환점이 入夢과 覺夢이기 때문에 이들이 몽유구조에서 차지하는 서사적 기능은 중요한 의미를 지니게 된다.

> 조신은 또 법당에 가서 대비보살이 자기의 소원을 성취시켜주지 않음을 원망하여 슬피 울며 날이 저물도록 있다가 심정이 노곤하여 잠깐 졸았다. 꿈에 갑자기 김씨 남자가 조용히 문으로 들어와……

이러한 入夢의 具體的 提示는 그 이후에 전개되는 사건이 몽유의 가체험임을 분명히 하기 때문에 사실적 생동감이 결여될 수밖에 없다. 그러나 「꿈」의 경우에는 入夢過程을 表面化하지 않음으로써 현실세계와 꿈의 세계를 연속되는 繼起的 事件인 양 처리하는 사실적 수법을 이용하고 있다. 「꿈」에서는 調信이 龍船大師의 지시에 의해 一念으로 관음보살을 염불하던 중 의식이 희미해진 상황에서 달례가 入室하는 것으로 서술되고 있어 현실과 꿈의 경계가 명확하지 않다.

「꿈」은 入夢過程을 사실적 방법으로 變容시켰을 뿐만 아니라 覺夢過程에도 現實性을 부여하여 再構成하고 있다. 調信說話에서 각몽은 가난을 견디다 못한 調信夫婦가 헤어지기로 작정하고 길을 떠나는 순간 '홀연히' 이루어지고 있어 각몽하게 되는 직접적인 動因의 제시가 없다. 그러나 「꿈」의 경우는 調信의 龍船大師의 발길에 차여 꿈에서 현실로의 전환에 因果性, 事實性을 부여하고 있는 것이다.

이와 같이 「꿈」은 調信說話가 기본적으로 취하고 있는 夢遊構造를 바탕으로 이루어진 꿈의 문학이지만, 說話的 夢遊構造를 小說的 夢遊構造로 變貌·發展시키고 있다. 이러한 「꿈」과 調信說話의 夢遊構造上의 차이는 곧 「꿈」의 構造的 獨自性을 보여주는 특징이라 하겠다.

Ⅲ

한 편의 說話가 小說로 再構成됨에 있어서 說話自體가 지닌 典型性, 非現實性, 偶然性 등을 小說的으로 變容시키기 위해서는 作家의 文學的 想像力이 介入되기 마련이다. 따라서 설화의 소설화 과정에서는 설화의 原素材, 原事件이 一部 탈락되거나, 부분적으로 수정되거나 심지어는 전혀 다른 소재, 사건으로 대체되는 변모가 이루어진다. 이로 인해 설화와 소설은 구체적인 作品實相에서 서로 다른 독자적 면모를 지니게 되는 것이다. 「꿈」의 경우에도 이러한 탈락, 수정, 대체로 인해 調信說話의 原型的 모습이 소설적으로 변모, 발전되고 있음을 살펴볼 수 있다.

설화가 지닌 원형적 소재, 사건의 탈락양상은 각몽 이후에 전개되고 있는 현실세계에서 찾아진다. 調信說話의 이 부분은 전술한 바와 같이 傳說的 모티브나 寺刹緣起 모티브를 위주로 하여 구성되고 있어 傳奇的 性格이 강하다. 그러나 「꿈」에서는 그 설화 후반부의 사건, 소재를 대폭적으로 생략하여 비현실적인 요소를 배제하고 있다. 다만 餓死한 長子와 石彌勒의 관련성을 胎夢의 方法에 의존하여 수용하고 있을 뿐이다. 「꿈」에서는 調信이 꿈에 彌勒을 보고 長子를 낳았기 때문에 그의 이름을 '미력'이라 했다는 식으로 처리해 놓고 있다.

「꿈」이 調信說話의 素材, 事件을 修正的으로 수용하고 있는 양상은 몽유구조의 전반부인 현실세계를 통해 살펴볼 수 있다. 調信說話의 이 부분은 세규사 농장 관리인으로 부임한 調信이 그 곳 태수 金昕公의 딸을 연모하여 洛山寺 大悲像 앞에서 그녀와의 결합을 기원하지만, 그녀가 결국 다른 곳으로 出嫁하게 되자 大悲像 앞에서 자신의 소원이 이루어지지 않음을 원망하여 슬피우는 내용이다.

　이러한 調信說話의 내용이 「꿈」에서는 다음과 같이 변모되고 있다. 調信은 세달사 농장 관리인으로 있을 적에 태수를 따라 꽃놀이 나온 달례로부터 석벽에 피어 있는 철쭉꽃을 꺾어달라는 청을 받고 그 꽃을 꺾어다 주고는 그녀의 美色에 반해 연모의 정을 느끼게 된다. 그러다가 調信이 洛山寺에 修道僧으로 와 있는데 그 절로 달례가 태수 부부와 함께 불공을 드리러 오자 調信의 그녀에 대한 戀慕의 情은 더욱 심화된다. 또한 달례가 毛體와 3일 후에 婚禮를 올린다는 사실을 알게 된 調信은 갈등을 겪게 되고 관음보살을 염하면 소원이 성취될 것이라는 龍船大師의 말에 따라 一念으로 念佛한다.

　上述한 兩作品間의 敍事內容을 비교, 검토해 볼 때 「꿈」이 調信說話의 敍事事件을 修正的으로 수용하고 있는 양상은 대략 다음의 두 가지로 요약된다.

　그 첫째는 調信과 태수 딸과의 만남과 관련된 사건의 변모이다. 설화에서는 調信이 태수의 딸과 만나게 되는 사건에 대한 설명이 없지만, 「꿈」은 철쭉꽃을 매개로 그 만남이 이루어지는 인연이 될 뿐만 아니라 달례의 미색에 대한 상징적 의미도 지니고 있다. 調信은 실로 추한 인물로 묘사되고 있음에 비해 달례의 외모는 흡사 선녀와 같이 아름답게 그려지고 있다. '분홍 긴 옷을 입고 분홍신을 신은' 달례의 모습은 滿開한 철쭉꽃을 연상케 해준다. 이러한 調信과 달례의 魂, 美라는 外貌上의 二元的 對立은 僧侶와 俗人이라는 聖, 俗의 二元的 對立과 결부되어 合一의 至難性을 暗示하기도 한다.

　둘째는 調信이 入夢前에 觀音佛을 찾게 되는 一連의 事件變貌이다. 調信說話에서 調信은 태수딸의 出嫁事實을 알고 자신의 소원이 성취되지 않음에 대한 원망에서 관음불을 찾는다. 그러나 「꿈」에서 調信은 달례의 혼인이 사흘 뒤에 있다는 사실을 알고 그 전에 자신의 소원이 이루어지길 간절히 기원하여 觀音佛에 念佛한다. 설화에서는 調信의 心理狀態가 체념적, 원망적임에 비하여 「꿈」에서의 調信의 심리상태는 희망적, 기대적으로 변모하고 있다. 또한 전자의 경우, 調信과 觀音佛의 만남이 自意的으로 이루어지고 있음에 비하여, 후자는 龍船大師의 지시에 따라 他意的으로 이루어지고 있다는 차이점도 드러내 준다.

설화의 原型的 素材, 事件이 「꿈」에서 전혀 相異한 素材, 事件으로 대체되고 있는 양상은 內部額子인 夢遊談에서 살펴볼 수 있다. 調信說話의 夢中 假體驗은 調信夫婦가 가난과 病苦로 처절한 고통을 당하는 悲劇的 事件이다. 낭자가 調信과 일생을 함께 하겠다고 하자 調信은 그녀와 귀향하여 다섯 아이를 두고 40여년 간을 해로한다. 그러나 집안 형편이 가난하여 15세의 長子가 乞食을 하다가 蟹縣嶺에서 餓死하고, 10세의 딸마저 구걸을 다니다가 개에 물려 자리에 눕게 된다. 이를 보다 못한 調信의 妻가 헤어질 것을 권하자 調信은 이를 쾌히 승낙하고 아이 둘씩 데리고 길을 떠나려 하다 문득 잠을 깬다.

그러나 「꿈」은 調信의 꿈을 전혀 다른 사건으로 창작해 놓고 있다. 調信은 달례와 洛山寺를 야반도주하여 太白山에 定着하여 2남 2녀를 두고 경제적으로 부족함이 없이 생활한다. 그러던 어느 날 洛山寺에서 같이 지내던 僧 平木이 찾아와 毛體가 調信夫婦를 찾고 있음을 알리고 15세의 딸을 탐하자 調信은 平木을 살해하여 동굴에 은닉한다. 그러나 결국 毛體에 의해 平木의 殺害犯으로 指目되어 調信은 가족과 함께 도주하지만, 毛體에게 잡히게 된다. 그리하여 달례는 출가하게 되고 調信은 사형에 이르게 된다.

이러한 兩者의 夢遊談은 現實的 慾望이 실현되지만, 그것이 悲劇的으로 終結되고 있다는 점에서 기본적으로 일치하고 있다. 하지만 「꿈」과 調信說話의 夢遊談을 이루고 있는 敍事事件은 전혀 별개의 것이다. 調信

說話에서의 夢遊談은 飢餓와 病魔에 시달리는 調信家族의 悲劇的 放浪
生活이 핵심을 이룬다. 가난으로 인해 야기되는 長子의 餓死와 딸의 得
病은 調信이 겪어야 했던 처절한 삶의 한 斷面을 여실히 보여준다. 이러
한 가난의 原型 앞에서 調信은 어쩔 수 없이 자신이 그렇게도 열망했던
태수 딸과의 夫婦因緣을 끊고 헤어지고 마는 것이다. 調信은 그 처가 '옛
날의 즐거움이 오늘의 우환이라' 라고 하면서 '여러 마리 새가 함께 굶주
리는 것보다는 짝 잃은 난세가 거울을 보고 짝을 부르는 편이 낫지 않겠
느냐'고 하자 주저없이 이를 승낙한다.

그러나 「꿈」의 경우에 있어서의 夢遊談은 調信의 물질적 가난이 아닌
정신적 가난을 서사적으로 형상화시키고 있다. 「꿈」에서의 調信은 五欲
의 집착에서 벗어나지 못하고 헤매는 迷妄者이다. 調信은 洛山寺를 도주
한 날 달례와 밤을 지내기 위해 동굴 속의 곰들을 몰아내면서도 일체의
죄의식을 느끼지 않는다. 그리고 世俗的 生活을 하면서 자신의 늙음을
걱정하여 동물의 살생도 서슴치 않는다.

'내가 살자고 너를 죽이는구나' 하고 조신은 살을 맞고 쓰러져서
아직 채 죽지도 아니한 사슴의 가슴을 뚫고 그 피를 빨아 먹었다.
그리고 용을 갖다가 식구들이 다 나눠 먹었다.

결국 調信은 毛體에게 자신의 居處가 발각될 것을 두려워하여 平木까
지 살해하기에 이른다. 그리고는 그 사실이 밝혀지게 되자 목숨을 연명
하기 위하여 가족과 야반도주하고, 사람들에게 발각될까 염려하여 달례
와 딸의 미모를 원망하기도 한다.
이처럼 「꿈」의 夢遊談은 調信說話에서 보여 준 經濟的 貧困으로 인한
고통스럽고 悲劇的인 事件을 精神的인 貧困으로 인해 겪어야만 하는 고
통스러운 삶의 모습으로 새롭게 창작하여 대체시키고 있는 것이다.

Ⅳ

작품 「꿈」이 지닌 獨自的 面貌는 傳承的 모티브의 다양한 受容樣態를 통해서도 살펴볼 수 있다. 사실 하나의 설화를 原型的 母本으로 삼아 그 것을 小說的으로 再構成함에 있어서는 줄거리 요약식으로 전개되는 說話의 簡略性을 補完, 補充하기 위한 방편으로 母本에는 없는 새로운 소재, 사건의 添入이 불가피한 것이다. 그런데 「꿈」의 경우에 있어서는 주로 「三國遺事」 所載의 설화를 중심으로 한 精選說話의 소재, 사건을 활용하고 있다는 특이성을 보여주고 있어 주목할 만하다 하겠다.

「꿈」에 수용된 傳承說話的 모티브 중의 하나는 獻花 모티브이다. 이는 「三國遺事」 卷二(紀異 第二) 水路夫人條에서 보여준 바로, 천길 석벽 위에 만개한 철쭉꽃을 水路夫人이 탐하자 지나가던 牽牛老人이 그 꽃을 꺾어 바치는 사건이다. 작품 「꿈」에서 調信과 달례의 만남은 水路夫人과 牽牛老人의 만남을 방불케 한다. 철쭉꽃이 滿開한 어느 날 태수 金昕公을 따라 거북재에 꽃놀이 나온 달례는 석벽 위에 피어있는 철쭉꽃을 보고 病席에 있는 모친에게 갖다 드리고자 한다. 그러나 그 곳은 발길이 닿기 어려운 곳이라 난감해 하던 중 마침 그 곳을 지나던 調信에게 부탁하게 된다. 그리하여 調信은 철쭉꽃을 꺾어 달례에게 바치게 된다.

「꿈」의 이 獻花 모티브는 水路夫人條의 수용으로 이루어지고 있음이 분명하다. 이는 철쭉꽃이 만개한 고개를 '거북재'로 命名한 春園의 의도를 통해서도 충분히 짐작되는 바이다. 그것은 「꿈」에서의 '거북재'가 '海歌詞'와 관련이 있는 명칭이기 때문이다. 또한 깊은 山이나 큰 못을 지날 때마다 神에게 잡혀갈 정도로 容貌와 婆色이 빼어난 水路夫人의 美色은 僧 調信에게 탐욕을 불러일으키게 한 달례의 美色과도 相通하고 있는 것이다.

「꿈」에 수용되고 있는 精選的 모티브의 다른 하나로 동굴 모티브를 지적할 수 있다. 일반적으로 동굴 모티브는 古典文學에서부터 現代文學 作品에 이르기까지 다양하게 수용, 표현하고 있는 神話的 原型이다. 그런데 이 모티브가 敍事作品에 受容되는 경우에 있어서는 주로 죽음(death)과 재생(rebirth)에 관련된 母性象徵性을 지니고 있음은 固知된 바이다.

이러한 동굴 모티브는 「三國遺事」卷一(紀異 第一) 古朝鮮條의 檀君神話에서부터 그 實體를 드러내놓고 있다. 人間으로서의 變身을 念願하며 21日을 忍苦하고 마침내 熊女로의 化人이 이루어진 동굴은 곧 俗의 聖化가 이루어지는 生命力을 지닌 신비로운 공간이다. 檀君神話에서 곰의 入窟은 象徵的인 죽음에 대한 표현이며, 出窟은 人間으로의 再生에 대한 神話的 표현이다. 그리고 동굴 속의 苦行은 産苦와 一脈 相通하며, 이는 엘리아데(Eliade)가 지적한 대로 相通 祭儀的인 의미를 지니게 된다. 따라서 죽음과 재생이 이루어지는 동굴은 生命의 根源인 母胎라는 原型的 象徵性을 지니게 되는 것이다.

「꿈」에서 동굴 모티브는 2회에 걸쳐 나타나고 있으며, 중요한 상징적 의미를 지니고 있다. 그 첫 번째의 동굴은 調信의 달레와 첫 밤을 지내는 장소이며, 두 번째의 동굴은 調信이 殺害한 平木의 시신을 은닉하는 장소이다.

洛山寺에서 야반도주한 調信은 동굴에서 자신의 현세적 욕망을 실현함으로써 還俗하여 가정을 꾸리게 된다. 따라서 첫 번째의 동굴은 修道僧 調信에게 있어서는 宗敎的 存在에서 世俗的 存在로의 俗化가 이루어지는 공간이다. 애욕의 침착에 빠져 있는 調信에게 있어서는 그 공간이 욕구실현의 장소일 수 있겠으나 佛敎的 次元에서의 그 공간을 聖의 俗化가 이루어지는 還俗의 場所일 수밖에 없는 것이다. 따라서 이 동굴이 상징하는 바는 곧 宗敎性의 消滅이다.

그러나 平木의 屍身을 은닉한 두 번째의 동굴은 調信으로 하여금 상실된 聖을 회복해 나가는 계기가 되는 공간이다. 毛體의 화살에 맞은 사슴이 平木의 시신을 숨긴 동굴로 피신함으로써 그 시신이 발견되고 調信이

殺害者임이 밝혀지면서 調信은 야반도주하지만 결국은 下獄되어 人間事의 허망함을 깨닫게 된다.

> 조신은 오래 잊어버렸던 중의 생활을 다시 시작하였다. 그는 일심
> 으로 진언을 외우고 염불을 하였다. 얻어들은 경 귀절도 생각하고
> 참선도 하였다. 이런 것은 과연 큰 효과가 있어서 조신은 날마다 날
> 마다 제 법력이 늘어감을 느꼈다. 그 증거로는 마음이 편안하였다.

調信은 獄 안에서 차츰 잃어버렸던 宗敎性을 회복해 간다. 따라서 「꿈」의 두 번째 동굴은 소멸된 종교성을 회복하는 계기로써 俗의 聖化가 이루어지는 공간인 것이다. 이러한 宗敎性의 再生이 바로 두 번째의 동굴이 지니는 상징성이다. 이처럼 「꿈」에서의 동굴 모티브는 종교성의 소멸과 그것의 再生이라는 상징적인 의미를 지니고 있다. 그런데 여기서 주목되는 점은 이 전후의 동굴 모티브는 檀君神話의 동굴 모티브가 보여준 죽음과 재생이라는 상징성을 불교적으로 변모한 것이라는 사실이다.

「꿈」의 동굴 모티브가 지닌 宗敎性의 消滅은 僧 調信에게 있어서는 하나의 죽음일 수밖에 없으며, 이는 곧 곰의 상징적인 죽음과 상통한다. 그리고 宗敎性의 再生은 調信에게 새로운 삶의 地平을 열어준 것으로서 이는 곧 熊女로의 再生과 견줄 수 있다. 이러한 점에서 전후의 동굴 모티브 사이에 위치한 調信의 世俗的 삶은 곰이 마늘과 쑥을 먹으며 보낸 忍苦의 동굴생활에 비교 될 수 있겠다. 修道僧 調信에게 있어서 喜怒愛樂의 還俗生活은 마치 하나의 거대한 동굴 속에서의 삶처럼 無明이기 때문이다.

「꿈」에 수용된 傳承 모티브의 또 다른 예는 毛體라는 人物設定을 통해 살펴보게 된다. 「꿈」에서의 毛體는 花郎으로서의 달례의 婚姻約定者이다. 그런데 그는 혼인 사흘 전에 야반도주하여 夫婦之緣을 맺고 2남 2녀를 두고 살아가는 調信과 달례를 찾아냈을 때 증오와 복수보다는 오히려

용서를 베풀 줄 아는 大人으로 그려져 있다. 그는 調信이 過去之事를 뉘우치자

> 길 잃으면 중생이요 깨달으면 보살이라. 과연 대사는 보살이시오
> 나는 지금 대사의 말씀에서 눈물에서 부처님을 뵈왔소 이방 안에 시
> 방 삼세 제불 보살이 뫼와 계심을 뵈왔소

라고 깨달음을 주는 佛教的 存在다. 毛體는 원래「三國史記」나「三國遺事」의 記錄에서 찾아볼 수 있는 歷史的 人物이다.「三國史記」春四 新羅本紀 第四에는 신라 제19대 訥祗王 때 沙門 墨胡子가 고구려를 거쳐 一善部에 이르매 郡人 毛體가 자기 집에 窟室을 만들어 머물게 했다는 기록이 보인다. 그리고「三國遺事」春三(興法 第三) 阿道基羅條에는 未雛王 2년 阿道法師가 대궐에 교법을 행하고자 청하다 쫓겨 毛體의 집에서 3년간 숨어 있었고, 毛體의 누이 史氏는 法師에 歸依해 비구니가 되어 永興寺를 창건하였으며, 미추왕 死後 法師가 다시 위기에 처해 있을 때 毛體의 집에 돌아와 스스로 무덤을 만들고 문을 잠그고 죽었다는 기록이 보인다.

「三國史記」나「三國遺事」의 기록에서 보이는 毛體와「꿈」에서의 毛體는 이름상의 일치 이외에도 그들이 共히 佛教的 存在라는 사실에서도 類似性을 지니고 있다. 歷史的 人物인 毛體는 비록 僧侶는 아니였지만, 法興王代의 佛教公認 以前부터 佛教와 관련을 맺고 있었던 佛教的 存在로서, 僧侶는 아니지만 佛教의 相當한 境地에 이르고 있는「꿈」의 毛體와 一脈相通하는 점이 있다. 이러한 점에서「꿈」은「歷史傳說的인 佛教的 存在를 끌어들여 달례의 約婚者로 설정하고 있다고 하겠다. 따라서「꿈」의 毛體가 歷史的 人物인 毛體와 그 이름이 一致하고 있음은 우연에 의한 것이라기 보다는 春園의 意圖的 命名에 의한 것으로 보는 것이 보다 타당하다고 하겠다.

V

설화가 하나의 要約的 줄거리만을 提示하는 敍事作品이라고 할 때 그
것을 原型的 母本으로 삼아 小說化된 작품을 작가의 문학적 관심과 상상
력에 따라 原說話의 모습과는 여러 측면에서 다른 差別樣相을 드러내게
되며, 이는 결국 설화의 小說化過程에 대한 論議의 출발점이 되기도 한
다. 春園의 「꿈」과 「三國遺事」 所載 調信說話를 비교 검토하게 되는 所
以도 바로 여기에서 찾을 수 있다.

一般的으로 한 편의 설화가 小說化될 때 그 受容樣相은 부정적일 수
도 있고 긍정적일 수도 있다. 「꿈」은 소설적 리얼리티를 위하여 인물, 구
조, 사건 등을 變容시키고는 있지만, 현세적 욕망에 사로잡힌 僧 調信이
夢中의 假體驗을 통해 그것을 실현하지만, 그로 인해 깨달음을 얻게 된
다는 基本敍事內容에서는 큰 차이가 없다. 그런데 「꿈」이 보여주는 이러
한 긍정적 수용은 자칫 原說話의 擴大的 變容이라는 수준에서 소설화가
이루어지고 마는 獨自性의 缺如現像을 초래하기 쉽다.

그러나 「꿈」에서의 說話受容樣相은 이러한 긍정적 수용 이외에도 그
것이 發展的으로 이루어지고 있다는 점에서 그 특징을 찾아보게 된다.
주지하다시피 「꿈」의 小說化에 있어서 그 기본 텍스트가 된 것이 調信說
話임은 물론이다. 그러나 「꿈」은 이 과정에서 調信說話 이외에도 「三國
遺事」를 중심으로 한 古代 文獻說話의 傳承的 모티브를 다양하게 활용
하고 있음은 주목할 필요가 있다. 이처럼 「꿈」이 지나치게 설화적 소재
에 의존하고 있다는 점은 자칫 이 작품의 個性을 약화시킬 수도 있고, 作
家的 想像力의 不足이라는 비판의 소지를 만들 수 있다.

하지만 「꿈」에 있어서 이러한 傳承 모티브들은 거기에 작가의 새로운
의미부여가 가미되었을 뿐만 아니라 原型的 母本인 調信說話의 사건 내
에 극히 자연스럽고 因果的으로 溶解된 채로 개입되고 있다는 점에서 오

히려 작품의 독자적 변모를 부각시켜줄 뿐만 아니라 작가의 문학적 상상
력을 엿볼 수 있게 해준다. 이와 같이 「꿈」은 傳承 모티브의 의미를 換骨
奪胎하여 발전적으로 수용하고 있기 때문에 調信說話와는 다른 獨自的
作品實相을 보여줄 수 있었던 것이며 이러한 점에서 「꿈」이 지닌 小說的
價値를 찾아볼 수 있겠다.

현진건론

Ⅰ. 서 론

憑虛 현진건은 우리나라 근대문학 초창기에 해당하는 1920년대 초『백조파』의 일원으로 문단에 얼굴을 내놓은 후 근 20년의 작가 생활을 통해서 23편의 단편과 4편의 장편을 쓴 작가로서, 김동인과 함께 한국의 근대 단편소설의 기초를 세운 선구자이며 염상섭과 함께 한국 근대 사실주의 문학의 기초를 확립한 선구자의 일인으로 뛰어난 문학적 발자취를 남기고 있다.

그러나 현진건에 대한 평가는 아직도 작품 전체를 통괄할 수 있는 설득력 있는 논리가 부족한 가운데 찬·반 양론에서 방황하고 있는 것이 그에 대한 연구사에서 발견되는 현상이다. 예컨대 지금까지 그에 대한 연구업적을 정리해보면 크게 다음과 같이 세 가지 입장으로 나타난다.

① 창작기법적인 측면에서 기교에 뛰어난 작가라는 견해
② 역사의식과 사회의식이 투철한 사실주의 작가라는 견해
③ ②의 입장에 대해 부정적인 시각을 보이는 견해

즉 현진건에 대한 평가는 그가 데뷔한 이래 1940년대까지는 기교에 탁

월한 작가라는 주장이 보편적인 평가로 수용되어왔다. 그러나 1950, 1960년대에 그의 소설 내용에 대한 심층적인 분석이 이루어지면서 현진건은 주제면에서 역사의식·사회의식이 투철했던 작가라는 새로운 평가가 대두되기 시작했으며, 이후 오늘날까지 여러 연구자들에 의해 여전히 설득력 있는 견해로써 확인되고 있다.

그런데 1970년대 후반 현진건을 확고한 사회의식을 가진 작가로서 규정한 기존의 견해에 대해 회의적·비판적 시각을 표명하는 연구논문이 작품에 대한 신중한 검토 아래, 몇몇 연구자들에 의해 제시됨으로써, 현재는 현진건 문학에 대한 찬·반 양론이 그 나름대로의 설득력을 지니면서 함께 존재하고 있는 실정이다.

이것은 빙허의 작품세계가 어느 작가의 그것보다도 복합적인 성격을 지니고 있음을 암시하는 것일 뿐만 아니라, 작품에 대한 심층적이고 다각적인 연구가 요청되고 있음을 시사해준다. 요컨대 지금까지의 많은 연구가 작품의 기교나 작가의 사회의식을 개별적으로 거론하는 데 주된 관심을 기울이고 있을 뿐, 실제 작품의 미석 특질을 드러내고 그것이 주세 및 작가의식의 구현에 어떠한 효과를 낳고 있는가를 유기적으로 고찰하고 이해하려는 노력이 부족했다고 할 수 있다.

이에 본고는 현진건의 작품에 대한 정밀한 분석을 통해 그의 문학적 특성을 구명하고 한국문학에서 그가 차지하는 올바른 문학사적 위치를 자리매김하려는 데 그 목적을 둔다. 연구방법으로서 먼저 현진건의 주요 인생 체험 및 문학관을 살펴볼 것이며, 다음 단계로 그의 그러한 인생 체험 및 문학관이 어떻게 작품 속에 투영되고 예술적으로 형상화되고 있는가를 고찰할 것이다.

대체로 빙허의 문학세계는 크게 세 갈래로 구분된다. 첫째는 「빈처」, 「술 권하는 사회」, 「타락자」 등과 같이 작가 자신의 신변 체험적인 색채가 짙게 나타나는 작품군, 둘째는 「운수 좋은 날」, 「불」, 「사립정신병원장」, 「고향」 등과 같이 시대 현실의 다양한 국면을 객관적 관조자의 입장에서 사실적으로 묘사한 작품군이며, 셋째는 「적도」, 「무영탑」, 「흑치상지」, 등과 같이 신문연재 장편소설군이 그것이다.

본고는 위의 세 경향 중 주요 작품을 중심으로 현진건의 작품세계를 살펴고자 하며, 연구자의 견해로 그의 작가의식이 잘 투영되어 있고 예술적 형상화에 있어서도 성공하고 있다고 생각하는 「빈처」, 「고향」을 분석 대상으로 삼을 것이다.

II. 작가의식의 성장과 문학관

1. 작가의식의 성장배경

현진건(1900~1943)의 문학세계에 영향을 준 그의 전기적 사실을 검토함에 있어 먼저 언급하여야 할 것이 그의 집안의 내력이다. 현진건의 집안은 대대로 벼슬아치를 많이 낸 가문으로, 개화기에 이르러 새로운 개혁의지를 가지고 현실에 적극적으로 참여한 개화인물들을 많이 배출하고 있다. 그 중 특히, 계부 영운은 대한제국의 군영부총장이라는 높은 벼슬을 지낸 사람으로 친일파였으며, 반면에 재종형 상건은 역관으로, 불란서 공사관에서 근무하다가 후에 상해로 망명하여 항일운동에 참여했으며, 숙형 정건은 중국 상해에서 독립운동을 하다가 체포되어 평양에서 옥사했다.

이렇게 현진건 집안의 사람들은 식민지 현실을 수용하는 입장과 저항하는 입장의 사람들이 공존하고 있었기 때문에 현진건은 현실을 대처하는 지식인으로서의 행동양식에 대해 많은 혼란과 갈등을 겪었으리라 짐작된다.

이러한 정신적 방황의 편린은 그가 일본으로 상해로 흘러다니며 공부하던 모습에서도 엿볼 수 있다. 당시 대한제국 대구우체국장이었던 현경운 씨의 4형제 중 막내로 자라난 현진건은 1912년 13세의 어린 나이로 고향을 떠나 일본으로 건너가 동경의 成城中學에 입학한다. 그 뒤 16세에 고향 부호의 딸과 결혼하지만, 신부를 고향에 두고 곧바로 일본으로 돌아간다. 1917년 성성중학을 졸업한 뒤 다시 동경 독일어 전수학원을 이수하고 귀국했다가 형님 정건을 찾아 상해로 건너갔으며, 거기서 호강대학 독일어 전문부를 중퇴하였다.

이 상황을 최원식은 다음과 같이 쓰고 있다.

> 그의 앞에는 일본과 러시아 · 중국으로 통하는 길, 두 개의 통로가 열려 있었던 셈이다. 그는 처음에 일본 유학을 떠났지만 결국 좌절하고 몰래 상해로 출정하였다가 정건의 권유로 마침내 3 · 1운동 직후 스산한 서울로 돌아왔던 것이다. 그는 제3의 길—작가가 되기로 결심하였던 것이다. 국내에 남아서 영운의 행로를 거절하면서 지식인의로서의 상건과 정건의 길을 가는 것—그의 선택은 일견 형제들이 선택했던 길보다 쉬운 것처럼 보이지만 어쩌면 더욱 어려운 길이었는지도 모른다.

따라서, 그의 문학수업의 출발은 귀국 후, 5촌 당숙에게 입양되어 서울 살림을 시작하면서부터이다. 즉 「백조」 동인에 참가한 것이 그의 문단적인 첫 출발이 되었으며, 처녀작 「희생화」를 거쳐 두 번째 작품 「빈처」로써 문단적인 명성을 얻고 있다.

그 후 현진건은 염상섭과 함께 『시대일보』, 『매일신보』 등의 기자 생활을 거쳐 한 때 『동아일보』의 사회부장직에도 있었으나, 바로 1936년의 일장기말살사건에 연루되어 일제에 의해 1년 언도를 받고 투옥되었다가 이듬해에는 신문사도 그만두었다. 그리고 일제 말기에는 언론활동도, 작품활동도 일체 중지한 채 창의문 밖 부암동에서 양계를 하며 침묵 속에 생활을 보내다가 8 · 15해방 2년 전인 1943년 서거함으로써 그의 생을 마감하고 있다.

이상과 같이 그의 삶은 일제에 대한 저항적인 자세로 일관하면서 당대 지식인으로서의 정직한 삶의 모습을 보여주고 있다.

2. 현실인식의 문학관

위에서 알 수 있듯이 정신적 방황의 정착으로서 선택된 현진건의 작가 생활은 당시의 다른 작가들과는 다른 모습으로 나타나고 있다. 그는 「백조」 동인으로 작가생활을 시작했지만, 당시 유행하던 허무주의적 낭만주의 경향에 물들지 않았고, 그 후로도 신경향파문학, 프로문학이 주류를 이루던 10여 년 동안 主義의 시대, 논쟁의 시대, 평론의 시대에 주의도 내세우지 않고 논쟁도 하지 않았으며, 평론가로도 행세하지 않은 채 순수한 소설가로 남아 있었다.

요컨대 그가 추구하는 문학의 본질과 방향을 무엇보다도 자신의 소설을 통하여 나타내고자 하였으니, 조동일은 그의 문학사상적 입장을 다음과 같이 시사하고 있다.

> 현진건은 문학논쟁에 말려들지 않았으며 한용운과 함께 문제를 전혀 다른 각도에서 다루어 분열을 극복할 수 있었다. 한용운이 불교를 통해서 마련한 것과 같은 해결책을 깊은 이론을 펴지 않고 소박하게 제시했다. 소설에서 분열이 일어나지 않는 동일적인 인간을 실제로 보여주었고, 이미 마련되어 있는 문학사상을 계승하는 방향을 택했다. "文은 실상인즉 氣입니다"(「침묵의 거장, 현진건씨의 근황담」, 『문장』제 10호, 118쪽)라고 한 것이 그 증거이다.

文이 氣라는 것은 일찍이 이규보가 했던 말로 그 후 계속해서 문학에 관한 가장 기본적인 명제로 인정되던 이론이다. 즉 기는 문학이 위축되고 왜소해져서 기교나 찾고 신변잡기나 써서는 안되며 글에 기백이 있어야 함을 의미하며, 현실로서의 기, 경험으로서의 기, 곧 문학이 현실의 경험에서 이루어지고 현실의 경험을 투영하는 것이어야 한다는 것이다.

이것은 자신의 문학관을 극명하게 표현하고 있는 다음의 글에서도 발견된다.

> 조선문학인 다음에야 조선의 땅을 든든히 듸듸고서야 될 줄 안다.
> 현대문학인 다음에야 현대의 정신을 힘잇게 호흡해야 될 줄 안다.
> …… 중략…… 오직 朝鮮魂 現代情神의 현현, 이것이야말로 다른
> 아모의 것도 아닌 우리 문학의 생명이요 특색일 것이다.

이처럼 경험적 현실에 기반을 둔 그의 문학관은 현실을 거부하고 과거에 몰입함으로써 단아함을 지키려는 민족주의 문학과, 민중과의 공감적 흐름을 외면한 채 미래의 행복을 선동하는 프로문학을 모두 거부하면서 현실 속에 고통받고 있는 민중을 정직하게 응시하고 그들의 아픔과 고통을 나누어 가지려는 '오늘'의 문학관이라 하겠다.

III. 작품에 나타나 현실인식

1. 이상과 현실의 갈등

「빈처」는 현진건의 처녀작 「희생화」에 이어 두 번째 나온 작품으로 그의 출세작이면서 비로소 작가의 역량을 인정받는 계기를 마련한 문제작이다. 이 작품은 초기의 「술 권하는 사회」, 「타락자」 등과 함께 자전적 요소가 강한 소설로서, 현진건이 그의 무명작가 시절의 가난으로 인한 가정에서의 갈등과 주변세계와의 부조화를 사실적으로 그려내어 일약 인정받는 작가가 되었다는 사실은 퍽 아이러니컬하다. 그것은 그가 소재를 자신의 주변과 일상 생활에서 가져왔음에도 불구하고 이러한 평범한 삶의 모습을 통하여 당시의 여러 문제점을 함축적으로 전달하고 있다는 데서 그 이유를 찾을 수 있다.

「빈처」는 전체가 작가 자신에 의해 네 단락으로 구분되어 있다. 그런

데 그 중 1·2·3 단락은 모두 <현재의 장면묘사→과거회상→현재>로 다시 돌아오는 형태를 취하고 있으며, 현재에서 과거회상으로의 전환은 언제나 <나>의 자아와 대상세계와의 갈등이 일어날 때가 그 중요한 계기가 되고 있다. 이것은 이 작품에서 일어나고 있는 갈등이 작가에 의하여 치밀히 계산되고 의도된 구성상의 갈등임을 시사해준다.

그 이상과 현실과의 갈등을 야기시키는 직접적인 요인이 되고 있는 것은 <나>의 아내이다. <예술가의 처 노릇을 하려는 독특한 결심이 있는> 그녀이지만, 아내는 보수 없는 독서와 가치 없는 창작에만 전념하는 남편을 위해 혼자 6년간 집안 살림을 맡아 하면서 세간살이도 모두 바닥이 나 버렸고, 이젠 더 이상 살 길이 막막하여 자주 먼 산을 바라보며 한숨을 쉬고 지친 표정을 짓는다.

이러한 아내를 지켜보며 가장으로서의 구실을 못하고 있는 「나」는 또한 자주 「쓸쓸한 생각」이 드는 것이다. 은행원 T가 제 처에게 줄 양산을 펴보일 때에, 아침거리를 장만하기 위해 저당 잡힐 물건을 찾고 있는 아내를 볼 때에, 장인 생일날 당목 치마저고리를 입고 가는 아내의 모습을 보면서, 그리고 처형이 아내의 신을 사들고 방문하였을 때에도 「나」는 쓸쓸한 생각이 드는 것이다. 그것은 가난을 참고 견디는 아내에 대한 미안함과 그러한 아내에게 물질적인 행복을 주지 못하는 자신의 무능함에 대한 안타까움의 표현이라 할 수 있다.

그런데 그 쓸쓸한 생각은 때론 <아아, 나에게 위안을 주고 원조를 주는 천사여!>라는 아내에 대한 감탄 어린 찬사로 전개되기도 하고, <저 따위가 예술가의 처가 다 뭐야!>, <계집이란 할 수 없어>라는 자기 방어적인 비난으로 표출되기도 한다. 이런 점으로 볼 때 <나>의 내면의 갈등은 세계를 바라보는 자신의 태도에 있어서의 갈등이며, 이것이 아내에 대한 그의 반응을 통하여 드러나고 있음을 알 수 있다.

그러한 갈등이 첫째 단락에서는 <막벌이꾼한테 시집을 갈 것이지, 누가 내게로 시집을 오랬소! 저 따위가 예술가의 아내가 다 뭐야!>하고 소리치고 있듯이 현실과의 대립적인 감정이 고조되고 있으며, 둘째 단락에서는 아내에게 자신의 입장을 변명함으로써 현실과의 잠정적인 화해를 하고 있다. 셋째 단락에 오면 물질적으로는 부유하지만 밤낮 남편의 기생질과 구타에 시달리는 처형을 바라보면서 <없으면 없는 대로 살아도 의좋게 지내는 것이 행복이다>라고 자신의 정신적 행복 추구의 삶에 큰 의미를 부여함으로써 물질 세계에 대한 정신적 우월감에 사로잡힌다.

이렇게 앞 세 단락의 현재→과거회상→현재의 과정을 통하여 전개되고 있는 <나>의 현실과의 갈등양상이 분노, 잠정적 화해, 정신적 우월감이라는 단편적인 형태로 나타나고 있다면, 현재만으로 이루어진 넷째 단락은 이 모두를 포함하여 대상세계와의 변증법적 화해를 하고 있다. 즉 정신적 행복에만 가치를 두었던 <나>는 처형이 사준 신을 신고 기뻐하는 아내를 보며 지난번처럼 불쾌한 생각이 들지 않는 것이다. 인간은 아무리 정신적 행복만을 추구하더라도 기실 그것만으로는 부족하다는 사실을 인정함으로써 갈등의 대상인 물질세계에 대한 인식의 변모를 보여주고 있는 것이다.

이처럼 작가는 치밀히 짜여진 구성을 통하여 예술가로서 사회에 기여하고자 하는 지식인의 이상이 사회적 몰이해와 가난의 고통으로 대표되는 현실과의 갈등을 어떻게 풀어나가고 있는가를 탁월하게 그려나가고 있다.

「빈처」에서 이러한 갈등을 강조하는 데 중요한 구실을 하고 있는 것이 장면묘사이다. 예컨대

쓸쓸한 빗소리는 굵었다 가늘었다 의연히 적적한 밤공기에 더욱 처량히 들리고 그을음 앉은 등피 속에서 비치는 불빛은 구름에 가린 달빛처럼 우는 듯 조는 듯, 구차히 얻어 산 몇 권의 양책의 表題 금자가 번쩍거린다.

위 부분처럼 주위의 쓸쓸한 분위기와 번쩍거리는 표제 금자의 대조, 혹은 <당목옷을 허술하게 차리고 청록당혜로 타박타박 걸어오는> 아내와 <넓고 높은 처가집 대문>의 대조 등은, 나의 심리적 갈등을 효과적으로 표현해주고 있으며, 여기서 현진건의 기교적인 탁월성을 짐작할 수 있다.

또한 「빈처」에서 두드러진 구성상 특징은 은행원 T와 <나>, 처형과 아내의 대비를 통하여 당대의 전형적인 인물을 창조해내고 있다는 점이다. 즉 <나>를 통하여 당대의 전형적인 인물을 창조해내고 있다는 점이다. 즉, <나>를 통해서 개인적 입신출세주의와 물질주의라는 당시 사회의 윤리를 거부하고 경제적 고통과 사회적 몰이해를 참아내며 가치 지향적인 삶을 추구하는 1920년대 지식인의 한 전형을 그리고 있으며, 또다른 부류의 지식인인 은행원 T를 통해서는 사회와의 마찰없이 개인의 재질을 수단껏 발휘하며 현실에 순응하여 살아가는 물질지향적인 인간형을 보여주고 있다.

또한 가난함 속에서도 남편을 믿고 존경하며 장래의 기대 속에 살아가는 <나>의 아내와, 남편의 외도와 손찌검에 시달리면서도 물질의 충족만 있으면 그것으로 기뻐하고 만족해하는 처형과의 대립된 인물설정은 당시 사회의 일면과 가치관을 드러내는 전형성을 띠고 있다.

이상에서 살펴본 바와 같이 「빈처」는 치밀히 구성된 갈등구조, 대립구조를 통하여 물질 지향적인 현실 속에서 가치 지향적인 삶을 추구하는 한 지식인의 고뇌와 당대 사회의 윤리적 모순을 드러내려 한 작품이라 할 수 있다.

그러나 「빈처」의 결말부분에서 보여지는 작품의 처리는 현진건이 세계를 인식하는 눈이 아직 성숙하지 못했음을 보여준다. 왜냐하면 <나>와 진정으로 대립하고 있는 것은 아내를 통하여 지각하게 되는 가난한 삶이 아니라 그 가난을 야기시킨 식민지 현실이기 때문이다. 요컨대 「빈처」는 작가가 물질과 정신, 돈과 사랑 등의 이원적 대립을 통하여 그 사회가 갖고 있는 모순에 대하여 비판하고 있으면서도, 그 모순의 진정한 원인이 무엇인지를 찾아내어 그 해결점을 제시하려는 자세를 결여한 채 소극적이고 상투적인 자기화해에 그치고 말았다는 점에서 초기 소설로서의 한계를 드러내고 있다.

2. 실향민으로서의 조선의 얼굴

이재선은 1920년대 소설을 논하는 글에서 그 당시 작품경향의 한 특징을 다음과 같이 지적하고 있다.

> 작가의 현실적인 경험공간인 당대의 사회현실에 대한 깊은 관심이 조성되어지게 되었다는 점이다. 의식의 일상적인 삶에의 집중화는 중산층 이하의 삶의 특성이 되어 있는 경제적인 궁핍현상에 대해서 결코 외면할 수가 없었으며, 더구나 식민지 정책의 경제적인 수탈에 의한 한국사람 전체의 경제적인 피폐화와 정착의 뿌리를 뽑힌 삶의 수평적인 이농을 놓칠 수는 없었던 것이나. 그 때문에 이 시기의 소설은 거의 대부분 경제적인 요인에 의한 가난의 상태와 고향상실의 이민 현상과 같은 현실의 당면 문제들을 수용하게 됨으로써 <굶주림>과 원점인 고향으로부터의 <떠나감>의 길이 주요한 근본문제의 하나로서 제기되었던 것이다.

1926년에 발행된 현진건의 단편집 『朝鮮의 얼굴』에 수록되어 있는 「고향」은 바로 이러한 경향을 대표하는 작품이다. 또한 「고향」은 당대의 가혹한 식민지 현실을 비판하는 작가의 강렬한 역사의식이 사실적인 표현기법을 통하여 매우 집약적·효과적으로 잘 형상화되어 있는 점에서 근래에 그의 최고의 대표작으로 재평가되고 있는 작품이다.

스토리는 대구에서 서울로 올라가는 차 중에서 비롯된다. 스토리의 서술자이며 관찰자인 <나>는 한 사나이의 기괴한 옷차림에 흥미를 느낀다. <그>는 일본 기모노에 한국식 옥양목 저고리, 중국식 바지의 기묘한 옷차림을 하고 마침 공교롭게 동석을 하고 있는 일본인과 중국인을 상대로 각기 어설픈 일본어와 중국어로 달갑지 않은 수작을 벌이고 있는 것이다.

　<나>는 그러한 <그>의 행동에 처음에는 냉담하고 기피적인 태도를 취했으나, 고통스런 어떤 삶의 비밀을 담고 있는 듯한 그의 표정에 드디어 이끌리게 된다. 이런 과정을 거쳐 <그>와 이야기를 나누며 서울까지 가게 된 <나>는 <그>에게서 신세타령과, 한때 <그>와 약혼 말이 오가기도 했던 한 여자의 얘기를 듣게 된다.

　<그>가 살아온 삶, 그것은 1920년대 대부분의 농민들이 겪어야 했던 참혹한 수난의 한 전형적인 모습이다. 즉 <그>는 대구 근방의 시골에서 역둔토를 지어먹는 소작농민으로 남부럽지 않게 살고 있었다. 그러나, 세상이 뒤바뀌자 그 땅은 전부 동양척식주식회사의 소유로 넘어가버렸고 이때부터 착취적인 소작제도에 시달리게 된다.

> 　그 후로 <죽겠다>, <못살겠다> 하는 소리는 중이 염불하듯 그
> 들의 입길에서 오르나리게 되었다. 남부녀대하고 타처로 류리하는
> 사람만 늘고 동리는 점점 쇠잔해갔다.

　이처럼 일제의 농민의 착취에 <그>도 도저히 살 수가 없어 9년 전 살길을 찾아 고향을 버리고 서간도로 이주했었다. 그러나 거기서도 극심한 궁핍은 여전하여 결국 질병과 기아로 부모님이 모두 돌아가셨으며, 그 후 <그>는 간도를 떠나 신의주·안동현·큐슈·오사카 등지로 가난 속에 흘러다니다가 오랜만에 다시 고향에 돌아와 보니 고향은 폐허가 되어 있었고 그래서 다시 벌이를 찾아 서울로 상경하는 길이라는 것이다.

　이 작품에서 작가는 1920년대 시대상을 집약적으로 묘사하고 있으며 동시에 식민지 정책의 잔혹성을 고발하고 있다. <그>로 대표되는 농민의 비참한 생활상은 바로 1920년대 우리 민족의 대다수의 현실이었다. 한

일합방 이전부터 시작된 일제의 수탈에 의한 한국 농민의 궁핍화는 자작 농의 점진적인 감소와 함께 소작농의 증가를 가져왔고, 이들 소작농들은 부당한 소작료의 부과로 인하여 기아상태를 면할 수 없었던 것이 농촌의 모습이었다.

결국 이 궁핍에서의 탈출을 도시노동자로 나가거나 만주·시베리아· 일본 등으로 이주하는 것이었으니 이러한 현상은 가난의 해결을 가져온 것이 아니라 고향을 잃어버린 실향민의 파멸적인 삶이라는 도시의 궁핍 화현상을 낳음으로써 오히려 그 비극성이 심화되고 있다.

이렇게 삶의 뿌리가 뽑힌 <그>의 실향민으로서의 파멸적인 삶, 그것 은 작가가 작품에서 서술하고 있듯이 <음산하고 비참한 조선의 얼굴> 로 동일화될 수 있다. 정든 고향에서 떠나와 만주와 일본으로 전전한 덕 분에 동양 삼국 옷을 한 몸에 걸치고 삼국 말을 곧잘 지껄일 수 있는 <그 >, 황폐화된 고향을 보고 가슴이 터지는 쓰라림에 굵직한 눈물을 떨어뜨 리는 <그>, 다시 일거리를 찾아 서울로 올라가고 있는 <그>는 바로 < 조선의 얼굴>이었으며 일제하의 민족의 현실이었던 것이다.

또한 <그>를 통해서 듣게 된 한 여인의 이야기는 식민지 현실 속에서 여자로서 겪어야 했던 파멸된 삶의 모습이다. 17살 때 가난 때문에 아버 지에 의해 유곽에 팔려간 그녀는 거기서 불어나는 빚과 몹쓸 병에 시달 리다가 산 송장의 지경에 이르러 겨우 풀려나와 지금은 일본인 집의 하 녀로 몸을 붙이고 있다는 것이다.

> 암만 사람이 변하기로 엇재 그러케도 변하는기요? 그 숫만튼 머
> 리가 훌렁 다 버서젓드마. 눈을 폭 들어가고 그 이들이들하든 얼골
> 빗도 마치 유산을 끼어진 듯하드마.

이러한 그녀의 얼굴묘사에서 읽을 수 있는 지난날의 비참한 삶의 역정 은 <그>의 삶과 다를 바 없다. 바로 그녀의 모습은 당대를 살아가는 또

다른 형태의 <조선의 얼굴>임을 짐작할 수 있다.

이 소설의 마지막 부분을 술에 취한 <그>가 다음과 같은 민요를 읊조리는 것으로 끝을 맺고 있다.

> 벼섬이나 나는 전토는
> 신작로가 되고요―
> 말마듸나 하는 친구는
> 감옥소로 가고요―
> 담배째나 써는 로인은
> 공동묘지 가고요―
> 인물이나 조흔 계집은
> 유곽으로 가고요―

이 민요의 가사는 작가가 이 소설의 인물과 사건을 통하여 궁극적으로 무엇을 드러내려고 했는가를 집약적으로 보여준다. 바로 「고향」은 가난 그 자체보다는 고향으로 상징되는 존재의 근원을 잃어버린 식민지의 뿌리뽑힌 삶을 다루고 있는 것이다.

이상에서 살펴본 바와 같이 현진건의 창작시기 중 성숙기에 해당하는 1926년에 쓰여진 「고향」은 당대 현실의 관조자 내지 비판자로서의 그의 작가적 자세를 가장 잘 엿볼 수 있는 단편이다. 또한 장면의 상징적 설정, 인물의 구체적이고 사실적인 묘사, 치밀한 구성 등은 이 작품이 예술작품으로서도 크게 성공하고 있음을 시사해준다.

Ⅳ. 결 론

이상에서 살펴본 바와 같이 빙허 현진건은 식민지 현실과의 타협을 거부하고 조선인으로서 고결하게 살았던 그의 생애와 <과거를 더듬으며 한숨 쉴 일이 아니오, 미래를 바라보며 팔만 벌리고 있을 것이 아니다.

손아귀에 단단히 힘을 주어 현재를 움켜쥘 것이다.> 라고 외치던 자신의 문학관에 대해 끝까지 책임지며 소설을 창작했던 작가라고 하겠다. 즉 우리 민족 구성원의 대다수를 차지하는 민중에 기반을 둔 건강한 역사의식과 이러한 현실인식을 예술로서 형상화할 수 있는 그의 탁월한 문학적 창조력이 결합되어 이룩한 그의 작품들은, 그가 당시 작가들이 빠져들었던 외국문학의 무비판적인 모방 경향이나 어설픈 주의·주장 등에 휩쓸리지 않은 채 전통 문학사상을 계승함으로써 이루어진 우수한 문학적 성취라 할 수 있다.

그리고 그의 작품들을 구체적으로 살펴보면 현진건은 초기의 소설 「빈처」, 「술 권하는 사회」, 「타락자」 등에서는 당대 지식인의 고뇌와 좌절을 주로 다루다가 그 이후의 소설 「운수 좋은 날」, 「고향」, 「정조와 약가」 등에 이르면 식민지 시대의 궁핍상과 아픔을 주로 다루고 있다. 이것은 초기에는 그의 시야가 자신의 주변에 대한 억울한 한탄에 머물러 있다가 점차 민족 구성원의 대부분을 이루는 민중들의 생활에로 옮아가는 작가로서의 정신적 성숙을 암시해주는 것으로, 그가 마침내 사회의 일부가 아닌 전체에 대한 비판적 현실인식을 하고 있음을 보여준다.

따라서 현진건은 그의 투철한 역사의식과 탁월한 구성력, 치밀히 계산된 기교 등을 통해 우수한 사실주의 소설들을 산출해낸 진정한 의미의 사실주의 작가라고 하겠다.

신파성 소설 「무궁화」

Ⅰ. 서 론

필자가 소장하고 있는 소설 「무궁화」는 얼마 전 이문구 교수가 '김월파의 소설 「화랑」에 대하여[1]'라는 제목으로 학계에 소개한 바 있는 이른바 「화랑」의 異名同本이다. 이문구 교수는 상기논문에서 강전섭 교수 소장의 미발표 자료인 「사랑하기 때문에」를 학계에 새로이 소개하면서 이 작품의 원제가 「화랑」이라는 사실과 그 작가가 김상용이라는 사실을 서지학적 입장에서 아울러 밝힌 바 있다.

여기서 필자가 논의코자 하는 「무궁화」 역시 상기 작품과 대조한 결과 표지의 제목만 다를 뿐 그 판형이 동일한 이명동본임을 알 수 있었다. 따라서 이 작품에 대한 구체적인 논의는 지금까지 서정시인이자, 평론가, 번역가, 수필가로만 알려졌던 월파 김상용 문학연구에 새로운 영역을 확대하는 측면에서 뿐만 아니라, 김상용 문학의 총체적인 연구에 일조가 되리라고 판단된다.

이 작품을 일관하고 있는 성격은 신파성이다. 여기에서 신파성소설[2]

---

1) 이문구, 「김월파의 소설 「화랑」에 대하여」, 『국어국문학』 102, 국어국문학회, 1989, pp.263~288.
2) 주2)의 성과는 신파성소설에서도 그대로 이어지고 있다.

이란 개화기 소설에서 특징적으로 드러나는 대중성을 계승한 일련의 작
품들을 일컫는다. 주지하다시피 근대소설은 신소설[3]의 문학적 성과를 바
탕으로 성립되었다. 본고에서 논의하고자 하는 신파성소설 「무궁화」 역
시 신소설의 전통을 바탕으로 형성된 것이다. 신소설이 지닌 계몽성과
오락성 중에 전자는 춘원의 계몽주의 소설로 이어진다면, 후자는 신파성
소설로 계승되었다고 하겠다. 이해조가 소설에서 "재미와 영향"이라는
말로 오락성과 교훈성에 대한 언급을 한 이래 대부분의 신소설이 오락성
에 경도되어 있는 것으로 볼 수 있다.[4] 이러한 대중을 위한 흥미본위의
흐름은 신소설이 몰락하는 주된 요인이 되었다. 그럼에도 불구하고 그후
이광수나 김동인 등 초기의 소설가들과 프로문학의 작가들이 보인 대중
에 대한 열정은 대단한 것이었다[5]. 그리하여 "민중을 떠난 문예가 있다
면 그것은 거짓문학이요, 민중을 떠난 문단이 있다면 그것은 쓰레기통
문단이다"[6]는 말까지 나오게 되었다. 대중의 중요성에 대한 고찰은 프로
문학에서도 여전히 중요시된다.

　　그러나 실제로 1910년대부터 해방직후까지 가장 많은 독자를 가지고
있던 신파성소설에 대해 1920년대 이후의 문학사에서는 통속적이라 하
여[7] 일체 다루지 않고 있다.

　　따라서 본고의 목적은 신파성소설[8]의 문학사적 위치를 재조명하기 위

----

3) 소재의 현실성, 시간처리 기법상 회고의 기법이나 소급제시 등을 통한 사건진행
　　의 순서와 서술의 순서의 차이점, 천상계의 소멸 등을 신소설의 주된 성과라 할
　　수 있다.
4) 권영민, 「개화기 소설관과 신소설의 변모양상」, 『관악어문연구』 제1집, 1976,
　　p.173 참조
5) 전영태, 『대중문학논고』, 서울대 대학원, 1980, p.20
6) 최화수, 「문단병환자－민중과 예술의 필자에게」, 동아일보, 1926. 11. 2.
7) 최원식, 『한국근대소설사론』, 창작사, 1986.
8) 조연현, 『한국현대문학사』, 성문각, 1974, p.577에서는 후기 신소설의 특성을 계승
　　한 일련의 작품을 신파소설이라고 명명한 바 있다. 그러나 이러한 신파소설에는
　　고대소설의 개작이나 번안소설적 요소를 지닌 작품도 포함하고 있다. 본고에서
　　는 이들을 제외하고 창작성이 많은 작품들만을 대상으로 하기 위해 신파성소설

해 신파성소설의 존립근거가 되었던 독자와 작가의 사회적 위상을 탐색하려는 데 있다. 「무궁화」의 구조분석을 통해 작품의 구조상 나타난 특성을 추출한 후에 신파성소설의 독자와 작가들이 오락성을 중시한 결과가 소설에 어떠한 영향을 미쳤는지를 살펴보고, 마지막으로 이 작품에 대한 문학사적 위치를 부여해 보겠다.

Ⅱ. 신파성소설의 독자와 작가

이미 이문구 교수가 소개한 바 있는 「사랑하기 때문에」는 표지에 "애정소설 / 사랑하기 때문에 / 월파저"로 표기되어 있다. 그러나 본문의 행외의 제목 표시에 「화랑」이 나타나는 것으로 보아, 단행본 「화랑」을 증간하는 과정에서 표지의 제목만 바꾸고, 본문에는 원지형을 그대로 활용했던 것 같다고 고증하고 있다. 필자 소장본의 표지에는 "悲戀活劇 / 무궁화 / 김월파저"로 표기되어 있다. 전자는 <성봉각>에서, 후자는 <대동사>에서 간행되었다.

이처럼 같은 원지형을 사용한 이 두 권의 책에 나타난 제목이 세 가지나 되며, 저자명도 다르게 표기된 것은 작가와 출판사, 독자가 모두 작품의 개성이나 문학성의 추구보다는 흥미에 중점을 두고 있음을 시사해준다. 이들 제목 앞에는 愛情小說, 哀戀小說, 悲戀活劇이라는 하위 장르의 명칭이 제시되어 있다. 이들 명칭이 판본마다 변화된 것은 이들이 독자의 호기심을 자극하기 위하여 이루어진 것임을 시사해 준다. 이 작품은 출판사를 바꾸면서 장르 명칭뿐만 아니라 심지어는 제목과 저자 이름까지도 바꾸어 놓고 있다. 이러한 사실은 이 작품이 지닌 흥미중심의 특성을 단적으로 보여주는 예라 하겠다.

이러한 소설이 나타나게 된 이면에는 독자의 역할이 컸던 것이다. 문

이라는 명칭을 사용하고자 한다.

학작품은 社會的·時代的 상황하에서 이들의 영향을 받게 되지만 흥미 본위의 소설에서는 특히 讀者의 취향에 영향을 많이 받으므로 당대의 독자들에 대한 고찰이 필요하다.9)

1910년대부터 숫자가 늘어나기 시작한 국문해독자들은 新派性小說 이외의 서적들을 읽을 수 있는 수준까지는 아직 도달하지 못했다. 왜냐하면 新派性小說의 讀者層들은 국문은 조금 해독하지만 근대교육은 받지 못한 농어촌의 머슴, 村婦, 古老들이 대부분이었고10), 1910년대는 이러한 계층이 압도적인 다수를 차지하고 있었다. 이 독자들을 기반으로 新派性小說은 1950년대까지 번성할 수 있었다.

新派性小說 당대에 新派性小說이 대두하자, 新派性小說만을 발행하는 전문적인 출판사가 등장하기도 하였다. 그리고 독자들의 욕구에 부응하여 새로운 작가가 新派性小說들을 출판하여 시중에는 수많은 小說들이 유포되고 있었다.

작가로서는 新派性小說에 대해 평소에 관심을 지니고 있던 발행자 자신이 직접 원고를 쓴 경우와 無名人士들이 쓴 경우가 있었는데, 이외에 문단에 널리 알려진 저명인사들도 큰 역할을 수행하고 있었다. 조연현 교수는 "우리나라 신문학사상에 대단히 높은 지위를 가진 유명작가가「新派小說」을 써서 팔아온 많은 예를 알고 있다."11)고 당대의 상황을 술회하고 있다.「無窮花」는 이러한 문단의 흐름에 따라 지은 것으로 생각된다.

당대의 지식인 계층이 이러한 대중소설을 쓰게 된 것은 이들 작품에 대한 문단내의 不問律 때문에 가능했다. 작가는 대중소설을 썼을 때 문학상으로나 법률상으로나 전혀 책임을 지지 않았다. 新派性小說의 작가가 원고료를 받고, 원고를 출판사에 넘기면, 그 순간에 그 작품은 작가와

---

9) Arnold Hauser, *the Sociology of Art*. Univ. of Chicago, 1979, p.94.
10) 조연현, 앞의 책, p.580.
11) 조연현, 앞의 책, p.580.

는 무관한 작품이 되며, 출판사는 그 작가를 대외적으로 발표하지 않았다. 작품상의 문제가 있을 때에는 모든 책임을 출판사가 지게 되는 것은 일반적 사실이었다. 「無窮花」는 작가를 명시하지 않아 이문구 교수에 의해 고증은 되었으나, 확신할 수 있는 정도는 아니다. 이는 이러한 신파성 소설의 출판에서 있었던 불문율에 따른 의도적인 익명화의 결과에 의해 생긴 필연적인 것이라 할 수 있다. 新派性小說의 作家는 애초부터 이러한 전제로 작품을 썼기 때문에 비공식적으로 작가가 알려지더라도, 공식적인 논의의 대상이 되지 않았다.

新派性小說은 독자나 작가 모두가 흥미본위와 경제적 이익을 추구하는 목적의식을 지니고 출발했기 때문에 문학성을 기대할 수 없었다. 그러나, 오락성은 문학의 중요한 요소이다. 문학작품의 평가에서 오락성은 문학성 평가의 변별적인 자질이 되지 않지만, 오락성이 없으므로 예술성이 강하다고 말할 수 없는 것처럼, 오락성이 있다고 문학성이 부족하다는 근거가 될 수도 없는 것이다.

Ⅲ. 「無窮花」의 構造分析

1. 文體上의 특징

「無窮花」는 일정한 시간 동안에 일어난 사건들을 다루고, 現實을 배경으로 하여 이야기를 다루었다는 점에서 로망스적 소설의 수준을 탈피했다고 볼 수 있다. 그러나 인물묘사나 배경묘사 등을 이끌어 가는 문체에서는 아직도 古代小說의 특성인 추상적인 說話體가 주류를 이루고 있다.

> 적적한 매동(梅洞) 격십자병원(赤十字病院) 압길로 지나가는 녀학
> 생 한사람이 잇으니 그를 보건대 나희는 열 팔구세쯤 되었고 키는
> 호리호리하야 녀자의 키로는 알마즌 즁키이다. 얼골은 누가 보든지

잘생겼스며, 분을 바르지 안트래도 분바른 것보다 더 희고 환하다.
더욱 그웃는 듯한 고운 눈과 어엿부게 잠근 입술에 선명미려한 자태
가 곳 봄바람에 나붓기는 목단화와 가치 화려하다.[12]

위의 예문에서 사용된 형용사들은 추상적인 특징을 지니고 있다. "적격한, 알마즌 줍키, 잘생겼다, 고은, 어엿뿌게, 봄바람에 나붓기는 목단화 가치"의 묘사는 新小說에서 보여준 구체적인 배경이나 인물묘사에 비해 오히려 퇴보한 양상을 보여주고 있다.

이 소설이 보여주는 文體的 수준의 퇴보는 작품의 대화에서도 나타난다. 한량 정상오는 여주인공 송자를 만나 다음과 같이 수작을 한다.

> 져기를 좀 보시오 어젯가지 청청하든 녹음이 변하야 발셔 가을바람에 단풍이 져서 쩌러지기 시작하는구려! 초로가튼 우리 인생도 져와 가치 오날 청춘이 가기전에 즐겁게 지내보아야지요."하며 손목을 잡는다. 이때 송자는 손목을 뿌리치며 "이것이 무슨 무례한 짓이오? 남녀의 레우를 생각지 아니하고 이런 야만의 행위를 누구에게 하시오?"라고 말하며 몸을 돌려 달아나려한다.

이러한 묘사에서 이 작품은 리얼리티를 상실하고 있다. 작가는 작중인물에게 생동감을 부여할 수 있는 대화 속에서도 설화의 화자로서의 역할을 보여주고 있다. 위의 대화에서 송자는 급박한 위기에 처해 있다. 그러나 손목을 뿌리치고 도망하는 입장의 송자는 도망하기 전에 상오에게 하고 싶은 말을 문법에 맞게 다한다. 이는 작가가 사건의 진행보다는 주인공이 처한 상황에 주된 관심을 갖는 로망스적 화자로서의 위치를 고수하고 있기 때문에 일어난 현상이다.

작가가 사건을 말하는 설화체의 화자로서의 입장은 작품 속에 작가가 직접 나타나 작품과 관계있는 코멘트를 하는 데서 극단적으로 드러난다.

---

12) 金月坡, 『無窮花』, 大東社, p.1.

작품 제3회 「背恩과 忘義」의 첫 부분에서는

> 인셰의 제일 쉬보도 어려운 것이 무엇이냐? 이는 개인의 사람의
> 심리는 한셰상 사는 동안에 변화가 불측한 고로 참말 어려운 것은
> 이것이다. 그 변동많은 심리중에 악과 선이 항상 싸우고 있다. ……
> 그 악한 관습 중에서 쒸어나 좋지 못할 것을 미워하고 션악을 스사
> 로 쌔다라서 착한 일을 가리어 행하면 은연중 하나님의 원조를 밧어
> 행복에 쾌락을 맛볼 것이다. (pp.14~17)

라고 하는 작가의 직접적인 개입이 엿보인다. 4페이지에 달하는 이러한 작가의 개입은 이후에도 종종 나타나는데 이는 설화적 담화자로서의 위치를 점유하고 있는 작가의 서술태도를 극단적으로 보여주는 예이다.

이처럼 「無窮花」는 시간적, 공간적 소재의 선택에서는 로망스의 수준을 탈피했으나, 인물, 배경묘사의 추상성과 서술기법상 설화의 담화자로서의 입장을 탈피하지 못했다는 한계를 지니고 있다.

특히 묘사(Mimesis)의 기법으로 처리되어야 할 대화도 작가의 재구성에 의한 서술(Diegesis)의 양상을 띠고 있는 데에서, 작품의 문체상의 특성이 드러난다. 이는 새로운 것보다는 기존의 것을 선호하는 신파성소설의 독자들을 의식한 결과라고 할 수 있다.

2. 구성상의 특징

「無窮花」는 文體上으로는 미흡했던 반면, 構成에서는 비교적 치밀한 짜임을 엿볼 수 있는데, 이는 흥미를 가장 효과적으로 나타내기 위한 기법의 활용 때문이라고 생각된다. 「無窮花」는 新小說에 나타난 話素와 같은 類型의 話素들이 상당수 엿보이고 있다. 이문구 교수는 이 작품이 지닌 신소설적 話素들을 고대소설과 신소설을 비교하여 공통된 話素들을 추출했던, 조동일 교수의 모델13)을 바탕으로 분석하고 있다. 과거의 화소

들을 답습한 부분이 많은 이유는 당대 독자들의 보수적 성향을 의식한 결과라고 하겠다.

이들 話素들은 대개 도덕적 당위성을 목표로 구성되어 있었다. 이처럼 사건들이 일정한 목적의식하에 종속되어 있기 때문에 구성을 할 때에 필연적으로 무리가 뒤따르기 마련이다. 이는 구체적으로 구성상 우연성의 남발과 필연성의 부족으로 표출된다. 이문구 교수는 이 작품의 구성상의 특징으로 우연성을 지적하면서 구체적으로 다음의 話素들을 추출해냈다.14)

(1) 송자가 자결하려는 순간에 유모 차성녀가 구해준다.
(2) 송자가 상오에게 겁탈당하려는 순간에 이종사촌 유종렬이 구해준다.
(3) 송자의 가출 후에 들어온 계모 월랑이 송자의 아들 상진을 죽이려 하는데 마침 마루 밑에 있던 박창순이 그 음모를 엿듣는다.
(4) 바다에 투신자살하려는 송자를 지나가던 박창순이 구해준다.
(5) 상오가 송자의 남편 긔호의 병원 사무원이 된다.
(6) 일본에서 송자의 이종사촌이 자살하려 할 때 송자의 아들이 구해준다.
(7) 상진이 서울에서 사들인 집이 어렸을 때의 자기집이다.
(8) 송자의 아들이 금강산으로 신혼여행을 가서 어머니 송자를 만난다.
(9) 상진이 길에서 폐인이 된 월랑을 만난다.
(10) 상진 일행은 창경원에서 긔호를 20여 년 만에 상봉한다.
(11) 일행은 돌아오는 길에 역시 폐인이 된 상오를 만난다.

이문구는 이러한 우연성의 남발로 인해 구성상 필연성의 부족이라는 결점을 지닌다고 지적하고 있다. 그러나 작품의 구성상의 필연성의 정도

---

13) 조동일, 『신소설의 문학사적 성격』, 한국문화연수원, 1973, pp.48~49.
14) 이문구, 앞의 책, pp.273~274.

는 현대소설과의 비교가 아니라 당대의 소설과의 비교에 의해서 평가되어야 할 것이다. 이에 본고에서는 비교적 안정된 평가를 받고 있는 이인직의 신소설 「銀世界」와 염삼섭의 근대소설 「표본실의 청개고리」와 비교하여 「無窮花」의 구성상의 특성을 추출해 보겠다.

「銀世界」에서 옥순이의 어머니는 남편이 죽었기 때문에 유복자는 아들이기 바란다. 그리고 아들을 낳는다. 그러나 조산원이 아들을 낳고, 그 사실을 숨기고 딸을 낳았다고 소문을 내면 명이 길다는 민속을 믿고, 그녀에게 아들을 낳았다는 사실을 숨긴다. 그러나 옥순 어머니는 자기가 낳은 자식이 딸이거나 아니면 병신일 것으로 생각하고, 충격을 받아 정신이상이 되어 버린다. 여기에서 옥순 어머니의 정신이상은 필연성을 상실하고 있다. 아들을 낳았다는 사실을 숨겨야 할 대상은 어머니가 아니라 그 외의 다른 사람에게 해당될 것이다. 그럼에도 불구하고 이 작품에서는 그 산모에게까지 자식의 성별을 숨긴다. 또한 산모는 그 자식을 확인할 기회도 있으나 자식의 성별과, 병신 유무를 확인하지도 않은 채 정신이상이 된 이야기의 설정에서 필연성의 결여가 드러난다.

미국에 유학중이던 옥남이와 옥순이가 본국의 재산 관리인의 잘못으로 파산하여 송금을 받지 못하자, 살 길이 막연하여 동반 자살을 결심하고 철길로 나간다. 옥남이와 옥순이는 달려오는 기차를 바라보며 기차 밑으로 뛰어든다. 그런데 철로는 복선이었고, 기차는 옆길로 지나갔기 때문에 그들은 살아남는다. 자살을 하려고 달려오는 기차를 향해 뛰어들었는데 기차가 옆길로 지나갔다는 사실은 극적인 순간을 코믹하게 만들어 버린다. 그들은 이 광경을 본 부유하나 자식이 없는 사람의 도움으로 유학을 마치고 그의 유산을 정리해 귀국한다. 이들이 구출된 사실과 구출자가 부유하나 자식이 없는 점과 귀국 전에 그 구원자가 죽어 유산을 상속받는 것에는 작가의 작위성이 엿보인다.

이런 모습은 필연적인 구성을 중시하는 자연주의를 표방한 염상섭의 「표본실의 청개고리」에서도 엿보인다. 北國의 超人, 南浦의 狂人 金昌億

은 3원 50전을 가지고 서까래만한 기둥 여섯 개와 널판 두 개를 사고 주변의 돌과 흙을 모아 3층 집을 짓는다. 후에 그가 미쳐서 이 집에 불을 질렀을 때 화자는 "네로가 紅焰 가운데의 羅馬大都를 바라보며, 하—모니에 마쳐서 詩를 을프듯이" 노래를 했으리라 추측을 한다. 3원 50전을 가지고 3층집을 지은 것이나 서까래 여섯 개와 널빤지 두 개, 그리고 돌과 흙을 모아 지은 집이 네로황제가 로마를 불태웠을 때처럼 화려하게 타올랐을까? 하는 점 등은 의문의 여지로 남게 된다. 이는 「표본실의 청개고리」의 구성상 필연성의 결여를 보여준다.

이러한 구성상의 필연성 결여는 신파성소설과 동시대에 존재했던 신소설이나 근대소설이 지닌 한계점이었다.

「無窮花」의 구성의 결과만 놓고 보면 작가의 작위적 요소가 가미된 우연한 사건들의 연속이라고 볼 수 있다.

(1) 절망하여 송자가 자결하려 할 때 그의 유모 차성녀가 구출해 준다는 사실은 우연적 사건이다. 그러나 구출된 후에 길가던 어느 사람이 자살하려는 여자를 보았으나 남녀가 유별하여 차성녀에게 그 사실을 알려 그녀가 구출하러 갔음을 말해주는 유모의 말을 통해 구성상의 필연성을 부분적으로 획득하게 된다. 제10회에서는 송자의 자살기도를 알려준 사람이 상오였으며, 상오는 편지를 부친 후 그녀가 그 날로 쫓겨날 것으로 생각하고 그 집 주위를 배회하며 동정을 살피던 중이었음을 알려줌으로써 그 사건의 필연성은 더욱 강화된다. 계속하여 송자가 집에서 쫓겨오는 것을 보고 뒤를 따라왔는데 그녀가 소나무 숲으로 가서 자살을 하려는 기미를 보고 상오의 집 참모였던 차성녀를 찾아가 송자의 죽음을 막아달라고 부탁했음을 밝힘으로, 우연인 것처럼 위장하여 독자에게 사건을 이해시키는 데 필수적인 정보제공하는 것을 지연시킴으로써 호기심을 자극한 후에 정보를 제공함으로써 흥미를 배가시키는 효과를 거두고 있다.

(2) 송자가 상오에게 겁탈당하려 하는 순간에 이종사촌 유종렬에게 구

출된다는 사건도 우연한 사건이지만 작자는 여기에 필연성을 부여하려고 노력한 흔적이 엿보인다. 이 때 유종렬은 일본의 조도전 대학 문과를 졸업하고 고향에 돌아와 있다가, 인천에 볼 일이 있어 온 김에 이종매 송자를 보러 왔다가 그 집 안주인이 모르는 사람이라고 하자 의아해 하며 숙소인 여관으로 가는 도중에 그 광경을 보고 구출했다고 설명함으로써 필연성을 부여하고 있다.

소설에서는 정점이 있어야 한다. 그렇게 하기 위해서는 일상적인 것과는 다른 극적인 사건이 있어야 한다. 이 때문에서 소설에서는 우연성과 필연성의 문제가 생기게 된다. 그러나 이러한 사건들이 모두 작가의 의도적인 결과로 귀결되었다는 점에서 우연성을 지니고 있다고도 볼 수 있다. 이러한 단점에도 불구하고 이 작품의 구성은 당대의 소설에 비해 사건에 필연성을 부여하고자 하는 의식적인 노력을 보여주었다는 점에서 중요성을 지닌다.

「無窮花」의 구성상의 또 다른 특징은 독자들에게 사건의 이해에 필요한 정보를 어느 정도 늦춤으로서 극적인 효과를 거두는 데 있다. 이 작품이 기존의 화소들을 이용하고 정보제공을 늦추는 구성을 지닌 것은 당대의 독자층을 의식해서 이루어진 결과이다. 저급한 독자들은 새로운 것보다는 기존의 것들을 선호하며, 철학적 의미가 담겨 있는 소설이나 급변하는 현실에 대한 인식을 담은 소설보다는 흥미중심의 오락성이 많은 작품을 좋아하게 된다. 소설에서 흥미는 구성에 대한 호기심을 자극하는 것에서 가장 큰 효과를 거둘 수 있기 때문이다.

3. 人物의 類型

「無窮花」의 構成에는 치밀한 작가의 의식이 투영되어 있는 반면 人物의 성격창조는 소홀히 하고 있다. 그렇기 때문에 성격창조의 기본이 되는 인물들의 명명에서도 松子 이외에는 관련성을 찾기 어렵다. 더구나

주동인물인 「리긔호」의 이름조차 "송긔호"(p.74), "최긔호(p.139)" 등으로
혼동이 되어 나타나며, 주인공의 조력자인 박창순을 안창순(p.174)으로,
반동인물인 정주사를 안주사(p.196)로 표기하는 결정적인 실수를 범하기
도 한다.
  주인공 "송자"는 편지의 모함 때문에 집에서 쫓겨나면서

  녀자에 생명보다 더 중한 것은 정조이다. 한번 부모가 정해준 남
  편 외에는 생명이 끈일지라도 다른 남자에게 두 번을 허락지 아니해
  야 녀자의 도리이다. 송자 그가 남애 안해된 지 사오년에 속마음으
  로라도 남편을 소호리 생각한 일이 업섯스며 부모의 슬하에서 생장
  할 대에도 부모에 뜻을 거스른 일이 업섯다. 송자는 생후 이십여년
  에 남에게 듯기 실은 소래 한마듸 한 일이 업셨다. 다만 생활이 곤란
  하거나 정상이 가련한 사람을 보면 자기힘이 밋치는 데까지는 구체
  하였던(p.37)

인물이었다.
  가문이 좋고, 아름다우며, 여자로서의 도리를 다하고, 나아가서 인간으
로서의 품성까지 착한 송자는 권선징악을 주제로 하던 고소설에 나오는
주인공처럼 전형적인 善人이라고 할 수 있다. 그는 외국유학까지 갔다
온 인테리이면서, 경제적 풍요까지 갖춘 남성과 결혼한 것 등의 상황설
정을 통해 그녀는 단순한 고대소설적 주인공의 답습이면서 동시에 당대
의 이상적인 여성상을 표출한 것이라 할 수 있다.
  리긔호는 『復活』에 나오는 네프류도프처럼 한 때의 실수를 후회하고
그것을 만회하려고 네프류도프가 카츄샤를 찾듯이 부인 송자를 찾아다
닌 인물이다. 月坡 金尙鎔은 「東亞日報」 1935년 7월 25일 신문에 쓴

  記憶의 조각조각(내가 私淑하는 內外作家)"에서 이야기한 "부활
  1권을 읽음으로 나는 내 생의 全部를 찾은 듯하였다. …… 진실로 두

> 옹에 대한 그때의 내 심정은 형용할 말이 절했든 것이다. 나는 그의
> 저서를 닥치는대로 사 읽었다. (金學東 編著, 月坡 金尙鎔全集, 새문
> 社, 1983, p.177)

라고 술회하고 있다.

　金尙鎔이 네프류도프를 작품으로 형상화한 것이 리긔호라는 인물의 창조로 이어졌던 것 같다. 창작적인 요소가 많이 가미되었더라도 번안적인 요소도 약간 가미된 것이 新派性小說의 또 다른 특성이기도 하다.

> 　리긔호는 어려서 아버지를 여의고 집안이 貧寒하여 송자의 아버
> 지 김판서의 도움으로 살아가면서 학비까지 얻어 썼으나 결혼후 생
> 활이 풍족해지자 기생 월랑이를 사랑하게 된다. 그때 그는 "자긔가
> 월랑을 연모하는 것은 큰죄인 듯 하였다…… 부인 송자는 은인의
> 딸이다. 자긔가 이만큼 발신한 것도 은인이 준 것이다. 이러한 처지
> 에서 그 은사의 딸 송자를 학대한다든지 배척하는 것은 의리상 밧게
> 일이다"(p.56)라고 고민하면서 善人의 면모를 보인다. 그러나 일시
> 다른 여성을 상종하는 것은 남아의 속성이라는 생각에 월랑을 만나
> 게 되고 결국 사랑에 빠져 송자를 버리고 월랑과 결혼하게 된다. 그
> 후 월랑이 송자의 아들 상진이를 죽이려하자, 박창순이 상진을 데리
> 고 도망을 간다. 상진이가 없어지자 긔호는 출처도 모르는 편지 때
> 문에 부인을 내어 쫓은 것에 대해 후회를 하고 송자가 어디에서 고
> 통을 받을 것을 생각하며 동정심을 갖는다. (p.148) 월랑과 상오의 모
> 함에 빠져 환자를 죽이게 된 긔호는 7년간 감옥에 갇히게 된다. 감
> 옥 속에서 모든 상황을 깨닫게 된 그는 자기의 행동을 반성하고 살
> 아 생전에 처자의 얼굴이라도 보려는 생각에 약장수로 행상을 시작
> 한다.

　리긔호는 이 작품 속에 나타나는 인물 중에 유일하게 상황에 따라 성격이 변화는 圓型的 人物이다. 이러한 성격의 변화는 그의 인간적인 면모에 생동감을 부여한다. 이 작품을 성격의 차원에서 살펴본다면 리긔호

가 가장 중요한 인물로 부각된다.

정상오와 월랑은 전형적인 惡人으로서의 성격을 지니고 있다. 그들은 송자의 어린아들 상진을 죽이고자 모의하기도 하고, 월랑이 남편이 있음에도 불구하고 이 둘은 사랑에 빠지기도 한다. 이들의 이러한 성격에 작가는 作中話者가 되어 "더구나 본성은 추악한 남성과 녀성은 믿을 수 업다. 월랑과 상오는 기회만 있으면 자조 만났다……."(p.130)라고 말함으로써 그들을 악인으로 단정함으로써 이들의 성격창조의 의도를 표출하고 있다. 이들은 리긔호를 없애고 같이 살 것을 모의하는 등 작품 전편을 통해 착한 일은 하나도 하지 않았다.

이처럼 「無窮花」가 송자와 정상오, 월랑과 같은 전형적 인물들을 등장시켰으나 리긔호라는 개성있는 인물을 창조한 것은 그 인물이 비록 『復活』의 번안인 듯한 단점이 있음에도 불구하고 성공적으로 평가될 수 있을 것이다.

Ⅳ. 결 론

新派性小說은 흥미본위의 소설이라고 할 수 있으며 당대의 독자계층은 오늘날에 있어서는 저급한 독자로 평가될 수 있다. 그러나 그들은 당시의 사회로 볼 때는 지식인 계층이라 할 수 있는 사람들이었다. 1910년대 무렵 한글해독자가 10%를 겨우 상회하고 있었음이 그 단적인 예이다. 그렇기 때문에 이들 독자 계층은 당대의 문학을 알 수 있는 한 자료로서의 중요성을 지닌다.

그리고 新派性小說의 作家는 이들보다 知的인 수준이 높았으며, 문단의 저명한 작가들이 신파성 소설의 작가로 나타난 점은 중요한 문제이다. 문단의 작가들은 新派性小說에서 독자의 기호에 맞추기 위해 흥미 본위의 작품을 씀으로 해서 문학기법상의 새로운 탐구정신 즉 실험정신은 미흡했다고 할 수 있으나, 당대의 문학적 성과들을 작품속에 그대로 수용하고 있었다. 따라서 이들이 쓴 작품은 비록 예술성이 부족했지만, 당대의 문단소설의 수준과는 문학적 차원에서 격차가 그리 크지 않은 작품들도 있을 수 있다는 점에서 이들 작품은 중요성을 지닌다.

본고에서는 작품을 오락성의 차원을 배제하고 구조분석을 통해 평가해 보았다. 그 결과 文體는 時間的·空間的인 素材의 선택에서 로망스의 수준을 탈피했으나, 인물·배경묘사의 추상성과 對話 기법의 서술화 및 설화의 話者처럼 작가가 작품의 곳곳에서 표면화되는 점과 자신의 윤리적 견해를 장황하게 설파하고 있는 점에서 치명적인 약점을 지니고 있다.

構成에서는 현대적 관점에서 본다면 필연성이 부족하다. 일정한 목적의식이 앞서서 소재를 작위적으로 구성하는 과성에서 우연성이 남발되었다고 평가할 수 있다. 그러나 「銀世界」와 「표본실의 청개고리」의 구성과 비교해 본 결과 당대의 수준으로 볼 때 「無窮花」에서는 우연한 것처럼 보이는 사건들을 후에 필연적이었다는 정보를 점진적으로 제공받음으로써 필연성을 획득하려는 노력이 엿보인다. 이러한 점에서 구성의 긴밀함을 보여 주고 있다. 이러한 기법으로 독자들의 흥미를 유발한 점도 이 작품의 특색이다.

작가는 작중인물의 성격 창조를 위한 노력을 소홀히 하고 있으며, 이 점은 이 작품의 문체상의 문제점과 함께 결점으로 지적되고 있다. 특히 등장인물의 이름의 혼란이 일어나고 있다는 점도 또 하나의 결점이라 할 수 있다. 그러나 리긔호라는 원형적인물(round character)의 창조는 비록 번안적인 요소를 담고 있음에도 불구하고 성공적으로 평가될 수 있다.

조포석론 1

I. 서 론

抱石 趙明熙의 생애에 대해서 문학사적으로 정리된 바는 거의 없다. 그나마 알려진 몇 가지 중요한 사실들을 간추려 보면 다음과 같다.[1]

抱石은 1895년 충북 진천에서 태어났고(『개벽』 56호, 1925. 2에는 원적이 충남 연기군으로 되어 있음), 일본 早稻田大學 英文科를 졸업했으며 1927年 국경을 넘어 간 후로 소식이 끊겼다. (조연현은 1928년으로 추정.) 초기에는 일본 유학생들을 중심으로 한 同友會, 劇藝術協會(1921) 회원으로 활약하면서 「金英一의 死」라는 희곡으로 전국 순회공연을 가졌고, 「婆娑」(『개벽』 41~42호, 1923. 11~12)라는 희곡도 발표했으며, 1927년에는 김기진·박영희·김동환 등과 불개미 극단을 발족했다가 실패했다.

---

1) 김병익, 『한국문단사』, 일지사, 1976.
　김소운, 『건망허망』, 남향출판사, 1966.
　김용성, 『한국현대문학사 탐방』, 국민서관, 1979.
　백　철, 『신문학사조사』, 신구문화사, 1980.
　유민영, 『한국현대희곡사』, 홍성사, 1985.
　윤홍로, 『한국근대소설연구』, 일조각, 1982.
　조연현, 『한국현대문학사』, 성문각, 1980.
　『한국문학대사전』, 교육출판공사, 1981.

抱石은 일반적으로 신경향파나 목적기의 프로문학을 대표하는 작가 중 하나이며 KAPF의 맹원으로 활약했다고 알려져 있다. 그의 작품집에는 단편집 『洛東江』(建設出版社, 1928), 희곡집 『金英一의 死』(東洋書院, 1923), 시집 『봄 잔듸 밧 위에』(書秋閣, 1924) 등이 있다.

이러한 일반적인 사실 외에도 작품에 대한 연구 역시 매우 빈약하기 그지없다. 그 당시 잡지에 인용된 몇몇 단편과 이미 간행된 문학사 관계 서적에서 취급한 짧은 언급 약간을 제외한다면 본격적인 연구논문은 찾아보기 힘들다. 그러나 최근에는 抱石에 대한 연구가 보다 활발히 전개되고 있으며, 본고도 이러한 흐름에 발 맞추어 문학사에서 정리되지 않은 부분중의 하나인 抱石 文學의 실체를 규명하고자 하는 노력의 일환으로 진행될 것이다.

본고에서는 포석의 작품을 실제 분석하는 작업을 통해 그의 전기적·문학적 경력, 사상의 흐름, 작품 경향의 특징 등을 고찰해 보고자 한다. 본고의 논의의 대상으로 삼을 작품은 다음과 같다.(희곡 작품은 제외)

① 수필
집 업난 나그네의 무리 ; 개벽 45호(1924. 3)
늣겨 본 일 몃 가지 ; 개벽 70호(1926. 6)
生活記錄의 短篇 ; 조선지광 65호(1927. 3)
여름밤 쓴 생각 ; 조선지광 70호(1927. 8)
조선의 가을 ; 조선지광 71호(1927. 9)

② 詩
봄 잔디 밧 위에 ; 개벽 46호(1924. 4)
내 못 견데여 하노라 ; 개벽 46호(1924. 4)
어둠의 검에게 바치는 序曲 ; 개벽 58호(1925. 5)
온 저자ㅅ 사람이 ; 개벽 58호(1925. 4)
바둑이는 거짓이 업나니 ; 개벽61호(1925. 7)
어린 아기 ; 개벽 61호(1925. 7)

나에게 一反省의 樂園을 다고 ; 개벽 62호(1925. 8)
세 식구 ; 개벽 62호(1925. 8)

③ 小說
쌍 속으로 ; 개벽56 · 57호(1925. 3~4)
R군에게 ; 개벽 66호(1926. 2)
洛東江 ; 조선지광 69호(1927. 7)

　본고에서는 抱石文學을 크게 두 가지 경향 즉 전기의 관념적 낭만주의
경향과 후기의 현실적 사회주의 경향으로 대별하여 이에 해당하는 작품
들을 분석하여 그 특성을 추출해 낼 것이다.[2]

Ⅱ. 觀念的 浪漫主義 時代

　포석의 생활 과정이나 사상적 변화의 일단은 작품 곳곳에 점묘되어 나
타난다. 수필 「늣거 본 일 몃 가지」와 「生活記錄의 短篇」 등에서 이러한
특성을 추출해 낼 수 있는데, 「늣겨 본 일 몃 가지」는 십 세 전부터 1924
년 시 「봄 잔디 밧 위에」를 쓰던 때까지 겪었던, 소위 감격이라고 말할
수 있는 경험 몇 가지를 추억하여 쓴 글이다. 이 글에서 포석이 상당히
다정다감하고 섬세한 감정의 소유자임을 확인할 수 있게 된다. 내용을
간단히 정리하면 다음과 같다.

　① 십 세 전—張白傳의 주인공 張白이 고아로서 어린 누이와 헤어
　　　지는 장면을 듣고 오랫 동안 가슴이 서늘하였던 일.
　② 14 · 15세 소학시대—한일합방의 소식을 전하며 격렬한 연설을
　　　하던 선생님에게 감동되어 울고는 집에 와서 가족에게 똑같은

---

2) 후기 현실적 사회주의적 경향이 드러나는 작품분석은 『抱石 趙明熙論 · Ⅱ』에서
　　다루게 될 것이다.

연설을 하고 같이 울었던 일.

③ 중학시절—閔牛步(閔泰瑗)가 번역한 「噫無情」(레미제라블)을 읽
고 감격하여 가슴이 뻑적지근하도록 느끼여 본 일.

④ 일본 유학시절—社會主義 思想에 경도되어 정열에 뛰놀던 일.

⑤ 20대 시절—일본 처녀의 눈찌에 걸려 얼굴이 붉어지고 가슴이
두근거리던 일, 「죄와 벌」에서 주인공이 소냐의 앞에 무릎을 굽
히는 장면을 보고 감격하던 일, 투루게네프의 작품에서 감동을
받던 일, 자신의 시 「봄 잔디 밧 위에」를 쓰고 감정이 가장 고도
로 또는 오래도록 뛰여 2,3일이나 그 감정의 여파에 휩쓸리던 일.

이 글의 중요한 가치는 사회주의자로서의 경직된 모습이 아니라 인간
성 그대로의 순수한 모습을 보여준다는 데 있다. 거의 전부가 고통받고
슬픔을 느끼는 장면과 관계된 것은 그만큼 포석의 인정미를 느끼게 해
주는 것으로서 그가 인간에 대한 사랑과 인간을 괴롭히는 세력에 대해
어떠한 생각을 가지고 있었는가를 알게 하는 계기가 된다. 그리고 사회
주의자로 변질되어 작품으로서나 인생의 가치로서나 스스로 불행을 자
초한 결과만 일어나지 않는다면 그의 작품세계가 어떻게 발전하였을 것
인가를 추측하게끔 한다. 그의 작품에 은연히 흐르는 낭만주의적인 특징
도 이 글에서 풍기는 다정다감하고 섬세한 공감력과 무관하지 않을 것이
다. 그가 관념적인 인도주의자, 신비주의자이었다가 체험을 중시하는 사
회주의자로 변신하는 과정에서도 고통받는 사람들에 대한 공감력과 인
정적인 성격은 크게 작용한다고 볼 수 있다.

「生活記錄의 短篇—文藝에 뜻을 두던 째부터」는 포석의 생활상과 사
상적 변화 과정을 소상히 알려 주는 글로서 그 가치가 있다 할 것이다.

이 글에 의하면, 그가 소설에 처음 흥미를 느낀 것은 중학시절로 되어
있다. 그 때에 영웅숭배에 빠져 학교를 중퇴하고 北京士官學校에 입학하
려고 가출하였다가 평양에서 붙들려 되돌아 온 뒤, 뜻을 이루지 못한 울
분을 소설에서 풀려 했다는 것이다. 「紅桃花」, 「雉岳山」, 「鬼의 聲」, 「秋

月色」, 「九雲夢」, 「玉樓夢」, 「三國志」 등은 그가 열독하던 책 목록이다.
그 후에 신문번역소설 「噫無情」을 읽고 처음으로 소설에 대해 감격한 나
머지 소설을 쓰고 싶다는 마음을 먹게 된다. 「無情」, 「開拓者」, 『泰西文
藝新報』, 『創造』, 『三光』 등을 애독하면서 그는 점점 文藝에 깊은 뜻을
두게 되고, 단편소설, 시 등을 시험삼아 써보기도 한다. 日本文 문예잡지
나 日本文 소설도 그에게 영향을 준다. 그 무렵 그는 연애만능이라는 생
각에 빠져 있었다.

北京行에 실패했던 그는 몇 년 뒤 東京行을 단행했다. 여비가 없어 뽕
나무 장사를 하고 금광으로 쫓아다니기도 하던 끝에 친구와 더불어 행한
것이었다. 동경에서 생활은 다른 유학생들과 마찬가지로 매우 어려웠던
것으로 나타난다. 학비문제, 만학의 어려움, 어학 문제 등이 그를 괴롭힌
주 요인들이다. 귀국한 후 그는 심한 생활난에 쫓긴다. 배고픔, 처자의 굶
주림 등이 그를 압박한다.(이에 대해서는 소설 「땅 속으로」를 거론하는
자리에서 상술될 것이다.)

포식의 사상적 변모는 크게 두 가지 계를 밟는다. 하나는 관념적 이상
주의이고, 하나는 사회주의로 대변되는 현실주의이다. 소년기에 포석은
연애만능주의에 빠졌는데, 앞서 인용한 작품들이나 잡지들을 통해 그가
섭취한 것은 軟文學의 보드럽고 나긋나긋한 情緒였던 것이다. 특히 비릿
한 性의 냄새는 그를 연애가 아니면 인생에 아무 가치가 없다는 식의 사
고방식에 오랫동안 빠져 있게 만든다.3)

빅토르 위고 식의 인도주의 역시 그를 사로잡은 사상 중의 하나이다.
料量未定한 思想과 감정을 지배한 것이 그것이며 동경유학시절 잠시 빠
졌던 사회주의 사상 역시 이 천박하고 막연한 人道主義的 경향으로부터
나온 것이 된다.4)

---

3) 「生活記錄의 斷片」, 『조선지광』 65호. p.8.
4) 「늣겨 본 일 몇 가지」, 『開闢』 70호, p.22.
  1920년에 쓴 희곡 「金英一의 死」는 사회주의적 의식과 위고류의 인도주의가 복

감정에 호소하는 관념적 사고방식은 그를 오랫동안 지배한다. 동경에 유학한 후 그가 심취한 것은 하이네, 괴테, 타고르 등이었으며, 러셀류의 자유주의 역시 그를 크게 감화시킨다. 낭만주의적이고 이상주의적인 사상에 끌린 나머지 스스로 보헤미안식 생활이었다고 말할 만큼 관념적 사고방식에 탐닉한 것이다. 그의 관념주의가 좀더 심화될 때 그것은 신비주의로 나타난다. 현실도피, 알 수 없는 어떤 엄숙한 존재 앞에, 신비 앞에 엎드리는 신비주의로 발전한 것이다. 이것은 그가 귀국한 후에도 지속된다.

> 자기의 생각의 걸음은 점점 더 灰色 안개 속으로 드러만 가고 잇다. 絶對孤獨의 世界로 혼자 들어 가자. 그 廣漠한 孤獨의 世界에서 므릎 꿀코 눈 감고 안자 명상하자. 가슴 속에서 물 미러 나오는 孤獨의 한숨소리를 드르며 祈禱하자. 그 기도의 노래를 을푸자.
> 그러면 나도 「타고어」의 境地로 드러갈 수 잇다. 「타고어」의 詩 「기탄자리」를 한해 겨울을 두고 愛誦하얏다. 「타고어」의 心境을 잘 이해하기는 自己만한 사람이 업 스리라는 自負心까지 가지엇섯다.[5]

그가 신비주의에 빠진 이유 중 중요한 것은 인간에 대한 不信任과 환멸 때문이었다.[6] 유학시절 사회개조에 관심을 가졌던 기분파가 곧바로 소위 동지들에 대한 환멸을 갖게 되면서부터 시작된 인간 개조에의 열망이 그를 그렇게 만든 것이다. 자신에 대한 환멸까지 겹친 후 인간에 대한 반동의 자세로서 취한 태도라 하겠다.

합된 작품으로 평가된다. 그 중에서도 인도주의적 입장에서 민족의 현실을 고발하고 통분한 내용이 승하다. (유민영, 『한국 현대희곡사』, pp.120~121 참조)

5) 「生活記錄의 斷片」, p.11.

6) 소설 「R군에게」 ; 이 작품에서는 그가 니힐리스틱해지고 테러리스틱해진 것이 인간에 대한 환멸과 미움 때문이라고 했지만, 포석의 성격으로 봐서는 니힐리스틱한 면은 수긍할 수 있어도 테러리스틱한 면은 수긍하기 어렵다. 포석의 문학을 관념적이라 규정(박영희, 백철, 임화)하는 이유는 그가 실제 행동에 있어서 적극적이지 못했기 때문일 것이다. 포석의 성격 중 중요한 면모는 지식인의 자기 성찰과 신념에 대한 결백성에 의한 갈등이다.

그런데, 그의 관념적 사고방식에 큰 변화가 온다. 귀국한 후 겪어야 했던 생활고는 그를 고리끼의 신현실주의에 눈을 뜨게 하는 것이다. 처음에 그는 위대한 영혼 앞에 육신의 왜소함을 강조하여 현실의 고통을 이기려 한다. 하지만 '처자식의 굶주림에 울고 고통의 쩍매가 사정업시 두다리는 상황'에서 그의 사상은 점차 '生活事實이 훌륭하게 새 思想境地로 나아가게 하고 그러면 여긔서 現實을 해부하고 批判하야 체험과 智識 우에다가 사상의 기초를 세워야 한다'는 쪽으로 기울어진다.[7]

그런데 그의 현실주의에의 경도를 살펴보기에 앞서 우리가 흥미롭게 관찰해야 할 것은 수필 「집 업는 나그네의 무리」와 「봄 잔디 밧 위에」, 「내 못 견데여 하노라」, 「바둑이는 거짓이 업나니」, 「어린 아기」 등이다. 왜냐하면 이 작품들은 포석의 서정적 낭만성이나 신비적 관념론을 보여주는 대표적인 예가 되기 때문이다. 그리고 이 이후로는 이러한 의도에 의한 작품이 창작되지 않았다는 분기적 위치를 점하기 때문이다.

수필 「집 업는 나그네의 무리」는 스스로 밝힌 바, '좀더 구체적으로 쓰고 십지미는 지서히 생각지도 못한 일이라 생각하엿던 바의 윤곽민 그리고 그만둔'[8] 글이긴 하지만 포석의 관념론적 의식이 가장 잘 나타난 작품으로서 그가 심취했을 汎神論的인 경건한 宇宙觀과 인간 존재와의 관계를 形而上學的인 입장에서 표현한 것이다.

그는 萬有와 人生을 궁극에 있어서는 하나라고 본다. 아메바가 우리의 전신일진대 뱀도 바위도 우리의 전신일 것이며, 우리의 願望이 神佛이라면 석가와 基督은 우리의 後神일 것이라는 생각이다. 그러한 윤회의 원리 속에서 우리의 육신과 영혼은 자연에 한 때의 보금자리를 친 존재로 집을 얻어 산다고 말한다.

그가 열심히 사색한 대상은 밀레의 「晩鐘」으로서 그것은 偉大한 莊嚴한 世界가 인간을 보호하고 인간에게 집을 마련해 준 모습을 극명하게

---

7) 「生活記錄의 斷片」, pp.11~12.
8) 『開闢』 45號, 1924. 3, p.125.

표현하고 있다.

> 그는 (「만종」에 그려진 농부 : 필자 註) 한울을 미드며, 땅을 밋는
> 다. 저의 집을 미드며 저의 田地를 밋는다. 또한 時節을 다 밋는다.
> 어린 아기가 慈母를 미듬가티 自然의 아들인 人間이 그의 어머니인
> 自然을 밋지 아니하고 어이하리오. 보금자리! 그의 몸을 담을 보금
> 자리! 홈! 自然의 홈![9]

포석이 발견한 자연은 尹弘老가 「洛東江」의 의미에서 지적한 것과 마찬가지로 아니마(anima), 즉 영원한 母性의 상징으로 드러난다.[10] 인간이 영원히 안주할 수 있고 인간을 영원히 감싸주는 안식처로서 自然은 위대한 의미를 가지는 것이다.

포석의 관념은 그러한 관계를 인간의 종교적 신념으로 비화시켜 한층 신비주의적 색채를 띤다. 인간은 고통스럽고 투쟁해야 하는 존재이다. 하지만 서로에 대한 믿음, 구원에 대한 믿음을 가진 존재이기도 하다. 그리하여 절대자를 희원하는 기도에의 몰입은 인간을 무엇보다도 강하게 만들며, 위안과 행복을 느끼는 가운데 감격의 눈물을 흘리도록 만든다. 한마디로 말해서 자연은 인간영혼과 육체의 보금자리인 것이다.

그런데 민족의 현실과 마주칠 때 포석의 관념은 절망적이 된다.

> 그러나 생각해 보라! 이 天惠의 홈을 우리가 가지게 되엿나? 우리
> 의 짜듯한 홈에 넌 쿨저 열리엇던 박 열매는 우리의 허리에 차게 되
> 엿나.
> 그러면, 자연의 홈을 일흔 이 무리는 靈魂의 홈이나 가지게 되엿
> 나 생각해 보라.[11]

---

9) 「집 업는 나그네의 무리」, p.123.
10) 윤홍로, 『한국근대소설연구』, p.279.
11) 「집 업는 나그네의 무리」, p.124.

결국 우리 민족은 자연도 뺏기고 영혼의 안식처도 뺏겼다는 인식이다. 우리에게는 哲學도 宗敎도 藝術도 아무 것도 없다. 남에게서 빌려 쓴 적은 있었지만, 참다운 우리의 것은 없었다는 것이다.

포석은 탄식한다.

> 과연 우리는 우리의 살 집을 작만하지 못하였다.…… 중략 ……그러고 보니 이 털도 나래도 돗치지 못한 어린 새의 무리가 어미의 보금자리로부터 튀여 나가게 되얏스니 살 길이 어데이뇨?
> 집 업는 나그네의 무리가 장차 어대로 향할고?[12]

비록 단편에 불과하지만 이 글이 주는 의미는 복합적이다. 절대자로서의 자연에 경도된 신비주의자로서의 포석의 면모와, 그러나, 민족의 현실을 직시했을 때, 탄식하고 회의할 수밖에 없는 포석의 면모를 함께 보여주기 때문이다. 포석이 허탈한 심정으로 민족의 상황을 괴로워할 때, 그것이 반드시 현실주의에 대한 전향을 의미하지만은 않는다. 이 글에 표현된 대로만 받아 들인다면 민족을 위한 새로운 구원의 가능성과 관념을 이룩하자는 뜻으로 해석할 수 있다. 철저하게 관념화된(타고르의 기탄자리에 몰두하던 모습 그대로) 입장이 표백된 차원에서 해석을 마무리질 수도 있다. 하지만 그 후에 보여 준 포석의 현실주의자로서의 변신을 감안한다면, 이 글이 사상의 큰 변모과정 중 과도기적 입장에 놓일 수도 있음을 확인하게 된다. 포석의 작품이 예술적 감동을 준다면 생경한 계급이론을 앞세웠기 때문이 아니라 바로 이러한 자유롭고 낭만적인 인간주의를 표방할 경우에 한해서일 것이다.[13]

시 「봄 잔듸 밧 위에」와 「내 못 견데여 하노라」는 순수한 입장에서 포석의 낭만주의를 대표하는 작품이다.

---

12) 위의 글, p.125.
13) 윤홍로, 앞의 책, pp.276~281 참조.

내가 이 잔듸 밧 위에 뛰노닐 적에
우리 어머니가 이 모양을 보아 주실 수 읍슬가?

어린 아기가 어머이 젓가슴에 안겨 어리광함갓치
내가 이 잔듸 밧 위에 짓둥그를 적에
우리 어머니가 이 모양을 참으로 보아 주실 수 읍슬가?
밋칠 듯한 마음을 견데지 못하여 '엄마!엄마!' 소리를 내엿더니
땅이 '우애!'하고 하날이 '우애!'하옴애.
어나 것이 나의 어머니인지 알 수 읍서라.

<봄 잔듸 밧 위에>의 全文이다. 아니마로서의 어머니 心像이 시 전체를 감싸고 있다. 그것은 상실감이나 허무감으로서의 의미가 아니라, 포근하고 아늑한 고향으로서의 감각이다. 우주의 神論的 심상일 수도 있으며, 그가 「집 업는 나그네의 무리」에서 관념하던 마음의 보금자리로서의 자연일 수도 있다. 좌절당해 상처를 입은 한 인간이 어떤 이데(idee)를 찾아 방황하는[14] 낭만주의적 동경의 정서가 이 시를 지배하기 때문에 결코 현실주의적, 각박한 투쟁의식의 구호를 내세우는 포석의 모습을 발견할 수 없다.

「내 못 견데여 하노라」는 이 시보다는 덜 관념적이지만 김소월류의 낭만적 서정이 진하게 배어 있는 작품이다.

반기든 그대 머러지고
머러진 그대 그리옵거날
이를 다시 슬허하옴은
내 마음 나도 몰으거니
꼿이야 지거라마는 물이야 흐러거나마는

---

14) 유민영, 앞의 책, p.152.
　　김윤식은 잃어진 조선혼을 찾자는 김억의 외침과 결부시켜 이 작품을 조선혼을
　　재생시키기 위한 自體反省의 한 예로서 인용한다. (김윤식, 『한국문학의 논리』,
　　일지사, 1974, p.187.)

이 마음 부닷칠 곳 읍슴을 내 못 견데여 하노라.

　님과의 이별과 거기서 오는 애틋한 그리움을 표백한 작품이다. '참음' 과 '숨김'의 미학을 완성한 김소월보다는 정서의 심도가 거칠고 직설적 인 한계는 있지만, 나름대로 자기 서정을 솔직하게 언어화하려는 의도가 엿보인다. 현실주의자가 되기 이전에 포석이 관심을 가지고 심취했던 세 계를 짐작하기 어렵지 않다 하겠다.
　「바둑이는 거짓이 업나니」는 발표가 『개벽』 61호(1925. 7)으로 되어 있 지만 실제 창작연대가 1924. 6. 1로 부기된 점으로 보아 초기에 추구했던 낭만적 정서나 순수한 감성에 의해 형상화된 작품으로 처리해야 할 것이 다.

바둑이는 거짓이 업나니
그는 실흔 이를 볼 때 실타고 짓으며
정든 이를 볼 때 조타고 가로 쮜나니
바둑이는 이다지도 마음의 거짓이 업나니라.
그러나 인간은 이 어이함인지
미운 이를 볼 때 웃으며 손잡고
귀여운 이를 볼 때 짐짓이 쌔나니
바둑아, 너는 왜
아 몹쓸 인간을 배반치 안느뇨

바둑이는 거짓이 업나니라
그러나 이 몹쓸 인간에게는 거짓이 잇나니.

　어찌 보면 童詩 같기도 한 이 시는 한 마디로 바둑이의 정직함과 순수 함을 통해 인간의 위선과 거짓을 비판한 작품으로 평가된다. 앞서 밝혔 던 포석의 인간 혐오감과 맥을 같이 하는 것이다. 유아적 순실성으로서 의 바둑이를 발견한 포석의 의식은 자연 속에서 안식을 찾고자 한 인간

이나 세상의 잘못된 상태에 대한 불평과 반발심을 표현한다. 뒤에 나타
난 현실인식의 특징을 미리 엿볼 수 있는 작품이다.

「어린 아기」도 발표는 『개벽』 61호(1927)로 되어 있지만, 1924. 9. 29로
창작연대가 부기된 작품으로서 초기의 낭만주의적 경향에 속하는 것이다.

> 어린 아기는 해의 나라에서 보낸 귀여운 아기니
> 서리ㅅ 발가티 무섭게 성낸 아버지의 마음이 그 아기 웃음 한번에
> 사라지고 마나니
>
> 어린 아기는 힘의 나라에서 보낸 신통한 아기니
>
> 세상을 뭇지르랴는 아버지의 허무의 칼날도 그 아기 울음 압헤는 그
> 만 던저지고 마나니
>
> 보라 영원히 그 아기는
> 터지랴는 지구의 심장을
> 보드러운 손으로 쏘매여 주며
> 너머지랴는 생명의 박휘를
> 작은 팔로 쎔대고 서서
> 머나머ㅡㄴ 길을
> 어엽분 손으로 가르처 주나니
>
> 그러면 아기야 우리는 엇지 하여야 조흐랴
> 네게 무엇을 주어야 조흐랴
> 저긔 저 한울의 별을 짜주랴
> 올토다 별 짜러 가자 별 짜러 가
> 영원히 영원히 별 짜러 가자.
>
> 이리하야 이 宇宙에
> 父性은 子性을 쫏고 子性은 父性을 짜라

　　울음 속에 웃음이 잇고
　　미움 속에 사랑이 잇어
　　영원한 圓舞와 심포니가 되어
　　앞푸게도 생명의 박휘는 굴러 가나니.

　타고르의 작품이나 그 주제를 연상시키는 작품으로서 아기를 가장 순수한 영혼으로 상징화해 놓고 비리와 폭력과 미움이 가득한 세상을 정화시키길 기원하는 내용을 표현하고 있다. 그러면서 자연, 우주에서 모성애적 안식처를 구하는 자연 숭배적 관념론을 변용시킨 것으로 보인다. 포석이 추구하는 정직한 인간상에의 염원이 진하게 다가온다.

　아기가 가르쳐 주는 '머나머—ㄴ 나라'란 생명과 사랑이 조화를 이룬 이상향과 다름 아닐 것이다. 인도주의적 입장에서 볼 때 인간이 함양한 본래의 선의지가 마음껏 발휘되고 지켜질 수 있는 곳일 것이다. 낭만주의적 입장에서 본다면, 별로 은유된 진실, 이상, 구원에 대한 동경의 간절한 소망이 살아 있는 곳일 것이다.

　재미있는 것은 이 시의 二元 구조다. 현실 속에서 발견되는 의미를 한껏 부정하고 그것과 대척적 거리에 이상으로서의 아름다운 세계를 설정한 것이 그것이다. 현실의 모순은 아버지로 상징화된다. 그 아버지는 서릿발같이 성내고 있으며, 세상을 무찌르려는 허무의 칼날을 갈고 있다. 의미가 확대될 경우 터지려는 지구의 심장, 넘어지려는 생명의 바퀴로 비유된다.

　이상의 세계는 어떤가, 부드럽고 어여쁘며, 오히려 아버지보다도 강한 힘과 설득력을 가진 어린 아기에 의해 인도되는 세계로 표상된다. 포석이 원하는 바는 아기에 의해 감싸지는 세계이다. 아기, 즉, 순수한 영혼에 의해 다스려지고 매만져지는, 즉, 자연의 본성인 사랑과 웃음과 안식이 가득한 세상이 이루어지길 소망한다.

Ⅲ. 결 론

현실주의자 이전의 포석은 이와 같이 심령적이다. 淸淨하길 원하며,
자연의 일부분으로서 조화를 이루고 살기를 원한다. 그러면서 인간 개개
인의 순결과 미덕에 가치를 준다. 그런데, 이러한 가치부여가 사회주의자
가 된 뒤에는 인간 심성으로부터 사회나 제도의 개혁으로 비약된다. 잘
못된 사회, 부조리한 제도의 해악과 폭력적 압박을 고통받는 사람의 편
에 서서 변혁시키고자 힘 쓴다. 의도 자체는 나무랄 것이 없다. 방법에
있어서 획일화된 理念의 선전용이 되기 때문에 문제가 생긴다.

참고문헌

김병익, 『한국문단사』, 일지사, 1976.

김소운, 『건망허망』, 남향출판사, 1966.

김용성, 『한국현대문학사 탐방』, 국민서관, 1979.

민병휘, 「포석과 서해」, 『삼천리』 58호, 1935. 1.

박인기. 「조명희 희곡연구-작가의식을 중심으로-」, 고려대 어문논집 22집. 1981. 4.

백 철, 『신문학사조사』, 신구문화사. 1980.

류촌학인, 「포석의 「낙동강」-목적의식은 방황」, 『조선일보』. 1929. 10. 9.

유민영, 『한국현대희곡사』, 홍성사, 1985.

윤홍로, 『한국근대소설연구』, 일조각, 1982.

이기영, 「포석 조명희론-그의 著 「낙동강」 재판에 際하여-」, 『중의신보』, 1946. 5. 31.

정덕준, 「포석 조명희의 현실인식-「김영일의 사」·「파사」를 중심으로-」, 고려대 어문논집 22집, 1981. 4.

조연현, 『한국현대문학사』, 성문각, 1980.

조중곤, 「「낙동강」과 제2기 작품」, 『조선지광』 72호, 1927. 10.

『한국문학대사전』, 교육출판공사, 1981.

한설야, 「포석과 민촌과 나」, 『중앙』 28호, 1936. 2.

______, 「포석과 나」, 『인민보』, 1946. 5. 31.

조포석론 2

Ⅰ. 서 론

필자는 앞서 '抱石 趙明熙論 (Ⅰ)'[1]을 통하여 抱石의 작품을 크게 두 경향으로 대별하고 前期的 特性으로서 觀念的 浪漫主義에 해당하는 작품을 분석한 바 있다.

본고에서는 抱石의 後期的 特性으로서 現實的 社會主義 時代에 해당하는 작품 분석을 통해 희곡 작품을 제외한 抱石 작품의 실체를 규명하고자 한다. 그럼으로써 抱石 趙明熙에 대한 보다 충실한 문학사적 정리를 꾀하게 될 것이다.

Ⅱ. 現實的 社會主義 時代

소설 「땅속으로」는 抱石이 觀念的 浪漫主義者로부터 社會主義者로 변모하는 과정을 밝히는데 중요한 단서를 주는 작품이다. 소설 중에서는 가장 자전적 요소가 짙은 이 작품은 사회주의자가 되지 않으면 안 되었던 작가의 갈등과 체험이 소상히 밝혀져 있다. 관념적 생활에 대한 애착과 그것을 지탱하기 힘든 현실상황 사이의 마찰도 문제이지만 무엇보다

---

1) 張忠植 總長 『회갑기념논총』.

도 심각하게 그려진 것은 당시 우리 민족이 당해야 했던 궁핍과 모멸의 삶, 그것을 몸소 체험하면서 느껴야 했던 환멸과 반항의 의지이다. 한 마디로 抱石이 사회주의자가 될 수밖에 없었던 인과성을 표현하고 있는 것이다.

「땅속으로」는 두 번에 나뉘어 발표되는데 전편은 개벽 56호(1925. 3)에 후편은 개벽 57호(1925. 4)에 발표된다. 전편은 주인공이 동경에서 고향을 떠나 서울에서 올라와 겪게 되는 일을 내용으로 담고 있다.[2]

전편, 후편 공히 처절한 현실인식을 밑바탕에 깔고 있다. 전편의 경우 가족의 생존현장을 '산 지옥, 아귀수라장, 焦獄之地帶'로 연상하는 것, 후편의 경우 서울을 거대한 乞食團으로 인식하는 것이 그 대표적인 예이다. 이러한 극단적인 궁핍상에 대해 주인공이 느끼는 감회는 심각할 정도로 파괴적이다.

전편에서 주인공은 하루라도 빨리 고향을 떠나고 싶어한다. 가족들의 기대(대학을 나왔으니까 이제부터 돈을 벌고 출세하여 자기들을 도와 줄 것이라는 기대)에 부담삼을 느끼면서 심한 저항감을 보인다. '나'(주인공)의 속셈은 무엇보다도 '혼자서 해야 할 일만 다하재도 기가 막힌데 살리기는 누굴 살리느냐'는 식의 이기적인 방향으로 흐른다. 내가 하고자 하는 일이 무엇인가는 작품 속에 분명히 드러나 있지는 않다. 그러나 그것이 쓰린 명상의 세계로 흔히 파묻혀 들어가려는 것임은 암시되어 있다. '잃어버린 명사을 다시 회복하고 싶고,' 아무의 방해도 받지 않는 고독의 세계에 탐닉하고 싶어하는 것이다. 내가 겪는 고통은 이러한 관념세계에의 경도를 자유롭게 실천하지 못하는 데 있다. 그 방해의 원인이 곧 가족이고 현실적인 제약임을 느끼고 나는 집을 뛰쳐 나와 서울로 가려 한다. 아내에게는 죽든지 살든지 맘대로 하라는 폭언을 일삼으면서.

---

2) 박종화는 이 작품을 서투른 솜시로 쓰여진, 논문 같기도 하고 物語 같기도 한 소설로 시인할 수 없는 것으로 혹평한다. (박월탄, 「3월 창작평」, 『개벽』 58호, 1925, 5, p.20.)

후편에서도 이러한 갈등은 여전히 계속된다. 서울에 올라온 후 친구에게 빌붙어 사는 생활을 하게 된 나는 먹고 사는 문제에 매달려야 하는 자신을 개나 도야지로 취급하고 괴로워 한다. 內省生活이고 예술창작이고 아무 것도 할 수 없는 타락상을 자학하는 것이다. 처음에는 그래도 詩想이나 사색에 대한 미련을 버리지 못하고 그것에 연연하기도 한다. 하지만 배고픔이 심해지면 돌덩이나 나무조각이 떡조각이나 면보조각으로 보이게 되면 더 이상 관념의 세계를 거들떠 볼 여유가 없어진다. 나중에는 자신을 監者를 배우라 하고 君子를 强作하라던 無反省하고도 천박한 인도주의자—이상주의자라 비하하면서 자신의 자만심을 욕하고 만다. 현실의 궁핍 앞에 나의 모든 이상과 관념과 성찰은 사라지는 것이다.

> 잇째부터 내 사상생활의 전환의 동긔가 생기였다. 이 째썻것 식, 색, 명예만 아는 개, 도야지 가튼 이 세상 속중들이야 엇지 되거나 말거나 나 혼자만 어서 가자, 령혼향상의 길로라고 부르지지던 나는 재자신 속에서 개를 발견하고 도야지를 발견한 뒤에는 "우로 말고 앞에로 파드러 가자. 개 도야지의 고통 속으로! 왼 세계 무산대중의 고통 속으로! 특이 白衣人의 고통 속으로! 地下 멧 천 층 암굴 속으로"라고 부르지젓다.[3]

처자식이 서울로 올라와 같이 살게 되면서 관념에 대한 미련은 그나마 완전히 소멸해 버린다.

나의 현실인식은 저항적인 방향으로 흐른다. 나는 시골에서 상경한 처자식을 위해 아끼던 시집 원고를 팔아 방을 세얻고 살림살이를 마련한다. 돈이 떨어진 후에는 서점 주인에게 가 시집 원고의 잔금을 받고 싶어하나 퇴짜를 맞는다. 시집의 내용이 불순하다 하여 검열에 걸린 탓이다. 낙망한 '나'는 평소 멀리 하던 H에게 가 돈을 구걸한다. 집으로 돌아온 '나'는 열에 시달리면서 강도에의 유혹에 빠진다. '나'의 논리는 열에 의한

---

3) 「땅속으로」(후편), 『개벽』 57호, pp.17~18.

착란상태에서 난잡하게 이루어진다. 충동적이고 본능적인 성격을 띠는 것이다.

'나'는 강도질을 도둑질이나 구걸보다 떳떳하다고 생각한다. 왜냐하면 시대의 흐름이 처음부터 잘못된 것이기 때문이다. 그 시대에 대해 강도질을 하는 것은 전혀 잘못일 수 없다는 이상한 사고방식에 '나'는 점점 빠져든다. 전혀 이성적인 판단이라고는 할 수 없는 이와 같은 충동은 목적의식을 의도적으로 앞세워 집단행동을 유도하는 목적기의 프로문학 이전의 자연발생적 신경향파 문학에서 흔히 볼 수 있는 현상으로서 매우 극단적이고 파괴적인 양상을 띠는 특성을 지닌다. 포석에게 있어서도 이러한 특성은 작품에서 그대로 반복되는 것인데, 그의 현실인식이 감정적이고 원시적인 반항심으로 발전하는 과정(초보적인 단계에서 조직화되기 이전에 나타나는 개인적인 저항의식의 표출)을 보여준다 할 것이다.

이 작품을 계기로 포석은 본격적인 사회주의자로서의 작가생활을 하게 된다. 작품경향이 좀더 철저한 집단적인 의식을 강조하는 변모를 과시하게 되는 것이다.

그런데 포석의 반항심은 가진 자에 대한 일방적인 불만의 표현은 아니다. 잘못된 현실 전체에 대한 반항, 즉 일제에 대한 반항을 근저에 깊게 깔고 있다는 특징이 포함되어야 한다. 이것은 경향성 문학이 일제에 대한 저항문학으로서의 가능성을 지닐 수도 있다는 요소로 지목되는 것인데 포석에게 있어서도 현실의 궁핍과 파괴된 생존양식에 대한 투쟁의식을 일제의 식민지 정책에 겨냥하고 있음을 증명하는 것이다.

「땅속으로」에서 이러한 저항감은 길을 가다 한국인 지게꾼과 그를 모독하는 일본인의 실갱이를 목격한 대목에서 극명하게 나타난다. 지겟군의 비굴함과 일본인의 무뢰함은 다음과 같은 분노를 우발시킨다.

그 임바네쓰 입은 사람의 그 눈, 그 입, 모든 것이 다 제가 가지고
있는 小惡動物의 잔인성을 잇는 대로 다 드러낸다. 그러지 아니하여

도 이 愚順한 백의의 피를 제멋대로 싸리먹고 제멋대로 학대한 관
의 표정이 그 얼골에 인 박혀 잇다. 마치 무슨 살이 볼록 하게 진
털이 싸칠싸칠한 독충갓허 보인다. 나는 그만 발로 웅째여 죽이고
십흔 생각이 왈칵 낫다.4)

검열에 의해 削除나 覆字를 많이 당한 抱石으로서는 이 부분도 그 대
상이 되지 않을까 싶을 정도롤 직설적인 표현이 돋보인다. 가해자로서의
일제와 그들에 의해 자행된 민족피폐화의 과정을 염두에 둔다면 포석의
분노와 복수심이 누구를 향하는가를 이 문맥을 통해서도 확인해 볼 수
있을 것이다.5)

포석에게 있어서 중요한 또다른 특징을 인간에 대한 멸시감과 위화감
이다. 가난에 쫓기고 삶의 정당한 권리를 회복하지 못한 생활을 하면서
그의 자의식이 만든 생각은 인간의 구차하고 비겁하고 조악한 존재성에
대한 황량한 저항감인 것이다.

「쌍속으로」에는 자기 맘에 들지 않는 사람들에게 대한 이러한 인간혐
오가 빈번하게 보인다. 전편의 경우 나의 앞길을 방해한다고 생각되는
봉건적이고 무식한 아내에 대한 멸시, 후편의 경우 조선에 사는 '빈사상
태에 빠진 기아군'에 대한 '사랑도 없고 밥도 없고 XX도 업고, 노력도 반
성도, 용기도, 반발력도, 침통한 인내의 자의식도, 굿센 미듬도 업는, 잇
다면 허위, 가난, 폭압, 지아 뿐'이라는 인식이 그것이다.

그런데 무엇보다도 심각한 것은 자신에 대한 멸시감이다. 아내나 자식
에 대한 애정이 없음을 깨달은 나는 심한 자책감에 빠진다. 다른 사람에
대한 비판적 냉소와 타매도 문제이지만 자기 가족에 대한 삭막한 몰인정

---

4) 「쌍속으로」(후편), p.26.
5) 반항적 행동에 의해 구속되거나 쫓기는 것을 소재로 취한 작품은 「地에게」, 「同
   志」, 「낙동강」 등이 있다. 「春善伊」, 「아들의 마음」은 집단적인 반항 운동을 선동
   하는 내용을 다루고 있고 「한 여름밤에」는 저항운동 이전에 사상의 전반적인 공
   감대 형성을 강조한다.

은 '나'를 한층 허무하게 격하시킨다. 마침내 '나'가 빠져 드는 함정은 역시 파괴적인 살의와 충동의 세계다. '모든 것을 다 부시여라! 모든 것을 다 불사러 버려라! 다만 허무다, 허무에 대한 反逆이다'[6]식의 극단적인 폭력행위로 '나'의 의식은 급강하한다. 앞서 밝혔던 원시적이고 감정적인 무조건적인 파괴에의 절규인 것이다.

시대나 사회제도, 한 마디로 일제에 대한 저항감과 인간의 존재성에 대한 형이하학적 학대감정이 복합될 때, 포석의 자의식은 어둠에의 몰입으로 굴절된다. 「짱속으로」 전편에서 아내와 심하게 다툰 후 '짱위의 모든 것은 다 어둠의 운명으로 쫙 잠겨 버려라'하고 느끼는 것이나, 후편에서 가족의 빈궁을 보고 눈을 감고 앉아서 '검은 한울 빛과 가튼 세계에 빠져드는 것' 등은 현실의 가혹한 시련을 버티지 못한 포석의 자의식이 어둠에로 도피하고자 하는, 혹은 어둠의 힘을 빌어 그것들을 부정하고자 하는 절망과 분노의 표현이라 할 것이다.

이러한 어둠에의 삽입이 절실하게 노출될 때, 시 「어둠의 검에게 바치는 序曲」과 「온 서자人 사람」이 등이 만들어진다.

> 어둠의 검! 어둠의 검!
> 그대에게야 설마 이 末世인간의 더러운 냄새가튼 흐푸성스러운 말
> 이잇사오릿가
> 말이 잇사오릿가?
> 그대는 다만 검은 하울빗과 가튼 침묵이 잇슬 뿐인 줄로 암니다.
> 어둠의 검! 어둠의 검!
> 그대에게야 설마 올곳지 안은 만족에 망둥이가티 날뛰는 어리석은
> 자의 우숨이 잇사오릿가
> 우숨이 잇사오릿가?
> 그대는 다만 초人농 가티 흐르는 눈물에 두 눈은 빗 일흔 태양 가티
> 쑴벅어릴 뿐일 줄로 암니다.

---

6) 「짱속으로」(후편), p.21.

어둠의 검! 어둠의 검!
그대에게야 설마 생쥐인간이나 조와하는 맛갓지도 안은 행복이 잇
사오릿가
행복이 잇사오릿가?
그대는 다만 검은 피옷을 두르고 단두에 선 대장부와 가틀 쑨인 줄
로 압니다.

어둠의 검! 어둠의 검!
그대는 이 철업는 세상의 말과 밋과 행복을 다 모라가소서.
그리하야 이 세상을 압푼 침묵으로만 잠거 주소서
다만 거짓업는 령혼들의 소리 업는 통곡만이 쌍우에 사못치도
록…….

포석의 작품 경향이 자연발생적 신경향 문학에서 목적의식적 프로문
학으로 이전되는 중간과정에서 쓰여진 시 중의 하나인 이것은 인간의 모
든 가치와 의미를 부정하고 오직 어둠이라는 절대적 암흑세계에 침잠하
려는 의식을 극명하게 표현한 작품으로 평가된다.[7] 인간의 흐푸성스러운
말과 어둠의 침묵, 인간의 어리석은 웃음과 어둠의 진한 눈물, 인간의 조
악한 행복과 어둠의 결연한 意氣 사이의 강한 대조감이 인상적이다. 그
러한 문맥 속에서 포석이 주장하고자 하는 바는 일제치하의 상황의 구차
스러움과 처절함을 부정하려는 울분일 것이며, 차라리 그것들을 내던져
버리고 싶은 자기 無化의 절망일 것이다. 포석이 얼마나 진한 아픔으로
현실을 고통스러워 하고, 그 현실을 배반하고 싶어하는가를 알수 있다.
이 시에서 '거짓업는 령혼들'이 누구를 의미하는가는 자명하다. 바로 학
대받는 사람들, '죽음을 기다리고 있는 羊의 떼나 개떼[8]로 묘사된 白衣

---

7) 김기진은 이 작품을 純實한 조흔시로서 모든 비굴, 타협, 허위, 사악에서 벗어나
　고 싶은 순진한 심령의 기록으로 평가한다. (여덜 외, 「신춘문단총관」, 『개벽』 59,
　p.4.)
8) 「쌍속으로」(후편). p.16.

의 무리들인 것이다.[9]

　'온 저자人 사람이'도 표현의 강도에 있어서는 앞의 시보다 빈약하기
는 하지만 현실부정적인 입장에서 쓰여진 것은 마찬가지이다.

　　　온 저자 사람이 다 나를 사괴랴 하야도
　　　진실로 나는 원치를 아니하오.
　　　다만 침묵을 가지고 오는 벗님만이 어서 나를 차저 오소서
　　　온 세상 사람이 다 나를 사랑한다 하야도
　　　참으로 나는 원치를 아니하오.
　　　다만 침묵을 가지고 오는 님만이 어서 나를 차저 오소서.

　　　그리하야 우리의 세계는 침으로 잠급시다.
　　　다만 압푼 마음만이 침묵 가운데 귀 기우리며……

　세상과 사람들에 대한 배타감, 오직 어둠과 그의 침묵만을 받아들이겠
다는 삐뚤어진 의식구조가 이 시의 근간을 이룬다. 세상과 사람에 대한
미움은 결코 포석의 본래의 인간성에서 연유했다고는 보기 어렵다. 오히
려 현실의 고통을 견디지 못하고 그것에 의해 상처받은 나머지 생긴 자
학감이 그를 그러한 현실도피적이고 현실부정적인 의식의 소유자로 만
들었다고 보아야 한다. 그 가운데서도 '압푼 마음만이 침묵 가운데 귀 기
우리며'라는 표현을 살린 것은 포석의 인간애적인 양심이 일단을 보이고
있다. 각박한 시의 세계를 부드럽게 하고 있는 것이다.
　몇 개월 후에 쓰여진 '나에게—반성의 낙원을 다고'나 '세 식구'란 시
들은 참여적인 특징을 좀 더 노골화시킨 작품들이다.

　　　나에게 自由를 다고

---

9) 포석의 문학은 현실에 대한 괴로움과 저항을 그 당시 유행하던 사회주의에 접맥
　시킴으로 해서 다른 경향성 작가와 마찬가지로 사상이 우선된 기계적 매너리즘
　으로 전락하고 만다.

나는 다만 마소가 되련다.
그리하야, 이 넓은 쌍우에 잣뚱거리며 몸부림하련다.

나에게 먹을 것을 다고
나는 다만 도야지가 되련다.
그리하야, 이해ㅅ빗 아래에 곤두박질하며 통곡하련다.

자신을 마소나 도야지로 하락시켜 생존에 필요한 요소들의 중요함을
강조한다. 그러면서 현실의 모순을 절박하게 고발한다. 그가 겪은 삶의
치욕은 민족 전체의 치욕일 것이기 때문에 우리는 이 시를 통해 우리 민
족이 겪어야 했던 고통과 압제의 정도를 납득할 수 있다. 고귀한 신분으
로서의 타협이나 순종보다는 차라리 비천한 신분으로서의 자기 희생과
참여의식을 엿볼 수 있다고 할 것이다.
다음 시 「세 식구」의 전문이다.

　　어린 쌀, '아버지 오날 학교에서 엇던 옷 잘 입은 아이가 날더러
쩌러진 치마 입엇다고 거지라고 욧을 하며 옷을 찌저 노켓지. 나는
이 옷 입고 다시는 학교에 안 갈터이야.'
　　아버지, '가만 잇거라, 저 기럭이 소리 난다. 집혼 가을이로구나.'
　　안해, '口服이 원수라! 쏘거짓말을 하고 쌀을 꾸어다가 저녁을 하
엿구려. 마음에 죄를 지여가며…….
　　남편, '여보, 저 기럭이의 손자의 손자가 안진 여울에 우리의 해골
이 굴너 내려갈 째가 잇슬지를 누가 안단 말이요.
　　그리고 그 뒤에 그 해골이 엇지나 될가?
　　또 그 기럭이는 어대로 가 엇지나 되고?
　　나도 딱한 삶이요마는, 그때도 딱한 사람이요
　　그러나 우리의 한 말이 시럽슨 말이 아닌 줄만 알어 두오!

　　가난한 가족의 정경이 배경으로 깔려 있고, 그 위에 미래를 위한 희생
으로서의 현실이 가미되어 있다. 현재의 고통과 그것의 표현은 미래의

역사의 위해 밑거름이 될 것이라는 역사의식이 돋보인다. 포석이 자신의
생존의미를 찾고자 함에 있어서 '씨를 뿌리는 사람'의 존재성과 결부시
키고자 한 자부심마저 느끼게 한다. 본격적으로 현실에 참여하겠다는 의
지가 밑바탕을 이룬 시라 할 것이다.[10]

「R군에게」는 서간체 소설로서 자연발생적 신경향성에서 목적의식이
나 조직론을 강조하는 계급문학으로의 전신을 예비하는 작품이다. 「땅속
으로」에 나타난 개인적 울분이나 파멸과는 달리 사상운동가로서의 신념
과 동지애를 중요하게 추구하는 특징을 가지고 있는 것이다. 그렇지만
가족에 대한 연민과 같은 인간적인 면도 무시할 수 없는 중요한 특징으
로 나타난다. 그런데 인간적인 면모는 사상적인 신념을 더욱 강인하게
굳힌다는 쪽으로 흡수되어 버린다. 즉 인간적 애정을 부수적인 과거의
추억, 혹은 현실을 방해하는 요인으로 처리하는 것이다.

주인공 '나'는 사상운동을 하다 검거되어 동지들과 함께 감옥에 갇힌
다. 자유에 대한 그리움, 굶주리는 가족에 대한 걱정, 동지에 대한 애정
등이 R군에게 보낸 편지 내용 속에 시술된다. 그 중에서도 무엇보다 중요
하게 처리된 것은 자신의 신념이나 의지를 좀더 굳건하게 가지겠다는 결
심이다.

　　　이것을 내 경험으로부터 간단히 말하면…… 중략 ……이번에 그
　　일로 인하야 경찰서에 붓들녀 드러가 그 무서운 악형과 고문을 당하
　　면서 죽을지언정 자긔를 속이고는 십지 안엇네 여보게, 생각하여 보

---

10) 김기진은 포석의 시에 대해서 기교적 숙달미는 없지만 지극히 가식이 없는 순한
　　말을 사용하는, 선이 굵은 장점이 있다고 말한다. 이것은 포석이 외형보다는 내
　　용의 진실을 중요시하는 태도와 관계가 있다. 자신의 태도에 대해서 가장 정직하
　　길 원하는 그의 인격이 거칠기는 하지만 수사적 왜곡이 없이 표현되는 것이다.
　　포석을 염세주의로 발견한 김기진의 언급은 그가 얼마나 현실에 대해서는 비관
　　하고 만족해 하지 못했는가를 달리 표현한 것으로 볼 수 있다. 이 염세주의를 극
　　복하고자 할 때 사회주의자라는 옷을 걸친 현실 개조의 모습으로 나타난다. (김
　　기진, 「현시단의 시인」, (제1회) 『개벽』 57호, 1925. 3, pp.8~10 참조

게, 고양이가 쥐굴이듯 하는 그 마당. 생각만 하여도 소름이 끼치는
그 광경을! 사람이란 것은 진리를 말하랴거던 신념을 말하랴거던 죽
엄의 구덩이를 피투성이 하고 뚫고 나와서야만 말할 것이지, 결코
양지 쪽에 잡바저 코노래 부르는 격으로 책상머리에서 어든 공상이
나 지식대로 生에 대한 진리와 신렴을 차질 것으로는 아닐줄로 아
네11)

　　문제는 자신에게 얼마나 진실하게 사느냐는 것인데 '나'는 그 점에 있
어서 결코 남은 둘째치고 자신을 위해서도 스스로를 속이지 않는 자아를
가지겠다는 것이다. 인간이 위대하다는 것은 다름이 아니라 얼마나 자신
에게 순실한 자아로서 굳센 의지를 갖고 사느냐 하는데 달렸다는 각성이
다.12) 경향성 작가로서 포석이 주장하고 싶은 바는 바로 이 점에 있다 할
것이다.

　　하지만 포석의 의도가 어디에 있든지간에 우리가 이 소설에서 눈여겨
보아야 할 점은 사상운동가로서의 자신에 대한 결백성보다도 가족에 대
한 연민을 끊어 버리지 못하는 인간적 고민의 양상이다. 감옥에 갇힌 후
'나'는 항상 가족이 겪는 어려움을 걱정한다. 어머니의 몸이 불편한 중에
도 공장에 취직할거라는 것 등에 대해 근심이 쌓이는 것이다. 특히 아내
와 결혼하는 과정에서 있었던 일은 '나'의 인간적 면모를 잘 나타내 준다.
아내와의 결혼은 순전히 '나'의 동정심에 의한 것이다. 아내는 원래 '학
대와 공포에 질린 것' 같은 모습의 여자인데 나에 대한 사랑이 이루어지
지 않자 자살을 자행한 적이 있다. 그것이 '나'의 마음을 감동시킨다. 직
장을 쫓겨날 뻔한 일도 있는데 그녀가 H라는 선생과 불미스러운 관계를
맺고 있다는 소문이 퍼져 문책을 당할 때 그녀를 변명해 주기도 한다. 결

---

11) 「R군에게」, 『개벽』 66호, p.18.
12) 포석의 자신의 대한 결백성과 엄격성은 김소운의 수필과 포석의 「생활기록의 단
　　편」, 윤홍로의 조사기록에 잘 나타나 있다. (김소운, 『포석선생(抱石盧悉)』, 남향
　　문화사, 1966, pp.21~25 참조. 윤홍로, 『한국근대소설연구』, pp.273~273 참조.)

국 아내는 H의 자식을 낳고 나중에는 그에게로 가고 말지만 '나'의 인정을 느낄 수 있는 장면들이다. 그것은 수필 「늦겨 본 일 몇 가지」에서의 포석의 인간성과 동일한 것이다.

포석의 문학을 완전히 이해하기 위해서는 그의 사상이 투철하고, 그의 작품이 사상의 전달에 충실하려 했다는 사실 때문이 아니라 그의 인간적인 순수한 情理와 거기서 파생되는 갈등의 확인이 필요하다. 「R군에게」는 물론이고 「쌍속으로」 역시 이러한 맥락에서 감동적이라 할 수 있다.

「쌍속으로」에서 '내'가 가족을 버리고 집을 떠나려다가 다시 돌아와 방바닥에 널부러져 자는 가족을 담요로 덮어 주는 전편의 장면이나, 서울에서 무조건 상경한 가족을 먹여 살리기 위해 자존심이나 자신의 이상을 버리고 수모를 감수하는 후편의 장면 등이 모두 포석의 인간주의를 느끼게 하는 것들이다. 그는 스스로를 '약한 인정에 쓸리며…무쇠가튼 悲痛한 의지의 눈동자를 가지지 못함'을 한탄하긴 하지만, 순수한 입장에서 사랑은 나누어 주고 인간으로서 할 수 있는 연민과 애정의 자세를 보이는 것은 어떤 사상이나 신념 혹은 어떤 지극적인 구호보디도 진한 설득력이 있다 할 것이다. 포석이 천성에 따라서 인도주의적 작가가 되지 못하고 경직된 사회주의 작가가 된 이유는 그가 가진 고통받는 사람들에 대한 다정다감하고 섬세한 공감력[13]이 인간 개인 개인에 대한 사랑으로 실천되지 못하고(인간에 대한 환멸과 불신임이 큰 장애가 되었을 것이다) 사회 전체의 개조라는 관념적이고 도식적인 사상성으로 오도되었기 때문일 것이다.

「洛東江」은 내용의 비약과 설명구조의 성급한 구성에도 불구하고 그의 작품 중에서 가장 성공적이란 평가를 받는 소설로서 그만큼 많은 사람들의 논란의 대상이 된 작품이기도 하다. 특히 사상운동의 조직화를 위한 투쟁의식의 강조라는 점에서가 아니라 낭만적이고 부드러운 시적

---

13) 「늦겨 본 일 몇가지」 참조.

정서에 의해 여타의 경향성 작품들보다 고도의 감동을 준다는 점이 우리의 흥미를 끈다. 포석이 초기에 경도되었던 인도주의적이고 낭만주의적인 서정의 세계를 이 작품은 다시 보여 주고 있으며 그것이 작품의 윤기를 훨씬 더해 주고 있는 것이다.

주인공 '박성운'은 감옥 미결수로 있다가 병보석으로 출옥한다. 증세로 봐서는 바로 병원으로 가야 할 형편이지만 그는 굳이 고향인 낙동강으로 돌아가고자 한다. 고향에 대한 끈끈한 애정은 그의 몸에 배인 年輪이었다.

> 박성운은 과연 낙동강 어부의 손자요, 농부의 아들이었다. 그의
> 할아버지는 고기잡이로 일생을 보내엿섯고 그의 아버지는 농토한으
> 로 일생를 보내엿섯다.14)

고향인 낙동강에 대한 애착은 이 작품에서 가장 서정성이 풍부한 요소 중 하나이다. 박성운의 생명력이 시작되고 끝나는 것이 이 애착의 강도와 관계된다. 나룻배를 타고 강을 미친 듯이 차가운 물에 팔을 집어 넣어 저어도 보고 만져도 보고 끼얹어 보기도 하는 장면, 만주지역을 방황할 때 낙동강을 생각하고 울기도 하던 일, 서울에서 사상운동을 하다가 사람들이 파쟁 때문에 분열되는 걸 보다 못해 다시 고향으로 내려와 브나로드 운동에 헌신하는 일 등은 그의 고향에 대한 애착을 강조하는 장면들이다.

「洛東江」이 농민소설의 한 유형으로 처리될 수 있는 가능성도 박성운의 이 애착과 관계가 깊다. 농민에 대한 계급 의식을 강하게 내세운 나머지 예술적 형상화의 빈곤을 자초하기는 하지만15) 농민의 가난과 소작쟁의와 같은 농민의 경제적 권리를 확보, 방위하는 문제를 작품 속에 강렬

---

14) 「洛東江」, 『조선지광』 69호, 1927. 7, p.20.
15) 윤병로, 『한국농촌소설의 사적고찰(국문학 연구총서)』, 정음문화사, 1984, p.230.

하게 반영시킨다는 점에서 농민소설로서의 가능성을 충분히 가지는 것이다.16)

「洛東江」은 이 곳에 사는 사람들에게는 '어머니의 젖꼭지'와 같다. 그들은 오랜 세월 이 강에 매달려 살아왔었다. 그들은 서로 자유로웠고, 노래 부르고, 일을 하며 자기 것이라는 긍지를 가지고 살았었다. 그런데 역사는 계급을 만들고 이 젖꼭지는 그들의 것이 아니게 되었다. 자기 땅이면서도 빼앗기고 굶주림에 시달리기 시작하면서 포박과 이산이 그들의 운명을 휩싸게 되었다. 군청 농업 조수로 일하다 사회주의자가 된 것, 고향에서 브나로드 운동을 일으킨 것 등이 모두 농촌인 자기 고향에 대한 애착심을 구심점으로 발생한 원심운동이었던 것이다.

> 그는 몬저XX프로그램을 세웠다. XX, XX, XX—이 세 가지로, 그리하야 그는 몬저 농촌 야학을 실시하야 가지고 농민 교양에 힘을 썻섯다. 그네와 감정을 갓치 할 양으로 버서 부치고 들여 덤비여 그네들 틈에서 모혀 생일도 하고 농사일터나 사랑구석에 모힌 좌석에서나 야학시간에서나 긔회가 잇는 대로 교화에 전력을 썻섯다. 그 다음에는 XXXX XXXXXX XXX XXXXX 대하야 XXXXXXXX섯다.17)

좀더 조직화된 농촌운동을 위해서 박성운은 계몽을 위한 필사의 노력을 기울인다. 빼앗긴 땅, 빼앗긴 권리를 되찾기 위한 몸부림인 것이다. 농민소설이 가지는 의미는 농촌이라는 현장성, 그 속에 사는 사람들의 삶의 절실한 모습, 그들의 희로애락에 대한 진실된 묘사 등등을 포함해야

---

16) 백철은 농민문학이란 프로레타리아의 것이 아니라 농민의 것이어야 한다고 주장한다. 그의 골자는 계급의식을 농민들에게 기계적으로 주입시키기 위한 도구로서의 농민문학을 거부하고 자연스럽게 농민들을 감화시키고 그들의 문제점을 제시하여 빈농계급이 자발적으로 그 영향 하에 들어오도록 해야 한다는 것이다. (백철, 「농민문학 문제」, 『조선일보』, 1931. 10. 10 참조)

17) 「洛東江」, p.22.

한다. 그런 점에서 「낙동강」은 의도적인 사상적 태도를 강조하려는 단점을 가지고 있다. 계층의 기계적인 이원분류, 흑백논리에 의한 선악의 판단 등을 개입시킨 것이다.[18] 그럼에도 불구하고 우리가 설득을 받을 수 있는 것은 박성운의 진지한 애향심 때문이다. 무엇보다도 고향에 대한 애정과 책임감 그 고향을 피폐화시킨 일제에 대한 분노를 가지고 있기 때문이다.

박성운의 애향심은 민족 전체에 대한 끈끈한 애정으고 통한다.

> 내가 해외에 가서 다섯해동안을 쩌도라 다니는 동안에도 강이라는 것이 생각날 째마다 이저 본 이 업섯다…… 낙동강이 생각날 째마다, 내가 이 낙동강 어부의 손자요, 농부의 아들임을 이저 본 쩍도 업섯다…… 따라서 조선이란 것도……[19]

낙동강에 대한 향수는 민족에 대한 향수이며, 낙동강의 빼앗김에 대한 분노는 민족을 빼앗아간 자들에 대한 분노로 비화된다. 그가 일으킨 농촌계몽운동도 결국은 일제의 東拓에 대한 반발심에서 유발된 것이라 할 때, 한 개인의 힘보다는 민족 전체의 힘을 일으키고 그 힘을 합심하여 노력하자는 뜻으로 이어지는 것이다. 낙동강을 떠나려는 친구를 만류하는 것이나 애인인 로사에게 그의 뜻을 유전시키는 것이다. 이러한 문맥에 포함되는 내용들이라 할 것이다.

「낙동강」의 서정성 중에서 또 하나 지적해야 할 것은 낭만주의적 정서와 시적 호흡의 조화이다.

낭만적 정서의 경우 로사와 박성운의 애틋한 사랑을 통해 잘 나타난다. 사상운동의 동지로서보다는(포석은 결말에서 이 점을 좀더 강조하고 싶어하지만) 순수한 인간애로서의 결속이 작품의 수준을 돋보이게 한다.

---

18) 拙稿, 『농민소설의 전개(신경림 편, 농민소설론)』, 온누리, 1983, p.84.
19) 「洛東江」, p.19.

시와 산문과의 조화감은 「낙동강」의 독특한 특징이다. 「낙동강」에는 여러 번 운문이 삽입된다. 그런데 그것들은 한결같이 낙동강에 대한 애틋한 감정과 낙동강에 생명을 걸고 사는 사람들이 그곳을 떠나면서 느끼는 이별의 슬픔과 아픔을 진하게 간직하고 있기 때문에 작품 전체의 주제나 분위기를 한층 고조시키고 독자로 하여금 페이소스를 환기받도록 하는 효과가 있다. 지나치게 시적 분위기에 압도되어 산문기능의 발휘를 저해하는 단점은 있지만[20] 직접적으로 서정적인 감동을 불러 일으키는 가치가 있는 것이다.

그런데 흥미로운 것은 이러한 특징들이 경향 작가 사이에 이견이 발생했다는 점이다. 이것은 「낙동강」이 자연발생적 제1기와 목적의식적 제2기 사이의 분기점이 되느냐 하는 논쟁과도 관계가 깊다.[21]

金基鎭은 「낙동강」에 대해서 작가의 놀라울 만한 수완은 작중의 개개 인물에 그에 상응한 성격과 풍모를 부여하여 안전에 彷彿케한 눈물겨운 일편의 시에서 드러나며, 우리가 이 때까지 가져보지 못하던 새로운 감격이라 극찬하면서, 프로문학의 제1기와 제2기를 나누는 획기적인 작품이라 평가한다. 다수의 독자의 감정을 조직하고 그럼으로써 독자가 향해야 할 바를 지시해 주는 효과를 가졌기 때문에 좀더 목적의식적이고 조직적이라는 것이다.[22]

이에 대해 趙重滾의 입장은 다르다. 이미 박영희가 로맨틱한 애조나 눈물을 앞세운 문학은 계급문학에서는 불필요하다고 새삼 주장한 바가 있지만[23] 조중곤은 일단 무산문예운동의 방향전환이 이론은 있었지만

---

20) 김윤식, 『한국문학의 논리』, 일지사, 1974, p.186.
21) 백철, 『신문학사조사』, 신구문화사, 1980, pp.353~354.
　　윤홍로, 『신문학사조사』, 신구문화사, 1980, p.272.
　　노연현, 『한국현대소설사』, 민음사, 1986, pp.324~326.
　　박영희, 『현대한국문학사』, 사상계 68호, 1959. 3 참조.
22) 김기진, 「詩感二篇」, 『조선지광』 30호, 1927. 8.
23) 박영희, 「문예평론」, 『조선지광』 71호, 1927. 9.

실제 작품으로는 나타나지 않았다고 전제한 다음 (가장 큰 이유로 검열 제도를 든다.) 「낙동강」역시 방향전환기, 즉 제2기의 문학으로는 보기 어렵다고 통박한다. 그는 제법 이론을 갖추어서 그 근거를 대는데 첫째, 「낙동강」은 계급투쟁이라는 목적을 달성하기 위한 민족적 단일 결성을 충분히 표현하지 못하고 일의 편리만을 앞세워 조직을 이용했다는 점, 둘째, 로사의 떠남이나 詩句의 센티멘탈함이 맑스주의적 목적의식을 나타냄에 역부족이라는 점, 셋째, 작품의 영향력(작품행동)에 있어서 첫째, 둘째의 단점 때문에 실패했다는점, 넷째, 목적의식을 철저히 하기 위한 정치투쟁적 사실이 명확히 표명되지 못한 점, 다섯째, 제2기의 작품에는 제2기적 현실이 있을 것인데, 「낙동강」은 자연생장기적(제1기적) 수법으로 표현에 성공했다는 점 등이 증거라는 것이다.24) 그런데 제2기의 작품으로는 실패했다는 조중곤의 지적사항이 실제로는 「낙동강」의 우수한 특성이고 장점이 될 수 있으며, 「낙동강」을 '유래의 자기의 작풍을 버리고 대담하게 인간의 일면을 묘사하여 애상의 정서를 무르녹게 한' 작품으로25) 혹은 문학의 본질면, 즉 그 시대의 진실을 휴머니즘적 관점에서 찾아낸 민족시인의 우수한 작품으로26) 혹은 이 年代의 작품으로서 후일까지 남아 온 유일의 작품27)으로, 혹은 부족하기는 하나 1920년대를 커버할 수 있는 문학사적 사실28)로서, 혹은 부족하기는 하나 유랑하는 우리 민족의 눈물겨운 기록, 조국에 대한 비길 데 없는 애정, 자유에 대한 누를 수 없는 회원, 한 마디로 우리의 민족 시인이 만든 작품29)으로 평가하는 근거가 된다는 사실은 매우 아이러니칼한 일이라 할 것이다.

　「낙동강」에서 보여 주었던 민족주의적 가능성, 서정적 인도주의와 낭

---

24) 조중곤, 「낙동강, 제2기 작품」, 『조선지광』 72호, 1927. 10.
25) 박영희, 「현대한국문학사」, 『사상계』 68호, 1959. 3.
26) 윤홍로, 앞의 책, pp.275~281.
27) 백철, 앞의 책, p.354.
28) 김윤식, 앞의 책, p.354.
29) 임화, 『重刊辭』(조명희, 「낙동강」), 1946, p.108.

만주의, 그리고 농민소설의 본질에의 접근은 그 후에 창작된 몇 편의 작품들에 의해 무산되어 버리고 다시 경직된 기계주의에 빠지고 만다. 「낙동강」 이후 발표된 수필과 소설 작품에서 그러한 경향이 나타나는 것이다.[30]

Ⅲ. 결 론

포석의 후기작품은 지금까지 고찰해 왔듯이 인간의 본능과 사상운동 사이의 갈등을 여러 곳에서 보이고 있다. 「生活記錄의 斷片」, 「짱속으로 」, 「R군에게」, 「洛東江」 등의 작품이 그러하다. 그러나 포석의 태도는 항상 그 갈등을 극복하는 과정에서 인간의 본능을 억누르거나 부정하면서 사상운동의 비중을 크게 하는 쪽으로 흐른다. 이것은 포석이 사회주의자로서의 자신을 더욱 굳건히 하고 싶어했다는 것을 입증하는 것이거니와, 문학의 본질면에서 본다면, 지극히 비극적인 현상이라 할 것이다. 인간의 본능 때문에 고민하는 포석의 모습이 더욱 심리적인 충격과 진실성이 있기 때문이다. 인간성을 거부하고 사상을 강조할 때 이미 포석의 문학에는 목적과 수단을 위한 문학, 따라서 기계적으로 죽어 버린 선전구호만이 남는다.

傳記的인 사항으로서 포석의 마지막 모습은 시사하는 바가 많다. 김소운에 의하면[31] 부인이 몰래 팥죽 장사를 하는 것을 알고 팥죽을 차버리고는 표연히 잠적했다고 한다. 인간적인 면에서 가족에 대한 연민, 자신이 무능에 대한 분노를 추측할 수 있다. 다른 면으로는 사회에 대한 울분을 감지할 수 있다. 중요한 것은 포석을 끊임없이 괴롭히던 갈등이 그가 잠적할 때까지도 지속되었다는 사실이다.

---

30) 이러한 경향에 해당하는 작품에는 수필 「여름 밤 쓴 생각」, 소설 「春先伊」, 「아들의 마음」 등이 있으나 작품분석은 생략한다.
31) 윤홍로, 앞의 책, pp.273~274.

그가 그러한 절실한 갈등을 좀더 심리적으로 심화시키고 삶의 가치로 승화시켰다면 그의 문학은 어떻게 발전하였을까? 사실주의 작가들을 열거하지 않더라도 그들처럼 역사와 현실총체성으로 자신의 체험과 자기 성찰과 결백성을 확대시켰다면 그의 문학은 어떠한 성과를 거둘 수 있었을까? 그가 자신의 관념과 서정성을 현실과 육화시켜 문학의 보편성을 추구하는 자세로 진전시켰다면 그의 문학이 주는 감동은 어떤 것이었을까? 포석은 문학사를 정리하는 가운데 우리가 부딪히는 의문과 안타까움 중의 하나로 남는 것이다.

심훈의 문학세계

　우리는 일제시대의 문학이 걸어온 고달픈 길을 알고 있다. 그런데 가시밭길을 헤치며 걸어온 그 문학이 가장 깊은 관심을 기울인 것은 무엇보다도 농촌문제였다. 그리고 그 농촌문제가 최초로 문학에 나타난 양상은 계몽문학이었다. 일제 암흑기에 있어서의 민족주의적 사회운동은 무엇보다도 계몽이 선행되어야 했고, 따라서 그 계몽의 상대는 우선 가장 낙후된 지역인 농촌과 그 농민일 수밖에 없었다. 왜냐하면 그들은 우매하니까, 또 그들은 민족운동의 가장 큰 역량을 가질 수 있는 다수집단이었기 때문이다. 그래서 계몽문학은 곧 농민문학이요, 농민문학은 계몽문학의 형태로 전개될 수밖에 없었던 것이다. 이러한 농민문학의 대표적인 작가로 우리는 심훈을 우선 떠올리게 된다. 알다시피 심훈의 「상록수」는 경성농업학교를 졸업하고 부모의 진학 권유를 물리치고 충남 당진군 송악면 한곡리에서 농촌운동을 일으킨 그의 큰 조카 심재영을 모델로 하고 있다. 거기다가 수원군 반월면 천곡리에서 역시 농촌 봉사활동을 하다가 죽은 최용신 여인과의 허구적 로맨스를 만들어 씌어진 소설이다.

　이와 같은 작품의 모티프로 말미암아, 그리고 이 작품의 배경이 농촌이라는 사실과 주인공들이 농촌계몽에 헌신했다는 사실 등으로 말미암

아 「상록수」는 춘원의 「흙」과 더불어 이 나라 농민문학의 대표적인 작품
이라는 일반적인 세평을 얻고 있다. 이 작품 속에는 낙후된 농촌을 하루
속히 부흥시키려는 작가의 강력한 의지가 충만되어 있다. 그리하여 그
속에는 가난하고 무지한 농민을 계몽하고, 가진 자의 횡포를 고발하고
없는 자의 비참한 생활상을 동정하는 휴머니티가 있다. 이와 같은 몇 가
지의 사례를 통하여 유추된 지금까지의 결론이 「상록수」가 한국 농민문
학의 대명사처럼 대접을 받아온 것이다. 그렇다면 「상록수」를 과연 농민
문학으로서 성공을 거둔 작품으로 볼 수 있을 것인가? 그리고 작품의 대
중적인 인기가 바로 농민문학이라는 사실에 있었던가? 아니면 그 어떤
다른 이유로 말미암은 것인가? 이같은 사실을 밝히고 나아가 작품의 바
른 이해와 평가를 위해서는 그의 작품 전반에 대한 보다 엄밀한 분석이
선행되어야 할 것이다.

심훈은 리얼리즘적 측면에서 당시의 사회를 예리하게 비판하고 있다.
그는 당시 사회현실의 진상을 정확히 파악하고 증언하려는 비판정신을
바탕으로 하여 예리한 관찰과 직관력으로써 사회현실과 인간 본성의 숨
김없는 진실을 있는 그대로 객관적 총체성을 가진 것으로 재현하고자 했
다. 다시 말하면 "그는 소설가라기보다는 외과의사로 모든 거짓과 빈당
과 꾸밈과 발라맞춤과 거드름을 절개수술하여 고름집을 꺼내 던지려고
메스 대신 붓을 든 것이다." 당시 식민지 상황에서 심훈이 식민지의 질곡
을 어떻게 의식하며 이를 작품에 어떻게 형상화시켰는가는 중요한 관심
의 대상이 된다.

심훈의 첫 소설 「동방의 애인」은 당시 식민지 현실에서의 우리 민족의
투쟁양상을 다룬 소설이다. 이 작품은 우선 제목으로 이야기할 내용을
위장하였으며 독자에게 극적인 긴장감과 호기심을 주기위해 사건의 전
개를 현재의 사실로부터 과거로 거슬러 올라가며 서술하고 있다.

서두에서 작가는 수색, 협박, 심문, 체포를 일삼는 일본 헌병과 경찰을
묘사하여 당시의 살벌한 정황을 보여주고 있다. 이 작품은 중국이라는

공간적 배경을 통해 묘사된 사회주의 운동이 국내에서 전개되는 과정을 그리기에 앞서 일경에 의해 중단되고 만다. 중단된 작품을 논의하는 것은 무리가 있으나 KAPF적 이데올로기가 충만된 작가의 초기의 사상경향을 알 수 있는 귀중한 작품이며 주인공들이 벌이는 철저한 투쟁운동은 시에서 나타난 저항정신이 면면히 이어져 오고 있음을 알게 해 준다.

심훈은 「불사조」에서 식민지적 상황의 질곡에 대한 저항의식을 형상화하고 있다. 작가는 「불사조의 모델」이라는 글에서 철두철미 조선의 현실을 모르는 유산계급의 자식 '계훈', 전형적인 구가정의 여성으로 비극적인 존재의 '정희', 안고수비의 지식분자로 투쟁의식을 상실한 '정혁' 등의 인물을 설정하고, 이와 대립적인 인물로서 「불사조」의 참다운 주인공인 '흥룡'과 '덕순'을 설정하고 있다.

「불사조」에서는 전통적인 가족제도의 모순에 희생된 여인을 묘사하고 있다. 양반의 집에 태어난 전형적 구가정의 여자인 정희는 정씨의 문벌과 양반을 탐내는 김장관에게 백여석지기의 땅을 받고 민며느리로 팔려와서 갖은 시집살이를 하다가 남편에게 버림받고 끝내는 시댁에서 뛰쳐나오고 만다. 죽어도 김씨 선산에 묻혀야 한다고 생각했던 정희는 덕순으로부터 감화를 받고 새로운 자각에 눈을 뜬다. 이작품은 「직녀성」에서 다시 구체적으로 다루어지고 있다. 아무튼 이작품 역시 일경에 의해 중단되고 만다.

이로써 볼 때 심훈의 전기소설(前期小說)은 중국과 조선을 배경으로 하여 식민지적 상황의 질곡에 대한 우리 민족의 저항을 묘사했다고 볼 수 있다.

「불사조」의 중단 이후 심훈은 도시에서 방황하다가 일대 용단을 내리고 재혼한 아내와 함께 충남 당진으로 낙향한다. 이후 작품세계는 도시인의 적극적인 투쟁의식을 꺾고 농촌을 소재로한 현실적인 문제에 관심을 돌리게 되었다. 이는 식민지 시대의 질곡으로부터 벗어나려는 작가의 고뇌의 흔적이며 무엇보다도 당대의 눈뜨고는 차마 볼 수 없는 식민지 농촌현실을 예리하게 파헤치려한 결과이다.

1933년 조선중앙일보에 연재된 「영원의 미소」는 도시에서 계급투쟁을 벌이던 남녀가 농촌으로 귀향하는 과정을 보여주고 있다. 작가는 탁상공론에 치우친 이론가들의 모순을 지적하고 농촌의 실상을 파악하기 위해서는 직접 농촌 속으로 뛰어들어야 한다는 것을 강조하고 있다. 이는 당시 일제에 의해 주도된 농촌진흥 운동의 허상에 대한 비판이 아닐 수 없다. 어머니의 위독으로 고향에 내려간 수영은 그곳에서 농민들의 비참한 실상을 목격하게 된다. 장리로 꾸어다 먹은 빚을 갚기 위해 품일을 하는 아버지를 주려고 수수덩이를 가져가던 소년이 기아와 굶주림에 지쳐 쓰러진 것을 보게 되고, 가난 때문에 불을 내게 된 갓난엄마를 보면서 도시인에 대한 극단적인 분노와 농민에 대한 동정이 대조적으로 나타나고 있다. 이러한 도시인과 농민의 극단적 대립은 프로문학적 이데올로기와 유사성을 가지고 있다. 결국 수영은 농민의 문제를 자신의 문제로 생각하게 되고 그들을 위하여 흙의 사주가 될 결심을 한다. 한편 서울에서 머물던 계숙은 조경호의 갖은 유혹에 시달리다가, 병식의 죽음으로 상경한 수영과 함께 시골로 내려와서 새출발을 다짐한다. 주인공들이 보리에 거는 기대와 희망은 농촌의 부흥을 통해 우리 민족의 뿌리를 살리겠다는 숨은 의지를 표백함으로써 비장하기 조차하다. 결국 이 작품은 도시의 허무와 좌절에서 탈출한 주인공들이 농촌이라는 새로운 삶의 현장을 택하면서 이론적인 관념에서 탈피하여 실질적인 농촌운동에 참여하는 과정을 보여주고 있다.

1934년 조선중앙일보에 연재된 「직녀성」은 전통적인 가족제도와 조혼에 희생된 한 여성이 자아 의식에 눈을 떠 새로운 삶을 찾는 과정과 도시에서 계급투쟁을 벌이던 한 청년이 농촌으로 귀의하는 과정을 병렬적으로 묘사하고 있다. 모든 것이 남성중심으로 이루어진 전통적인 윤리제도 속에서 희생될 수밖에 없었던 여성의 처지가 여실히 드러나 있다. 일생을 체념과 인종으로 살아온 어머니에게서는 여권도 인격도 찾아 볼 수 없고, 그저 남자의 처분만 바라는 식물적 인간상만 보일 뿐이다. 작가는 사상단체의 간부인 복순을 통하여 봉환을 비롯한 당시의 예술가들을 기생충이라고 혹평한다.

신여성이 나타나 성의 수난시대를 자초하던 당시의 이면엔 아직도 노예처럼 혹사당하는 대부분의 여성이 존재했다. 작자는 가족제도의 모순으로 빚어지는 가정비극을 단순한 가정적인 문제에 국한시키지 않고 사회문제화시켜서 악습을 타파하고자 했다. 이는 신소설에서도 숱하게 다루어진 주제로서 진부한 감이 있지만 새로운 경각심을 일끼우기에 충분한 것이다. 남편의 외도와 시댁식구들의 모함으로 친정에 쫓겨온 인숙은 한동안 남편이 옮겨준 성병으로 고생하다가 치료를 받고나서 봉환의 아이를 낳는다. 인숙은 모든 희망을 아이에게 걸었으나 급성폐렴으로 아이를 잃음으로써 가냘픈 소망마저 깨어지고 만다. 절망적 상황에서 자살을 꾀하다 구출된 인숙은 새로운 출발을 다짐한다.

「상록수」는 한곡리에서 농촌봉사에 앞장섰던 박동혁과 청석골에서 헌신적인 봉사활동에 몸을 바친 채영신과의 사이에 얽힌 사랑의 애화를 줄거리로 한 장편 농촌 서사시이다. 이 작품은 계몽주의적 사상과, 카프와의 대립적 이데올로기, 그리고 채영신을 통한 당시 여성의 애정관, 결혼관 등을 주된 내용으로 하여 30년대 이 나라의 비참한 농촌사회를 잘 묘사하고 있다. 주인공 박동혁과 채영신을 다같이 가난한 농촌 출신으로서 도시에서 고등교육까지 받은 인텔리들이다. 이와 같이 도시의 인텔리가 농촌소설의 주인공이 됨으로써 소설의 주제는 이광수의 「흙」과 같이 계몽주의적 성격을 강하게 나타내고 있다. 따라서 소설의 서술 형식은 다분히 설교적인 내용을 많이 담고 있다. 이러한 성격으로 말미암아 작가는 객관적 관찰자의 관점을 사용하고 있지만 그러나 경우에 따라서는 작가의 육성으로 사건을 설명하거나 요약해 나가는 기법상의 변칙을 드러내고 있다.

채영신이 박동혁을 찾아 한곡리에 도착한 것은 마침 오랜 가뭄 끝에 단비가 내렸을 때이다. 이때의 감격을 작자는 매우 감동적으로 묘사하였다.

「상록수」가 씌어질 무렵, 이 나라의 농촌은 무지와 빈곤 속에 극도로 피폐되어 있었다. 이러한 극한상황 속에서 문맹퇴치와 빈곤타파에 그 목표를 둔 이른바 브·나로드 운동이 한창 성행하게 되었다. 이러한 운동의 영향을 받은 것으로 믿어지는 「상록수」를 통해 작가는 농촌의 빈곤과 무지의 원인을 가진 자의 횡포와 없는 자의 고통으로 대립시켜 시대적 사회적 맥락에서 천착하고 있다. 가진 자를 그렇게 사악하고 방탕한 인물로 설정한 반면, 이와는 대조적으로 그들의 착취에 시달리는 가난하고 무지한 농민들은 한결같이 선량하게 묘사되어 있다. 그들 가난한 소작농민들은 오로지 자연에 매달려 살며 '독버섯'에 비유되는 가진 자의 착취에도 묵묵히 순응해 나가는 각박하고 여유없는 인간으로 등장한다. 그러나 그들에게도 의분과 항거가 있다. 다만 그들의 감정을 솔직이 표현하지 못하고 순응하는 것은 그들의 밥줄이 오로지 가진 자의 손에 매달려 있기 때문이다. 그러기에 그들이 일단 급박한 상황에 처하게 되면 무섭도록 분노를 터뜨리는 것이다.

일반적으로 농민문학이란 작가가 설정한 배경이 단순히 농촌이란 사실만으로 결정되는 것이 아니다. 우선 그 소재면에서 미개하고 몽매하면서도 농민 가운데 생산적인 건강성, 우둔하면서도 강한 의욕, 때로는 야성적인 표현이 있어야 하며, 또한 농민의 고유풍속, 이색적인 신앙과 경작노동에 수반하는 거대한 자연과의 원시적이면서 자유롭고 활달한 교섭 등이 선택되어야·한다. 그 위에 농민의 문제를 얼마나 냉철하게 다루었는가 하는 주제의식과 농민적인 전형의 창조, 농촌을 파악하는 작가의 예리한 눈, 그리고 도시와의 관련 아래 얼마만한 시대적인 의미를 갖고 있느냐 등의 종합적인 조건에 부합될 때 진정한 농민문학의 가치를 부여하게 되는 것이다.

이 작품이 이러한 농민문학적 한계성에도 불구하고 대중의 열광을 받았던 것은 희생양적인 채영신의 농촌봉사활동과 사랑, 그리고 그녀의 죽음이 독자들에게 전해 주는 동정적인 구성양식에 있다. 특히 천사적인 이미지를 지닌 채영신의 죽음이 대중의 동정적 공감대를 형성하여 오래도록 여운을 남기고 있는 것이다. 결론적으로 이 「상록수」는 건강하고 야성적인 농촌을 배경으로 한 사랑의 이야기로서 일제 통치 아래서 이슈를 찾지 못했던 암울한 상태에서 당시의 지성인들이 갖는 막연한 동경의 한 모습이 소설양식으로 구체화한 것, 다시 말하면 30년대 이 나라 인텔리들의 향수의 구현으로 표현했다고 봄이 옳을 것이다.

제3부

우리 가락의 현장

정읍사론
-井邑詞, 기다리며 소망하는 女心의 詩化-

I. 서 론

정읍사는 가사가 現傳하는 유일한 百濟노래이다. 가사에 관해서도 노래에 관해서도 백제에 대한 기록은 남아 있는 것이 드문 형편에 귀한 자료인 것만은 틀림이 없다. 음악으로 보아도 이미 554년에 일본에 가서 음악을 가르치던 백제인 악사들 선·후임자가 교대를 했다는 기사가 일본서기에 보이고 백제사람 마마지가 남중국 오나라에 가서 배운 기악을 일본에 전했다는 기록도 있지만 남아 있는 자료가 없고 고려사 악지 三國俗樂條에 「선운산」, 「무등산」, 「방등산」, 「정읍」, 「지리산」가가 있었다는 기록은 있지만 내용만 남아있을 뿐이다. 고려사의 편자는 "신라, 백제, 고구려의 음악을 고려가 아울러 써서 악보로 편성하였다. 그래서 여기에 붙여 箸錄한다. 가사는 俚語로 되어 있다."고 밝히고 있다. 즉 원래의 가사가 우리말로 되어 있어 기록으로 남기지 못한다는 것이다.

이 중 유일하게 정읍사의 가사가 전하니 주지하는 바대로 1493년 편찬된 악학궤범에 기록되어 온다. 하지만 기록연대는 백제가 패망한 지 거의 천 년 세월이 흐른 뒤이다. 따라서 모두 15행에 불과한 이 가사를 둘러싸고 많은 논의가 전개되어 왔다.

본고는 먼저 악학궤범에 전하는 정읍사 본문과 어석을 밝힌 다음 이제까지 문제가 되어 온 논의를 정리하고 정읍사에 나타난 여심이야말로 곧 열녀의식으로 연결되는 것이며 전통적인 여인상임을 부연하고자 한다.

> (前 腔)
> 둘하 노피곰 도두샤
> 어긔야 머리곰 비취오시라
> (小 葉)
> 어긔야 어강됴리
> 아으 다롱디리
> (後 腔)
> 全져재 녀러신고요
> 어긔야 즌디를 드디욜세라
> 어긔야 어강됴리
> (過 篇)
> 어느이다 노코시라
> (金善調)
> 어긔야 내가논디 졈그롤셰라
> 어긔야 어강됴리
> 아으 다롱디리

語釋을 정리해 보면 다음과 같다.

1. 노피곰

「노피곰」은 높직이, 높이높이. 「노피」는 「높이」의 뜻으로, 「높(高)」의 부사형이다. 즉 어간은 「높」. 「이」는 부사형 어미이다. 그러나 어간 「높」에 대하여 「놉」도 함께 사용되었고 「높」과 「놉」 등의 두가지 쓰임은 훈민정음 제정 당시의 표기원칙에 의한 것으로『훈민정음』해례에서 「종성 팔자 가족용」의 통용세칙을 세워 음운론적 이론에 의한 가용적 표기법을 채택하였다. 그러므로 「높」은 기본어형 「놉」의 변이형태인 것이다.

「곰」은 접미사다. 이 「곰」은 부사 아래 붙으면 그 말에 오는 동사의 작용의 정도를 보이기도 하고, 음조를 고르게도 하고 뜻을 강하게도 한다. 그러니까 요즘 말의 「만큼」 「쯤」과 같은 말이며, 명사 또는 수사 아래 붙으면 「씩」과 같은 말이 된다.

朴炳采는 부사 또는 용언의 부사형 아래 첨미되거나, 체언 아래 첨미되는 강세첨미사라고 하였다.

또한 「곰」은 주로 「ㅣ」모음이나 「ㄹ」자음 아래에서의 대부분과 「ㅣ」모음 이외의 모음 아래에서의 약간이 탈락으로 「곰」, 「옴」으로 변하여 사용되었다.

2. 도ᄃ샤

「도ᄃ샤」는 돋으시어(도ᄃ샤─돋ᄋ샤).

「도ᄃ」는 어간 「돋(出·昇)」 아래에 자음이 첫소리로 나는 보조어간이 올 때에 소리고름으로 사이에 양성 조성모음 「ᄋ」를 넣은 것임.

조성모음은 어떤 뜻이 있거나 문법적 관계를 돕는 것이 아니라 체언이나 용언어간에 받침이 있을 때 자음과 자음과의 충돌을 피하고 발음을 고르게 하는 모음으로써 「ᄋ」와 「으」가 엄밀히 구별되어 사용되었다. 즉,

> ⅰ)체언이나 어간말음이 양성모음 ㅏ·ㅗ·ㅐ·ㅘ·ㅣ 등일 때는 「·(ᄋ)」.
> ⅱ)체언이나 어간말음이 음성모음 ㅓ·ㅜ·ㅡ·ㅔ·ㅟ·ㅓ 등일 때는 「ㅡ(으)」.
> ⅲ)체언이나 어간말음이 중성모음 「ㅣ」인 때에는 「ᄋ」와 「으」를 혼용한다.

「샤」는 「시아」의 준말로서 주체존대의 보조어간 「시」와 부사형 어미 「아」의 합성, 즉 「시+아」=「샤」.

3. 머리곰

「머리곰」은 멀찍이, 멀리멀리. 「머리」는 멀다(遠)의 전성부사. 어간은
「멀」, 「이」는 부사형 어미이다.

현재 쓰이는 「멀리는 「샌르다(遠)」 「다르다(異)」 등의 부사형 「썰리」,
「달리」 등의 유추로 「르」이 개입한 「르-르」형으로 볼 수 있다.

4. 비취오시라

「비취오시라」는 비추십시오, 비추고 싶도다의 뜻.

「비취」는 명사 「빛(光)」에 「우」를 연결하여 명동사가 되고 다시 「이」
가 연결되어 사동동사를 이룬 어간이다. 즉, 「빛+우」비추」 「비추+이」비
취(照)」형이다.

「오시라」는 「고시라」의 「고오」의 「ㄱ」쯤 탈락형. 「고오」는 접속형 선
행어미. 「시」는 존칭보조어간, 「라」는 명령형 종결어미. 접속형 「고」에
명령형 어미 「라」가 붙는 「고라」는 원망이나 명령 또는 의문형으로 흔히
쓰는 어형이며 때로 존칭형으로 「시」가 개입하기도 한다. 즉, 「비취고시
라」는 「비취고라」의 높임으로, 「비취고라」는 보어형 「비취고」+「~라」
로써 형성된 형태인데 「비취고+시라(→시브라)」에서 「시」가 탈락되어
이루어진 것 같다.

「싶다」의 고어는 「시브다」이고, 영남방언은 「시라, 지라」이다. 고어법
에는 「ㄱ」이 첫소리로 되는 활용어미나 조사가 모음 「ㅣ」나 자음 「르」이
밑에 올 때에는 「ㄱ」이 묵음되는 일이 많다.

여기서 「비취오시라」의 「오」는 어간첨입모음인 「오」와 혼동하기 쉬우
나 이는 본래 접속형 연결어미 「고」이며, 이 「고」의 탈락형임을 주의해
야 할 것이다.

5. 녀러 신고요

「녀러」는 어간 「녀(行)」와 선행어미 「더」의 「ㅣ」 모음 아래 「드르」음
변형 「러」의 연결형으로 「러시」는 「더시」형의 변형이다.

「시ㄴ고요」의 「ㄴ고요」는 과거의문종지의 어미로서 존칭보조어간 「시」
와 의문형 종지어미 「ㄴ고」의 연결형. 원래 의문형 접미사는 「고」이다.
「ㄴ고」는 관형사형 어미 「ㄴ」이 「고」에 연결된 형이며 시상을 나타내고
있다. 「요」는 종지보조조사로서 의문형 접미사 「이오」의 합성으로 「고이
오」고요」로 된 의문형의 복합형이다. 즉, 「녀러신고요」는 「녀더신고요」
의 변형. 「녀더시ㄴ고요」녀시더ㄴ고요」녀시던고요」가시던가요」.

6. 즌 디롤

「즌」은 즐(泥深)의 관형사형. 「즐」을 과거형 관형어로 만들 경우엔 「은」
을 붙여야 하지만 ㄹ변칙 용언으로 「르」이 끝소리로 될 때에는 「ㄹ」이
탈락되고 모음 아래에서처럼 「ㄴ」만을 붙인 꼴이다.

「디」는 곳(處所)의 뜻. 이 「디」는 現用語 「데」인데, 원래 원시적 추상명
사 「ᄃ」에 처격형 접미사 「이」가 합성되어 명사로 굳어진 꼴이다.

「롤」은 밝은 홀소리를 가진 체언 아래에 쓰는 목적격 조사. 원형은 「ㄹ」
이며 음절연결상 「ㄹ」에 조성모음 「ᄋ」와 「으」가 합성되어 「올·을」이
발달하였고, 「올·을」은 다시 폐음절에서 문법적 인상강화의 수단으로 「
ㄹ~ㄹ」로 다시 「ㄹ~」이 첨입되어 「롤·를」이 발달한 모음조화의 법칙
에 따라 사용된다.

7. 드디요 ㄹ셰라

「드디」는 「드듸」의 변형으로, 이때는 음의 혼란에 따라 도리어 「의」

모음을 쓸 곳에 「이」 모음을 쓴 예가 된다. 뜻은 디디 「踏」.

「요」는 삽입모음의 「오」모음이 그 윗말 「드티」의 끝소리 「ㅣ」의 영향을 받아 「요」로 발음된 것이다. 「-ㄹ세라」는 「-ㄹ세라」 의구의 뜻을 가진 서술형 종결어미. 혹은 앞의 「ㄹ세라」의 어형을 감탄형 종결어미 「ㄹ셔」에 서술형 종결어미 「ㅣ라」의 합성이라 하고 「ㄹ셔」를 「ㄹ+ㅅ+ㅣ어」ㄹ셔」란 주장도 있을 수 있으니, 그것은,

> 荒淫홀셔 限ㅅ 님그미여(「杜諺」六·二)
> 아으 오실셔 곳고리새여(動動)

위의 예에서 보듯이 「ㄹ셔」의 감탄형이 있어서 여기에 「ㅣ라」의 서술 종지형을 붙여 疑念의 조동사로 만들었다고 할 수 있기 때문이다.

8. 노코시

「노ㅎ(放置)」와 존대 명령형종결어미 「고시라」가 합쳐진 것. 윗말 종성에 「ㅎ」음이 있을 때는 그 밑에 오는 「ㄱ, ㄴ, ㄷ, ㄹ, ㅂ, ㅈ」은 격음화해서 각각 有氣音 「ㅋ, ㅌ, ㅍ, ㅊ」으로 소리가 나타나는 것은 예나 이제나 같다. 「고시라」의 「고」는 접속형 선행어미. 「시」는 존칭보조어간이며 「라」는 명령형종결어미다. 朴炳采는 「고시라」의 「라」를 의문형 종결어미로 보았다.(op. cit, p.55).

9. 가논디

「가ᄂ(往)」에 삽입모음 「오」가 들어간 것에 관형사어미 「ㄴ」이 연결된 것이다. 朴炳采는 「가논」을 「가다(行)」의 관형사형으로, 金亨奎는 「가논」의 아어형으로 보았다. 「디」는 불완전명사 「ᄃ」에 처소격조사 「이」가 붙은 것. 「데에」는 「곳에」의 뜻이다.

10. 졈그롤

「졈그롤」은 「졈그를」졈글을(日暮)의 속철. 「저물을」의 뜻. 「졈글다」
져므다」는 「낡」남기」나모」나무(木)」, 「굶」굼기」구무」구멍(穴)」과 같이
ㄱ탈락형으로 음운론적 변화를 보이는 것이다.

Ⅱ. 정읍사를 둘러싼 논의의 쟁점

정읍사를 둘러싼 문제는 다음과 같다. 이 논의의 정리는 양태순의 "정
읍사는 백제의 노래인가?"에 크게 힘입었다.

1. 後腔과 後腔全의 문제

後腔에서 끊고 全을 뒤로 붙여 全져재 즉 全州져재로 보면서 全州라는
지명이 新羅 景德王 이후에 생긴 것이니 본 노래는 백제의 것이 될 수
없다는 주장이 있고, 반면에 後腔全으로 보면서 본 노래의 생성년대를
全州라는 지명의 그것과 결부시키지 말아야 한다는 주장도 있다.

양주동의 견해[1] …… 「後腔」과 「全져재」로 끊어지고 「全져재」는 「全州
져재」의 略語인데 「全州」라는 지명은 新羅 景德王 16년에 개명된 것이므
로 「井邑詞」는 "백제시대의 원작이 아니고, 적어도 景德王 이후의 소성
임"(p.39에서는 景德王 이후 舊百濟地方의 流行謠라 함)을 알 수 있다 하
였고, 「全州져재」를 「全져재」로 약칭함은 「安寸忽」(아즌ㅅ골)을 「安市」로
「廣津」을 「廣ㄴ르」라 칭한 것과 같다고 예시하였다.(p.51)

양주동의 견해[2] …… "羅 景德王代 이후 내지 기실 麗代의 舊百濟地方
의 民謠요 백제 시대의 노래는 아니다"고 하였다.(p.117)

---

1) 양주동, 『麗謠箋注』, 을유문화사, 1946.
2) 양주동, 『국학연구논고』, 을유문화사, 1962.

　이병기의 견해3) …… i) 다른 노래의 경우 後腔에는 반드시 附葉 등이 있으나 「井邑詞」는 특이한 것으로서 後腔만으로 오로지 끝났다는 의미에서 「後腔全」이라 한 것이며, ii) 그와 같은 「全」字의 용례는 『高麗史』 世家十三睿宗九年六月條에도 보인다고 하였다(pp.57~9).

　지헌영의 견해4) …… 廣州津이 줄어서 廣津이 된 것이 아님을 소상히 밝혀 양주동의 견해에서 제기한 바 「全州져재」가 줄어서 「全져재」가 되었다는 견해를 반박하고 이병기의 견해를 수용했다.(pp.314~331)

　장지영의 견해5) …… 이병기의 견해를 취하면서 「全州져재」로 보는 것은, i) 景德王 이후에 지어졌다는 말인데 망한지 백년이 지난 터에 백제 노래라 할 리 없고, ii) 全州는 井邑에서 멀어야 칠십리밖에 안되는 거리인 즉 안타까이 노래부를 게 아니고 직접 찾아갈 수 있으며, iii) 「全州져재」를 줄여 「全져재」라 함은 어감상 그 辭調가 궁색하며, iv) 이 노래에는 歌詞全篇에 漢字이거나 漢語이거나 하나도 섞인 바가 없는데 漢字인 「全」字 하나가 섞인다는 것이 눈에 거슬리기 때문에 무리라고 하였다.(pp.7~8)

　김형규의 견해6) …… i) 고유명사는 「全」一字임이 당시의 지명개칭에서 확인되는바 「全져재」이긴 하되 「全州져재」의 약칭은 아니고, ii) 後腔全이란 篇名의 용례가 없을 뿐 아니라 「鄭瓜亭」의 前腔·中腔에 다 葉이 없는데도 「全」字를 붙이지 않았으며, iii) 句節初頭에는 三言을 쓰고자 하는 것이 본 노래의 경향이며, iv) 가요의 지명은 기록된 시대의 것으로 남으며, v) 歌意面에서도 단순히 「져재」라면 막연하기 때문에 「全져재」로 보는 것이 옳다 하였다. (pp.205~7)

　최정여의 견해7) …… i) 백제·신라·고구려의 樂名으로 사용한 地名은 대부분 고려에 와서 명명된 것이고, ii) 「井邑全州屬縣」의 記事는 井邑

---

3) 이병기, 『국문학전사』, 신구문화사, 1975.
4) 지헌영, 「정읍사의 연구」, 『고려가요연구』, 정음사, 1979.
5) 장지영, 「옛노래 읽기 (정읍사)」, 『한글』 111호.
6) 김형규, 『고가주석』, 백영사, 1955.
7) 최정여, 「정읍사재고」, 『계명논총』 3집, 1967.

을 지칭해 주는 것이요, 「井邑詞」를 지시한 것은 아니므로 全州에만 얽
매일 필요는 없으며, iii) 따라서 「全져재」로 보기는 하되 이 「全」은 字意
그대로 「온」(모든)으로 해독할 수밖에 없다고 하였다(p.26).

위에서와 같이 「後腔 全져재」로 보느냐 「後腔全 져재」로 보느냐 하는
문제에 대해서는 실로 다양한 견해들이 제시되었다.

그러나 고려사 악지 중 정읍사에 대한 기록의 첫머리 "정읍은 전주의
속현이다"라는 전술이 의혹을 자아낸다. 같은『고려사』의 「地理志」에서
"井邑縣은 본래 백제의 井村縣인데 新羅 景德王 때 지금 이름으로 바뀌
었으며 大山郡(大=太=泰. 뒤에 泰仁이 됨−필자)의 領縣이 되었고 고려
에 이르러 高阜郡의 속현으로 들어갔다"고 하였다.『三國史記』와『新增
東國輿地勝覽』을 상고해 보더라도 정읍이 전주의 속현으로 있었던 사실
은 나오지 않는다.

그렇지만 「정읍사」를 이해하는데 있어 정읍이 전주의 속현이었느냐는
점은 실은 굳이 따질 필요가 없다. 그리고 「全져재」로, 아니면 「져재」로
읽어야 옳은지도 원문을 확성하는 데는 문제가 되지만, 작품 내용의 해
석상에는 관계가 별로 크지 않다. 전주 장터인지, 아니면 온 장터를 헤매
는지, 상사를 나간 남편이 기다려도 기다려도 지금 바야흐로 돌아오지
않고 있다. 그래서 고개 마루의 바위에 올라서서 돌아오지 않는 님을 기
다리며 바라고 걱정하는 마음에서 부른 노래인 것이다.

2. 李混 作詞說

　『高麗史』樂志 俗樂條의 기록과 列傳 李混條의 기록에 주목하여, 본
노래는 고대 충열왕 때 이혼이 지었다는 주장이 있으나, 역시 같은 기록
의 재검토에 의한 반론이 가능하다.

이병기의 견해 ……『高麗史』列傳 李混條를 근거로 「정읍사」를 이
렇게 작곡한 것은 이혼이라 하였다(pp.56~7).

지헌영의 견해 ……『高麗史』樂志 俗樂條의 「李混制爲舞鼓」列傳
李混條의 「制爲舞鼓 至今傳于樂府」의 기록은 간과할 수 없는 것이니, 현
존 「정읍사」의 작사자로 李混父子의 주위(福山莊 그룹)를 지목하지 않을
수 없다고 하였다. (p.351)

그러나『고려사』의 해당 文面을 검토해 보면 지헌영의 이혼 작사설은
물론이고 이병기의 이혼 작곡설도 인정하기는 어려울 것이다.

A(列傳 李混條)　嘗貶寧海 得海浮査 制爲舞鼓 至今傳于樂府

B(俗樂 舞鼓條)　㉠ 舞鼓 侍中李混謫宦寧海 乃得海上浮査 爲舞鼓
　　　　　　　其聲宏壯

　　　　　　　㉡ 其舞變轉 翩翩然雙蝶繞花 矯矯然二龍爭珠

　　　　　　　㉢ 最樂部之奇者也

C(俗樂 動動條)　動動之戲 其歌詞多有頌禱之詞 盖效仙語而爲之 然
　　　　　　　詞俚不載

D(俗樂 無㝵條)　無㝵之戲出自西域 其歌詞多用佛家語 且雜以方言
　　　　　　　難於編綠
　　　　　　　姑存節奏 以備當時所用之樂

A와 B ㉠에서 보면 浮査(뗏목)을 얻어서 舞鼓를 만들었다고 하였으니
이 舞鼓는 歌·舞·樂의 종합 예술로서의 呈才名이 아니라 악기의 명칭
일 뿐이며, 그것도 기왕의 鼓를 浮査로 만든 받침대에 얹어 소리가 더욱
잘 울리도록 개량한 것에 지나지 않으니 B ㉠의 「其聲宏壯」은 그러한 사
정을 명백히 하고 있는 것이다.

B에서 ㉠은 李混에 의한 舞鼓라는 악기의 개량·제작 경위를 설명한
것이요, ㉡은 「舞鼓」 呈才의 舞에 대해 설명한 것이요, ㉢은 「舞鼓」 呈才
전체 내지는 그 舞에 대해 찬탄한 것이다.

따라서 「정읍」詞는 물론이요 「정읍」曲 더 나아가서는 「舞鼓」 呈才가
李混의 소작이라는 근거는 찾아볼 수 없으며 다만 李混의 종래의 鼓를

浮査를 사용하여 舞鼓로 개량·제작한 사실만 확인할 수 있을 뿐이다.

또한 C·D에 드러난 서술 방식에 비추어 볼 때, 만약 李混이 呈才化했다면 B는 응당 「舞鼓之戲 李混所製也」 정도로 시작되었을 것이고 李混이 작사했다면 B의 ㉠이나 ㉡ 뒤에 「其歌詞亦李混所製也」와 같이 명기하지 않았을 리가 없을 것임을 알 수 있다.

李混列傳에 그가 「好琴碁」하였음과 그의 아들이 「登第仕至成均樂正」하였다는 기록이 있으나 이로써 李混의 작곡 내지 작사설의 근거로 삼을 수 없음은 자명할 것이다.

3. 內容·詞名·時代背景의 문제

본 노래의 내용과 詞名을 철저하게 淫詞로 풀이하고 忠烈王 때의 淫風的인 시대 배경과 결부시켜 고려의 노래로 보는 주장이 있고, 淫詞로 보지 않거나 淫詞로 보더라도 忠烈王代의 소작으로 보지 않는 주장도 있나.

지헌영의 견해 …… 「정읍사」는 i) 歌意가 불안·의문·의구의 흐름으로 되어 있고, ii) 「내가논디」가 육체 안의 禁斷地域(男根)을 뜻하는 隱語·비밀어·유행어인 까닭에 그 내용이 순전한 淫詞이고(pp.331~339), 詞名인 「정읍」도 고유명사가 아닌 市井·商街」 등의 보통명사로, 더 나아가서는 알레고리적인 것 즉 비밀어 「즌디」 「내가논디」와 같은 은어로 볼 수 있으며(pp.339~340), 따라서 그 생성년대는 「내가논디」와 같은 은어가 유행했던 고려 高宗~忠烈王代(「한림별곡」 창작년대)와 동일한 시대로 본다고 하였다. 이에 덧붙여 武人의 專橫과 部曲民의 반란을 겪은 뒤의 사회적 동요와 경제적 불안에 휩쓸린 시대적 환경이 淫藝之詞에의 관심을 야기시켰고 궁중가락을 충렬왕의 淫風的 環圍에서 새로이 보강하기 위하여 妬忌之詞인 「정읍사」가 창작된 것이라고 하였다(pp.350~352).

최정여의 견해 …… 淫藝之詞로 指彈된 것이 「井邑」만이 아니었는데, 그들의 歌名 가운데 이와같이 은어적인 비유로 된 것이 없고, 여성성기의 의미로 「샘골」 「옹달샘」과 같이 作名된 것이라면 「~井」이라 하고 「井」과 「邑」의 복합으로 쓰지 않았을 것이며, 퇴폐성이란 말은 忠烈王代에만 해당되는 것이 아니요, 이전 이후에도 있는 것이라 하였다(p.11).

그러나 이런 淫詞라면 중종대에나 와서야 그 사실이 지목되어 「五冠山」으로 대체되었을까 하는 의문이 제기된다. 『조선왕조실록』의 기록에 의하면 대제학 南袞의 제안으로 시행이 되었지만 그 이후 「정읍사」가 무고정재에서 실제로 쓰이지 않았던 것은 아니다. 許筠이 지은 1편의 시가 증언하고 있다.

腰鼓를 떠메어다 연회장에 설치하고　舁來腰鼓置中筵
돌고도는 붉은 북채 춤추는 소매 너울너울　輪得紅槌彩袖翩
자진 박자 급한 퉁소 정읍사 부르는데　催拍急簫謳井邑
八盤이 막 돌아가자 북소리 둥둥　八盤初轉響塡然
(「閱樂」 8首 중의 1首. 『惺所覆瓿藁』 卷二)

첫 구절의 장면묘사는 『악학궤범』에서 舞鼓를 시작하는 대목의 "악공 16인이 북과 대를 받들고 나와서 殿中에 설치한다"는 해설과 서로 일치한다. 腰鼓는 무고의 북을 가리키는 것이다. 마지막 구절의 八盤은 곧 북 9座이니 방금 八舞鼓를 연출하고 있다.

그 과정에서 부른 노래는 바로 「정읍사」이다. 어떤 경위로 무고정재에서 「五冠山」이 밀려나게 되었던지 그 경위는 알 수 없으나 「정읍사」가 그대로 쓰였던 것은 분명하다. 정조 19년(1795) 혜경궁의 壽宴을 대단히 거룩하게 열었는데 그때 연행된 중에 '井邑樂'이 들어 있다. 「정읍사」는 계속 무악으로 연출되었던 것이다.

4.「舞鼓」呈才와「井邑」의 문제

呈才는 歌·舞·樂이 혼합된 종합 예술로서 舞가 중심이고 詞는 보조
적 기능을 담당하게 되는데, 그와 같은 呈才로서의「舞鼓」는 고려에 와
서 창제된 것이나 거기에 채택된 唱詞는 백제 노래인「井邑」詞라는 주장
이 있다.

최정여의 견해…… 신라에서는 歌·舞·樂이 분화되어 있었고 舞는
唐의 영향으로 개편되었으며, 고려에서는 宋代의 雅樂과 詞樂의 유입으
로 歌·舞·樂이 혼합된 呈才로 재구성 되었고「舞鼓」呈才도 그 하나
인데 그 呈才化 과정에서 李混이 만든 악기인 舞鼓가 편입되었고 歌詞로
「井邑」詞가 채택된 것이라 하였다.

또한 오늘날의 杖鼓춤이 그 잔영인 듯한「舞鼓」呈才는 그 변화무쌍한
舞의 壯觀美發顯이 主요「井邑」詞는 幕間助演에 지나지 않았으니「정읍」
呈才라 하지 않고「舞鼓」呈才라 하였다하고, 만약「舞鼓」呈才와「井邑」
詞가 불가분의 관계라면「五冠山」으로 내치될 수 없는 일이요 他呈才(鶴
蓮花臺·處容舞合設)에 끼어들 수도 없는 일이라 하였다(pp.15~17).

요컨대 이 견해는 麗代에 李混에 의해 말들어진「舞鼓」라는 악기와 그
악기를 편입시켜 누군가에 의해 만들어진「舞鼓」라는 呈才와 그 呈才에
歌詞로 채택된「정읍사」는 구분해서 생각해야 하고 따라서「정읍사」는
백제 전래의 노래임을 명쾌하게 밝힌 것이라 하겠다.

5.『高麗史』樂志 編次의 문제

『三國史記』樂志와『高麗史』樂志의 編次方式의 유사성과『高麗史』
樂志 俗樂條와 三國俗樂條의 내용으로 보아 百濟俗樂 井邑을 인정해야
한다는 주장이 있다.

최정여의 견해…… i)『三國史記』樂志와『高麗史』樂志의 編次方式은

樂器・舞樂・歌詞・在來俗樂의 기록법이 동일하므로 百濟俗樂 정읍을
인정해야 하며, ii)『高麗史』樂志 三國俗樂條 서두의「新羅・百濟・高句
麗之樂 高麗並用之 編之樂譜 故附著于此 詞皆俚語」라는 기록으로 보아
백제 노래인「정읍」도 그 曲과 詞가 있었음을 알 수 있고, iii) 高麗俗樂
舞鼓呈才의 唱詞로「정읍사」가 들어있다고 하여 그것이 고려의 것이라
고 할 수 없음은 신라 元曉作인「無㝵詞」가 無㝵呈才에 들어있다고 하
여 고려의 것이라 할 수 없음과 같으며, iv) 高麗俗樂條 서두의「其動動及
西京以下二十四篇皆用俚語」라는 기록에서「정읍사」와「無㝵詞」가 누락
된 것은 그 呈才는 麗代의 것이나 그 詞는 각기 백제와 신라의 것이기
때문임을 알 수 있다고 하였다(pp.12~14).

이 주장은『高麗史』樂志 三國俗樂條의「정읍」과 高麗俗樂條 舞鼓呈
才의 唱詞인「정읍사」가 서로 다른 것임을 증명할 수 없는 한, 백제의 노
래임을 인정해야 함을 극명하게 보여준다.

6. 附帶說話의 문제

『高麗史』樂志 三國俗樂條의 정읍 창작 배경설화는 동양에 있어서 그
형성년대를 고대에까지 소급시킬 수 있는 유형성을 지닌 것이므로 정읍
사는 백제시대의 유일한 문학유산으로 인정할 수 있다는 주장이 있고, 반
면에 그것은 후대에 조작된 정읍사 始源傳說일 따름이라는 주장이 있다.

이병기의 견해 …… 중국・우리나라・일본의 望夫石說話들을 예시하
고 그런 유형의 것들은 그 형성년대가 오랜 地名綠起說話이기 때문에
"이같이 오래된 설화를 배경으로 하고 있는 이 정읍사도 응당 그 형성년
대를 올려서 잡는 데에 조금도 주저할 필요가 없을 것으로 믿는다. 이런
관점에서 볼 때 우리는 역시 정읍사 형성년대를 삼국시대로 볼 수 있고
따라서 백제시대의 유일한 문학유산으로 이 정읍사를 들어도 무리가 없
을 것으로 본다"고 하였다. (p.226)

지헌영의 견해 …… "정읍사를 창작·작곡한 文人·官人 계급은 그들의 자존심에서 淫詞 정읍사의 창제자를 표면에 내세우기까지 대담할 面子는 없어 井邑商人之女歌之云云의 전설을 마련하여 전파"시킨 것이라 하였다. (p.352)

최정여의 견해 …… 이병기의 견해를 수용하면서 i) 조작된 井邑詞始源傳說로 본다면 三國俗樂條의 餘他歌 전설은 어떻게 취급해야 할 것인가? (그들도 모두 조작되었다는 것인가?), ii)『高麗史』의 編修官들이 고려에서 조작한 정읍사의 전설을 몰상식하게 백제 정읍에다 붙이는 과오를 저질렀을까 하는 의문을 제기하였다. (p.11)

지헌영의 견해는 문헌상의 기록을 부정할 만한 상응하는 실증적 근거를 확보하지 못한 근본적인 한계점을 지녔을 뿐 아니라, 최정여가 제기한 의문을 합리적으로 해명하기 어렵다는 부담까지 안고 있음을 부인할 수 없다.

7. 樂曲의 문제

「정읍」의 악곡이 「動動」의 그것을 변개·습용한 것임을 밝히고 「정읍」의 詞도 「動動」의 그것으로부터 영향을 받아 변개되었으나 후렴구 이외의 부분은 백제의 원래 노래에 근사할 것이라는 주장이 있다.

양태순의 견해8) …… 歌詞로서의 「정읍」과 樂曲의로서의 「정읍」을 구분하고, 악곡은 麗代에 와서 動動의 그것을 습용·변개하였으며, 가사는 백제의 것이지만 악곡의 습용·변개와 더불어 가사에 있어서도 영향을 받았을 것이라 하고, 「어긔야」, 「어긔야 어강됴리」, 「아으 다롱디리」 등의 후렴구 첨가는 그 영향으로 비롯된 것이라고 하였다(pp.200~202).

소위 고려속요로 불리는 것들이 대체로 후렴을 포함하고 있는 사실을

---

8) 양태순, 「고려속요에 있어서 악곡과 노래말의 변모양상」,『관악어문연구』 제9집, 1984.

고려할 때 위의 견해는 상당한 설득력이 있을 것으로 보나, 그 후렴의 존재가 백제 내지 신라 노래의 영향일 가능성 그리고 動動의 악곡의 정읍의 것으로부터 영향을 받았을 가능성도 배제할 수 없기 때문에 속단하기는 어려울 것으로 보인다.

이상의 논의를 살펴보면 결국 현재 『악학궤범』에 전하는 것이 백제의 원작에 얼마나 근사한 것이냐의 문제는 남지만 정읍사는 백제의 노래로 보는 것이 타당하다고 할 것이다.

Ⅲ. 결 론

『고려사』 악지에 남아있는 백제노래 중 무등산가를 빼고는 다 여인이 지어 불렀으며 그 중 세 편의 기다림을 시화하고 있다. 부역 나간 남편이 기한이 지났는데도 돌아오지 않아 선운산에 올라가 부른 「선운산가」가 국가라는 기구를 유지하기 위해 지아비와 이별한 여인이 지은 것이라면, 「방등산」가는 방등산에 창궐한 군도에게 납치된 부인이 자기 남편이 구출해 주기를 고대해도 오지 않자 남편을 풍자해 부른 것이라고 하니 사회로부터 일탈된 도적의 무리에게 납치되어 남편과 생이별하여 구하러 오기를 기다리며, 기다림이 원망으로 전이되었다고 볼 수 있다.

기다림은 흔히 수동적인 자세라고만 파악되기 쉽다. 그러나 「정읍사」에서 보듯 자신의 마음을 직접적으로 서술하지 않고 달이라는 객관적 상관물을 통해 현실적으로는 불가능한 소망, 즉 달의 움직임을 '노피곰', '머리곰' 요구하여 그 달의 수직적 수평적 확대 능력으로 자신의 불안을 긍정적인 방향으로 이끌려는 의지야말로 언제라도 있을 수 있는 님의 부재를 끝내지 않게 하는 것이다.

백제 여인의 기다림이 순응적인 것이 아님은 「지리산」가에서 명확히 드러난다. 구례현에 미모가 뛰어난 여인이 가난하나 부녀의 도리를 다하며 살아가는데 백제 왕이 아름다움을 탐내 차지하려 하자 지어 불렀다는 이 노래는 「도미의 처」 설화를 연상시키면서 보다 적극적인 열녀의 표상을 보여 준다. 남편을 기다리고 남편이 아닌 다른 사람은 부귀영화를 보장한다 해도 죽음으로써 항거하는 여성상을 원형적으로 보여주고 있는 것이 백제의 시가라고 할 수 있는 것이다.

신라의 경우를 생각해 보라. 수로부인과 얽혀있는 「해가사」나 「헌화가」, 「처용가」에서는 백제의 여인과는 아주 다른 모습의 여성상을 볼 수 있으니 설화에서도 도미의 처가 아니라 도화녀 형을 창출하기에 이른다. 이것으로 보면 신라 통일 이후 모든 문물이 신라 중심인 것에 비해 여인상만은 백제여인의 모습이 계속 전해져 백제문화권에서 춘향전 같은 작품이 탄생했던 것이 아니겠는가.

정읍사가 시대를 뛰어넘으며 사랑받는 것은 세월은 흘러도 여인들의 상황은 정읍사를 부르던 시대와 크게 달라지지 않아서인지도 모르지만 이 노래는 단순하고 소박하면서도 세련된 미의식, 온화하고 너그러우면서도 긴장감을 잃지 않는 자연스러운 아름다움을 추구한 백제인의 미의식이 시로 형상화되어 이후 오늘날까지 대표적인 한국의 여인상으로 우뚝 서 있는 것이다.

김영랑론

– 초기시를 중심으로 –

I. 서 론

영랑 김윤식은 『詩文學』(1930)에 작품발표를 시작한 이래로 총 87편의
시작활동을 전개해 나갔다. 이른바 순수시의 기수라 일컬어지는 영랑에
대한 기존의 연구는 최초의 본격적 연구작업이라 할 수 있는 徐廷柱의
「영랑의 서정시(『文藝』, 1950. 3)」이후로 대체로 『永郎詩集』을 중심으로
한 초기활동에 중점을 두고 있다고 할 수 있으며, 그 평가 경향도 주로
영랑시의 시문학사적 중요성을 부각시키고, 언어미학적 형상화의 탁월
성을 강조하며, 그의 시세계를 순수서정의 세계로 요약하는 등 거의 공
통적인 면을 보인다.1) 이러한 기왕의 연구는 초기시라는 부분적인 시세
계에만 논의를 집중시키는 한계를 갖고 있으며, 영랑시의 초기시 이후
작품활동에 대한 보다 전반적이고 포괄적인 탐구작업이 필요하다는 의
견이 대두되기도 하였다. 그러나 영랑시 전편 중에서 순수 서정성이 두
드러진 초기시가 작품의 대다수를 차지하고, 작품의 미학적 측면에 있어
서도 초기시에 그 탁월성이 보이므로 본고에서는 초기시를 중심으로 하
여 기존의 연구·평가 작업을 종합 정리하는 데 주된 목적을 두었다. 본

---

1) 양병호, 「영랑시 연구—변모양상을 중심으로」, 『전북대 박사학위논문』, 1992,
   pp.3~9.

고는 『永郞詩集』(1935. 11)[2]에 실린 1930년~1935년까지의 작품 54편을 중심텍스트로 하여 주로 주제적·내용적 측면에 의거, 이 작품들이 갖는 공통적 특성을 규명할 것이다.

Ⅱ. 「내마음」에 내재된 哀想的 情調

永郞의 詩語를 분석해 볼 때, 초기시에 「내마음」 또는 이와 유사한 시어들이 집중적으로 사용되고 있음은 주지의 사실이다.[3] 시어의 빈도수에 있어서 「나」와 「마음」이 자주 사용된다는 것은 영랑의 초기시가 「내마음」이라는 시적 대상을 지향하고 있다고 할 수 있다. 즉 영랑의 초기시가 「내마음」에 시적 발상을 두고 있다는 것이다.

　　　내 마음을 아실이
　　　내 혼자ㅅ 마음 날가치 아실이
　　　그래노 어네나 세실 깃이면

　　　내 마음에 때때로 어리우는 티끌과
　　　소김없는 눈물의 간곡한 방울방울
　　　푸른 밤 고히 맺는 이슬가튼 보람들
　　　보밴득 감추었다 내여드리지

　　　아! 그립다.
　　　내 혼자ㅅ 마음 날가치 아실이
　　　꿈에나 아득히 보이는가

　　　행 말근 玉돌에 불이 다러

---

2) 『영랑시집』은 박용철에 의해 편집·간행된 것으로 거의가 『시문학』, 『문학』 兩誌에 발표된 것들이나, 처음 발표될 때의 詩題를 버리고 일련번호를 붙이고 있다. 본고에서는 일련번호 대신 원제를 명기하고자 한다.
3) 정한모, 「조밀한 서정의 탄주」, 『文藝春秋』 1권 9호, 1964, p.256 참조.

사랑은 타기도 하오련만
불비테 연긴 듯 히미론 마음은
사랑도 모르리 내 혼자ㅅ 마음은

「내 마음 아실 이」 전문

내 마음의 어린 듯 한편에 끗업는 강물이 흐르네
도처 오르는 아픔날 빗이 빤질한 은결을 도도네
가슴엔 듯 눈엔듯 또 핏줄엔 듯
마음이 도른도른 숨어있는 곳
내 마음의 어린 듯 한편에 끗업는 강물이 흐르네

「동백닙에 빗나는 마음」 전문

이 두 편의 시에는 각 연마다 또는 각 행마다 「마음」이나 「가슴」이란 어휘가 반복되어 사용되고 있다. 그런데 이때 「내 마음」을 말하고 있는 화자의 내면 세계는 겉으로 드러나 있지 않다. 구체적인 모습을 표출하고 있다고 하기 보다는 「은은함」이나 「뉘앙스」의 모습, 즉 모호한 분위기만을 제시하고 있다고 할 수 있다. 외계의 사물을 감각적으로 투시하려 들지 않고 그 근원적인 「마음」으로 끌어들이면서 감정이나 정서를 시적 대상으로 삼고 있는 것이다. 반복적으로 사용되는 「마음」이라는 시어는 정서적 대상으로서, 외부의 상황이나 외부세계와는 절연한 채 내적인 세계로 침잠하는 시인의 對應樣式을 대변하는 것이다.

뵈지도 안는 입김의 가는 실마리
새파란 하날 끝에 오름과 가치
대숲의 숨은 기혀 차즈려
삶은 오로지 바늘끝 가치

「뵈지도 안는 입김의」 전문

이 작품 또한 「마음」에 대한 구체적 표상이 이루어지지 않고 있다. 「마음」이 직접적으로 제시하고 있는 대상이 무엇이며, 그것이 추구하고 지향하는 바가 무엇인지가 분명하게 나타나 있지 않다. 다만 「마음」이 화자가 추구하는 삶의 목표로 표상되었을 뿐, 그 삶의 목표가 무엇인지 그 실체가 뚜렷하지 못한 것이다. 이러한 「마음」의 불투명성은 영랑의 시가 의식적인 차원보다는 주로 정서적 차원을 강조하고 있는 데서 비롯된 것이라 할 것이다.

그런데 영랑시의 「마음」의 형태는 주로 「나」와 연결된 주관적 정서로 나타나며, 이것이 항상 동적 율동의 상태로 있다고 할 수 있다. <詩의 가슴을 살포시 젓는 물결가치―「돌담에 소색이는 햇발」>, <떠날러 가는 마음의 파름한 길을―「떠날러 가는 마음의」>, <얼결에 여흰 봄 흐르는 마음―「가늘한 마음」>, <꿈밭에 봄마음 가고가고 또 간다―「꿈밭에 봄마음」> 등의 용례에서 볼 수 있는 바와 같이, 영랑은 마음을 정지상태에 두지 않고 시간적 흐름에 따라 움직이는 동적인 표현으로 나타내고 있다. 이는 마음을 농석인 상태로까지 이끌어 정서를 흥건히 짖어 흐르게끔 하는 영랑시의 정서적 기조4)라 할 것이다. 또한 무형의 「마음」을 여러 섬세한 감각적 수식어로 형상화(<아슬한 하늘 아래 귀여운 맘 질기운 맘―「언덕에 바로 누어」>, <불비테 연긴 듯 히미른 마음은―「내마음을 아실 이」>, <샘물 정히 떠붓는 안쓰러운 마음결―「제야」>, <님 두시고 가는 길의 애끈한 마음이여―「님 두시고 가는 길의」> 등)함으로써 외부세계와는 차단된 내면세계의 정서를 강조하고 있다.

이와 같이 구체적으로 실체가 드러나지 않는 영랑 초기시의 「마음」은 주로 「나」와 관계 속에서 정서적 측면을 강조하면서 빈번히 사용되고 있는데, 「내마음」에서 기조를 이루고 있는 기본정서는 「슬픔」이나 「눈물」로 표출되는 비애와 애사의 정조라 할 수 있다. 따라서 「내마음」으로 대

---

4) 위의 책, p.25.

변되는 자아의 고립 속에서 토로되는 슬픔과 비애가 영랑시의 본질적 정
조인 것이다.

어덕에 바로 누어
아슬한 푸른 하날 뜻업시 바래다가
나는 이젓슴네 눈물도는 노래를
그 하날 아슬하야 너무도 아슬하야

「어덕에 바로 너어」 1연

못오실 님이 그리웁기로
흐터진 꽃닙이 슬프렷든가
뷘손쥐고 오신 봄이 거저나 가시련만
흘러가는 눈물이면 님의 마음 저지련만

「못오실 님이 그리웁기로」 전문

상기한 시들에 나타나는 「눈물」과 「슬픔」은 그리움과 안타까움을 바
탕으로 한 비애이다. 화자는 잃어버린 「님」에 대한 막연하고 은은한 슬
픔의 분위기 속에서 그리움과 안타까움을 토로하고 있는 것이다. 그런데
이때 비애의식은 영탄이나 감상 혹은 과잉의식에 기울어지지 않고 「마음」
의 내부로 향해 있을 뿐 아니라 차분하게 가라앉아 있다는 점에서 20년
대 낭만시와는 그 성격을 달리하고 있다고 할 수 있다. 영랑은 슬픔을 심
미적으로 처리하여 감각의 황홀을 추구[5]하는 유미주의적 태도를 견지하
고 있는 것이다.

「내 마음」 속에 내재한 비애와 애상의 정조는 그 원인이 뚜렷이 밝혀
지지 않고는 있지만, 화자가 느끼는 비애의식은 대체로 「님」을 잃어 버
린 데 대한 아픔에서 비롯된 것으로 유추해 볼 수 있다.

---

5) 위의 책, p.25.

쓸쓸한 뫼아페 후젓이 안즈면
마음은 갈안즌 양금줄 가치
무덤의 잔디에 얼골을 부비면
넉시는 향맑은 구슬손 가치
산골로 가노라 산골로 가노라
무덤이 그리워 산골로 가노라

「쓸쓸한 뫼아래」 전문

상기 시에는 「눈물」이나 「슬픔」이 직접적으로 드러나 있지는 않지만 「님」의 죽음으로 인한 상처를 그대로 시에 옮겨 놓고 있다. 이때의 님의 죽음을 굳이 아내의 죽음과 관련짓지 않는다 하더라도 영랑의 초기시에 두드러지게 나타나는 비애는 이별이나 죽음으로 인한 깊은 상처를 전통 시가나 정제된 민요 속에 이어져 온 정한과 율조를 바탕[6]으로 하여 내면화시킨 정제된 형태의 비애라 할 것이다

Ⅲ. 自然을 통한 내면세계의 표출

영랑시의 두드러진 특징인 「내 마음」이라는 내면세계는 주로 자연을 통해 제시되고 있는 불투명하고 모호한 「마음」의 내면상태가 자연의 이미지와 밀접한 관련을 맺고 있는 것이다. 따라서 영랑에 있어서의 자연은 그의 내면 풍경이 투사된 모습이거나 자신의 꿈이 변형된 모습[7]이라 할 수 있다.

내 가슴 속에 가늘한 내음
애끈히 떠도는 내음
저녁해 고요히 지는제

---

6) 김학동, 위의 책, pp.26~27 참조.
7) 이숭원, 『현대시의 내면구조』, 새문사, 1988, p.55.

먼山 허리에 슬리는 보랏빛

「가늘한 내음」 1연

돌담에 소색이는 햇발가치
풀아래 우슴짓는 샘물가치
내마음 고요한 고흔 봄길우에
오날하로 하날을 우러르고 십다.

「돌담에 소색이는 햇발」 1연

　상기 인용시들에는 「내 마음」의 정서가 「보랏빛 저녁노을」이나 「봄하늘」을 통해 전달되고 있다. 이 때의 보랏빛 저녁노을이나 봄하늘은 티없이 맑은 순수상태의 내면세계를 대신하는 자연의 사물들이다. 시인은 순진무구의 내면세계를 직접 제시하거나 그것에 대한 추상적 관념을 제시하지 않고, 자연의 정경을 통하여 자신의 지향점을 드러내고 있는 것이다. 영랑시의 서정성이 「마음」에 기조를 두고 있고, 이 「마음」이 「자연」의 모습으로 대체되어 나타난다고 할 때, 결국 자연이란 영랑시의 출발점이 되는 것이라 할 수 있다. 「내 마음」을 바탕으로 하는 섬세한 애상적 정조가 자연을 소재로 하는 서정적 율조 속에 융화하여 자연과의 동화 또는 자연에 대한 깊은 애정을 표출하는 것이다.

호르 호르르 호르르르 가을 아참
취여진 청명을 마시며 거닐면
수풀이 호르르 버레가 호르르르
청명은 내 머리속 가슴속을 저져들어
발끝 손끝으로 새여나가니
온살결 터럭꼿은 모다 눈이요 입이라
나는 수풀의 정을 알 수 잇고
버레의 예지를 알 수 잇다.

그리하야 나도 이 아참 청명의
가장 고읍지 못한 노래ㅅ군이 된다.

「청명」 1, 2연

　상기시에서 화자는 자연과 완전한 일체를 이루고 있다. 가을아침의 청
명한 기운이 「온살결」과 「터럭」 하나에까지, 「눈」과 「입」으로까지 번져
결국은 화자가 「청명」을 노래하는 「노래ㅅ군」이 되는 것이다. 화자가 자
연에 몰입하여 완전 합일상태를 이룰 때, 화자는 자연의 극치의 아름다
움에서 비롯되는 황홀감을 체험하게 된다.

햇발이 처음 쏘다오아
청명은 감작키 으리으리한 관을 쓴다.
그때에 토록하고 동백 한 알은 빠지나니
오! 그 빛남 그 고요함
간밤에 하날을 쫓긴 별쌀의 흐름이 저러햇다.

「청명」 3연

　맑은 가을날의 정경에 대한 화자의 극찬은 화자가 체험한 자연에의 황
홀감에서 비롯된 것이다. 순수한 자연에의 몰입, 그 몰입 속에서 느끼는
극치감이 영랑의 심혼을 긴장시키고, 서정적 요소를 더욱 강조하는 요인
이 되고 있는 것이다.
　영랑의 초기시에서 제시되는 순수, 순결체로서의 자연이 정경은 「동백
닙에 빗나는 마음」에서의 아침햇살처럼 빛나는 강물, 「제야」에서의 샘물
과 밤, 「가늘한 내음」의 보랏빛 노을, 「내 마음 아실이」의 옥돌처럼 단순
한 객관세계로서의 자연을 의미하는 것이 아니라 「내 마음」이라는 화자
의 내면세계를 표상하는 역할을 하고 있다. 깨끗하고 맑은 자연적 사물
들이 곧 시인이 지향하는 순수한 마음의 상태와 일치, 동화되어 마침내

는 자연과의 완전한 합일에서 오는 황홀경을 제시하고, 서정적 분위기를
한층 고조시키는 것이다.

Ⅳ. 향토적·창조적 시어를 통한 자연발생적 서정

영랑시에는 향토색이 짙은 전라도 방언을 시어로 구사하고 있는 예가
적지 않게 나타난다. 어휘와 조사에 있어서 문명이나 도시어를 가능한
한 배제하면서 자연발생적인 순수서정을 노래하고 있는 것이다. 오-메
단풍 들것네, 어덕에 바로 누어, 내 소리는 꿰벗어 봄철이, 내 홋진 노래,
아배 간뒤 머언 날, 가을 하늘 가에 도는 바람숫긴 구름 조각 등의 용례
에서와 같이 남도방언과 억양까지 실린 시어들은 남도의 향토색을 가미
함으로써 시의 율조를 생동케 하고8) 영랑시의 언어구사적 탁월성을 보
여 주는 것이라 할 수 있다.

남도방언과 억양뿐만 아니라, 영랑은 때로는 고어나 창조적 어휘들을
사용하면서 향토적 어감이나 뉘앙스를 위한 노력을 기울이고 있기도 하
다.

> 밤사람 그립고야
> 말없이 걸어가는 밤사람 그립고야 로름넘은 달그리며 마음아니 서
> 어로아 오랜밤은 나도 혼자 밤사람 그립고야
>
> 「밤사람 그립고야」에서

상기 시어 중 「그립고야」, 「달그리매」, 「서어로아」 등은 모두 고어이
며 「마음아이」의 「아이」는 「아니」의 「ㄴ」을 'ㅇ'으로 바꾸어 음상을 변
이시켜 「마음아이 서어로아」로 'ㅇ'의 협음효과9)를 위한 노력으로 볼

---

8) 김학동, 앞의 책, p.36.
9) 정한모, 『현대시론』, 보성문화사, 1987, p.260.

수 있다.

　또한 어휘의 창조적인 일면은 <제운 밤 촛불이 찌르르 녹아버린다 「제야」>, <행여나! 행여나! 귀를 종금이 / 날다려 어리석단 너무로구려 「함박눈」>, <모란은 자최도 없어지고 「모란이 피기까지는」>, <오날 하로 하날을 「봄길」> 등의 용례에서도 찾아볼 수 있다. 「제운밤」은 「除夜」를 영랑의 시어감각으로 창조한 시어이며, 「종금히」의 「종금」은 「쫑그러라」의 「쫑 그림」에서 「그림」을 줄여 「금」으로 하고, 강렬한 느낌의 '쪼'을 부드러운 'ㅈ'으로 바꾸어 놓은 것이고, 「날다려 어리석단 너무로구려」는 「날보고 어리석다는 것은 너무하구려」를 리듬을 위해 축약시킨 형태로 볼 수 있다. 또한 「자최」나 「오날」, 「하로」, 「하날」 등은 'ㅏ'나 'ㅗ'를 사용함으로써 밝은 음악성을 강조하고자 하는 의도에서 비롯된 것이라 할 수 있다.

　영랑은 또한 의성어나 의태어에 음악성을 가미시켜 상투적인 상징음을 버리고 자신의 창작에 의한 상징음을 써서 개성적 표현을 하고 있다. <호르 호르르르 가을 아침 / 토록 하고 동백 한알은 빠지나니 「청멍」>, <은실을 즈르르 모라서 「꿈밭에 봄마음」>, <왼 몸은 흐렁흐렁 눈물도 찢금 햇노라 「빈 포케트에 손 찌르고」> 등에서의 부사들은 영랑이 형태적 특징을 강조하고 음악성을 가미시키기 위해 창조한 시어들로서 운율적인 면에 커다란 기여를 하고 있다할 것이다.[10]

　영랑의 초기시는 향토적 색채가 강한 남도방언이나 창조적 시어들을 통해 토속적이고도 여성적인 섬세함을 표현하고 있다. 나아가 거의가 향토주변을 둘러싼 아름다운 자연풍경과 농촌의 소박한 생활을 소재로 함으로써 자연발생적인 향토적 서정성을 한층 강조하고 있다고 할 수 있다. 언어에 대한 투철한 미의식과 음악성을 인식하여 참신한 감각성을 추구하면서도 시어나 소재선택에 있어서는 향토적·전통적인 것을 지향하는

---

10) 보다 구체적인 실례는 정한모의 위의 책 참조.

순수서정의 세계는 영랑의 초기시가 갖는 독특한 일면이라 할 것이다.

Ⅴ. 결 론

영랑의 초기시는 대략 세 가지 특성으로 설명될 수 있다. 첫째는 영랑
의 초기시가 대부분 「내 마음」이라는 내면세계를 시적 대상으로 하여 애
상적이고 비애감 넘치는 정조를 표출하고 있으며, 둘째는 「내 마음」이라
는 내면세계가 직접적으로 제시되는 것이 아니라 주로 깨끗하고 순수한
「자연사물」이라는 객관물을 통해 일체화된 상태로 제시된다는 것이다.
순수와 순결성에 대한 강조가 자연에의 몰입과 합일상태에서 오는 황홀
감으로 나타나고 있는 것이다. 셋째, 영랑시에는 남도방언이나 창조적 시
어, 고어 등이 사용되면서 음악적 측면의 강조와 함께 진한 향토성을 강
조하고 있다는 것이다. 이것은 영랑이 언어에 대한 미의식이 강하여 언
어의 음악성과 세련성을 추구하려는 노력에서 비롯된 특성이라 할 것이
다.

영랑의 시가 갖는 시문학사적 의의는 한국 순수문학의 시적 전개가 「
詩文學」지를 통해 활성화되고, 거기서 활동한 주요 시인이 김영랑이었으
며, 그의 시세계가 투명하고 자연발생적인 순수서정을 노래하고, 언어에
대한 높은 가치를 부여하여 전통적 감수성에 호소하고 있다는 점으로 간
략히 요약될 수 있을 것이다. 순수시 창작에 앞장섰던 영랑의 시사적 업
적은 비단 초기시 고찰에서 그칠 것이 아니라 그의 작품 전편의 변모과
정을 보다 철저히 규명해 볼 때 그 가치는 한층 더 높아질 것이다.

김동명론

I. 서 론

광복이후 청소년들에게 널리 애송되었던 「파초」와 「내마음」의 작가 초허(超虛) 김동명(金東鳴, 1900~1968)은 1923년 「개벽」지(통권40호)에 처녀작 「당신이 만약 내게 문을 열어 주시면」이란 작품으로 문단에 데뷔했다. 이후 그는 총 6권의 시집을 발간하면서 우리나라의 대표적인 시인 중의 한사람으로 떠올랐다. 그는 그윽한 시적 정조와 간결한 언어미가 담긴 일련의 시작품을 우리 시사(詩史)에 남겼다. 아울러 불안하고 부당한 권력이 지식사회를 억압하던 시대, 그것에 저항하는 강직한 글들을 남겼다.

그의 시는 흔히 동시대의 다른 작가, 즉 김소월, 박두진, 신석정, 김상용 등과 더불어 전원시인·목가시인이라는 평이 지배적이다. 그러나 김소월이 자연을 인간적 한으로, 박두진이 범신론적 초월자의 의지로, 신석정·김상용 등이 자연을 관조하며 유유자적하는 자세로 자연을 노래했다면, 그는 단순히 유유자적하는 관조의 시풍이 아니라 그 서정성을 통해 시대의 아픔을 돌아본다. 그렇듯 시적 아름다움과 더불어 현실의식이 자리잡고 있다는 점에서 그의 시는 또다른 평가의 여지가 있다. 이러한 사실을 염두에 둔다면 그의 시경향은 초기시와 후기시로 나누어 고찰해 볼 수 있다.

동명의 초기시는 주로 습작기에서 시작하여 1945년 해방되기까지 약 20여년간의 기간이다. 이 기간에 이루어진 시집은 세권으로 습작기 작품을 한데 모아 엮은 처녀 시집 『나의 거문고』(1922~1929)를 위시해서 두 번째 시집 『芭蕉』와 세 번째 시집 『하늘』(1930~1936)이 곧 그것이다. 이 시기는 주로 동명이 일체 다른 데 눈을 팔지 않고 오로지 시에 매달려 있을 때다. 그런지라 동명의 시 전반을 통해서 비교적 알차게 시심(詩心)이 영글어 가던 때라고 해도 큰 무리가 없을 것이다. 『나의 거문고』는 1920년대 3·1운동의 실패 당시 문단에 유행했던 세기말 사상 등의 영향으로 감상적·퇴폐적 경향이 주조를 이루고 있다. 『하늘』은 아름다운 자연에다 어두운 시대 상황과 인생무상의 느낌을 표현하였고, 『파초』에서는 역사적인 고뇌와 이를 극복하려는 적극적인 인생관이 나타나고 있다.

동명의 후기시는 주로 해방 후부터 동명이 작고(作故)하기까지의 기간을 말한다. 이 기간에는 전기에서와 같이 세 권의 시집을 냈다. 「술 노래」, 「광인」 등의 작품을 끝으로 붓을 꺾고 목상(木商)노릇을 하다 다시 쓴 정치적·사회적 경향의 작품집으로 『眞珠灣』(1945~1947), 『三八線』(1945~1947), 『目擊者』(1947~1955)가 바로 그것이다. 이 무렵의 작품은 초기시에 비해 작품 수준이 떨어지고 거칠은 표현이 많이 나타난다. 『三八線』은 월남전 2년 동안 공산치하에 있었던 우울한 이야기로 민족의 참상을 표현했고, 『진주만』은 태평양 초기의 전쟁상황 및 일제의 암흑상을 묘사했으며, 『목격자』는 풍물적인 사회시로 회고의 정, 향토색, 피난 시절 등을 주로 2행 1연의 형식으로 표현한 특색을 지니고 있다.

초기시와 후기시의 특색은 간략히 살펴본 바와 같이 김동명은 1920년대에서 1960년대 초기까지 가장 특색있는 작품으로 활약한 중요한 시인이라고 볼 수 있다. 그러나, 그에 대한 연구는 본격적으로 이루어지지 않고 불과 몇편의 논문이 있을 뿐이다. 그 이유는 그가 시종일관 시인으로 활동했다기보다 문학을 여기로 생각하여 동인 활동이나 문단 활동을 거의 안했고, 한편으로 민주당 시절에는 참의원으로서, 정치 평론가로서 활동을 했기 때문이다.

또한 그의 시에 대하여 평자들이 자연적 · 목가적 · 전원적 시라고 규정함으로써 더 이상의 논의를 전개시킬 여지를 축소한데서도 기인한다고 볼 수 있다. 이에 본고에서는 김동명의 시를 좀 더 넓게 보기 위해 그의 시 전반에 등장하는 '물'과 '황혼'의 이미지를 중심으로 그의 시세계를 살펴보고자 한다. 김동명 시에 있어 '물'의 이미지나 '황혼'의 이미지를 고구함으로써 그의 시적 특징의 한 면을 밝혀 보고자 하는 것이다.

Ⅱ. '물'의 이미지

물의 이미지는 동서고금의 많은 시인들에게서 흔히 발견되는 중요한 시적 매개물(媒介物)이다. 바다와 강, 비와 낙수(落水) 등으로 대표되는 물의 이미지를 구체적으로 작품을 통해서 예시하는 것은 그다지 어려운 일이 아니다. 그만큼 물은 많은 시인들이 즐겨 다루는 시적 대상이다. 그렇듯 물의 이미지는 바다와 산과 마찬가지로 시인에게 있어 영원한 향수의 모태가 된다. 특히 김동명 시에서 바다, 강, 냇물, 호수, 샘, 비, 조수 등의 매개물은 그의 시 의미 형성에 중요한 작용을 한다. 전원시인, 목가시인이란 평가를 받을 만큼 자연친화적인 경향을 지닌 그에게 자연이란 삶의 이상향이며 궁극적인 귀의점이다. 이런 그에게 '물의 이미지'가 어떻게 효율적으로 그의 이상적 자연세계를 표출하고 있는가는 중요한 문제이다. 김동명의 시에서 물의 이미지는 첫 번째로 '힘의 집합'이라는 점이다. 물은 흐름을 가진 물질이다. 그러면서도 그것은 바다와 같이 거대한 세계를 이루고 있다. 그래서 그것은 모든 것을 무화(無化)시킬 수도 있지만 또한 동시에 모든 것을 통일시킬 수도 있다.[1]

---

1) 송재영, 「물의 상징체계」, 『김동명의 시세계와 삶』, 한남대학교 출판부, 1994, p.61.

일찍이 물질적 상상력을 체계적으로 수립하였고, 그 중심적 이미지로
서 물의 기능을 강조한 바 있는 위와 같은 바슐라르의 지적[2]은 김동명의
시에 대한 설명에 적절하다. 그에게 있어 물은 「힘의 집합」으로 기능하
고 있다. 가령 「海洋頌歌」에서 볼 수 있듯이 바다는 일체를 포용하는 절
대적 존재이다. 「네 가슴 속에는 푸른 하늘이 깔려 있고」에서 볼 수 있듯
이 바다는 하늘조차 포용하는 거대한 존재이다. 이 시의 틀을 유지하고
있는 힘찬 남성적 이미지와 호방한 율조는 확실히 김동명 시의 한 특징
을 이루고 있다. 두 번째 '물의 이미지'는 활짝 열려 있는 교감의 공간이
다. 교감은 본질적으로 상호지향적이며, 따라서 반드시 일정한 대상을 요
구한다. 즉 그것은 대상과의 은밀한 결합이며 그리움인 것이다. 김동명
시에서 쉽게 지적할 수 있는 그리움의 정조(情調), 즉 어떤 동경의 정서는
그러므로 단순한 사랑의 호소가 아니라 시적 대상과의 합일을 지향하는
처절한 열망이기도 하다. 그러한 정조는 사실대로 말하자면 지극히 강렬
한 성격을 내포하고 있지만, 그러나 시인은 그것을 매우 절도 있게 제어
함으로써 높은 서정성을 함축한 시적 긴장미를 표출하는 데 성공한다.
가곡으로 널리 알려져 있는 「내 마음」을 읽어보면 이런면을 확연히 알
수 있다.

> 내 마음은 湖水요.
> 그대 저어 오오.
> 나는 그대의 흰 그림자를 안고, 玉 같이
> 그대 뱃전에 부서지리다.
>
> 내 마음은 촛불이요.
> 그대 저 門을 닫아 주오.

---

2) 물은 특히 힘의 집합이라는 명제를 나타냄에 있어 아주 적절한 요소가 된다. 물
   은 많은 물질을 통합시킨다. (G. Bachelard, L'eau et les rêveries, p.126, J. Corti. 위의
   책, p.61 재인용.)

나는 그대의 비단 옷자락에 떨며, 고요히
최후의 한 방울도 남김없이 타오리다.

내 마음은 나그네요
그대 피리를 불어 주오
나는 달 아래 귀를 기우리며, 호젓이
나의 밤을 세이오리다.

내 마음은 落葉이오.
잠깐 그대의 뜰에 머무르게 하오,
이제 바람이 일면 나는 또 나그네 같이, 외로히
그대를 떠나리다.

「내 마음」 전문

　여기서 호수라는 공간을 이루는 본질은 물이다. 따라서 이 공간은 한
정된 구조를 가시며, 거기에 물이라는 요소는 이 공간을 충만시키는 이
미지로서의 기능을 발휘하기에 알맞은 것이다. 이미 앞서 인용한 바슐라
르의 글대로 모든 것을 통합시키는 가장 강력한 힘의 요소로서의 물의
이미지는 이 작품 전체의 구조적 조화를 이룩하고 있다.
　시인은 자신 앞에 펼쳐져 있는 공간을 초월하여 대상과 합치하고자 한
다. 이것이 이 작품의 주제이다. 만약 그 공간이 험난한 산야의 그것이라
면 이 '합치'에는 상당한 어려움이 존재할 것이고, 아니 어쩌면 불가능할
지도 모른다. 그러나 이 공간은 지극히 고요한 호수이기 때문에 시인이
갈구하는 합치에는 아무런 어려움이 없다. 그리하여 이 작품은 ① 대상
의 기다림 → ② 대상과의 합치 → ③ 황홀한 순간 → ④ 허무한 이별이
라는 과정을 진술함으로써 많은 사람들의 보편적 경험의 한 단면을 표상
하고 있다. 여기서 기다림의 대상이 ① 사랑하는 연인, ② 식민지 시대에
서 갈망했던 조국해방, ③ 메시아적 존재 등으로 비약하는 것은 전혀 의

미가 없다.3) 요컨대 이 대상을 어떤 특정적 대상으로 규정하는 것은 이 작품의 미학적 가치를 파괴하는 결과에 불과할 것이다. 그것은 단지 시적 대상에 불과하다. 그렇기 때문에 그것은 독자에 따라서 무한한 변용적 의미를 갖는다. 세 번째 '물의 이미지'는 물의 유동적 형태 때문에 일찍부터 많은 시인들에게 시간의 이미지로 즐겨 대용되어 왔듯이 시간의 매체로 사용되고 있다. 특히 물의 이미지를 자주 다루어 온 그는 그것의 유동성을 묵과했을 리 없다. 그의 작품 가운데 특히 강을 주제로 한 것이 많이 있는 것은 바로 그와 같은 이유 때문이다. 그 중에서도 「江물은 흘러간다」, 「江가」같은 시가 이러한 면을 극명하게 보여 준다고 할 것이다.

江물은 흘러간다.
나는 휘파람을 불며 江가에 섰다.
……

흰 구름이 羊 떼처럼 江물을 건너온다.
江 언덕에 선 사나이는 벌써 내가 아니다.

흰 구름이 羊 떼처럼 江물을 건너온다.
江 언덕에 선 사나이는 또 하나의 내다.

江물이 흘러간다.
나는 휘파람을 불며 벌써 江가에 없다.

「江물은 흘러간다」 중에서

이 작품에서 강물은 물론 시간의 매체로 상징화되어 있다. 그러나 시인은 「江물＝시간」이란 상투적 등식과 진부한 비유를 답습하지 않기 위해 하나의 구체적인 시적 정경(情景)을 설정한다. 그것이 곧 강가이다. 그

---

3) 송재연, 위의 책. p.64.

리고 시인은 바로 그 강가에서 시간성(時間性)의 인식에 도달하게 되는 것이다. 이러한 시적 인식을 보다 극적으로 표현하기 위해서 시인은 아주 구체적인 상황을 도입한다. 그것은 「구름이 羊 떼처럼 江물을 건너온다」는 외부적 사건의 진술을 의미한다. 시인은 흘러가는 구름이 강물에 비치는 것을 쳐다보며 문득 자아의 존재에 대하여 관심이 쏠린다. 이것을 보다 구체적으로 설명하자면 다음과 같다. 첫 연에 나타나 있는 단순히 휘파람을 부는 시인의 모습은 아직 자아에 눈뜨기 이전의 원초적 존재의 상태를 의미한다. 그런데 다음에 가서 「사나이는 벌써 내가 아니다」라는 진술을 통해 우리는 이미 자아의 존재가 변모된 것을 알 수 있다. 그런데 이 존재는 그 다음에 가서는 「사나이는 또 하나의 내」라는 진술을 통해 그것은 이미 완전히 독립된 별개의 자아임을 강조한다. 그런데 주목해야 할 것은 마지막 연에 이르러서는 이러한 굴절되고 변모되어 별개의 독립적 존재로 자리잡은 자아가 마침내는 「江가에 없다」라는 놀라운 진술이다.

간추려 적자면 강물은 흘러간다는 물의 유동적 이미지를 빌려 지이라는 존재의 덧없음을 간결하게 노래한 작품이다. 김동명에게 있어 물의 이미지가 공간적 세계와 결합될 때 그것은 결합과 합일, 즉 전체적 조화를 지향하고 있음을 우리는 이미 보아왔다. 그것은 분명히 평화와 정적의 세계인 것이다. 그렇다면 물의 이미지가 시간성의 상징으로 떠오를 때 그것은 어떤 의미를 갖는가? 그것은 허무이다. 여기서 우리는 김동명은 같은 물의 이미지를 다루고 있으면서도 호수를 다룰 때는 지극히 정적(靜的)인 평화를 연상하고 강물을 다룰 때는 아주 동적인, 때로는 역동적이라 할 만큼 삶의 재빠른 가변성을 연상하고 있는 것이다.

김동명에게 있어 물은 시간이며, 시간은 곧 유동적 존재로써 모든 것을, 물론 시인의 자아까지 변화시키는 이미지로써 기능을 수행한다. 그러나 물론 그에게 있어 그 이미지가 공간적, 시간적으로만 한정되어 있는 것은 아니다. 그는 한정된 세계 속에 자신을 유폐하지 않는다. 끊임없이 거기서 탈출하고자 시도한다. 그리고 사실 그 탈출은 훌륭히 성취되는 것이다.

Ⅲ. '黃昏'의 이미지

보편적인 '황혼'의 이미지는 낭만적인 감상과 환상적인 동경의 세계가 중심을 이룬다. 또한 희망과 생동감을 주는 해가 점점 저물어 가는 하향성의 소멸의식에서 비극적인 상황을 불러 일으킨다. 김동명의 시에서는 이 양극적인 '황혼'의 이미지를 찾기 어렵지 않다. 이는 산다는 것이 얼마나 진지한 것인가를 일깨워 준다. 삶의 마감을 조망하는 이 비유적인 시적 인식이야말로 세상을 대면하여 살아가는 시인의 세계내 존재를 아름답게 고양시킨다. 시는 그에게 그렇게 삶을 들어올리는 절대적 대상이다.

첫 번째 황혼을 부정적으로 보는 계열의 시들은 황혼의 이미지가 하향성의 소멸의식에서 감상적인 낭만에 기인한다. 확실히 황혼은 비가적(悲歌的) 요소이며 낭인(浪人)의 발길이 멈춘 곳에서 만나는 대안이며 하루의 단절이고 분리이며 추회(追悔)의 향수이기도 하다. 이러한 비극적 상황은 엘리옷의 사양의식(斜陽意識)이나 골드만의 비극적 세계관과도 일치하며, 또한 병든 낭만주의와도 일맥 상통한다. 이와같은 김동명의 시에서 '황혼'에 대한 부정적 이미지는 인간에게 닥쳐오는 고독과 우울과 불안을 가중시키는 현실과 이상의 괴리, 물질의 팽배에서 오는 정신의 방황, 과학문명과 신앙의 갈등, 죽음 등에 기인한다. 이러한 부정적 삶의 방향을 1940~1950년대 실존주의에서 극복하려고 했지만, 이런 불안의식은 언제나 인간에게 그림자처럼 자리잡는다. 부조리문학이란 자기 스스로 정립해야 할 자유 의지의 발동으로, 자기 실존을 성취하기 위해서는 좌절·허무·불안 등을 도피할 것이 아니라 적극적인 행동으로써 극복해야 한다는 것이다.

①
날이 저물다.
찬 바람이 일다.
내 孤獨한 黃昏을 밟고,
저 들 길을 걸어 가다.

「때는 지나가다」 중에서

②
저기 웬 사나이가
아까시아 나무에 등을 기대고 서서 피리를 분다.
……중략……
가늘게 뽑아 넘기는 그 소리의 그리운 듯 서러운 듯 또한 애절함이
여,
여기는 내게도 千里 他關,
바닷물소리 黃昏을 맞어 그윽한 모래턱 위에,
내 홀로 섰을 때……

「피리소리」 중에서

③
「늙음」이 돛을 달고 마조 온다.
나는 손길을 덥석 잡고 쓸쓸히 웃어 보인다.

이윽고 黃昏을 가루 질러 날아 오는 검은 새 한 마리,
나는 부산히 손수건을 흔들어 그리운 이들에게 訣別을 告한다.

「새벽」 중에서

④
한 떨기 벗꽃인양 華麗하든 네 모습이
이제야 진흙 위에 떠러져 밝히는 身勢 되란 말이,
榮華는 한 때라, 벗꽃 질 제 따라 진들 어떠리만

땅에 떠러저도, 밟히어도 오히려 아끼는 이 없으니,
아아, 女人이여,
너는 드디어 자랑을 잃고 運命의 黃昏을 울고 섰구나.

「輓歌」 중에서

　위 작품들은 내용상으로 볼 때, ①은 세월의 덧없음을 소재로 한 인생
무상적인 표현이다. 지나간 젊음의 덧없음을 조락의 쓸쓸한 계절에 비유
하고 있다. '길'은 인간이 살아가는 삶의 조정을 비유하거나 인생의 좌
표·진리 등을 의미한다. 황혼 속에 들길을 가는 것은 노년에 접어드는
인생의 한 단면이다. ②는 고향을 떠난 사나이가 타향 객지에서 유랑하
는 외로운 신세를 감상적인 독백으로 진술하고 있다. 떠도는 구름과 황
혼녘의 피리소리에 외로운 방랑의 생활을 비유하여 보헤미안적인 삶의
모습을 나타내고 있다. ③은 다가오는 죽음을 황혼과 검은 새에 비유하
여 인생무상을 노래하고 있다. 「늙음이 돛을 달고 마조 온다. / 오늘이 등
을 밀어 / 아득한 未來에 숨는다.」 등은 감각적인 표현으로 참신한 맛을
준다.

　④는 벚꽃으로 상징되는 일본 제국주의가 몰락하는 과정을 여인으로
의인화시켜 나타내고 있다. 한 때의 부귀영화와 찬한한 권력이 이제는
진흙 위에 떨어져 밟히어도 누구 하나 아끼는 이 없는 신세로 전락하고
말았음을 슬퍼하고 있다. 즉 황혼을 부정적으로 바라보는 이 계열의 시
들은 한결같이 시적 언어가 상투적인 진술과 감상적인 표현으로 되어 있
다. 황혼의 감상적이면서도 쓸쓸한 이미지가 전체 분위기에 조화를 이룬
다. 소멸되어 가는 해의 하향성에서 몰락의 원형성이 나타난다. 두 번째
'황혼'을 긍정적으로 보는 계열의 시들은 황혼이 머무는 곳의 생동감과
낭만적인 전원의 모습에 기인한 안식처, 희망, 동반자로서의 이미지에 초
점을 맞춘다.4)

황혼,
여기엔 아름다운 노래의 黃金의 古城이 있고
거룩한 어머니의 永遠한 모습이 있고
님을 찾는 무리들의 아름다운 彷徨이 있고
맑은 情調가 있고, 恍惚한 陶醉가 있고, 끝없는 탄식이 있고,
또한 삶과 죽음의 有情한 訣別이 있나니
이 몸이 만일 죽는다면
원컨대 黃昏의 고요한 품 속에 안겨서
그리하여 내 最後의 숨 한 토막을
黃昏의 微風에 부치고 싶으다.

「黃昏」 전문

　　산문에 가까운 한 문장으로 만일 자신이 죽는다면 황혼에 자신의 모든
것을 맡기고 싶다는 의지가 나타나 있은 이 시에서 시인의 자의식은 상
상의 세계에서 죽음이라는 가정법을 통하여 황혼의 절대적 가치를 주장
하고 있다. 그러기에 여기에서 황혼은 아름답고 신비적이며 기룩히며 황
홀한 속성으로 무한한 영원성을 내포하고 있다. 시인이 살아가는 현실에
서는 이러한 세계가 펼쳐지지 못하고 있기에 자의식의 상태에서 상상의
유토피아를 설정하여 죽음이라는 가정을 통해 시인의 결의를 나타내고
있다. 그러한 마음의 상태는 서정적 감정을 고조시키기에 더욱 커다란
내면의 반응을 불러일으킨다.

　　索莫한 내 뜰에
　　오직 한 송이 붉은 薔薇꽃.

　　겨울과 겨르려는

---

4) 신익호, 「황혼의 변증법적 의미」, 위의 책. p.75~76 참조

불 붙은 情熱인 양……

黃昏이
스치고 간 뒤

恍惚한 孤獨위에
흰 눈이 나리다.

蒼白한 情念을 애워
밤이 스미다.

이윽고 새 날이 오니,
아아 燦爛한 銀빛 圓光!

나는 이 아츰
꽃의 거룩한 모습을 절한다.

「雪中花頌」 전문

　위 시에서는 외로운 장미꽃에 황혼이 스치고 간 뒤 황홀한 고독이 밤을 통하여 희망찬 세계로 전이된다. 즉, 물질세계인 겨울과 암흑의 부정적인 현실이 빛과 충만한 자각으로 인해 희망을 주는 정신적 세계로 변화한다. 그리고 황혼이 머문 뒤 눈이라는 통과제의를 거쳐 밤의 휴식을 지나 빛의 생명력이 나타난다. 이 밤은 부정적 의미를 주는 암흑이 아니라 희망과 빛을 탄생시킬 수 있는 평화와 안식의 상태이다. 또한 황혼이 스친 뒤의 이 고독은 감상적인 상태가 아닌 황홀한 고독으로 화해 흰눈이 조화를 이뤄 순화작용을 하고 있는 것이다. 여기에는 황혼은 물질세계에서 정신세계로 전환시키는 분기점이 되고 또한 이 두 세계를 조화시키고 있다. 즉, 현실에 순응하면서 미래에 대한 희망과 가능성을 기대하고 있다.[5]

　　아주 썩 아름답고 고요한 黃昏이로구료. 보아요. 저 꿈 꾸는 숲 사
이로 시냇물은 가만히 자장노래를 부르며 흐르지 않는가. 모든 것이
바꾸이고 갈리어도 오직 변할 줄 모르는 風景, 이제 곧 저기서 '인
푸'라도 뛰어 나올 것만 같구려.

　　……중략……

　　헌데 여보우, 나는 이 아름다운 黃昏 때문에. 더욱이 사랑과 離別
이 그리워지는구려. 그러면 여봐요 그대는 잠깐 내 귀에 소군거려
주니 않으려오. 이렇게.

　　"나는 그대를 사랑하오. 그러나 이 黃昏보다 더 오래는 싫소"하
고. 그리고는 잠깐 웃어 주어요. 그 다음에사 물론 나를 떠나줘야지
오. 무슨 까닭이냐구요?

　　하하하. 그러면 그대는 黃昏과 함께 永遠히 내것이 된답니다 그
려.

「黃昏의 속사김」 중에서

　　위 시에서는 황혼이 머무는 곳에 오히려 생동감과 낭만적인 전원의 모
습이 나타난다.

　　화자인 나는 가상적인 청자를 설정하여 사랑과 이별이라는 과정을 통
해 황혼의 존재 상황을 제시하고 있다. 황혼의 에로틱한 낭만성은 사랑
의 비극적인 이별을 가져오는 데 당연한 귀결인지도 모른다. 사랑보다
황혼의 존재 가치를 더 우위에 두는 화자는 그대와의 이별을 통하여 오
히려 그대를 소유하게 된다는 역설적 표현을 하고 있다. 황혼이 있음으
로 아름다운 사랑이 성숙되고 서로 조화를 이루어 동반자가 되는 것이다.
황혼 속에서 자연의 어울려짐은 서로가 사랑으로 빠져 들어가는 황홀한
순간을 뜻한다. 사랑의 절대적 가치와 영원성을 소유하기 위해 이별이라
는 역설적 상황을 설정하고 있다. 행복의 가치는 불행을 통하여 더욱더
고귀하듯이 사랑은 이별을 통하여 그 가치의 절대성을 얻는 것이다.

---

5) 신익호, 위의 책. p.86.

Ⅳ. 결 론

김동명은 우리 시사에서 뺄 수 없는 존재이다. 그럼에도 불구하고 그의 연구가 많지 않은 상황에서 그의 시세계를 넓게 보기 위하여 '물'의 이미지와 '황혼'의 이미지에 초점을 맞추어 살펴보았다. 앞에서 적었듯이 김동명 시에 있어 '물'은 가장 중요한 상상력의 원천이 되며, 이 상상력은 다양한 이미지의 전개로 나타난다. 물은 시적 자아와 세계가 소통할 수 있도록 도와주는 매개적 대상이다. 즉 그의 시에 있어 물의 이미지는 '힘의 집합'으로 '교감의 공간'으로, '시간의 매체'로 사용되었다.

'황혼'은 긍정적 혹은 부정적인 의미의 양면성을 내포하고 있다. 부정적인 의미로서의 황혼은 소멸의식에서 기인하는 비가적 요소이다. 희망과 생동감을 주는 해가 점점 저물어가는 하향성의 소멸의식에서 감상적인 낭만성과 환상적인 미지의 세계를 느끼게 된다. 그러므로 이 경향의 작품들은 인생의 덧없음을 슬퍼하거나 방랑하는 삶의 고독과 허무감 등을 감정의 절제없이 감상적으로 표출시키고 있다. 긍정적인 의미로서의 황혼은 평화로운 안식처로 희망과 동반자로서의 상징성을 나타낸다. 황혼이 자리잡은 뜰에서 삶의 고단함을 잊고 한가롭게 쉴 수 있는 안식처를 느끼며, 다가오는 황혼을 통해 이상향을 설정하여 언제나 자신의 삶과 분리될 수 없는 절대적인 존재로서의 동반자가 되는 것이다.

전원시에서 사회적 경향의 시까지 다양한 시세계를 구축한 김동명은 '물'과 '황혼'의 이미지를 전개할 때보다 아름답고 시적인 때는 없었다. 그리고 그 아름다운 시 속에서 그는 끊임없이 또 다른 세계를 동경해 왔다. 그런 이유로 김동명이 광복 이후 주어진 상황으로 인하여 그가 점점 사회현실에 민감해질수록 그의 시는 점점 서정성과 시적 긴장을 잃게 되며, 시인에서 정치평론가로 자연스럽게 변신한다. 그는 시대의 아픔을 저버리지 않고 꿋꿋이 견디며 미래의 희망과 꿈을 확신했던 시인이다.

박명용론

I

엄밀히 말해서 시와 시인은 구분되어야 하지만 그럼에도 불구하고 우리는 시를 통하여 그 시인의 성격과 삶의 궤적을 엿볼 때가 자주 있다. 그것은 아마도 시가 곧 삶의 한 부분을 이루고 있기 때문일 것이다. 남다른 감성을 지니고 몸소 현장 체험에서 얻은 고뇌와 갈등을 시로써 형상화한 시인의 경우 그러한 경향이 두드러지게 나타나기 마련인데, 여기서 논급하려는 박명용은 바로 이러한 경우에 해당한다.

박명용은 1960년대 중반 이후 30여년간 꾸준히 작품활동을 하면서 이미 8권의 시집을 펴냈고, 지난해에는 갑년(甲年)을 맞아 자신의 시작과정을 일별할 수 있는 선시집 『존재의 끈』을 상재한 바 있는 한국문단에서 중요한 위치를 점하고 있는 중견시인이다. 그의 시작 과정을 30여년 동안 가까이서 지켜보아온 나는 그의 외모에서 풍기는 강한 의지와 거침없이 튀어나오는 직설적인 언사, 그러면서도 그 내면에 깔려있는 잔잔하면서 따뜻한 정감과 조그마한 것도 그냥 지나치지 못하는 꼼꼼한 성격이 그의 시에는 그대로 드러남을 느껴왔다.

그는 시선집 『존재의 끈』 말미 '시인의 변'에서 자신의 시가 3단계로 변모의 과정을 거쳐왔다고 자술하고 있다. 즉 그는 60년대 중반부터 70년

대까지는 사라져가는 것들에 대한 강한 의식으로 시를 썼고, 80년대부터
는 무지의 완력에 따르는 강력한 힘앞에 직면한 언어의 혼란을 극복하려
는 의지가 담긴 시를 써왔으며, 80년대 후반부터는 스스로를 뒤돌아 보
면서 존재의 가치와 행방을 찾는 시를 썼다고 말하고 있다.

이러한 그의 시적 변모과정도 바로 시인 자신의 지난 30여년을 살아온
삶과 매듭이 일치하고 있는데, 그의 시작 첫단계에 해당하는 젊은 시절
은 가장 민활하게 활동하던 신문 기자 시절이었다. 그의 날카로운 지성
적 눈에 비친 우리 생활주변은 기존의 질서와 전통이 도시문명의 등장과
함께 소멸되고 깨어져가고 있었다. 이러한 현실을 직시한 그의 시는 사
라져가는 것에 대한 연민의 정을 표현하고 있다.

2단계에 해당하는 80년대는 완력으로 상징되는 신군부가 등장하는 시
기이다. 그는 힘의 무지에 따라 기자직에서 해직된다. 그것은 그에 있어
엄청난 충격으로 다가와 극도의 정신적 혼란을 겪게 된다. 그러한 혼란
은 언어적 혼란으로 전이됨으로써 시인에게 더욱 큰 고통을 안겨준다.
그 당시 박명용은 이 언어의 혼란을 겪으면서도 의식을 잃지 않으려고
몸부림쳤던 바, 이러한 몸짓이 2단계에 잘 반영되어 있다.

80년대 후반부터 현재에 이르는 3단계는 학위를 취득하고 교수직을 얻
는 등 다시 정신적 안정기에 접어든다. 정신적 안정뿐 아니라 문학적으
로도 원숙기에 접어듦으로써 지나온 자신의 인생을 조용히 돌아볼 여유
를 갖게 된다.

II

앞서 언급했듯이 박명용은 사라져 가는 것에 대한 체념을 자기 시의
출발점으로 삼고 있다. 시집 『알몸서곡』으로 대표되는 이 시기에 그는
신문기자의 신분으로 곳곳을 누비고 다니면서 사회의 명암을 직접 목격
하고 체험하기도 한다. 당시 우리나라는 군사정권의 주도 아래 고속경제

성장만이 우리 겨레가 살길이라는 구호를 내세우며 경제재건에 진력한
다. 그 결과 우리가 만족에 가까울 만큼 물질적 풍요의 기틀은 마련했지
만, 반면에 상대적인 박탈감이나 가진자와 없는자 간의 위화감 조성이라
는 예기치 못한 결과를 초래하기도 했다. 이러한 사회의 지각변동은 우
리네 생활공동체에 새로운 균열을 가져왔으며, 주변이 점차 삭막하게 변
해갔다.
　남다른 감수성을 지닌 그가 이때 특별히 관심을 모은 것은 이 지각변
동과정에서 사라져가고 있는 모든 것에 대한 안타까움이었다.

　　　폭설이 뒤덮은
　　　계곡에서
　　　八月보다 더 뜨거운 言語로
　　　하늘을 노래한 그는
　　　이미
　　　성장한 別離였고 …

　　　도시의 憎惡스런 大氣는
　　　침울한 現實로 가득했으니
　　　친구여
　　　그를 다시 눈뜨게 하지 말라.

　　　슬픈 自問自答은
　　　錦江에서
　　　모래알로 詩나 쓰고

　　　　　　　　　「雪夜」에서

　　　논두렁 막걸리 맛도 잊어버린
　　　목척 시장 물가도 잊어버린
　　　못난 사랑도 잊어버린,

하늘이 한 번쯤 터져
갈라진 세상에 홍수가 지고
메마른 인심에 홍수가 지고
금강도 한강도 영산강도
모두가
풍성한 이웃으로 돌아가
우리들의 가슴을 적실
거짓 일기예보라도 그리운
그리운

「일기예보」 전문

　그 안타까움은 이처럼 경제발전으로 말미암은 도시화·공업화의 거센 파고로 농촌을 비롯한 전통사회의 공통화기반이 붕괴되면서 나타나는 끈끈한 정서의 아쉬움으로 혹은 개발 열풍이 몰고 온 부작용으로서의 상실감에서 오는 아쉬움 등으로 나타난다.

활처럼 휜
한아름 물줄기 속에서
뒹굴던 돌은
두고두고 深川을 잊지 못한다
도시로 흘러와 꿈꾸는 고향
수석가의 뜰에 응결된 외로움
물새의 이야기를 잊지 못한다.

「깊은 내」에서

　많은 사람이 알고 있다시피 시인 박명용의 고향은 금강이 맑게 흐르는 충북 영동군 심천면 지프내(깊은내) 강가다. 이 시는 그가 나고 자라면서 유년시절을 보낸 그 고향 지프내의 맑은 물속에서 뒹굴고 있어야 할 돌이 도시로 흘러와 수석가의 뜰에 놓여지고 만 안타까운 모습을 시로 형상화한 것이다. 이처럼 있어야 할 자라가 아닌 낯설고 어색한 자리에 놓여 있을 때 안타까워 하는 것이다.

이같이 사라져가는 것에 대한 연민의 정은 결국 도덕적·윤리적으로 마비상태에 도달한 현실에 대한 강한 거부감으로 이어진다. 따라서 그의 연작시 「알몸서곡」은 허울의 껍데기를 알몸으로 추상(抽象)하며 새로운 세계로 극복하고자하는 일련의 의지를 준비하고 몸짓으로도 풀이된다.

Ⅲ

80년대에 들어서면서 박명용은 감내하기 어려운 엄청난 시련과 좌절을 겪어야만 했다. 군사 구테타로 정권을 장악한 신군부 세력들은 언론장악의 첫단계로 숙정이라는 미명 아래 대량학살을 자행하매 그당시 그들에 의해 이유없이 희생된 언론인들은 수를 헤아리기 어려울 만큼 많았다. 어느날 갑자기 해직된 그들의 상처는 거의 치유되기 어려울 정도의 고통으로 남았다. 이러한 상처는 정신적인 혼란을 유발했고 득히 시를 쓰는 시인들에게는 언어적 혼란으로까지 이어졌다. 하지만 시적 정서와 의지로 굳게 다져진 박명용의 경우, 이것이 시적 각성의 또다른 계기로 작용하기 시작했던 것이다. 그리하여, 초기시에서 사라져가는 것들에 대한 안타까운 연민의 정을 가락에 담아 노래했다면 이 시기에 와서는 역사적 현실에 집중적인 관심을 보이기 시작한다.

81년에 펴낸 그의 두 번째 시집 『강물은 말하지 않아도』는 이같은 그의 시각을 역사적 시추에시션에 맞추어 쓴 3권의 시집 중 첫 번째 시집에 해당하는 것이다. 이 시집 중 같은 제목 「강물은 말하지 않아도」 12편의 연작시에서 그는 이미 역사에 대한 스토아적 반문을 던지고 있다.

박명용에 있어서 강물은 역사이다. 그 강물은 사랑과 평화를 지향하면서도 현대의 온갖 공해로 인하여 오염되고 훼손당하는 상황에 있다. 이것은 공업만능주의를 앞세우는 우리 시대의 피할 수 없는 현상이다. 이 연작시 전편을 통하여 시인은 강물이 사람들에 의하여 어떻게 더럽혀지고 이용당하는가를 매우 신랄하게 고발하고 있다. 이러한 고발은 분명 인류의 양심에 속하는 문제라고도 할 수 있다. 박명용은 "사랑의 역사가 / 쌓였다가 무너지는"(「강물은 말하지 않아도」(5)에서) 강물을 보고, 안타까운 강물의 현실에서 역사의 보편적 권리에 대하여 다각적인 성찰을 반복한다는 것은 결코 놀라운 일이 아닌 것이다.

> 이 세상에서 자란 놈은
> 새끼도 기형, 어미도 기형
> 햇살조차 얼굴을 돌리는
> 이 廢水

「강물은 말하지 않아도」(9)에서

공업용수와 화학물질의 폐품들이 신이 창조한 자연생물을 기형화시키고 마침내는 그 존재마저 위태롭게 하고 있는 현대의 이 심각한 위기는 다시 말한 필요도 없는 것이지만 그러나 시인 박명용은 그가 어렸을 적 고기잡고 헤엄치던 고향의 냇물이 변모된 것에 대하여 분노를 되씹고 있다. 그뿐만 아니라 인간의 터무니없는 야심, 그 물질적 현실주의는 자연의 경관마저 헤쳐놓고 말았다. 그래서 그는 "몇십년 전 물줄기는 오른쪽이었다 / 오늘의 구비는 왼쪽이다"라고 당황하고 만다. 물줄기의 흐름이 바뀌었다는 것, 그것은 박명용에게 있어 역사의 역류현상으로 받아들여지고 있은데, 이 심각한 고뇌 앞에서 그는 자신의 현실과 대비시켜 방황하고 마는 것이다.

이처럼 왜곡된 현실에 대한 그의 역사인식은 냉혹한 비판의 뜻이 담긴 글로 표현되고 있다. 따라서 거기에 동원된 레토릭은 때로는 시니칼하게 때로는 풍자적으로 현실을 고발하고 있다.

울안에 갇힌 곰을 보러 갔더니
곰은 "너희들 보는 재미에 갇혔다"는 듯
줄줄이 밀려드는 인간들을 감상하고 있었다.

인간이 곰을 구경하는지
인간이 곰의 구경거리인지
하느님
이 세상 울은 어딥니까

「구경거리」 전문

이 「구경거리」에서 보듯이 현실적 상황이 도착된 상태에서는 울안에
갇힌 곰이 인간의 구경거리인지 아니면 인간이 곰의 구경거리인지 분간
하기 어려운 지경에 이르고 그러한 상황에서는 울이라는 개념은 어떤 의
미도 갖지 못하는 것이다. 이 어처구니 없는 상황이 어찌 동물원에서만
의 일이겠는가.

텔레비젼에 출연한
신인가수에 대하여
우리는
아무 것도 아는 것이 없다
알고 있다면
지금
음성이 고르지 못하고
거북스러운 몸짓을
처음 나온
흑백 카메라가
억지로 초점을 맞추고 있다는 것뿐

「신인가수」에서

여기에 등장하는 신인가수는 누구인가를 굳이 말해 무엇하랴. 모든 것이 힘에 의해서 왜곡되고 조작되는 당시의 상황에서 마치 연예가가 스타의 이미지를 조작해내듯이 그 무렵 모든 방송이나 언론기관은 한결같이 새로운 스타 한 사람을 만들기에 여념이 없었다. 이런 인위적으로 조작된 언론보도가 어찌 국민들의 감동을 받겠는가. 감동은커녕 오히려 비웃음을 자아냈던 것이 당시의 상황이었던 것이다. 9시의 고정 탤렌트라든가 하는 힘있는 분을 부각시키기 위하여, 혹은 정권유지 차원에서 동원된 종잡을 수 없는 검열 등, 모든 것들은 기자출신인 그의 눈에는 강물처럼 도도히 흐르는 역사의 흐름을 거꾸로 돌리려는 무모한 시도로 밖에는 보이지 않은 것이다.

국민학교 3학년짜리
큰 아이가
올들어 몇번째
검붉은 코피를 쏟았다

그때마다
두려움이 가득한 그의 눈은
허공에 박혔고
바깥은 며칠 째 봄 날씨가 아니었다.

그러나 그맘 때면
있어야 할 혈농
그것이라지만
이웃 아이들과
나의 아이는
그것을 왜 모르는가

나의 가느다란 혈구라도
이제

　　쏟아야 할 것은 한 움큼 쏟고
　　흘려야 할 것은 급류를 타고
　　그리하여
　　새로운 혈구로
　　너도 영글고
　　세상도 영글고

「1980년」 전문

　이 시는 그가 고심끝에 완성했지만 당시 문예지 담당 검열관에 의해 게재불가의 판정을 받은 작품으로 그 뒤 오랜 동안 세상에 발표하지 못했던 것이다. 그는 이 시절 마땅히 아픔을 아픔이라고 표현할 수 없는 현실, 슬픔을 슬픔이라고 표현할 수 없는 현실에 최소한 표현의 자유조차 누릴 수 없는 그 현실 속에서 느껴지는 서글픔의 일을 이처럼 표현한 것이리라.

Ⅳ

　80년대 초에 신군부의 완력 앞에서 속절없이 밀려나 방황하기 시작한 그가 다시 자신의 정위치로 되돌아오기 시작한 것은 80년대 중반부터였다. 그것은 개인적으로 볼 때 해직된 그가 그 기간에 학위과정을 거치면서 꾸준한 시작과 함께 심도있는 자기 성찰의 기회를 가졌고 또한 다시 직장을 그것도 자신의 창작활동과 관련된 교수직을 갖게 됨으로서 정신적 방황으로부터 자신을 조용히 성찰할 수 있는 자리로 돌아갈 수 있었기 때문이다.

　그뿐만 아니고 사회적 흐름으로 볼 때도 80년대 후반, 90년대 초반에는 우리 나라에도 자유화 민주화의 물결이 닥쳐옴에 따라 그의 주된 관심사였던 사회현실에 대한 더 이상의 성찰보다는 스스로를 되돌아 보는,

즉 자아와 세계의 존재에 대한 근원적인 문제며 관심을 모으기 시작한 것이다. 하지만 이러한 그의 변화는 비단 위와 같은 원인에서만이 아니라 이미 자신의 나이가 이순(耳順)을 바라보는 성숙한 연륜에 이르러 지각있는 지성인이라면 자신의 존재에 대한 성찰을 할 시기라는 점과도 무관하지 않을 것이다.

하지만 그 자신도 피력하고 있는 바처럼 규명할 수도 규명되지도 않는 이 존재의 가치와 행방을 규명하고 탐구한다는 것은 누구에게나 결코 쉽게 이루어지는 작업은 아닌 것이다. 그것은 김유중이 『존재의 끈』의 평설 「고독한 추적자」에서 밝히고 있듯이 일상의 익숙한 사고와 행동의 틀로부터 일찌감치 탈피하는 것을 전제로 하기 때문이다. 일상 속에 매몰된 자아와 세계의 참모습을 발굴해 내기란 참으로 어려운 일인 것이다. 새로운 시각으로 삶을 들여다 보았을 때 우리의 삶은 의문투성이다. 그가 존재탐구의 초기 단계부터 이러한 의문을 표출한 것은 그러기에 어쩌면 당면한 수순인지 모른다.

앞으로 얼마나 더 벗어야
내가 모르는 내 마음을 알 수 있는
내가 되어 가볍게
바람 앞에 설 수 있을까

「체중」에서

이러한 그의 자기 탐구에 대한 의문은 인간 실존에의 갈등에서 출발되는 것이지만 박명용의 경우, 단순히 자기 탐구의 영역에 머무르지 않고 사물탐구라는 영역까지 확대되어간다. 그같은 전환은 자기존재라는 갇혀 있는 경계를 벗어나 새로운 지평을 열어감을 의미한다. 그가 돌을 제재로 한 시를 많이 발표함도 이러한 사실과 관련이 된다.

①
사람의 가슴이
바다같기야 할까마는
시냇물도 보지 못하고
바다를 닮았다는
호화로운 위선(僞善)
그 속에서 나도 모르게 자란 돌
불어논 겨울 바람에
더욱 차다.

…… 중략……

어느날
내 얕은 속을
알아차린 너는
바람에 흔들리는가 싶더니
드디어
나를 흔든다

「단단한 돌」에서

②
돌은 평생을
다듬으면서 산다
파도가 칠 때마다
일제히
제몸을 굴리며
아픈 줄도 모른 채
온 몸을 다듬고
하얀 햇살 아래
더욱 검게 윤을 내는
돌의 운명

반복되는 고통에
제 몸을 깎는 소리까지
다듬는 굳은 정절
그리운 사람이여
돌 하나
주머니에 넣고 싶구나

「보길도4」에서

①에서의 돌은 나(자기)도 모르게 자기 속에서 자란 위선의 돌인 것이다. 그러면서 그 돌은 그 위선을 내적으로 고발하는 고통의 돌로서 나를 흔들어대는 타자인 것이다. 따라서 여기에 등장하는 돌은 객관적 현실성과는 무관한 다만 자기 존재 속의 한 양심일 뿐이다.

②에서의 돌은 3인칭 객관적 존재인 것이다. 얼핏보아 그 돌은 작자 자신의 분신으로서 돌로 느낄 수 있을지 모르나 그것이 그처럼 보여지는 것은 이 시의 마지막 부분인 "그리운 사람이여 / 돌 하나 / 주머니에 넣고 싶구나"라는 구절 때문이지만, 그 정서는 전체의 흐름으로 보아 어디까지나 돌과 작자를 동일한 반열에 놓고 볼 수는 없는 것이다. 결국 여기서의 돌은 객관적 실체로서 평생을 묵묵히 아픈 줄도 모르고 제 몸을 다듬고 굴리며 하얀 햇살아래 더욱 검게 윤을 내는 돌 스스로의 운명을 묘사한 것이다.

그의 존재에 대한 탐색은 이처럼 단순한 돌이나 섬, 자기 생활주변의 사물뿐 아니라 때로는 바람과 날개일 수도 있고 '이상기온'일 수도 있으며 '고향역' '평화' '운명'이자 '존재' 그 자체이기도 한 것이다.

꽃도 피지 않고
책상 위에 놓여있는

蘭 한 포기에서
허옇게 마른 줄기 하나
흔들리지도 않았다
새치를 만지듯
몇 번이고 만지다가
꺾어지지 않는 것을
억지로 뜯어낸 후
날짜를 잊고 있다가
또하나의 줄기 하나
백처럼 웃고 있어
이번에는 가위로
싹뚝 잘라 창밖에 던지자
무심히 떨어지는
가슴 조각 한 점
오직 창 밖엔
존재의 그림자만이
희미해가고 있었다.

「존재」 전문

이 시에서는 허옇게 말라버린 난의 줄기를 잘라내는 일을 소재로 하여 존재에 대한 인간들의 편견을 묘사하고 있다. 시인 자신은 어느날 말라버린 난의 줄기를 자르는 일은 시인 자신의 판단에 따라 자르는 행위이지 난초 자체와는 아무런 의미도 없는 것일 뿐 아니라 해묵은 난초에 있어 마른 줄기는 지극히 자연스런 상태인 것임을 깨닫는다. 따라서 마른 줄기를 자른다는 행위는 그 난초를 바라보는 인간의 판단에 지나지 않는 것이다. 이러하듯 존재라는 객관적 사실조차도 인간의 생각속에는 왜곡되어 있는 것이다. 마른 난의 줄기를 우리가 잘라냈을 때, 그것은 난이라는 생명과 뿌리로부터 완전히 떨어짐으로써 난초라고 하는 그 존재로부터 소멸되어버리는 것이다. 이처럼 우리의 사고와 연관되는 그 존재에 대한 인식조차도 지극히 불완전하다고 생각하는데서 박명용의 존재추구의 시작업은 시작되는 것이다. 하지만 그는 단순히 존재론적 추구에만 전념한 나머지 시의 기본 요소인 서정성과 비판성을 결코 등한히 하지 않았다. 아니 오히려 그의 시적 성과는 그것의 상보적인 연관성이 맞닿는 지점에서 이루어진 것이다.

V

지금까지 필자는 박명용의 시적 변모과정에 대하여 그의 삶의 궤적을 더듬으면서 고찰했다. 그 결과 그의 시는 매우 다양하고 이질적인 모습으로 나타나 있지만 지금까지 언급해 왔듯이 초기에는 사라져가는 것에 대한 안타까움을 노래하고 80년대 초반부터는 강력한 힘앞에 직면한 언어 논란의 극복에 힘을 기울였으며 80년대 후반 이후에는 존재론적 탐구에 초점을 두는 등 3단계의 변모과정을 거치면서 현재에 이른 것을 살펴봤다.

하지만 이것은 어디까지나 외형적인 변모일 뿐 그의 시들을 내용면에서 접근해볼 때 변하지 않는 두 개의 확고한 축을 이루고 있음을 알 수 있다. 그 하나는 지극히 처절하리만큼 끈질기게 이어지는 삶의 실상을 추구하려는 자세요, 다른 하나는 사랑의 원형을 형상짓기 위한 노력의 자세가 바로 그것이다. 전자가 삶의 허무와 불안을 스스로 극복하기 위한 노력이라면 후자는 자신의 유년과 순수한 애정을 가시적인 패턴으로 추출하여 그 의미를 찾겠다는 몸짓으로 풀이된다. 사실 박명용에게 있어 그가 보고 자란 유년기의 고향 심천은 그의 시를 떠받쳐주는 가장 튼튼한 주춧돌의 구실을 해주고 있다. 그가 유년기에 고향의 강가에서 꿈꾸었던 꿈의 서정성이 지성으로 무장된 뒷날에도 오래도록 언제나 그의 시적 저변에 잔잔하게 깔려 있음은 그의 시를 주의깊게 살펴보면 누구나 쉽게 발견할 수 있을 것이다. 그의 시에 있어서의 서정성은 누구나 쉽게

인식하는 그러한 소박한 서정성이 아니다. 그의 시에 나타나는 서정성이
란 오히려 반서정적인 그러한 성격을 띠고 있기도 하다. 그와 같은 반서
정적 성격의 서정성은 그가 최대한으로 자신의 미묘한 속마음을 감추고
자 하는 지적조작에서 우러나왔기 때문이다. 그를 가리켜 지성과 감성을
통합하려는 시인이라 세인이 일컬음은 바로 여기에 기인하는 것이다.

김용재론

I

　시가 시인에게 있어 궁극적으로 간절한 구원의 대상일 수 있음은 우리
가 시를 논의하는 과정에서 흔히 거론되는 과제이다. 따라서 시인은 시
를 읽고, 시를 씀으로 하여 자신에게 주어진 거의 운명적이다시피한 삶
의 질곡으로부터 자유로워지는 것이다. 시가 진정 그런 것이라면 시쓰기
야말로, 시인의 인생이야말로 행복한 축복의 도정이 아닐 수 없다. 그러
나 한편의 훌륭한 시는 그 시인이 겪는 뼈아픈 고통을 대가로 하여 아름
다움을 발현하는 것이다. 여기 우리가 음미하고자 하는 김용재의『청동
빛』에서 우리는 그러한 시인의 몽상적 기쁨을 발견한다. 시가 시인에게
구원일 수 있음을 목도하며 나아가서 시가 고통과 나락에 빠진 인간들에
게 얼마나 큰 힘의 원천이 될 수 있는가를 새삼 느끼기도 한다. 여기서
우리는 시란 여전히 우리 시대의 위안이고 존재의 여백을 채우는 대상임
을 실감한다.

　시인 김용재, 그는 어떠한 여정을 거쳐 여기에 이르렀는가. 그는 이번
『청동빛』으로써 여덟 번째의 시집을 얻었다. 이 여덟 권의 시집이 그의
문단에서나 인생에서의 연륜을 은연중 말해주기 때문에 이러한 시집들
을 통해서 우리는 시인 김용재의 삶의 진정성에 숙연해진다. 그는 시를

통해서 자신의 삶을 진지하게 사유코자 했다. 그것은 인간과 삶에 대한 진정한 애정을 드러내 보이는 작업이기도 했다. 그의 시편들에는 고향에 대한 진득한 마음과 그의 주변을 둘러싼 인간들에 대한 애정이 표현되고 있다. 이는 그의 인간적 정년과 인간 관계의 포용력을 보여준 바라 하겠다. 시를 창작함으로 해서 자신의 일상에 진지해질 수 있음을 모범적으로 보여준 김용재는 시를 통해 또한 이상적 세계에 대한 은밀한 지향성을 내보이기도 했다. 자기성찰을 향한 이러한 진지한 사유세계는 일상적 삶이 지닌 의미의 재발견과 고향에 대한 의식적 지향을 보이던 그의 초기시 『겨울산책』(1976)과 『아침바람 행차』(1980) 이후 차츰 변모를 보이기 시작한다. 제3시집인 『휴일의 새』(1985)와 제4시집인 『저무는 날의 명령법』(1988)에 이르게 되면 역사에 대한 관심과 지향성이 엿보이게 된다. 역사는 현재를 보는 거울이기에 그는 80년대의 지난한 사회상에 실의하면서 역사 저쪽을 기웃거린 것이다. 그러면서 그가 정점으로 지니고 있는 풍부한 서정성을 이 시들에서 최대한으로 살려내고 있다. 이와 더불어 그는 인간의 문명에 내한 무상성을 주목히고자 하기도 한다. 현대 문명의 절망스러운 풍경들을 담고 있는 도시를 응시하는 시인의 눈빛은, 그러나 냉정하고 온화하다. 그는 일그러진 도시가 주는 상처나 고통에 대하여 감정을 억제하고 침묵하여 보고자 한다. 이 냉정함, 차분함이 도시 문명으로부터의 인간 회복의 방법이 무엇인지를, 그 시적 영감을 은근히 부여해 준다.

이러한 경지를 거쳐 그는 『청동빛』에 와 있다. 이 시집은 죽음, 고통, 희망의 엄청난 삶의 주제들을 담고 있는 체험의 시집이다. 체험이 아니고서는 감히 넘보기 어렵고 무거운 관념들이 이 시집을 에워싼 주제이다. 이는 시인 김용재의 원숙성을 또한 발해주는 바이기도 하다. 몸의 고통을 거쳐 인생의 진정성에 이르른 체험의 간절함이 이 시집에는 진득이 배여 있다. 그리하여 우리는 이 시집을 통하여 인간의 삶에 대하여 진지하게 반성해 볼 계기를 얻는다.

다시, 시가 시인에게 있어 구원임을 상기해 볼 때 『청동빛』은 그것을 일깨우는 간절한 언어들로 가득하다. 죽음과 맞닿아 본 인간이 그것을 우리에게 말해 준다. 이 순간 시를 쓴다는 것과 산다는 것은 결코 분리되지 않는다. 삶이 시이고 시가 곧 삶이 된다. 그것은 지극한 삶의 지경에 처했던 인간만이 할 수 있는 일이다. 여기서 지극한 삶의 지경이란 존재를 스스로 버릴 수 있었던, 아니 운명에 의하여 존재를 송두리 채 저당잡혔던 위태로운 경지로 자신을 몰아갔던 그것을 지칭한다. 시인 김용재는 자신의 시로써 그것을 말한다. 시가 그의 몸이 되고, 그의 영혼이 된다. 거기에 시쓰는 인생의 간절함이 풍미한다.

> 살 떨리는 밤
> 아픔은 때로
> 그리움이었다
> 그리움은 때로
> 더 깊은 눈물이었다.

「그리움의 시학」에서

인간의 간절함은 여기에 이르러 더 깊어질 수 없다. 「그리움의 시학」은 그것을 말해준다. 처절한 삶의 지경으로의 내몰림, 그것은 죽음 체험이다. 아픔이 극에 이른 순간, 그것이 죽음으로 이어질 것이란 불길한 예감, 그 순간 인간은 시인이 된다. 하물며 애초 시인이었던 자들이야 여기서 더 무엇을 물을 수 있겠는가. 시의 언어는 삶의 순간을 읽는 기표가 된다. 삶의 토대로 하여 시는 구체적인 형상의 모습을 현현한다.

> 온몸으로 살아 있는

싱싱한 슬픔 떼어놓고
어디론가 가고 싶었네
멀리멀리 가고 싶었네
그렇게 철렁한
진홍빛 마음
일으켜 보았네
그런데 말일세.
오늘은 멀쩡한 한낮에
이웃의 죽음 건네 보았네
한 세월 찢어지는
얼얼한 울음소리
또 들어 보았네.

「중환자실에서 2」 전문

　죽음에 대한 인식은 명상적이다. 때로는 철학적이고 종교적 엄숙함도 함께 내재해 있다. 그러나 그 무엇보다도 그것이 인간에게 주는 절망은 시적이다. 김용재 시인은 이러한 인식을 통해서 하나의 깨달음을 얻는다. 자신의 인생살이, 세상의 명리(名利)나 사랑이나 그 모두가 한 운명적 힘에 의해 이끌리고 있음을 감지한다. 인간의 생애가 「종적마저 없어지는 / 바람의 한 때」에 불과했음을 터득한다. 이러한 각성을 거쳐 세계에 너무도 무력하게 던져진 자신의 존재에 대한 허무를 보아야 한다.

　여기서 우리는 시인에게 분노가 없음을 본다. 흔히 평범한 인간이 자신의 불행으로 하여 세상에 던지는 불평스러운 목소리를 여기서는 찾아볼 수 없다. 그렇다고 그것은 체념적 수용이 결코 아니다. 이 수양된 듯한 넉넉함의 인생 관조는 어디에서 비롯되었는지 확실히 진단해 내기는 어렵지만 그것이 진정한 김용재 시학의 아름다움임에는 틀림없다.

어이할꺼냐
새 되어 날꺼냐

짐승 되어 떨꺼냐
소리치는 혼령으로 바람에 실려
들판이나 헤매고
숲이나 울릴꺼냐
몸뚱이 병들고
그런데, 대가리에 아직
물방울같은 詩가 살고 있다는 거냐
詩도 다 병들었다는 거냐
옳은 것이나, 그른 것이나
있는 대로 말하고
그래 좋다
아직은 그냥저냥 살어봐라
염마국에 오는 일
그렇게 두려워하지 말아라

「염마왕의 말」에서

　담담하게 자신에 주어진 운명을 받아들이는 것, 이 절제된 순응이 『청동빛』의 진정한 시적 세계이자 정신의 깊이가 아닐까 한다. 세상에 대한 울분이나 한 개인을 무참하게 쓸어가려는 병의 무참성에 대하여 울분으로 대거리 하지 않는 수도자적 마음의 평정은 자신에 대한 동정으로 되돌아온다. 그러한 인생에 대한 긍정과 삶에의 확신이 위의 시에는 잘 드러난다. 여기서 시가 시인의 마음을 다지고 미래의 평정을 되찾는 명상의 언어가 된다.

　자신의 구원 형식으로서 시는 이렇듯 담담하고 간결하다. 자신의 마음을 비움으로 하여 도달할 수 있는 평정의 상태를 그는 이러한 시편들을 통해서 보여준다. 그에게 시를 쓰기 위한 시학이 따로 존재한다면 그것은 자신의 간구한 마음의 상태를 그대로 표현하는 것이다. 마음의 진곡함을 진실하게 드러내는 방법보다 더 의미로운 시학은 없으리란 깨달음을 그가 가지고 있는지 없는지 그것을 밝혀낼 수는 없다. 다만, 우리는 그의 차분한 성정이 배여 있는 시편들을 읽으면서 그러한 그의 시쓰기의 자세를 터득할 뿐이다.

Ⅲ

엄청난 고통을 거쳐, 죽음의 체험이라는 수상스런 무게를 이기고서 김 용재 시인이 돌아온 곳은 생의 건강성이다. 권천학은 시집의 평설에서 이를 「'어둠과 화답하는 작은 불빛의 사랑을 / 따뜻하게 감지하'며 투병 기를 거치고, 투병기 이후의 안전 진단기를 거쳐 오늘에 이른 그는 이제 한층 더 완숙하고 여유로운 관조의 깊이로 들어서서 틀림없이 인생의 성 숙한 모습」을 보여준다고 적고 있다. 어둠의 터널을 지나쳐온 그는 거기 에 압사되어 찌그러 든 것이 아니라 그것을 통해 세상과 인간의 진정한 내면을 볼 정신의 깊이를 얻었다.

> 그 분은 날 보고
> 육신과 갈라서는 연습을 하라고 했다
> 그 분은 날 보고
> 이별할 육신을 저 만큼 떼어놓는 연습을 하라고 했다
> 육신에 대한 집착을 끊어내고
> 서서히 죽은 연습을 하라고 했다
> 죽거들랑, 죽은 사람의 묘지는
> 산속보다 동네 인근에 두는 것이 좋다고 했다
> …… 중략 ……
> 허무의 껍질벗기
> 절절한 인생연습이었다.

「인생연습」에서

이것은 체념을 통하여 인생의 깨달음에 도달하는 시다. 자신의 체험을 거쳐 이르는 세계이기에 절절함이 크고 어조는 강렬하다. 그 체념은 오히려 살아있음을 숭고하게 만든다. 비극적 현실이 살아있음의 내용들을 더욱 의미로운 것들로 만든다. 그것을 우리는 인생의 원숙함이라 부르고 싶다. 원숙한 자의 목소리에 취하여 우리는 산다는 일의 절대성을 실감한다. 인생의 허무를 거쳐 삶의 의미에서 다달은 잠언과도 같은 말들이 우리의 귀를 공명한다.

그렇게 얻은 정신의 내용은 달통함이라 말할 수 있을 것이며, 혹은 여유로움이라 말할 수 있을 것이다. 이제 그는 세상과 인간을 보다 더 너그럽게 볼 수 있게 된 것이다. 그리고 그곳에 인생에 대한 무한한 긍정이 용솟음친다. 이 넉넉함은 이제 우리의 빈곤한 삶을 풍요롭게 채워주는 힘이 되는 것이다. 자신의 고통이 타자의 위안이고, 타자의 사유와 행동에 방향감을 부여해 줄 수 있음을 그의 시는 은근한 정감으로 드러낸다. 다음의 시는 그러한 절정에서 간결한 언어로써 지극히 비유적으로 형상되어 있다. 그의 시가 추구해온 미적 취향의 완숙미를 드러내는 이 시를 통해서 우리는 시적 정신의 응결된 힘이 발하는 아름다움을 엿보게 된다.

갈등의 긴 강물속에
그물을 던져 건지는 것은
푸른 물결의 힘과
힘의 앙칼진 톱니
그리고 소망의 높이로 솟아난
햇살의 줄기,
그 청동빛이었지.

「청동빛」 전문

이 간결한 은유의 언어들이 단련된 시인의 내면을 함축한다. 이 짧은

한 편의 시가 시인의 죽음을 넘나든 인생을 담보로 하여 생의 진정한 의미를 돌아보게 한다. 문득 우리는 여기서 그렇게도 여러번 되풀이 하며 의미를 세겨 보았던 미당의 「국화 옆에서」를 떠올려 본다. 아주 우연한 연상이나 새겨 볼수록 의미가 겹쳐진다. 그러나 청동빛은 스스로의 체험으로 얻은 시이다. 죽음이란 두려운 인생 체험을 통하여 얻은 한 편의 아름다운 시이다.

　이렇듯 시인 김용재의 최근 시집『청동빛』은 그의 인생 체험을 바탕으로 한 심경의 일단을 내비친다. 이제 이 시집으로 하여 우리는 원숙기에 접어든 한 시인의 깊은 정신 세계에 끌려들게 된다. 아울러 시적 형상미의 지극한 경지를 본다. 이것이 김용재 시인의 또 다른 시세계를 열러가는 지평이 되길 기대한다.

신경순론

—관조 그리고 포용의 자세로 획득한 삶의 노래—

본질적으로 모든 예술이 감정적 삶(life of feeling)을 표현하기 위하여 형식들을 창조하는 것이라는 수잔 K. 랑거의 명제를 역으로 수용할 수 있다면, 시로 형상화된 형식 속에서 우리는 감정적 삶의 양태를 구해낼 수 있을 법하다. 그것은 정서적으로 메마른 오늘의 삶에 있어서 소중한 의미를 획득함은 물론 삶의 가치를 물질적인 것에서만 찾으려는 그릇된 태도에 반향하는 바 크다. 이러한 점에서 보다 세련된 모습으로 우리에게 반향하는 신경순 시인의 두번째 시집을 통하여 관조와 포용의 삶의 자세를 건질 수 있다는 것은 이 시대의 삶이 안고 있는 고통과 부조리를 벗어날 수 있는 방향제시로서 큰 의의를 갖는다.

위에서 '보다 세련된 모습으로'라는 표현에는 첫 시집 『우리의 하늘가에는』과 비교할 때, 정제되지 못한 채 쏟아부을 수밖엔 없었던 감정의 응어리들이 차분히 가라앉아 단정한 모습을 취하고 있다는 뜻이 숨어있다. 가령, 첫 시집에서 '겨우 찾아낸 / 나의 원점은 / 횡한 공허만이 고독을 안고 헛돌고 있었다(49쪽)'라든지 '꺼져가는 등불 옆에서 / 기도도 잊은 채 / 한덩이 돌이된 양 앉아 있습니다 / 너무나 너무나 / 가혹한 형벌이십니다(60쪽)'와 같은 「고독」과 「비애」의 세계를 토로하고 있었던 데서 밝음의 세계로 벗어나게 되었다는 점에서 볼 때 그러하다.

어둠을
헤집고
동녘
해맞이 나온 사람아

발 뒤에
매달린 그림자는
길고도 넓어

냇뚝을
가로 질러
자운영 논을
벼개 삼아 누었네

구겨진 뒷 자라에
시선을 돌리지 말자

솟는 해만 볼란다
솟는 해만 볼란다

「그림자」 전문

　물론 모든 시가 그렇다는 것은 아니지만, 아내로서 사랑했던 남편을 잃은 그 아픔과 고뇌가 1년이라는 시간의 거리를 두고 조금씩 극복되고 있음을 보여주는 터이다. 이러한 삶의 자세는 두번째 시집에 두루 나타나 있는 바, 과거에의 회상이나 자연과의 교감 또는 부딪히는 일상사의 작은 일을 소재로 삼고있는 시에서도 건져 올리게 된다.

　「냇가」에서 '오래전에 / 도깨비는 전설 속에 숨었는데 / 냇물 따라 노닐던 고기떼는 / 어느 곳에 숨어서 / 별을 헤이나' 의 경우에는 과거에의 회상이 막연한 그리움이나 잃어버린 아픔에서 한걸음 나아가 희망의 세계를 그리고 있으며, 시 「정자나무」는 단순한 과거의 상징물로서의 의미가 아닌 삶의 역사를 간직한 실존으로서의 의미를 담고 있다.

> 내고향
> 나즈막한 고개마루
> 몇 아름이 될 거목
> 폭양을 가리운 그늘 속에서
> 아스라한 역사를 베고
> 백발 촌로가 오수에 들었네
> ……
> 무던히 굵은 뿌리
> 깊은곳으로 묻어내리는 인고
> 묵직한 영혼의 목소리
> 가지 끝에 매달고
> 긴 세월 거목은 의연히 섰다

한편으로 자연과의 교감을 통해 자신의 갑정을 이입하고 있는 시편들을 볼때에도 밝음의 이미지는 살아 있다. 이러한 시상은 「채송화」에서는 '빨강 노랑 / 강렬한 색새로 꽃피워 내고 / 오손 도손 / 많은 이야기 만들며 / 태양 보고 활짝 웃네'로 나타나고 「들국화」에서는 '꽃지우고 잎 늙어 / 모두 떠나 가는데 / 분 바르지 않고 / 연지 없어도 / 아름다워라 / 언덕 위 하얀 들국화 / 나좀 닮으라 / 나만 보고 피었네'로 형상화하였으며, 「무당벌레」에서는 '사뿐히 앉은 / 푸른 잎 위에선 / 고은 노래 목청껏 부르고 있을 것이다'로 적고 있다. 일련의 시편에서 보이는 이러한 밝음의 이미지는 물론 갑작스런 변신으로 보아선 안된다. 이미 첫 시집에서 그러한 징후는 예감되었으며, 최원규 교수에 의해 '공허와 절망을 딛고 새로운 인생의 눈뜸과 시적 에스프리에 감각은 넓혀간다'는 평가를 받은 바 있었다.

  그렇기는 하나, 무엇보다도 두번째 시집을 특징지우는 것은 바로 일상
사를 소재로 한 시들 속에 들어있는 포용의 자세에서 찾을 수 있다. 그것
은 삶의 연륜에서 자연스레 스미는 향기 같은 것으로 비인간화된 삶, 소
외된 삶으로부터 인간적인 삶으로 나아가게 하는 디딤돌로서의 문학의
세계에 다름 아니다.

  동녘은
  어슴프레 어둠이 지워 가는데
  끈끈이 달라 붙는 잠을
  빈 수레에 가득 채우고
  얇아진 새벽을 밀고 간다

  검푸른 하는 밑
  별 보다 밝은 불 밑에서
  하루의 삶을 벗어 접고
  한 잔 술로
  처진 어깨를 추스리던 곳

  낡은 의자들을
  목판 위에 인 채
  텅빈 가슴으로
  으슥한 골목에 끌려와
  주황빛 이불 속으로 늦잠을 들었다

  진주를 빚는 인고로
  역으로 숨쉬는 낮과 밤
  푸짐한 안주를 빚던 거치른 손
  맑은 창안에서
  그 아줌마도 잠들고 있겠다

「포장마차」 전문

인간적인 삶의 정취가 물씬 풍기는 이 작품이 성공하고 있는 것은 아무런 가식없이 부딪히는 일상사의 작은 일을 잔잔히 적어가고 있다는 점 때문이다. 강경한 어조의 소리 높은 목소리가 아닐지라도 우리의 가슴에 와 닿는 애잔한 잔 물결의 간질임을 통해서 때묻은 삶의 정화를 맛 볼 수 있으리라. 시 「연탄」에서도 소시민적 삶의 애환은 진솔하게 드러나는 바 '깊이 묻힌 잠을 깨워/ 밝은 태양아래/ 부서버린 꿈이 아쉬워도/ 몸을 태울 때/ 독을 품는 한풀이는 접어두자'와 같은 시행은 두드러진다.

조금 다르게 시사성을 띤 소재를 다루고 있는 시 편들을 통해 그의 현실에 대한 관심도를 발견하게 된다.

안개 자욱한
초 겨울의 동두천 거리
멀쑥한 노랑머리 병사와
곱쓸머리 흑인 병사들이
어우러져 길을 메우는
휴일의 아침

반만년의 긴 세월
조상들이 밭 갈고 김 메던 곳
소달구지 몰던 그 길에
육척장신 흑인 병사와
손잡고 걷는
머리 긴 순이가 더욱 왜소해 보인다

이국 아닌 내 조국
성조기 휘날리는 눈설은 내 땅
백의 단일 민족
오송 도손 살던 동구 밖
역한 체취에
토하다 쓰러졌나

밤나무 한 그루 머리 박고 누웠네

「동두천」 전문

이 시를 읽으면 이내 신정순 시인의 민족애가 묻어 나온다. 「머리긴 순이」의 작은 키와 쓰러진 「밤나무 한그루」의 대비가 현실을 직핍하지 아니하고 이 시를 아름다움의 경지로 끌어 올리는 구실을 하는 셈인데, 이러한 표현법은 시 「어느 거리에서」 보여주는 '걷히어 지는 노을 뒤에 별은 빛나는데 / 목놓아 부르는 메아리는 / 어느 허구로 막히나 // 귀 먹은 바위만이 검은 침묵이다'의 대목에 필적한다. 이 시는 어느 거리의 풍경, 즉 학생들과 전경이 대치된 최루탄의 매운 연기가 자욱한 상황을 시화한 것으로 반향없는 외침을 귀먹은 바위에 비유하고 있다는 점에서 앞의 시와 닮아 있다.

이렇게 신정순 시인의 새 시집을 살펴 보고나서 시인의 예리한 통찰력을 감싸고 있는 관조와 포용의 힘이 우리를 그토록 크낙한 느낌으로 가슴에 와 닿게 하고 있음에 놀라게 된다. 이러한 특성은 시인의 첫번 시집에서부터 일관되게 드러난 특징이겠거니와 앞으로의 시작에서도 능히 그 진가를 발휘하게 되리라는 확신을 가지게 한다.

부디 싱싱하고 풍요로운 삶의 노래가 척박한 이 땅위에 마르지 않고 계속되기를 바라면서 신여사의 시집이 나오게 된것을 기쁘게 생각한다.

이형자론
자기 성찰과 아름다움

I

인간은 누구나 한 번 쯤 자신에 대한 존재론적 사색에 젖어들기 마련이다. 나는 누구인가, 나는 어디에서 와서 어떻게 존재하고 있는가. 나이를 들어가면서, 우리는 이러한 평범한 듯하면서도 심오한 성찰의 심연에 빠져들어 보는 것이다. 현실이 이러하거늘 삶을 열심히 살아온 사람에게 그러한 성찰은 더욱 깊고 그윽한 인생의 의미를 가져다 주게된다. 주지하듯 삶의 진정한 의미란 그것을 성실하게 살아낸 사람의 체험에서 자연스럽게 떠오르는 것이기 때문이다. 이형자 시인의 시는 이러한 자기 성찰의 진정함을 담아내면서, 인간의 소박한 삶이 얼마나 소중하고 아름다운 것인가를 일깨워 준다.

이러한 자기와의 내면적 대화에 시는 적절한 형식과 감성을 부여한다. 그는 외부와의 접촉에 의해 지각된 모든 대상을 시의 형식에 포용시키고 있다. 거기에는 자신을 사물과의 관계 속에서 융합해 가는 조화와 순응의 마음이 자리한다. 삶에 대한 따뜻한 애정과 인간 관계에 대한 간절한 염원은 시를 부드럽고 순연하게 조율한다. 살아가면서 만나는 모든 것들이 시가 되어 아름답게 발아하는 지점에 시인의 삶은 머물러 있다. 삶이 시가 될 수 있다는 것은 축복된 인생이다. 시는 언제나 그러했듯 인간의 불행하고 불길한 감정들을 순화하고 정화한다. 결코 화려하지 않게 불타오르는 내면의 견고한 감정적 힘은 이렇게 시심에 의해 걸러진 것이기에 부드럽고 아주 깊게 오래 작용한다. 삶은 그러한 감정 작용의 뚜렷한 배경이자 그것이 배태된 원천이 된다. 이형자 시인에게 시보다 먼저 삶이 있음을 발견하는 것은 이 시인의 시를 이해하는 시발점이 된다.

　　생활에 묻혀
　　거울 밖에 있던
　　얼굴, 얼굴들
　　언뜻 언뜻
　　주름진 초상 위에
　　겹쳐 나타난다는 것만으로도
　　내가 나를 확인하는
　　거울이어서 좋다

「거울」에서

　이형자 시인은 주어진 현실을 거부하거나 훼손할 의지를 가지고 있지 않다. 흔히 시인들이 대면하곤 하는 현실과의 불화, 현실과의 갈등, 현실에 대한 역겨움 등 현실을 온통 분열시키고자 하는 모반의 열망으로부터 이 시인은 격리되어 있다. 인간은 현실을 끌어안고 살아가야 할 절대적 대상이다. 문제는 그 현실 속에서 나른함이나 평담함을 벗어버리고 새롭게 자신을 갱신하는 것인데, 그러한 자기 확인의 과정이 그에게 있어서는 시를 쓰는 것이다. 시를 쓴다는 일은 그에게 평범한 일상을 의미있는 한 개인의 인생으로 의미롭게 받아들이는 것이며 또 한편으로는 다른 사람들에게 펼쳐 보이는 것이다.

　삶의 시작은 꿈의 시작이 된다. 그것은 그에게 있어 시쓰기를 통해서만 가능하다. 시가 삶을 에워싸고 있는 한 그의 삶은 곧 꿈이 된다. 세계를 음미하고 인생을 몽상하는 자에게 시는 존재를 확인하는 영혼의 형식이 된다. 표현의 대상과 표현의 매재가 없었다면 어떻게 그런 사유가 있었겠는가. 시는 삶을 곰곰히 들여다 보고, 진정으로 의미있게 하고자 하는 마음의 응어리로 빚어진다. 그렇듯 그에게 있어 시는 현실을 긍정하면서 인생의 참다운 의미를 반추하는 대상이 된다.

II

'나'라는 존재를 찾는다는 것은 인간다우면서도 지난한 일이다. 인간에게 주어진 숙명, 거기에 자아 발견, 자기 성찰이란 무거운 짐이 있다. 인간 내면에 응고된 고독의 심연은 바로 이러한 자기 탐색의 격리됨을 말하는 것이 아닌가. 나를 온통 해체시켜 안정되고 편안한 자기의 삶을 거부하면서 비로소 자기를 인식한다는 것, 이는 뼈아픈 자기 발견의 과정이다. 그러나 이형자 시인의 자기 발견은, 이러한 통념에서 벗어나 있다. 이것은 자아는 물론 삶 자체를 거부하거나 방기하지 않는데서 볼 수 있다.

모든 시적 대상은 순수한 체험으로부터 촉발한 상상력에 의해 구축된다. 이형자 시인은 자신의 생활 경험을 통해서 시쓰기를 꿈꾸고 자신의 체험세계를 변용이나 가식없이 있는 그대로 보여준다. 그의 시에서 가장 두드러지게 나타나는 것은 자기 탐색이다.

가마솥에 삶겨
옷 벗어 내어준다
양잿물에 몸 절이고
짓이김을 당해
말갛게 딱지 털고
물 속에서 흔들리다가
쌍발 위에 가지런히 누웠다
뜨거운 철판 위에서

하얗게 몸 말린 너는
죽은 것이 아니라
살아있는
선조의 지조다

「닥나무」 전문

  '닥나무'는 진정한 자아를 갈구하는 시인의 존재가 전이된 대상이다.
자신을 온전히 벗어버리고, 고통 속에 자신을 밀어 넣음으로써 진정한
자아를 구현해 내는 그 처절한 과정이 여기에는 깊숙이 내재되어 있다.
자아 구현을 위한 고통, 이는 인간이 현실에서 맞이해야 할 숙명이다. 그
래서 그는 "나는 누구인가"(「이상기온」에서)하고 반복해서 묻는다. 그러
한 존재의 실체에 대한 질문은 평범한 일상에서 그가 시를 쓰는 진곡한
이유에 해당한다. "나는 날마다 / 나를 털어 본다."(「산다는 것은」에서)는
것은 자신을 쇄신하고자 하는 절실한 내면의 욕구인 것이다. 결국 자기
성찰이란 성실한 삶의 자세에서 비롯되기 때문에 그 반성적 질문들은 가
치 있는 절박한 목소리인 것이다.
  자기를 탐색하는 일상의 여행은 시쓰기로 하여 팽팽한 감도를 유지한
다. 은밀하면서도 친숙한 이 즐거운 작업은 시인을 깨어있게 한다. 자신
의 의식으로부터, 자신의 대상으로부터 밀착되어 살아간다는 것, 이는 시
인의 세계에 대한 절절한 애착에서 비롯된다. 그것은 곧 삶의 기운을 발
하여 인간의 가치를 향기롭게 한다. 이형자의 이러한 시적 태도는 일상
을 새롭게 하려는 의식이며 그것이 시적 창조의 힘으로 발산된다.
  행복의 시학이라 부를 이형자의 이러한 시쓰기 방법은 일상에서 벗어
나 윤택한 활력으로 작용한다. 인생의 무위로부터 해방된다는 것, 고독이
라는 마음의 병으로부터 자신을 건져올릴 수 있다는 것, 세상을 욕구하
는 데서 오는 성가신 고통으로부터 탈주할 수 있다는 것, 이는 이형자의
시와 시학이 우리에게 일깨워 주는 화두이다. 시의 창조라는 정신적 작

업의 고단함 이전에 그에게는 현실을 지혜롭게 열어 가는 실존의 방식이
있다.

> 오늘은
> 실타래를 찾아
> 나이를 꿰고 있다
>
> 초가을 늦 저녁
> 쪽진 어머니
> 손 끝에서 감긴
> 수많은 사연의
> 실타래가
> 아련히 풀리는
> 어제 같은 그날
> 양지 바른 마루에 앉아
> 오색구슬 꿰던
> 손길
>
> 오늘은 내가
> 그 실타래로
> 폐백대추를
> 하나 하나 꿰고 있다

「실타래·2」 전문

　이형자에게 현실은 과거와 연계된 개인의 역사를 간직한다. 그것은 기
억에 의존하여 상상력으로 재구현될 때 그 나름의 독특한 분위기를 조성
한다. 기억은 과거의 사건들은 재경험하는 것이며, 현재의 '나'의 실체를
명징하게 통찰할 적절한 계기를 부여한다. 여기서 경험이란 실제 일어났
던 사건과 일치하는 것은 아니다. 그것은 현재와의 관련 속에서 선택되
고, 시적 상상력에 의해서 변용된다. 결국 그것은 현재 나의 의식 속에서

재탄생하는 것이다. 시적 감성은 그 기억을 아름답게 재구성하여 받아들인다. 체험 세계는 이 기억에 의존하여 한 독특한 의미를 발현할 시적 형상을 구축한다. 그것은 상실된 세계에서 자신을 찾아가는 화해로운 모습으로, 진정한 자아의 동일성을 이루려는 인간적인 모습으로 다가온다.

「실타래」는 그러한 체험의 시화(詩化)를 보여준다. 한 개인의 역정을 이 짧막한 시 한 편이 담아낼 수 있다는 것이 놀랍다. 결코 벗어날 수 없는 운명적 존재 연쇄가 이 시의 처음과 끝을 관통하고 있다.

그는 '실타래'로 '폐백대추'를 꿰고있는 현실체험을 통해 자신의 과거를 떠올리며 자기운명, 나아가 인간의 숙명을 탐색하고 확인하면서 삶에 순응하려는 진지한 태도를 보이고 있다. 이러한 자기체험에서 '나'를 확인하는 또 하나의 작업으로 "거울 속에 비친 / 내 모습이 / 언니였다가 / 동생이었다가"하는 불확성에서 "주름진 초상 위에 / 겹쳐 나타난다는 것만으로도"(「거울」에서) '나'에 대한 실체를 확인하는 끈질긴 의식행위가 있다. 결국 집요한 자기 탐색은 긍정적 삶을 영위하고 세계를 아름답게 인식하려는 의식세계라는 점에서 귀중하기만 하나.

III

자신은 홀로 존재하는 것이 아니라 관계에 의해 이루어진다. 그 관계를 애절하게 형성하고 있는 대상은 어머니이기도 하며 남편과 아들과 딸, 심지어 손자까지 포함하기도 한다. '나'는 홀로 존재하는 것이 아니라 이들과의 존재 연쇄로 구성되어 있다는 것, 그것을 터득한 순간 적절히 밀려오는 그들에 대한 감정의 응어리가 시적 서정의 심층을 형성하고 있다.

형체가 보이지도 않는 질긴 끈이 행여 끊어질까 두려워 꼬옥 움켜쥡니다. 아무도 없는 황산벌을 바라보며 멍쿨멍쿨 터져 오는 가슴을 추스릅니다. 初老인데도 당신의 경륜이 더욱 그립습니다. 당신은 언제나 나의 단단한 정신입니다.

「사모곡」에서

생명은 한 순간의 물질적 현상이 아니라 역사적 연쇄에 의해 숭고하게 존재하는 것이라는 자각이 「사모곡」에는 담겨 있다. 현재 내가 살아 있다는 것이 인간과 인간의 관계에 의한 것이고, 그러한 관계에서 한 개인의 역정을 고스란히 간직하고 있다는 시인의 성찰이 우리의 존재 의미를 일깨운다. 어머니에게서 '나'로 이어지는, 그리고 딸에게로 승계되는 이 순환의식은 한국 사람들이 지니는 감정의 가장 원초적인 형태에 해당한다. 아마도 그러한 감정의 원형질이 어쩔 수 없이 그가 시를 쓰도록 했으리라 본다.

그 사람
첫 새벽에
해맞이 행사 나간 후
얼마 지나지 않아
여섯시를 알리는
자명종 소리
유난히 맑게 들리고
동녘을 환하게 밝혀오는
저 보드라운 빛
꿈틀거리는 소리로
태어나고 있었다

「새벽」 전문

위 시를 조용히 살펴보면 '나'라는 존재의 의미는 '나' 혼자만의 존재가 아니라, '그 사람'이 존재함으로써 '나'의 존재가 있음을 알 수 있다. 시 전체로 보아 '그 사람'은 '나'와 '아들'과 '딸'을 존재케 한 남편임을 짐작할 수 있는데 '그 사람'은 시적 화자의 내면 세계를 '보드라운 빛'으로 지배하고 있는 소중한 대상이다. 특히 '해맞이'에서 감지할 수 있는 기쁨이 '빛'의 "꿈틀거리는 소리"로 대체됨으로써 그 형성관계는 '나'의 존재의미를 깊이 깨닫게 해주고 있다.

> 가로등은
> 불켜진 채 혼자이고
> 빗줄기는
> 바람에 날리는데
>
> 희미하게 떠오르는 얼굴
>
> 지금쯤
> 보초를 서고 있을 그 녀석
> 벌써
> 내 앞에 와 우뚝 선다

「상념」에서

'나'의 존재는 위 시에서처럼 "지금은 / 보초를 서고 있을 녀석"에서도 확인할 수 있다. "보초를 서고 있을 녀석"이 없다면 '나'의 존재란 무엇이고 존재가치란 무엇이란 말인가. 정적을 깨는 빗소리에 잠을 깨고 창가에 서자 '나'를 존재케 한 '녀석'이 불쑥 "내 앞에 우뚝 선다"는 것은 '녀석'의 개인적 삶보다도 '나'의 존재위치를 스스로 탐색하고자 하는 의식행위인 것이 아니고 무엇이겠는가.

이형자 시인의 관계형성은 간절하고 아름답다. 그들과의 존재론적 친연성을 느낀다는 것은 더할 나위 없는 기쁨이며, 삶에 대한 강렬한 충동을 수반하는 일이다. 그는 자신의 실존이 얼마나 다행스럽고 소중한 것인가를 실감한다. "두 딸의 얼굴 / 아스라한 인연의 실타래 / 그 끝의 기다림"(「봄」에서)을 체현하는 시인의 내면은 삶이 벅차게 이어갈 귀한 선물임을 간절하게 받아들인다. 그것은 상호관계에 의해 존재함을 느끼는 순간의 감정이다. 그리하여 그의 시는 "딸아이의 치마폭에 숨어 / 설레이는 / 진홍의 노래"(「넝쿨장미」에서)가 되기도 하는 것이다.

꼼지락 거린다
숨소리가 봄날처럼 곱다
고사리 손이
애비를 알아본다

「혈연」 전문

그의 시편들은 이렇듯 '나'와의 관계에서 발원한다. 위 시에서처럼 고결하게 다듬어진 삶의 깊숙한 곳, 즉 손자에 대한 혈연의식이다. 인간의 존재 자각을 가장 진저리치게 할 이 혈통에 대한 뼈저린 느낌은 다른 사람을 감동시킬 정서적 힘으로 작용하고도 남는다. 누구든 그러한 삶을 체득하여 깊숙히 간직하고 있는 의식을 그는 애절하게 하나하나 일깨운다. 그래서 그의 시를 읽으면 자신의 근원에 대한 깊은 상념에 젖어들고 사람들의 내면을 울리는 심연한 정신적 자각들로 채워지게 된다. 그것은 인간에게 고유하게 내재된, 너무도 원초적인 감정들이기 때문에 그냥 스쳐버릴 수도 있으나 그것의 진정성을 깨우치는 순간 우리는 한 없는 존재의 성찰에 대한 유열감에 빠져들게 된다.

인간적 정서와 체취가 아련히 풍겨오는 혈연에 대한 시적 인식은 이형자 시인의 시세계를 형성하는 가장 중요한 골간이 된다. 존재한다는 것은 이렇듯 주체인 '나'를 찾는 것이 아닌 '나'를 규정하는 관계를 터득하는 것이다. "세상의 / 아픔과 노여움 / 하나로 몸 섞어 / 사랑의 꽃 / 생명의 씨앗 / 터트리기 위해"(「눈」에서) 우리는 이 세상을 살아간다. 그러니 생명 존재인 '나'는 얼마나 숭고하고 경이로운 것인가를 그는 시적 사색과 감정을 통해 체득해 나간다. 세계에, 이 지상에 존재하는 모든 것은 생명의 대물림을 위해 가장 원초적으로 머물러 있다. 이 자연 현상을 무시하고 그 누가 살 수 있다는 말인가 하고 그는 느낀다. 그러고 보면 시는 삶에 따르는 감정과 인식의 부산물인 것인다.

그가 대상의 심층부에 자신을 올려놓고 '나'의 진정한 모습이 무엇인가라는 진지한 성찰과 끝내 벗어버릴 수 없는 존재자각을 시적 상상력에 의해 부드럽고 안정적인 몽상으로 옮겨놓고 있다는 것은 결국 현실에 대한 애정에서 비롯되는데 그 애정의 가장 절실하고 진곡한 심부에는 가족이 있다. 구체적으로는 가족과 혈연간에 교응이 있다. 이 혈연의 연쇄는 엄청난 정신적 교감을 가져오는 것이어서 그 감정의 힘은 이형자의 시를 이루는 정서적 원천이 된다.

IV

시를 통해서 자신의 내면을 성찰할 수 있다는 것만큼 고상한 일은 없다. 자신이 대면한 사물을 통해서 세계와 그것과 관계하여 살아가는 자아를 성찰할 수 있다는 것은 대견한 일이다. 이형자 시인은 이러한 자기검열을 끊임없이 수행하면서 존재의 본질에 끈질기게 다가서고자 한다. 이는 시가 인간에게 지속되어온 가장 중요한 이유중의 하나일 것이다. 세계와 인간의 경이를 깨닫고 그것의 진실에 다가서려는 노력은 지극히 숭고한 정신적 작업이다.

잎사귀 떨어뜨린
미루나무를 본다

황량한 바람 앞에
휘어지는 가지

스스로 달래며
보이지 않는 이름
속으로 속으로 확인하고
하나 같이
숨을 고른다

몸을 숙이면서
하늘을 향하는
곧은 심지
이 계절에 배운다

「겨울 미루나무」 전문

　자아와 동일시되는 '미루나무'는 이형자가 세계와 사물을 바라보는 가장 기본적인 입장을 대변한다. 이러한 대상을 통해 끊임없이 깨닫는다는 것은 감동적인 세계 성찰에 해당한다. 여기에서 그의 진지한 삶의 자세를 볼 수 있다. 자신을 둘러싼 세계가 모두 자신의 인간적 모습을 완성시킬 자각의 대상이 된다. 이 세계와 자아의 합일을 통해 그는 자신의 참모습을 자각하고 미래의 모습을 가다듬는다.

하루에도 몇 번씩
맑은 물로 담금질하고
뜨거운 불로 데우고
양념으로 옷을 입히면
상큼한 맛으로
다시 태어나는
콩나물
그 콩나물을 보면서
나는 나를 끝없이 담금질해 본다

「콩나물」에서

감정을 통해 체득해 나간다. 세계에, 이 지상에 존재하는 모든 것은 생명의 대물림을 위해 가장 원초적으로 머물러 있다. 이 자연 현상을 무시하고 그 누가 살 수 있다는 말인가 하고 그는 느낀다. 그러고 보면 시는 삶에 따르는 감정과 인식의 부산물인 것이다.

그가 대상의 심층부에 자신을 올려놓고 '나'의 진정한 모습이 무엇인가라는 진지한 성찰과 끝내 벗어버릴 수 없는 존재자각을 시적 상상력에 의해 부드럽고 안정적인 몽상으로 옮겨놓고 있다는 것은 결국 현실에 대한 애정에서 비롯되는데 그 애정의 가장 절실하고 진곡한 심부에는 가족이 있다. 구체적으로는 가족과 혈연간에 교응이 있다. 이 혈연의 연쇄는 엄청난 정신적 교감을 가져오는 것이어서 그 감정의 힘은 이형자의 시를 이루는 정서적 원천이 된다.

IV

시를 통해서 자신의 내면을 성찰할 수 있다는 것만큼 고상한 일은 없다. 자신이 대면한 사물을 통해서 세계와 그것과 관계하여 살아가는 자아를 성찰할 수 있다는 것은 대견한 일이다. 이형자 시인은 이러한 자기 검열을 끊임없이 수행하면서 존재의 본질에 끈질기게 다가서고자 한다. 이는 시가 인간에게 지속되어온 가장 중요한 이유중의 하나일 것이다. 세계와 인간의 경이를 깨닫고 그것의 진실에 다가서려는 노력은 지극히 숭고한 정신적 작업이다.

　　　잎사귀 떨어뜨린
　　　미루나무를 본다

　　　황량한 바람 앞에
　　　휘어지는 가지

스스로 달래며
보이지 않는 이름
속으로 속으로 확인하고
하나 같이
숨을 고른다

몸을 숙이면서
하늘을 향하는
곧은 심지
이 계절에 배운다

「겨울 미루나무」 전문

　자아와 동일시되는 '미루나무'는 이형자가 세계와 사물을 바라보는 가장 기본적인 입장을 대변한다. 이러한 대상을 통해 끊임없이 깨닫는다는 것은 감동적인 세계 성찰에 해당한다. 여기에서 그의 진지한 삶의 자세를 볼 수 있다. 자신을 둘러싼 세계가 모두 자신의 인간적 모습을 완성시킬 자각의 대상이 된다. 이 세계와 자아의 합일을 통해 그는 자신의 참모습을 자각하고 미래의 모습을 가다듬는다.

하루에도 몇 번씩
맑은 물로 담금질하고
뜨거운 불로 데우고
양념으로 옷을 입히면
상큼한 맛으로
다시 태어나는
콩나물
그 콩나물을 보면서
나는 나를 끝없이 담금질해 본다

「콩나물」에서

감정을 통해 체득해 나간다. 세계에, 이 지상에 존재하는 모든 것은 생명의 대물림을 위해 가장 원초적으로 머물러 있다. 이 자연 현상을 무시하고 그 누가 살 수 있다는 말인가 하고 그는 느낀다. 그러고 보면 시는 삶에 따르는 감정과 인식의 부산물인 것인다.

그가 대상의 심층부에 자신을 올려놓고 '나'의 진정한 모습이 무엇인가라는 진지한 성찰과 끝내 벗어버릴 수 없는 존재자각을 시적 상상력에 의해 부드럽고 안정적인 몽상으로 옮겨놓고 있다는 것은 결국 현실에 대한 애정에서 비롯되는데 그 애정의 가장 절실하고 진곡한 심부에는 가족이 있다. 구체적으로는 가족과 혈연간에 교응이 있다. 이 혈연의 연쇄는 엄청난 정신적 교감을 가져오는 것이어서 그 감정의 힘은 이형자의 시를 이루는 정서적 원천이 된다.

IV

시를 통해서 자신의 내면을 성찰할 수 있다는 것만큼 고상한 일은 없다. 자신이 대면한 사물을 통해서 세계와 그것과 관계하여 살아가는 자아를 성찰할 수 있다는 것은 대견한 일이다. 이형자 시인은 이러한 자기 검열을 끊임없이 수행하면서 존재의 본질에 끈질기게 다가서고자 한다. 이는 시가 인간에게 지속되어온 가장 중요한 이유중의 하나일 것이다. 세계와 인간의 경이를 깨닫고 그것의 진실에 다가서려는 노력은 지극히 숭고한 정신적 작업이다.

잎사귀 떨어뜨린
미루나무를 본다

황량한 바람 앞에
휘어지는 가지

스스로 달래며
보이지 않는 이름
속으로 속으로 확인하고
하나 같이
숨을 고른다

몸을 숙이면서
하늘을 향하는
곧은 심지
이 계절에 배운다

「겨울 미루나무」 전문

　자아와 동일시되는 '미루나무'는 이형자가 세계와 사물을 바라보는 가장 기본적인 입장을 대변한다. 이러한 대상을 통해 끊임없이 깨닫는다는 것은 감동적인 세계 성찰에 해당한다. 여기에서 그의 진지한 삶의 자세를 볼 수 있다. 자신을 둘러싼 세계가 모두 자신의 인간적 모습을 완성시킬 자각의 대상이 된다. 이 세계와 자아의 합일을 통해 그는 자신의 참모습을 자각하고 미래의 모습을 가다듬는다.

하루에도 몇 번씩
맑은 물로 담금질하고
뜨거운 불로 데우고
양념으로 옷을 입히면
상큼한 맛으로
다시 태어나는
콩나물
그 콩나물을 보면서
나는 나를 끝없이 담금질해 본다

「콩나물」에서

위 시에서도 '콩나물'과 동일시하려는 자아의식을 볼 수 있다. 하루에
도 수없이 물을 주고 불로 데우고 양념을 하면 "상큼한 맛으로" 다시 태
어나는 콩나물을 통하여 '나'를 담금질 한다. 이와 같이 세계와 동질화하
려고 하는 것은 '나'의 참모습, 나아가 인간의 가치를 잃지 않으려는 그
의 건강한 몸부림인 것이다.

이 시집을 통하여 이형자 시인이 일상을 일상적이지 않게 삶을 살고자
하는 염원의 시세계를 확인할 수 있었다. 그것은 결국 삶의 가치를 잃지
않으려는 숭고한 의식이라는 점에서 높이 평가되는 것이다.

우리문학과 그 현장

인쇄일 초판 1쇄 2001년 02월 15일
　　　　 2쇄 2015년 03월 11일
발행일 초판 1쇄 2001년 02월 20일
　　　　 2쇄 2015년 03월 13일

지은이 송 백 헌
발행인 정 찬 용
발행처 국학자료원
등록일 1987.12.21, 제17-270호
서울시 강동구 성내동 447-11 현영빌딩 2층
Tel : 442-4623~4 Fax : 442-4625
www. kookhak.co.kr
E- mail : kookhak2001@hanmail.net

ISBN 978-89-279-0965-1 *93800
가 격 16,000원